WAVES

Francesco Dimitri

Il Bacio della Buonanotte

Traduzione di Roberto Serrai

GIUNTI

Titolo originale: *Pilgrims*

Testo: © 2022 Francesco Dimitri
Traduzione: Roberto Serrai

Realizzazione editoriale: Chiara Codecà
Redazione: Barbara Gentile

www.giunti.it

Via Bolognese 165 – 50139 Firenze – Italia
Via G. B. Pirelli 30 – 20124 Milano – Italia

Prima edizione: settembre 2022

Forse io e te, nei tempi andati,
Cantavamo insieme, agli altri celati,
Per adorare l'Uno, l'Uno dei Tre,
Tra querce frassini e sorbi, io e te.

Fino all'alba, forse, danzavamo
Tra gli uccelli dal gioioso richiamo?
E conoscevamo, noi soli, il segreto
Per smuovere il sangue e tutto il creato?

Forse è destino se ci siam ritrovati
davanti a Giustizia, che ci vuole puniti
Sapremo ingannarla, ancora una volta,
E rivendicare, io e te, le nostre scelte?

Patricia Crowther

Parte prima

HEY YOUNG LONDON

Ero in collera con l'amico
Diedi voce alla mia collera, svanì.
Ero in collera con il nemico
Lo tacqui, e lei crebbe.

Una volta mio padre, Aubrey Walker, mi salvò la vita. Anche se i giornali non ne parlarono (Aubrey teneva molto alla discrezione), fu una cosa grossa e lo mise in buona luce, una volta di più, agli occhi dei pochi al corrente dell'accaduto. Avevo quattordici anni; Aubrey mi salvò da un tentativo di suicidio.

Nei tre anni precedenti, o giù di lì, finalmente ero stato felice. Mia madre Gemma, una donna italiana dai capelli castani e dagli occhi grandi, aveva divorziato da Aubrey e si era trasferita con me in un paesino della Puglia, nell'Italia meridionale, il posto da cui veniva la sua famiglia. Con due nazioni e un tratto di mare tra noi e Aubrey vivevamo bene. Poi, in un pomeriggio di luglio caldo come la febbre alta, un turista travolse la Vespa di mia madre; io fui rispedito a casa di Aubrey, una villa fredda e senz'anima nelle Cotswolds. Avevo perso mia madre ed ero di nuovo tra le grinfie di mio padre, un mostro che mi terrorizzava. Credevo di essere forte, che ce l'avrei fatta. Non era così.

Fin dal giorno della mia nascita mio padre mi aveva trattato come un rifiuto che, purtroppo, gli era rimasto attaccato al parabrezza. C'era qualcosa di sbagliato in me, o forse in Aubrey. Ma era lui a fare le regole, a casa e non solo, e io non potevo competere. Dopo averlo affrontato, e dopo aver perso ancora e ancora, capii di avere solo una via d'uscita, l'ultima che avrei mai potuto prendere.

Era un pomeriggio di febbraio quando mi chiusi nell'auto preferita di Aubrey, probabilmente la cosa che amava di più al mondo, una Porsche d'epoca che risaliva ai tardi anni Cinquanta. Avete visto abbastanza film per sapere come funziona: colleghi un tubo allo scappamento, infili l'estremità opposta nell'auto, accendi il motore e, voilà, sei morto.

Mi andò male per via di Katniss, la mia gatta. Tutti pensano che ai gatti non importi dei loro padroni, ma io e Katniss avevamo un legame speciale (sì, lo so, mi sto vantando, e senza vergogna: sono quel tipo di persona, meglio metterlo subito in chiaro). Quando mi vide nell'auto, coi fumi che iniziavano a salire, Katniss capì che c'era qualcosa che non andava. Attaccò a miagolare e, quando non funzionò, corse dentro casa.

Tornò poco dopo insieme a mio padre. A quel punto ero stordito. *Katniss* pensai, quasi convinto di poter comunicare con lei per telepatia, *questa non me la dovevi fare*. Mi sembrava di galleggiare a mezz'aria, o di essere sott'acqua: Aubrey gridava, strillava, ma pareva muoversi al rallentatore, e io non sentivo la sua voce, affondavo sempre di più in quell'oceano ed era bellissimo, annegavo, ed era bellissimo.

Poi nel mio mondo ci fu un'esplosione.

Aubrey aveva sfondato il finestrino dell'auto con un sasso. Ancora stordito, vidi che allungava un braccio all'interno, strappandosi giacca e camicia sul vetro rotto. Aprì lo sportello, mi afferrò e mi trascinò fuori dall'auto. E successe una cosa stranissima: mi abbracciò e mi tenne stretto, seduto sulla ghiaia bagnata. Tremava e piangeva. «Non ti lascio andare, Martin» promise. «Non ti lascio andare.»

La sua reazione mi stupì, e ci sarebbe voluto parecchio tempo prima che capissi il come e il perché di quanto era accaduto. Nel frattempo, la mia vita andò giù in picchiata. Mio padre tornò la bestia di sempre, e io non avevo le palle per cercare una via d'uscita più efficace. Nella piccola cerchia degli amici di famiglia se la raccontavano così: Martin Walker, il rampollo ricco, forse drogato e sicuramente psicotico di un grand'uomo, aveva tentato di uccidersi e Aubrey, il grand'uomo in questione, era stato così gentile da salvarlo, sacrificando un completo di ottimo taglio. Non solo non ero riuscito a uccidermi, ma mi ritrovavo in un mondo in cui Aubrey era più rispettato che mai. Andava sempre a finire così con mio padre: lui vinceva, io perdevo.

Dio, quanto lo odiavo! E se pensate che "odiare" sia una parola forte, be', non è così. È troppo poco, semmai. Non ci sono parole per descrivere la nausea che mi prendeva allo stomaco ogni volta che pensavo a lui, il disprezzo che provavo per me stesso quando mi guardavo allo specchio e riconoscevo i lineamenti di Aubrey Walker nei miei, le indiscutibili tracce del suo DNA che dettava legge nel mio. Da ragazzino, fantasticavo che non fosse lui il mio vero padre. Che la mamma mi avesse avuto da un'avventura con un toyboy italiano, e che questo spiegasse perché Aubrey mi odiava tanto. Attorno agli undici anni diventai troppo grande per quel genere di fantasie e mi rassegnai al fatto che ero figlio, in tutto e per tutto, di Aubrey Walker. Se mi odiava, doveva essere per via di qualche mio difetto. E così era, come scoprii in seguito. Come vedrete, mio padre ha un ruolo importante in questa storia.

Non mi fraintendete, non passo tutto il mio tempo a rimuginare su Aubrey. Per certi versi sono stato molto fortunato, e ne sono consapevole. Non avrò avuto una vita granché normale, ma chi la vuole, una vita normale? Ho degli amici veri, di quelli che ti restano accanto fino all'Inferno e ritorno. Ho fatto del sesso straordinario (e, se sopravvivo a stanotte, intendo continuare). Amo e sono riamato. Ho imparato più segreti di quanti chiunque possa sognare. Quindi sì, la mia vita è strana ma è bella.

Eppure non sono ancora sicuro di come sia finito qui. Seduto in cima allo Shard, l'edificio più alto e scintillante di Londra, questa lama di cristallo che pende dal cuore della città come una collana, o forse lo trafigge. Londra brucia sotto di me, ed è uno spettacolo splendido, con le fiamme che arrivano fino al cielo e una sinfonia di sirene, stridere di freni ed elicotteri, ma soprattutto atroce: Londra soffre davvero, e la gente davvero muore. È colpa mia. Dovrò stare molto attento alle mosse che farò tra poco, perché sì, potrebbe andare peggio. Molto presto, e molto in fretta.

Ora, per decidere cosa fare adesso, devo chiarire con me stesso cos'è avvenuto prima. Racconterò la mia storia a un pubblico immaginario: voi. Benvenuti, dunque, e grazie! Non ci restano più di cinque minuti, mi sa, ma cinque minuti possono durare parecchie vite nello spazio della mente. E sarà meglio che lo facciano.

Prima che cominci, lasciate che vi dica un'ultima cosa. Mi dispiace. Sul serio. L'elenco dei miei peccati è troppo lungo e complicato perché possa mai davvero trovarne un senso, e le mie buone azioni, lo so, non li compensano neanche lontanamente. Fidatevi, però, quando dico che l'odio non è mai stato il mio principale movente.

Tutto quello che ho fatto, l'ho fatto per amore.

1

Guardatemi. Quanto ero giovane – e bello. Dormivo su un materasso buttato per terra, con una ragazza di stirpe islandese con me sotto al piumino, entrambi nudi, entrambi esausti e con ottimi motivi per esserlo.

A dirla tutta, giovane e bello lo sono ancora: quel giorno non è stato molto tempo fa, anche se pare che siano passati un miliardo di anni. Il tempo, da allora, è scorso a velocità tripla, ma sembra anche essersi fermato. Per me, quella mattina è contemporaneamente un'ora *e* un secolo fa.

Dopo aver dato un'occhiata a me, e se volete anche alla ragazza, fatevi un giro per la stanza. Vedrete mattoni a vista e una chiazza di muffa a forma di orso (la chiamo l'Orsa Maggiore). Potreste vedere anche un paio di blatte, e di sicuro un topolino grigio, perché fu la prima cosa che vidi io, quella mattina, quando aprii gli occhi. Ricambiò lo sguardo, incuriosito, alzando il musetto per annusarmi. Che carino.

«Per fortuna non sei una pantegana» dissi.

«Come?» domandò Emilìa, con gli occhi ancora socchiusi.

«Non dicevo a te.»

Aveva bevuto troppo – la sera prima – per domandare *e allora a chi?*

Io avevo bevuto troppo per aver voglia di spiegare. La mia testa pulsava come una cassa che suona solo bassi e li suona male.

«Che ore sono?» domandò Emilìa.

Allungai la mano verso il mucchio di vestiti accanto al materasso e presi il telefono. «Le undici. Più o meno.»

«Merda.» Emilìa si alzò di scatto. La sua pelle chiara attirava a sé tutta la luce della stanza e il suo corpo sembrava in fiamme. Il topo si spaventò e corse via prima di vedere Emilìa in tutta la sua gloria. Povero scemo.

«Che succede?» le chiesi mentre si affannava a raccogliere i vestiti.

«Tra meno di un'ora devo sentire il mio ragazzo.»

«Puoi sentirlo da qui» dissi. Non avevamo il Wi-Fi, ma qualcuno aveva trovato il modo di agganciarsi a quello del vicino.

Lei si stava già infilando gli slip. «Non lo posso chiamare dalla camera di uno con cui ho appena scopato.»

«Mi sembra giusto. Salutamelo.»

Emilìa rispose col suo incredibile sorriso nordico. «Sei un idiota, Martin.»

«Sicura che non vuoi un po' di tè?»

«Prendo volentieri del paracetamolo, se ce l'hai.»

Ce l'avevo; mi piace essere preparato, come i boy-scout. Buttò giù una compressa bevendo un po' d'acqua da una bottiglia di plastica, e mi diede un bacio sulla guancia. Aveva già finito di rivestirsi, spezzandomi il cuore. «Ci vediamo» disse.

«Sei tu quella col ragazzo. Chiamami quando vuoi.»

Lei sorrise e mi salutò con un cenno mentre si affrettava verso la porta.

Non mi avrebbe mai chiamato. Era l'ultima volta che la vedevo.

Era anche l'ultima volta che dormivo in quel letto.

2

Insomma, eccomi: quello ero io, e quella la mia stanza, che poi era "mia" solo perché l'avevo occupata abusivamente. Compiuti i diciotto anni ero andato via da casa portando con me il denaro che avevo risparmiato nei due anni precedenti. Ricco com'è, Aubrey non mi ha mai lasciato molti soldi in tasca («per formarti il carattere» diceva), così i risparmi ammontavano a poco più di cinquecento sterline. E con cinquecento sterline, a Londra non vai lontano.

Con cinquecento sterline a Londra non vai da nessuna parte.

All'inizio dormivo su un divano, a Kennington, in casa di uno che conoscevo e che faceva l'università. Voleva che me ne andassi al più presto: aveva una cotta per la sua coinquilina e io, per citarlo, gli «rovinavo la piazza». Non si rendeva conto di non averla, una piazza. Era una situazione imbarazzante, ma non avevo alternative, così mi aggrappai a quel divano con le unghie e con i denti. Poi però successe qualcosa tra me e la coinquilina, lui se ne accorse e io mi ritrovai in strada; lei non aveva alcun interesse a difendermi, né mi aspettavo che lo facesse. Senza soldi e senza conoscere la città, avevo solo due opzioni: potevo dormire dove capitava, per il momento, o potevo tornare a casa. Non era una vera scelta. E fu così che, senza accorgermene, diventai un senzatetto.

Non intendevo lasciare che questo mi buttasse giù. Avevo

tutta la vita davanti! Ero a Londra, dove tutto può succedere! Mi serviva solo un po' di tempo per orientarmi.

Ebbi fortuna. Passando da un conoscente all'altro, incontrai un ballerino di swing che viveva in uno squat dove si era appena liberata una stanza. Era una situazione di merda: l'edificio, una casa a schiera vittoriana a tre piani, era meglio di tanti altri, ma le stanze erano così malmesse da essere giusto un passo avanti rispetto a una panchina di Hyde Park. Era comunque meglio di niente. Il ballerino di swing e gli altri decisero che ero, testuali parole, «alla loro altezza», e anche se non potevo dire altrettanto di loro, quello passava il convento. Tre mesi dopo eccomi con Emilìa, non la prima persona (donne e uomini e qualsiasi altra descrizione: i miei gusti sono ecumenici) ad aver dormito in quella stanza con me. Non credevo che sarebbe stata l'ultima. Avevo un tetto sulla testa e avevo trovato una specie di lavoro. Le cose iniziavano ad andare per il verso giusto.

Poi arrivò Bruce Shakespeare.

3

Era una gelida e soleggiata giornata d'inverno (le giornate di sole a Londra *esistono*, la gente può dire ciò che vuole) e Camden era così affollato da rendere difficile camminare. Arrivai al mercato verso l'una, come al solito. Se quel sabato mattina avessi scelto un mercato diverso, sarebbe andata in un altro modo? Alla lunga, no. Furono i miei vincula ad attirarmi là, e se io avessi rifiutato la loro chiamata mi avrebbero spinto in una direzione diversa, ma sempre verso lo stesso esito. È frustrante, il modo in cui subiamo il potere dei vincula. È la sola cosa che non sopporto della mia natura.

Presi posto al centro del ponte, rivolto verso il canale e Camden Lock. Indossavo vecchi jeans, mezzi guanti neri, una giacca militare di seconda (o terza, o forse quarta) mano e un berretto di lana. Il berretto era fondamentale, e non solo perché si gelava. Ho questa particolarità: i miei capelli sono bianchi. Non quel biondo molto chiaro che è quasi bianco, ma proprio bianco, come un lenzuolo pulito, come la neve, come la barba di Gandalf il Bianco. Sono bianchi fin dal mio primo giorno di vita: nelle foto scattate da un'infermiera gentile subito dopo la mia nascita avevo già un ciuffetto di peli color Moby Dick. Un diciottenne coi capelli bianchi naturali spicca anche in mezzo ai goth, ai punk e agli altri nostalgici di Camden – di qui il cappello. Lo so, potevo tingermeli. Che volete che vi dica, mi piacciono così. Ho diritto ai miei capelli.

«Signore e signori!» esclamai, accentuando le tracce di italiano nel mio accento. Avevo poggiato davanti a me una cassetta capovolta, con sopra una stoffa verde da due soldi. «*Signore e signori*! Venite a divertirvi, ma che dico, venite a *vincere* all'ultimo gioco onesto in città.» Tirai fuori tre tazze e una pallina di spugna, e misi le tazze in fila sulla cassetta, con la pallina davanti. «Guardate le mie mani» dissi, mentre cominciava a radunarsi un pubblico. Presi una tazza e, con un movimento lento, posai la pallina sopra di essa. «Guardate come nascondo la pallina!» dissi, mentre, continuando a muovermi lentamente, allineavo alla prima le altre due tazze. «E ora guardate come mescolo le tazze. Dovete solo trovare la pallina. Adesso,» continuai, mentre mescolavo le tazze e arrivavano altre persone «vi svelo un segreto: quelli che fanno questo gioco imbrogliano, quasi tutti. Hanno un complice tra il pubblico che vince un po' di soldi per farvi credere che il gioco non sia truccato quando lo è, ovviamente lo è. Qui è diverso.»

Mi accorsi che si avvicinava un uomo. Era grosso, enorme. La sua testa spiccava al di sopra del resto del pubblico, e le sue spalle erano larghe abbastanza da parcheggiarci un SUV. Aveva più o meno la mia età, con la testa rasata e vestito in camicia e completo gessato. C'era in lui qualcosa che comunicava una vaga impressione di pericolo. Aveva il fisico di un buttafuori e i modi tranquilli, quasi timidi, di un prete di periferia. Puzzava di guai.

«A me non servono complici,» continuai, senza perdere un colpo «perché questo gioco non è truccato. È la mia mano contro i vostri occhi, tutto qui, signore e signori, solo un onesto duello di abilità.»

Il tipo adesso incombeva sulla mia cassetta: da vicino era anche più grosso di quanto mi fosse sembrato, come un gigante delle favole. Aveva un'espressione molto seria in volto. Tutto ciò che volevo per Natale era che non scommettesse.

E invece...

«Dieci sterline sulla tazza a sinistra» disse, e c'era forse dello scherno nella sua voce? Tirò fuori una banconota dal portafoglio e la usò per indicare la tazza.

Forse potevo ancora trovare un modo per uscirne, e ogni grammo di buonsenso mi gridava di farlo e basta. Ma pensai: *questo crede di essere più intelligente di me.*

Scossi la testa, come se il suo errore mi facesse molto male. «Ahimè,» dissi «per questa volta ha sbagliato.» Capovolsi la tazza, per mostrare che sotto non c'era niente.

Il pollo fece quello che mi aspettavo: allungò una mano per capovolgere le altre tazze. Notai la spalla che si tendeva, preparando il movimento, ma io ero pronto e le capovolsi da solo, dando un colpetto sul fondo di quella al centro per fare uscire una pallina nascosta in un compartimento segreto. «Eccola qui» annunciai, con innocenza.

Non se l'aspettava.

«Come ho detto: un gioco onesto.» Gli tolsi la banconota dalle grinfie. «Sarà più fortunato la prossima volta.»

Annuì, una perfetta versione del bravo ragazzo della porta accanto. «Bei capelli» commentò.

Mi portai la mano alla testa. Una ciocca era scivolata fuori dal berretto. *Merda.*

Lo sconosciuto si toccò la tempia con due dita, a mo' di saluto, e disse: «Ci vediamo».

4

Incassai giusto altre tre puntate prima di chiudere bottega. Il gigante mi aveva rovinato la giornata. *Ho paura?* mi domandai mentre ripiegavo il panno. No, questo no. Mi aveva visto i capelli, e poteva trovarmi con facilità se gli andava, va bene. E allora? Prima di tutto non aveva alcuna prova che lo avessi fregato; secondo, non è che potesse andare dalla polizia e dire che lo avevano fregato in un gioco illegale. *D'altro canto, un tipo così grosso non ha bisogno né di prove né di guardie.*

Non sarebbe stata la prima volta che mi trovavo nei guai. Un giorno, a Whitechapel, una banda di tre russi se l'era presa di brutto dopo aver perso quattrocento sterline e spicci in una mezz'oretta. Investii un po' dei loro soldi per offrire da bere e allentai la tensione. Finirono per offrire da bere *loro* a me. Uno, mezzo ubriaco, dichiarò che ero il suo migliore amico e mi mostrò il coltello che aveva pensato di usare su di me. Che ridere. Ma avevo la sensazione che quel gorilla in camicia rappresentasse un altro genere di pericolo, più sottile, più (e perdonate la parola grossa) esistenziale. *E poi ti ha visto i capelli. Se ti sta cercando, ti troverà subito. Cazzo, in pratica te lo ha detto che ti avrebbe cercato.* Diedi un'occhiata in giro, ma non c'era traccia di lui.

Il buonsenso mi diceva che sarei dovuto tornare a casa mentre le mie ossa erano ancora tutte al loro posto e i miei organi pure. *Camden è il mio territorio, e non permetterò a un tizio a caso di farmi paura e mandarmi via. Nemmeno a un tizio a caso alto due metri e rotti.* Era una questione di principio. Quando c'era il sole, dopo aver finito di lavorare compravo qualcosa da mangiare per strada e andavo sulla sponda del canale. Era la mia routine, e a me piaceva la mia routine.

Così mi feci largo fino allo spiazzo dov'erano le bancarelle di cibo, comprai un fish n' chips e una bottiglia d'acqua, e poi mi feci di nuovo largo per uscire. In momenti come quello mi sarebbe piaciuto essere una rockstar, fare crowd surfing, sorretto al di sopra della folla dalle mani di tutti, invece di dover attraversare a nuoto i loro corpi.

La cosa buona della folla è che, una volta che ne sei uscito, ne sei davvero fuori. Imboccai un viottolo lungo il canale, lontano dalle bancarelle, e in pochi passi mi ritrovai per conto mio. Passai accanto a una coppia di adolescenti che si abbracciavano, si palpavano e si baciavano contro un muro coperto di graffiti, e migliorò il mio umore. Camminai un altro po', lontano dagli sguardi loro e della folla. Mi piace la gente, ma a volte ho bisogno di stare da solo.

Mi sedetti sul ciglio del viottolo, facendo penzolare le gambe sul canale sotto di me. Da lì c'era una bella vista su grandi case i cui giardini si affacciavano sul canale. Qualcuna aveva una barca ormeggiata vicino alla porta sul retro. Una piccola Venezia segreta dei ricchi. Per come ero stato cresciuto, la ricchezza non mi faceva impressione, ma la bellezza sì, e grazie al cielo ci riesce ancora. La bellezza di una ragazza o un ragazzo, dei boschi, dei palazzi e della riva del mare. La bellezza è il modo in cui le nostre anime confuse partecipano alle armonie dell'universo.

Staccai con le dita un pezzo di pesce e lo avvicinai alle labbra.

«C'era il trucco, vero?» domandò una voce.

Merda. La sua ombra mi raggiunse cinque minuti buoni prima di lui. Forse sto esagerando, ma il punto è che l'unica cosa più alta di quel tizio era la sua ombra. E non mi ero accorto che mi stesse seguendo.

Adesso sì che avevo paura. In fretta, guardai a destra e sinistra: nessun passante, nessun ciclista. Sarei stato un deficiente a non avere paura. Addentai il pesce. Non avrei dato a quel tipo la soddisfazione di vedermi sprecare un ottimo fish n' chips solo per colpa sua. «Sei qui per pestarmi?» domandai, come se niente fosse.

Il tizio mi si sedette accanto, e io mi costrinsi a non scansarmi. Aveva un sacchetto di carta. Lo aprì. Tirò fuori dei noodles e una Coca. «Voglio solo i miei soldi. C'era il trucco.»

Gli diedi le dieci sterline. «C'è sempre il trucco.»

«Non sono d'accordo» disse lui, rimettendo la banconota nel portafoglio. Si muoveva lentamente, con calma, come se fosse troppo sicuro di sé per doversi affrettare.

«Vuol dire che non hai giocato abbastanza.» Mi stavo rilassando. Qualunque cosa volesse quel tipo, non voleva il mio sangue. Capita soltanto nei film che la gente si metta a fare due chiacchiere prima di pestarti. Nella vita reale, quando vogliono colpirti lo fanno e basta.

Lo sconosciuto aggredì i suoi noodles. «Non mi sembri uno da gioco delle tre carte.»

«Io faccio il gioco delle tre *tazze.*»

«Vabbè.»

«Cos'è che non ti torna?»

«L'accento. Mezzo italiano, ma anche mezzo fighetto.»

Mi accigliai. «Sono tempi duri, mettiamola così.»

«Scusa. A volte la vita fa schifo.»

«Sto meglio di prima.»

Mi porse la mano. «Io sono Bruce.»
«Martin» dissi, stringendola.
Bruce indicò la sua testa rasata. «È il tuo colore naturale?»
«Ah ah ah.»
«Non ho mai visto niente del genere.»
«Sono un pezzo unico.»
Bruce annuì. Restammo un po' in silenzio a guardare il canale, fianco a fianco come due amici. Bruce non era venuto fino a lì per le dieci sterline. Ero intrigato, ma non gli avrei fatto domande. Se voleva così tanto qualcosa, poteva fare lo sforzo di chiederla.
Finì i noodles, si pulì la bocca con un tovagliolo e disse: «Hai da fare stasera?».
«Perché?»
«C'è qualcuno che vorrebbe incontrarti.»
«Lo conosco?»
«Una donna.»
«La conosco?»
«Non credo.»
«E allora come fa a sapere chi sono?»
Bruce fece spallucce e si alzò. «Ci trovi al *Purple Turtle.*»
Annuii: era un piccolo club, non lontano da dove eravamo. «Aspetta» dissi. «Che cosa volete? Salvare la mia anima? Portarmi a letto?»
«Tutte e due le cose.»
Rimasi colpito, e non mi succedeva spesso. «Davvero?»
Bruce sogghignò e si voltò. Prese il sacchetto e il contenitore vuoto dei noodles: era il tipo che puliva dove aveva sporcato. Mi salutò con un cenno e si allontanò.
«Non ci vengo» gridai.
Alzò le spalle, senza rispondere, e continuò a camminare.

5

Ovviamente ci andai. Perfino *io* avevo capito che non era una decisione saggia. In mia difesa, all'improvviso mi trovai di nuovo senza un tetto sulla testa, e con un immediato bisogno di cambiare aria.

Successe verso le sei. Ero nella mia stanza a leggere un paperback di P. G. Wodehouse quando sentii tre voci alzarsi dal pianoterra (la mia stanza era al primo piano). Una apparteneva al ballerino di swing. L'altra era la voce di un uomo che sa di avere potere e ne gode, e poi c'era una voce di donna con la stessa insopportabile cadenza. Attaccai l'orecchio alla porta per capire cosa stesse succedendo.

«No. Non potete!» protestò il ballerino di swing.

«Figliolo, avete lo sfratto esecutivo» disse l'uomo. Quel tono, quell'arroganza: avrei voluto spaccargli la faccia.

La donna aggiunse: «Non c'è bisogno di rendere tutto più difficile».

Indietreggiai. Stavano sgombrando l'edificio: dovevo agire *subito*. Conoscevo persone che ci erano passate; dicevano che non era questo gran problema, che le guardie ti portano alla stazione di polizia, ti fanno qualche domanda, e poi ti rilasciano con un buffetto sulla guancia. Vogliono il palazzo libero, tu non gli interessi. Io però non ero uno squatter qualsiasi. Appena avessi messo piede in una stazione di polizia, Aubrey lo avrebbe saputo.

In preda al panico, mi guardai intorno. Avevo uno zaino da

campeggio e un altro più piccolo. Il primo mi avrebbe rallentato, così potevo prendere solo quello piccolo. Ci infilai dentro una maglia, il mio unico altro paio di jeans, calzini, il paperback di Wodehouse e il mio libro preferito, *Straniero in terra straniera*, che non abbandonerei mai. Controllai di avere con me il mio cellulare, il caricabatterie, la mia piccola scorta d'erba e la mia minuscola scorta di contanti.

A fare i bagagli ci avevo messo meno di due minuti, ma già sentivo i passi delle guardie in casa. Il ballerino di swing non era esattamente un ostacolo formidabile. Chiusi a chiave la porta e corsi ad aprire la finestra. Si affacciava sul giardino sul retro. Era un bel salto, ma non da rischiarci la vita, e (con un po' di fortuna) nemmeno da rompersi le ossa. Le guardie stavano salendo su per le scale.

Scavalcai il davanzale con una gamba, poi con l'altra, e mi ci sedetti sopra, per ridurre il salto di qualche centimetro. Le guardie bussarono alla porta.

Saltai.

Atterrai malamente sulle punte dei piedi. Sentii un forte dolore alla caviglia sinistra e uno scricchiolio che non mi piacque affatto. Non avevo tempo di controllare. Corsi in fondo al giardino. La caviglia resse. Salii sulla staccionata, saltai nel giardino di un vicino, e poi scavalcai un'altra staccionata e mi ritrovai per strada.

Proprio davanti all'auto delle guardie coi suoi colori sgargianti.

Che però era vuota. Lanciai un'occhiata verso il palazzo: non arrivava nessuno. Le guardie dovevano essere ancora impegnate a sfondare la porta o controllare il giardino. Dovevo solo raddrizzare la schiena e allontanarmi.

Un attimo e mi ero già mischiato alla folla.

6

Presi un treno per Camden prima di avere il tempo di pensarci. Ero al sicuro: le guardie avevano di meglio da fare che mettersi a cercare uno squatter. Avevo solo reso il loro lavoro più facile. Ad ogni modo, mettere un po' di spazio tra me e loro mi avrebbe fatto sentire meglio.

Non riuscivo a smettere di pensare a Bruce. Non in *quel* senso (non solo – dovevo ammettere che aveva qualcosa di attraente): morivo dalla voglia di scoprire che cosa volesse da me la sua amica. Uno straniero carismatico, un appuntamento con una ragazza misteriosa, cosa chiedere di più a una serata? Di nuovo, il buonsenso mi stava dicendo che stavo correndo dritto verso cose da cui sarei dovuto fuggire. Mi diceva che dovevo fare un giro di telefonate per cercare un posto per la notte. Io, però, col buonsenso non ci vado d'accordo. Il buonsenso è una trappola, il buonsenso è tutto quello che gli altri vogliono per te, le vite che ti disegnano addosso. Il buonsenso ci illude di essere liberi mentre ci tiene schiavi. Fanculo al buonsenso.

Scesi a Mornington Crescent, la fermata prima di Camden. Il *Purple Turtle* era a tre minuti a piedi dalla stazione. Ci arrivai zoppicando – la caviglia mi faceva male, ora che la scarica di adrenalina stava passando. Non capivo se era slogata: sul treno l'avevo vista tutta rossa e gonfia, ma il dolore era sopportabile. *Un paio di pinte e passa tutto.* Solo che non sapevo dove passare la notte, dopo quelle pinte. Cominciava pure a piovere. Perfetto.

Davanti all'ingresso del club c'era coda, ma scorreva in fretta. Quando alla fine entrai, freddo e bagnato, mi ritrovai circondato da una muraglia di carne umida. C'era musica dal vivo, ma non importava a nessuno, e ci misi cinque secondi per capire il perché: era musica di merda. Sul palco c'era una ragazza hippy che riuscivo a malapena a distinguere al di là dei corpi ammassati. Suonava la chitarra e cantava un inno fricchettone – *amo gli altri con tutto il cuore, fratelli e sorelle, con tutto il cuore*. Non aveva un gruppo: a parte la chitarra, ogni altro strumento era una base preregistrata. Sembravano tutti meglio della chitarra.

Arrivai a guado fino al bancone e ordinai una pinta della birra più economica. Mi ci volle un po' per averla: i baristi erano indaffarati come cicale al culmine dell'estate. L'unico modo per sopportare quella musica era ubriacarsi, quindi tutti bevevano perfino più che in un qualunque sabato sera. Mi domandai se non fosse quello il vero motivo per cui avevano invitato l'hippy.

Mentre bevevo da un bicchiere di plastica cercai Bruce, ma la folla era troppa. Decisi di restare vicino al bancone: quando cerchi qualcuno in un locale, resta vicino all'alcol: presto o tardi quel qualcuno verrà da te. E infatti, qualche minuto dopo vidi Bruce. Lo spettacolo era finito: l'hippy aveva fatto un inchino (nell'indifferenza generale) e messo via la chitarra. La serata all'improvviso era migliorata.

«Ehi» dissi.

«Ehi» rispose Bruce, mentre ordinava da bere. «Che succede? Passavi per caso e hai deciso di fermarti?»

«Che brillante conversatore.»

Bruce sorrise e piegò la testa. «Un po' rapido a giudicare, per uno il cui numero migliore è il gioco delle tre carte.»

«Sono tre *tazze*. È tutta un'altra cosa.»

Bruce stava cazzeggiando, e anch'io. Arrivò la sua birra, pagò, ne bevette un sorso. Poi mi fissò leggermente accigliato, come se non sapesse cosa pensare di me. Scosse la testa. «Summer era sicura che saresti venuto. Ho perso la scommessa.»

«Perdere scommesse è il tuo superpotere.»

Bevve un sorso. «Non sono granché come giocatore d'azzardo.»

«Si chiama così la tua amica?» domandai. «Summer?»

«Già.»

«Il nome *vero*, intendo.»

«Sì. Summer Griffin.»

«E dov'è?»

«Adesso arriva.»

«Immagino che abbia voluto risparmiarsi l'hippy sfigata.»

Una mano sbucò dalla folla e mi toccò la spalla. «A dire il vero sono *io* l'hippy sfigata.»

Mi voltai. Non è facile mettermi in imbarazzo, ma Summer ti mangia a colazione quando vuole. Aveva lunghi capelli rossi, del colore di un tramonto sul Mediterraneo, e lentiggini che chiedevano di essere baciate una per una. I suoi occhi erano di un verde così chiaro da sembrare appena creato, solo per lei. Aveva qualcosa che ti faceva pensare che la natura fosse un posto molto più strano, e molto più ampio, di quanto tu fossi in grado di sognare. E le avevo appena dato della *sfigata*.

«Okay» dissi. «Ci si vede.»

«Dove vai?» domandò lei.

«A casa» dissi, una frazione di secondo prima di ricordare che una *casa* non ce l'avevo più.

«E perché?»

«Non so perché volevi vedermi, ma credo che tu non ne abbia più tanta voglia.»

«E perché?» domandò di nuovo.

Se non avesse avuto lo sguardo così acuto, avrei pensato che fosse fatta. Col tempo avrei scoperto che in un certo senso lo era sempre. «Perché ti ho appena dato della sfigata?» chiesi, incerto.

Lei alzò le spalle. «Lo fanno di continuo. Zio Ronald è l'unico a cui piace la mia musica.» Lo disse così; poi si voltò verso il bancone, esattamente nell'attimo in cui un barista si girava a guardarla. «Una pinta di sidro, per favore» ordinò. Summer era così, ballava in armonia con l'universo. Peccato che non riuscisse pure a *cantare* in armonia.

Non sapevo cosa dire. Lanciai un'occhiata a Bruce, che sorrise e fece un gesto con il bicchiere come a dire, *avanti, divertiti*. «Be',» azzardai «ognuno ha i suoi gusti.» Non una delle mie uscite più brillanti.

«Esatto. Nessun problema. Grazie!» disse Summer al barista che, infrangendo ogni record di Camden, le aveva già portato da bere. Bevve un sorso, contenta come una bambina. Poi mi si avvicinò, si alzò in punta di piedi e mi baciò. Solo un fuggevole contatto, due labbra che ne sfioravano altre due, però mi eccitò e mi imbarazzò, facendomi sentire come un goffo e stupido orso, in confronto alla sua grazia soprannaturale. Lei si scostò e disse: «Sì, sei proprio tu».

Ero allibito. La prima volta che incontri Summer, chiunque tu sia, da dovunque tu venga, ti dici che *questa ragazza non può assolutamente sopravvivere a Londra*. Ma se le resti accanto scopri in fretta quanto ti sbagli, e quando capita sarà meglio che sia tua amica. Le leggende dei Pellegrini la chiamano la Tempesta: un eufemismo colossale.

Era il momento di infrangere la mia regola sul non fare domande. Aprii la bocca per chiedere a Summer cosa volesse da me, ma lei mi anticipò e disse: «Cos'hai fatto alla gamba?».

«Scusa?»

«La gamba. Ti ho visto zoppicare.»

«Mi hai visto *dal palco*? In questo casino?»

«Certo.»

«Summer è brava a vedere le cose» disse Bruce.

Decisi che mi stavano prendendo in giro. Decisi anche di stare al gioco. «Me la sono vista con le guardie» mi vantai, come se vedersela con le guardie fosse quello che facevo ogni giorno dopo colazione.

«E perché?» domandò Summer, assolutamente imperturbata. *Perché* era la sua parola preferita.

«Abito... be', *abitavo* in una casa occupata. Le guardie l'hanno sgomberata e sono dovuto scappare. Dalla finestra.»

«Quando ci siamo conosciuti stavi bene» commentò Bruce.

«Non era ancora successo.»

«Dove dormi stanotte?»

«Da un amico» mentii.

«Bugia» disse Summer.

Era sempre più difficile. Non mi avevano mai sgamato così in fretta, nemmeno Aubrey. «Io non mento mai.»

«Lo hai appena fatto» obiettò Summer, senza traccia di ironia. «Va bene così, ciascuno è quello che è. Puoi stare da noi: abbiamo un sacco di spazio.»

«*Lei* ha un sacco di spazio, tecnicamente» sottolineò Bruce. «Io sono solo un inquilino.»

Misi le mani avanti, come se cercassi di fermare un treno. «Uh!» dissi. «Rallentate. Quanto costa?»

«Cosa?»

«Stare da voi finché non trovo un altro posto.»
«Quanto guadagni?»
«Meno.»
«Meno di quanto?»
«Meno di quanto pensate.»
«Allora è gratis.»
«A Londra niente è gratis.»
«Ho tutto il denaro che mi serve.»
Mi accigliai. In una grande città si arriva ad accettare ogni genere di stranezza, ma non quando si tratta di soldi. «Ma voi, chi siete?»
«Summer Griffin» disse Summer, poggiando una mano sul petto (camicia di lino, niente reggiseno, Dio del cielo). «Bruce Shakespeare» disse, indicando Bruce.
Feci un bel respiro. Parlare con Summer era molto, molto impegnativo. «Quello che intendo è: cosa volete? Perché Bruce è venuto a cercarmi?»
«È complicato» disse Bruce.
«Sono un ragazzo intelligente.»
«Andiamo a casa» disse Summer. «Ti guardo la caviglia e ne parliamo.»
Se fossi andato via, non sarei mai riuscito a perdonarmi. Be', se fossi *zoppicato* via. Il dolore alla caviglia stava peggiorando e non mi piaceva l'idea di dormire all'aperto in quella gelida notte d'inverno. «Okay, andiamo.»
Bruce mi offrì la spalla per appoggiarmi, e io l'accettai. Così uscii dal locale con la Tempesta e il Gigante Gentile, diretto a quella che sarebbe diventata la mia nuova casa. La mia vita stava già imboccando direzioni stupefacenti e terrificanti, e non avevo la minima idea che stesse succedendo. È strano come funziona il cambiamento: quando ci sei nel mezzo, a stento

capisci che cosa ti sta capitando, e quando è finito ti scopri una persona diversa, in un luogo diverso, uno straniero in terra straniera.

C'erano tante cose che non capivo. Una non mi sarebbe sfuggita, se non fossi stato così concentrato su Bruce e Summer: una donna dai capelli scuri mi stava seguendo. Aveva visto Bruce che scommetteva a Camden, mi aveva seguito a Peckham e ritorno, e adesso era nascosta tra la folla, e ci sorvegliava. Conosceva la Tempesta e il Gigante Gentile più di quanto loro conoscessero se stessi.

Ma quella sera seguiva il Mago.

7

A Camden Lock imboccammo una strada vittoriana ben tenuta e non lontano dal canale. Quelle case confermarono la mia prima impressione: Summer era ricca sfondata.

A un tratto nella fila di case si aprì un varco; portava a un giardino recintato abbastanza grande da avere tutto il diritto di chiamarsi *parco*, al cui interno c'era una villa. Un'insegna di metallo arrugginita diceva Il Rifugio. Era un edificio in stile neogotico, con una torretta circolare su un lato, un tetto a timpano da dove spuntavano due abbaini e una veranda di legno su cui era intagliato un complicato motivo geometrico. Sull'alto cancello in ferro battuto c'era un emblema, una stella di David a sei punte circondata da un serpente che si mordeva la coda, con un motto che correva lungo la circonferenza: *Non c'è religione più alta della verità*. Ai vittoriani piaceva un tocco di misticismo.

La mia prima impressione si rivelò sbagliata: quella casa una volta era stata ricca, ma adesso sembrava abbandonata. Il cancello era arrugginito in vari punti; il giardino era invaso da rovi e alberi lasciati a se stessi; la facciata non veniva ridipinta da decenni. L'edificio era ancora integro solo perché i vittoriani li costruivano belli robusti.

«L'avete occupato?» domandai, mentre Summer apriva il cancello con una chiave lunga e pesante. Mi aspettavo che cigolasse, ma era oliato per bene.

«No, Il Rifugio appartiene alla mia famiglia da sempre.»

Imboccammo un viottolo che somigliava molto a un sentiero in mezzo a una foresta. Summer aprì il portone. «Zio Ronald» chiamò, mentre entravamo. «Siamo a casa. Abbiamo portato un amico.»

Eravamo in un grande salone, illuminato da una fila di lampade a forma di drago disposte lungo un muro. Al centro del soffitto era appeso un lampadario di cristallo con più di un cristallo rotto o mancante. Si aprì una porta, in fondo, da cui uscì un uomo sulla settantina. Era vestito come un hippy appena tornato dalle celebrazioni del solstizio: scalzo, con ampi pantaloni di lino e una camicia indiana (più Camden che Goa). Portava i capelli sale e pepe legati in una coda, aveva il naso piatto e una cicatrice sulla guancia, due tratti che suggerivano un passato non tutto di pace e amore. Fece un rapido cenno di saluto a Summer e Bruce e puntò dritto verso di me. Mi si fermò davanti, con le mani sui fianchi, e mi rivolse uno sguardo inquisitore.

«Hai finito col verme?» domandò.

«Finito con cosa?»

Sbuffò e si allontanò. «Se avete bisogno di me sono nel seminterrato» disse, uscendo dalla porta da dove era entrato. «Ho del lavoro da fare.»

Ero perplesso.

«Zio Ronald» spiegò Summer, facendo strada verso un'altra stanza. Io e Bruce la seguimmo.

«Quello a cui piace la tua musica» dissi.

«L'unico.»

«È in trip?»

«Non che io sappia.»

«A me sembra di sì.»

«Lui vede il mondo… diversamente.»

«Essere in trip di solito significa questo.»

«Da giovane si è fatto di tutto.»

Eravamo arrivati in un soggiorno che una volta doveva essere stato maestoso, con una carta da parati a fiori sbiadita. Un grande divano e una poltrona erano di fronte a un camino acceso. «Siediti» disse Summer. Mi lasciai cadere sul divano. Era soffice e comodo. Il calore del fuoco era piacevole. Era tutto molto bello, a parte la mia caviglia, che mi faceva un male del diavolo.

«Fammi vedere» disse Summer.

«Forse è meglio se prima faccio una doccia.»

Liquidò il suggerimento con un cenno. «Avanti.»

Okay, io ci avevo provato. Mi tolsi scarpa e calzino. Lei alzò l'orlo dei pantaloni e mosse la mano sopra alla caviglia e tutto intorno, interrogandomi su dove e quanto facesse male. Bruce a un certo punto uscì dalla stanza, per rientrare con tre tazze di tè. «Niente di rotto» dichiarò Summer alla fine. «Vacci piano per un paio di giorni e tornerai come nuovo. Ti darò un unguento planetario che ho fatto io.»

Non sapevo che pensare dell'unguento planetario, ma ero senz'altro d'accordo con l'andarci piano. «Nel frattempo, mi serve un antidolorifico.»

Bruce rise. «Io ho un po' d'erba.» Ecco un mio simile.

Tirai fuori di tasca la busta in cui tenevo la mia. «Questa almeno la offro io.»

Preparai una canna usando certe foglie che mi aveva dato Summer («Sono meglio del tabacco» mi assicurò, e aveva ragione) e gliela passai. «Il primo tiro alla padrona di casa.»

L'accese con un sorriso. «Un inquilino perfetto, che già si sdebita.»

Era molto tempo che non mi sentivo così a mio agio. Il fuoco, con la sua luce arancione, rendeva confortevole la stanza, mentre l'erba ne attenuava i contorni. Mi sentii a casa. Non mi ci ero mai più sentito dalla morte di mia madre. «Dunque,» domandai «che cosa ci faccio qui, esattamente?»

«Non sarà facile» esordì Bruce.

Summer voltò verso di lui quel suo viso incredibile, scuotendo i capelli nel movimento. «E perché? È semplice.» Mi guardò e disse: «Noi ci siamo già incontrati, Martin».

«Sono sicuro che me ne ricorderei.»

«Non intendo in questa vita.»

Ecco. Cazzo, Summer è fuori di testa. Non posso dire che ne fossi sorpreso; ero più stupito per Bruce, che aveva l'aria di uno quadrato. Okay, due matti allora. Avevo comunque bisogno di un posto dove dormire. «Intendi in una vita *passata*?» dissi, e la voce mi uscì più sarcastica di quanto volessi.

«Non prendermi in giro» disse Summer, con calma. «Per piacere.» Aveva questo modo di reagire alle provocazioni, come se le tue parole non potessero toccarla.

«Non volevo essere scortese, scusa. È l'erba che parla.»

Bruce incrociò le braccia. «E comunque non in una vita passata.»

«No?»

Summer bevve un sorso di tè. «In realtà ci siamo incontrati in *più* di una vita passata. Siamo amici da secoli, Martin. Per quanto ne so, potremmo essere insieme dall'alba dell'umanità.»

8

A una cosa del genere non si può rispondere granché, nemmeno con una canna in mano. Lasciai galleggiare le parole in aria. Diedi una lunga tirata, sperando contro ogni speranza che Bruce e Summer stessero scherzando; mi piacevano, ed era un po' una delusione scoprire che erano due matti. Feci anelli di fumo. «Sicuri?» dissi alla fine.

«Non della storia dell'alba dell'umanità» chiarì Bruce. «Ma del resto sì, abbastanza.»

«Io ricordo frammenti di alcune vite passate» disse Summer.

«Tu e zio Ronald.» Mi stavo pentendo di avere fumato. Rendeva difficile restare seri, e al tempo stesso mi faceva diventare paranoico. Le ombre in fondo alla stanza si stavano spostando? Era troppo buio per i miei gusti.

«No, zio Ronald no» rispose Summer, completamente seria. Poi aggiunse: «Ci sono tanti ricordi, in questo luogo. La mia famiglia non se n'è mai andata da quando mia nonna la costruì, nell'Ottocento».

«*La* costruì?»

«Il Rifugio è femmina. Non lo senti?»

«No, in realtà no.»

«Lo sentirai. Comunque,» proseguì «una generazione dopo l'altra, abbiamo ammassato quintali di cianfrusaglie. Bambole, cappelli, candelabri a forma di corvo, maschere africane, oggetti di ogni genere. Da ragazzina passavo ore a frugarci dentro. Quando zio Ronald mi portò a vedere *Indiana Jones* decisi che ero anch'io un'archeologa, e per qualche settimana continuai a vedere nazisti in soffitta.»

Invidiai Summer; mi era facile immaginarla come una bambina che giocava tra gingilli senza valore. La residenza di Aubrey era spoglia e asettica. Anche giocare era stato difficile, per me.

«Poi, però,» continuò lei «scoprii che certi oggetti erano speciali.» Si alzò e si avvicinò al camino per prendere uno specchio che stava sulla mensola. Me lo diede. Aveva una cornice d'argento annerita, decorata con rami e foglie. Sul retro c'era la sagoma di una donna nuda che veniva fuori da una quercia.

«Quando lo trovai e ci guardai dentro...» Tacque, poi bevve un sorso di tè. Summer era un disastro alla chitarra, ma sapeva come catturare la tua attenzione.

«Che successe?» la incitai.

«Il volto che mi restituiva lo sguardo era il mio, ma non *esattamente* il mio. Ero più vecchia, e avevo indosso uno strano vestito.»

«Una visione» dissi.

«No: un ricordo. Era come quando ricordi qualcosa con grande chiarezza, qualcosa che hai sempre saputo ma a cui non pensavi da un po'.»

Annuii. Ogni tanto mi succedeva coi ricordi del tempo passato nell'Italia meridionale con mia madre. Il caldo insopportabile del sole di luglio. Quello che imparavo da Fabrizio. L'acqua scura del mare, la sera.

«Non era un ricordo che avrei potuto avere» disse Summer. «In quel ricordo avevo venticinque anni, lo specchio era lucido e io ero vestita come Mary Poppins. La casa era vuota, niente mobili, nulla: gli imbianchini avevano appena dato gli ultimi ritocchi alle pareti. Nel ricordo ero al centro della stanza, e usavo lo specchio per controllare che intorno non ci fossero spiriti maligni...»

«Spiriti maligni?» la interruppi.

«Solo per precauzione. Ero incredibilmente felice, perché avevo appena realizzato un sogno: avevo costruito una casa che sarebbe diventata un rifugio sicuro per me e i miei amici, e per artisti e visionari di ogni colore. In quel momento decisi come si sarebbe chiamata.»

«Il Rifugio» dissi.

«Il Rifugio» confermò lei. «Lo raccontai immediatamente a due dei miei migliori amici. Erano lì con me, nella stanza. Uno di loro aveva i capelli bianchi proprio come te, Martin.»

«E l'altro era Bruce.»

«No, era un altro ancora. Poi però il ricordo si interruppe, e tornai nel presente, e lo specchio era vecchio e annerito. Mi sembrò tutto molto bizzarro. Così andai a parlarne con la persona più saggia che conoscevo. Zio Ronald.»

«Perché la persona più saggia che conoscevi era zio Ronald.»

Summer non colse il mio sarcasmo. «Ovvio» rispose. «Lui disse che avevo avuto un ricordo di una vita passata. Io immaginai che dovevo essere la reincarnazione della mia bisnonna, e chiesi alla mamma cosa ne pensasse. Lei rispose che *le sembrava ragionevole.*»

«Hai proprio una strana famiglia.»

«Ce l'avevo. La mamma morì poco dopo e non ho mai conosciuto mio padre. Adesso c'è solo mio zio.»

Chinai la testa, maledicendomi. Sapevo fin troppo bene quanto fosse brutto perdere la propria madre. «Continuo a dire la cosa sbagliata.»

«Ne dici troppe in generale» sottolineò Bruce. Avevo quasi dimenticato che era lì.

«Quello fu il mio primo ricordo» riprese Summer, senza traccia di amarezza nella voce. «Poi successe di nuovo. Ricordai... altre cose, altre vite. Ero sempre molto felice, o molto triste, o molto *qualcosa* in quei ricordi. E c'era sempre qualcuno con me, le stesse persone ogni volta, in epoche diverse. I loro volti cambiavano un po', e cambiava anche il loro genere, ma *erano le stesse persone*. Ero sicura che le avrei incontrate di nuovo. È tutta la vita, *questa* vita, che aspetto.»

«Ho conosciuto Summer quattro mesi fa» disse Bruce. «Ero appena arrivato a Londra per andare all'università. Dormivo in ostello, cercavo un posto dove stare. I miei coinquilini avevano sentito di un concerto e ci volevano andare.»

«Quella sera suonavo io» intervenne Summer. «Quando vidi Bruce, seppi che era arrivato il momento: gli altri ci avrebbero raggiunti presto.»

Era qualcosa di molto grosso da mandare giù. Una catasta di sciocchezze, certo, ma una catasta enorme. «E gli raccontasti questo.»

«Sì» disse Summer.

«La sera stessa in cui vi siete conosciuti.»

«A-ha.»

Mi voltai verso Bruce. «E tu perché te la sei bevuta?»

Sogghignò. «Perché Summer è figa. Poi però mi chiese di salire nella soffitta del Rifugio, e ci trovai un ricordo anch'io. Quando ne trovi uno... sono ricordi *reali*, Martin, reali come qualsiasi altro. Più nitidi della media, in realtà.»

«E di cosa parlava, quel ricordo?»

«Preferirei non dirlo.»

«L'unica cosa su cui siamo d'accordo è che Summer è figa.»

«Ma poi ho trovato te!» disse Bruce. «Uno, tra milioni di persone a Londra. Quante probabilità ci sono?»

«O forse, dico forse, hai scelto uno a caso e gli hai cucito una storia addosso.»

«Aspetta» disse Summer. Uscì di corsa dalla stanza, tornando subito con una bustina. Me la porse. La presi e l'aprii.

Dentro c'era una Polaroid ingiallita. Somigliava a una foto stampata da Instagram, ma era (o faceva finta di essere) vera – cioè, i segni del tempo sembravano veri. Era una foto degli anni Sessanta o dei primi anni Settanta, e mostrava un ragazzo e due ragazze seduti su un prato. Era uno splendido giorno d'estate, con la luce addolcita dal decadimento del colore: dava l'impressione che chi l'aveva scattata avesse catturato un posto migliore del mondo reale, un paese da sogno dove i giorni d'estate erano eterni. Il ragazzo suonava la chitarra, le ragazze ascoltavano, pigre. Avevano tutti e tre i fiori nei capelli. Il ragazzo indossava solo un paio di jeans, e se i vestiti delle ragazze fossero stati solo un poco più succinti, sarebbero scomparsi del tutto. *Oh, i bei tempi degli hippy.* Avevo sempre desiderato vivere in quell'epoca.

Il ragazzo somigliava molto a Bruce. Aveva dei folti baffi, e i capelli lunghi, e il volto leggermente diverso, ma in generale aveva lo stesso aspetto di Bruce. Perfino più tosto. Pace e amore, certo, finché non gli rompevi i coglioni. La ragazza a destra era uno splendore, con quel genere di sorriso che ti trasforma le ginocchia in gelatina. Quanto all'altra... nei suoi capelli bianchi potevo vedere me stesso.

Alzai gli occhi verso Summer.

Lei disse: «Vuoi venire in soffitta?».

9

Summer ci condusse su per una rampa di scale, lungo un corridoio, e poi per un'altra rampa, facendo strada con una torcia. La casa era immensa, e nelle stanze non in uso che stavamo attraversando, era freddissima. Summer mi aveva detto di mettermi la giacca, ma anche così battevo i denti. Immaginai che illuminare e riscaldare tutto Il Rifugio sarebbe costato più del reddito complessivo di Summer, Ronald e Bruce. Mi ero scordato del dolore alla caviglia: l'erba mi aveva stordito. Bella gente, misteri, e droga: c'erano tutti gli ingredienti per un complotto, ma non capivo che cosa avessero da guadagnare mettendo in mezzo *me*.

Purché non sapessero chi era mio padre.

Entrammo in un'ala con le pareti annerite, senza più porte né mobili. Infilai le mani nelle tasche: quelle stanze erano ancora più fredde delle precedenti. «C'è stato un incendio?»

Summer annuì. «Quando mia madre era piccola.»

Non aggiunse altro, e non insistetti.

Salimmo un'ultima rampa di scale. «La soffitta» spiegò Summer. La seguimmo su per le scale fino a un'ultima stanza. Summer spense la torcia e cominciò ad accendere un piccolo esercito di ceri che ci avevano atteso con abnegazione. «Era meglio la torcia» dissi.

«Ma così è più bello.»

Non aveva torto. A lume di candela la soffitta acquistava una qualità magica: uno spazio enorme con dentro di tutto, dalle macchine da scrivere ai manichini, pieno di ombre di cose rotte e dimenticate. Pieno di fantasmi. Era un posto buio e infestato dagli spiriti, ma sia il buio sia gli spiriti erano accoglienti come una vecchia zia un po' strega.

«Avanti» mi invitò Bruce. «Guarda se capti delle buone vibrazioni.»

Mi tuffai nel bazar. Misi la mano sulla testa di un cavallo a dondolo a cui mancava un occhio. «Il cavallo zombie» dichiarai «non mi fa nulla.»

«Non funziona così» disse Summer. «Toccare non basta.»

«E cosa dovrei fare?»

«Usarlo.»

Ero sempre più convinto che Summer credesse davvero a ciò che diceva. Se era quello il caso, era molto fortunata: il suo mondo privato, per quanto immaginario, era un posto più gentile della mia brutale realtà. L'assecondai e salii a cavallo. Lo feci dondolare, goffamente ripiegato su me stesso, con le ginocchia che mi arrivavano alle orecchie.

Bruce ridacchiò, poi cominciò a ridere sul serio. Summer rise con lui.

«Ehi!» protestai. «Faccio questo nell'interesse della scienza.»

«*Spero* che quel cavallo non ti susciti alcun ricordo» disse Bruce.

«E invece sì, a dire il vero.»

«Ah, sì?»

«Sì, è il ricordo di un'altra vita in cui ti ho comunque fregato dieci sterline, solo che allora dieci sterline erano un sacco di soldi.»

«Comincia a restituirmeli, allora.»

«Continua a sognare» dissi, alzandomi.

Attraversai tutti quei gingilli, cercando *buone vibrazioni.* Non mi aspettavo di trovarne, ma era divertente stare al gioco. Scrissi *siete fuori come due balconi* su una vecchia Underwood senza carta né inchiostro. Trovai una spada arrugginita nel suo fodero, la impugnai e finsi di essere un cavaliere antico. Misi un disco in vinile su un grammofono, che non era attaccato alla presa e che di sicuro non avrebbe funzionato anche se lo fosse stato. Finsi di ascoltare la musica e ballai con un manichino. Summer, ridendo, spinse via il manichino dalle mie braccia e continuò al suo posto. Mentre ballavamo, Bruce cominciò a cantare *Ob-La-Di, Ob-La-Da* battendo le mani per tenere il ritmo. Continuò a cantare un altro po', e dopo perse il filo. Io e Summer ci inchinammo a vicenda e poi a Bruce. Nessuna vibrazione, però.

«Scusatemi,» dissi «ma non funziona.»

«Dobbiamo trovare l'oggetto giusto» disse Summer.

Feci un gesto che includeva tutta la stanza. «Questo è un tempio consacrato alle cianfrusaglie.»

Bruce disse: «A me ci sono voluti cinque giorni per trovare il mio ricordo».

«Sì, ma nel frattempo...» tacqui proprio prima di dire qualcosa di stupido come *scopavi con Summer*. Ero sicuro che la loro amicizia non fosse platonica.

«E tu hai una stanza» disse lui. «È un buon affare o no?»

10

Non ho mai creduto ai buoni affari: credevo ai giochi truccati, e se non ero io a truccarli, allora era l'altro. Come si dice nel poker, se non vedi il pollo al tavolo, il pollo sei tu. Così, quella sera, quando sentii i sospiri di Summer e Bruce a letto insieme, scesi dal mio (un letto vero, lusso inaudito) e sgattaiolai fuori dalla stanza che Summer mi aveva assegnato. Non che stessi origliando o cosa, ma erano rumorosi, e neanche le pareti spesse del Rifugio erano sufficienti a smorzare le loro voci.

Mentre percorrevo quei corridoi bui dovetti ammettere a me stesso che quei due mi facevano sentire solo: condividevano qualcosa che a me mancava, e non intendo il fatto di essere nudi. Quel giorno mi ero divertito come non mi capitava da chissà quando, ma non riuscivo a dimenticare che Bruce e Summer non erano miei amici e che Il Rifugio non era la mia casa, e la situazione metteva in evidenza quanto poco avessi: una famiglia degna di questo nome, un'amante non occasionale, un posto mio, amici sui quali contare... erano tutte cose al di là della mia portata.

Bruce e Summer erano due matti. Pensare a loro in ogni altro modo era un terreno scivoloso, perché avrebbe fatto diventare matto anche me. Meglio soli che illusi.

Quando Summer mi aveva mostrato la mia stanza, avevo chiesto dove fossero la sua e quella di Bruce, tanto per curiosità, sapete. Adesso ero fermo fuori della porta. Da dietro arrivavano le loro voci. Si stavano dando da fare nella stanza di Summer, così mi diressi verso quella di Bruce.

Pensandoci col senno di poi, vedo gli ingranaggi al lavoro: i nostri vincula ci attraevano, anche se nessuno di noi, nemmeno Summer, se ne rendeva conto. Era l'unica cosa che non cambiava mai: è sempre difficile capire quando è il tuo vinculum a decidere e quando sei tu. Nei miei giorni peggiori mi domando se sia mai tu, a decidere.

Provai la maniglia: la porta non era chiusa a chiave. L'aprii. Accesi la luce ed entrai. Sì, non era un bel gesto, ma dopo il tempo passato a vivere con Aubrey mi importava poco del galateo.

La stanza di Bruce era grande come la mia, e questo significa che era più grande di qualunque stanza avessi mai visto a Londra. Era arredata in modo semplice: un letto, una scrivania, una sedia, un piccolo baule, pile di libri e carte con un sacco di matematica sopra. Su qualcuna c'era il logo della London School of Economics. Sul muro era appuntata una consunta mappa della Terra di Mezzo. Anche se in disordine, la stanza era pulitissima. C'era anche un buon odore, con un vago accenno di qualcosa che conoscevo. Qualcuno. Summer. Non usavano solo la stanza di lei, allora.

Sfogliai libri di testo pieni di grafici e diagrammi, domandandomi come le persone potessero mai interessarsi all'economia. Provai ad aprire il piccolo baule, ma era chiuso a chiave, così controllai i cassetti della scrivania. In uno c'erano solo vecchi biglietti (Bruce era uno di quei tipi sentimentali che conservano un souvenir di tutto quello che fanno), un po' d'erba, degli elastici, qualche matita. In un altro c'erano una chiave e un fascio di carte: documenti universitari, per lo più. Una lettera attirò la mia attenzione: elencava nei dettagli le condizioni di una borsa di studio (non proprio da pezzente) che Bruce aveva ottenuto. Era così che si pagava gli studi. Gli era stata concessa dalla *Aubrey Walker Foundation for Young Economists*.

La firma in calce alla lettera era quella di mio padre.

Barcollai. Come aveva detto lo stesso Bruce, quante probabilità c'erano? Quante probabilità c'erano di essere avvicinato per strada e di sentirmi imboccare una storia folle da uno sconosciuto che, guarda caso, era pagato da mio padre? *Stai calmo*, pensai. Non potevo lasciare briglia sciolta alla mia paranoia, per di più peggiorata dall'erba.

Provai la chiave col bauletto, che si aprì. Conteneva un unico oggetto, un vecchio coltello a scatto con l'impugnatura nera. Solo a vederlo mi venne la nausea. Quel coltello trasudava violenza, e del tipo peggiore: un oggetto come quello serviva a uno scopo solo. L'idea che Bruce lo avesse con sé mi turbava. Magari era un ricordo, come i biglietti nel cassetto, ma un ricordo di cosa?

Lo presi. Troppo in fretta, per il mio bene. Il pulsante che apriva la lama funzionava perfettamente: senza volerlo lo toccai e la lama scivolò fuori, graffiandomi la pelle. «Merda» dissi, lasciando cadere il coltello.

Spalancai la bocca e indietreggiai bruscamente.

Non era una visione, qualcosa che veniva dall'esterno. Era la mia stessa anima che si muoveva nel sonno e mi sussurrava cose che avevo scordato. Cose che mi erano successe in un'altra epoca, in un'altra vita.

Un tempo, con quel coltello, Bruce mi aveva ucciso.

11

«Dovessi radere al suolo la città,» dissi «lo troverò.»

Era un tardo pomeriggio alla fine dell'estate, e io e Bruce eravamo in un'aranciera che aveva visto giorni migliori, nel parco del Rifugio. Il crepuscolo regalava una luce rosata. Avevamo nomi diversi: Bruce si chiamava Tom, io Catherine. Ero una ragazza, la ragazza coi capelli bianchi della Polaroid. Ero triste; ancora di più, ero furibonda.

Tom non avrebbe più potuto suonare la chitarra. Aveva perso tre dita della mano destra, che era bendata. Anche il lato destro del viso era bendato, e io sapevo che dietro a quella garza c'erano ferite terribili che non sarebbero mai guarite del tutto. Non era nel Rifugio quando si era scatenato l'inferno, ma tre poliziotti armati lo avevano raggiunto per strada. Se l'era cavata, ma non ne era uscito indenne. Jasmine, invece, non aveva un graffio.

«Farai solo del male ad altri» disse Tom.

«Bene.»

Tom poggiò una mano sulla mia spalla. «Non è bene, Cat. Siamo migliori di così.»

Amavo Tom, ma non avrei lasciato che mi fermasse, non stavolta. «Dopo quello che ha fatto...»

«... dobbiamo essere migliori di lui.»

«Perché difendi quel bastardo?»

Tom sospirò. «Ricordi le storie secondo cui avresti distrutto Londra, in una vita passata?»

«Non siamo sicuri che siano vere.»

«*Io* so che sono vere.»

Fui colta alla sprovvista. «Hai trovato...?»

Tom annuì. «Potrebbe finire molto, molto male per tutti. Anche per Jasmine.»

«Sai che non permetterò mai che succeda qualcosa a Jasmine.»

«So che farai del tuo meglio per proteggerla, sì.»

«Lo faccio per loro, Tom. Per Sky e Alice.»

Tom puntò un dito contro il mio petto. «Lo fai per te stessa.»

«Come vuoi» dissi. Lo spinsi di lato. «Non ti sto chiedendo il permesso.»

Feci per passargli accanto, ma lui mi afferrò. Mi attirò a sé, trattenendomi col braccio sinistro. Quel braccio era tutto ciò di cui aveva bisogno.

«Ehi!» gridai.

«Sky sapeva che ti saresti comportata da stupida» disse Tom. Stava piangendo. «Lo sapeva.»

Provai a divincolarmi, ma lui era molto più grosso e più forte di me. «Lasciami!» dissi.

«Mi ha *implorato* di fermarti.» Adesso Bruce aveva la voce rotta. Infilò in tasca la mano sinistra e tirò fuori un coltello a scatto, quello che quando ci eravamo conosciuti aveva tolto di mano a un Mod arrivato fuori tempo massimo. «Ti amo Cat. Ti amerò sempre.»

Ero in pericolo: un pericolo vero, immediato. «Okay» dissi. «Hai ragione. Calmiamoci tutti.»

Tom aprì la lama. «Sei più intelligente di me: troverai il modo, Cat.»

Urlò e pianse mentre mi piantava il coltello nel cuore.

Io sentii il dolore più forte che avessi mai sentito, ed ero infelice come puoi esserlo solo quando uno dei tuoi migliori amici, qualcuno che ami con tutta te stessa, ti tradisce. Mentre perdevo conoscenza, Tom mi abbracciò forte. «Ti amo, Cat» disse, singhiozzando. «Ti amo e mi dispiace, Dio, mi dispiace tanto...»

Morire fu facile. A quello ero abituata.

12

Uscii zoppicando dal Rifugio, sotto una pioggerella fredda e invadente. Non sapevo dove andare, volevo solo andarmene da lì. Quel ricordo era innegabilmente reale. Mi sentivo come un amnesico in via di guarigione: quel ricordo era parte di ciò che ero, e adesso che era tornato poteva pure non essersene mai andato. Ero già stato in quell'aranciera, nel corpo di una ragazza. Bruce/Tom mi aveva ucciso. Adesso ero tornato, e anche lui. Questo per me era reale come la pioggia, la strada e Aubrey.

Era però l'unico ricordo che avevo, da quella vita negli anni Sessanta o dalle altre di cui ero stato consapevole nelle sembianze di Catherine. Alla fine, quando lei (io) capì che stava (stavo) morendo, pensò (pensai) brevemente a quelle vite. *Cazzo, fermarsi ai box proprio adesso. Me la pagherai per questo, Gigante*, pensai. Eppure, anche mentre mi uccideva, io amavo Tom. Sapevo perché lo stava facendo e provavo per lui un immenso rispetto. *È sempre il più coraggioso di tutti.* Summer e Bruce avevano ragione. Ci conoscevamo già, e da moltissimo tempo.

«Perché difendi quel bastardo?» avevo domandato a Bruce/Tom prima che mi uccidesse. C'era stata una persona, dunque, a cui volevo fare del male, a qualsiasi costo e a prescindere dalle conseguenze. Niente mi avrebbe fermato: solo una lama piantata nel petto. Non ricordavo il nome di quella persona, nemmeno il volto, ma ricordavo come quella persona mi faceva sentire, l'odio al calore bianco che mi esplodeva in pancia. Solo mio padre mi aveva fatto provare una sensazione simile: Aubrey Walker, l'uomo che pagava gli studi a Bruce Shakespeare. E dovevo credere che fosse una coincidenza?

Prima che potessi ripensarci, tirai fuori il telefono. Non si collegava a Internet, non potevo leggerci la posta elettronica, non ci potevo ascoltare la musica. Risaliva all'epoca in cui i telefoni erano stupidi. Era la prima cosa che avevo comprato quando ero andato via di casa, per la somma principesca di ventuno sterline: avevo paura che Aubrey usasse il mio vecchio telefono per rintracciarmi, così lo gettai via e presi quello. Essere paranoici non significa per forza avere torto. Nascosi il numero e composi quello di mio padre.

«Sì» rispose, brusco, dopo un po'.

Io non dissi nulla.

«Chi parla?» domandò.

Continuai a tacere.

Ci fu una pausa, poi disse, con tono più gentile: «Martin? Sei tu?».

Avevo un groppo in gola, e mi odiai per le lacrime che mi salivano agli occhi.

«Martin, dove sei? Per favore, figliolo, sono preoccupato per te. So che mi odi, ma questo...»

Chiusi la chiamata. Fui costretto ad asciugarmi le lacrime. Perché cazzo concedevo ad Aubrey tutto quel potere su di me?

Adesso la pioggia cadeva forte. Andando in giro senza meta capitai in un vicolo tanto buio che sembrava svanire nell'oscurità come un sentiero magico nella nebbia. Era abbastanza stretto da offrirmi un po' di rifugio. Era troppo tardi per andare al pub, e in vista non c'era niente di meglio. Esitai per un attimo:

quel vicolo era il posto perfetto per un'imboscata. *Solo che nessuno te la tenderà un'imboscata, perché sei povero in canna e si vede e comunque nessuno tende imboscate nei vicoli.* Paranoico, come vedete.

Ignorai la mia ansia ed entrai nel vicolo. Ero arrivato a metà quando sentii dei passi alle mie spalle. «Martin Walker» disse una voce. «Permetti una parola?»

Mi voltai. A poca distanza da me c'era una brunetta con una felpa col cappuccio e un lungo impermeabile. Il suo viso non era niente di speciale, ma in lei c'era una *intensità* che la rendeva, se non attraente, almeno interessante. Avrà avuto trentacinque anni. Sembrava a disagio.

Lo ero anch'io. Sapeva chi ero. Pessima, pessima cosa. Mi accigliai e domandai, con tutta la calma di cui ero capace: «Come hai detto?».

«Sei il figlio di Aubrey Walker.»

«Certo.» Feci una risatina. «Un ricco camuffato da povero.»

«Per favore, Martin.»

Quando menti, devi continuare a mentire. Ho sentito dire che c'è un momento in cui capisci che non ha senso continuare, che tanto vale cominciare a dire la verità, ma sono stronzate. Ripeti una bugia abbastanza spesso, in modo abbastanza convincente, e diventerà un fatto. So di cosa parlo: ho detto milioni di bugie e creato altrettanti fatti.

E così scossi la testa e allargai il sorriso, il sorriso che usavo per i miei trucchi, il sorriso che usavo con le ragazze, il sorriso che riesce benissimo a nascondere a me e agli altri tutte le mie paure e nevrosi e tutti i miei casini, e dissi: «Mi hai beccato. Sono l'unico figlio di un multimilionario e sono qui, sotto la pioggia, perché mi piace così».

«Sei esattamente come dicono.»

Mi domandai chi dicesse cosa su di me, ed ebbi la sensazione che la risposta non fosse piacevole. «E tu saresti...?»

«Sono solo un'altra Pellegrina.» Si avvicinò e vidi più chiaramente il suo viso: aveva gli occhi gonfi. Aveva pianto.

Il mio disagio arrivò alle stelle. «Sono la persona sbagliata.» Mi stavo voltando per allontanarmi, quando notai un movimento con la coda dell'occhio.

La brunetta stava estraendo una pistola.

Una parte di me sapeva cosa fare. La parte che si stava risvegliando aveva avuto mille vite per imparare a reagire una volta nei guai. Prese il controllo del mio corpo e si mise a correre: non allontanandosi dalla donna, ma *verso* di lei, incurante del dolore alla caviglia, perché quello era più importante, era una questione di sopravvivenza. E mi fece gridare. Gridare spaventa il tuo nemico, ti rassicura, ed è una bella sensazione, cazzo. Quella donna era solo a pochi metri da me, e io le arrivai addosso, una massa di nervi e rumore, prima che avesse il tempo di estrarre del tutto la pistola. Non smisi di correre: andai a sbatterle contro con la spalla, mettendo nella spinta tutta la mia forza. Non era granché, ma fu sufficiente a sbilanciarla. Perse sia l'equilibrio che la pistola mentre io continuavo a correre. Uscii dal vicolo, in una strada più larga, e continuai a correre e gridare, stavolta per chiedere aiuto.

Lei non mi venne dietro.

Allora credetti che i miei riflessi mi avessero salvato la vita, ma non era quello il caso – non del tutto. È vero, se non mi fossi messo subito a correre, probabilmente Lizanne (si chiamava così, come avrei scoperto presto) mi avrebbe ucciso. E tuttavia uccidere la gente non è difficile, se ci si mette d'impegno. Un colpo alla schiena e buon viaggio. Lizanne si era messa d'impegno: voleva uccidere il Mago, ma davanti a sé vedeva soltanto, e allora ero davvero solo quello, un ragazzo che sbuffava e soffiava per sembrare più grande di quello che era. Esitò perché ebbe pietà di me.

Fu quello il suo errore.

Se ne sarebbe pentita. E adesso che sono un po' più vecchio e un po' più saggio, ora che Londra è consumata dalle fiamme e dalla violenza a causa di ciò a cui ho dato inizio, forse me ne pento anche io.

13

Rischiare la vita non è come nei film. Se ti tiri fuori dai guai con la testa fuori dal terreno e non tre metri sotto, non ti limiti ad alzare le spalle e tirare dritto. Quello che fai è rabbrividire e tremare e (se hai fortuna) non fartela sotto. Sei grato di essere vivo e ti rendi conto che non durerà. Quando la morte è sul piatto tutto diventa più reale. Quella sera tutto, per me, divenne reale e concreto. Nel giro di un'ora avevo ricordato che ero stato ucciso ed era quasi successo di nuovo.

Avevo bisogno di un tè.

Tornai al Rifugio, con la caviglia che mi bruciava come se stesse partorendo il suo gemello malvagio. Avrei voluto catapultarmi all'interno e gridare a Bruce e Summer di alzare il culo, ma tremavo troppo. Riuscii soltanto a entrare, zoppicare fino al gabinetto, e poi mettere il bollitore sul fuoco, in silenzio.

Aveva appena iniziato a bollire quando Summer mi raggiunse in cucina. «Cos'è quella faccia?» domandò. «E perché sei fradicio?»

Versai l'acqua calda in una tazza, rovesciandone un po'. «Una donna ha cercato di uccidermi.»

Summer spalancò gli occhi.

Dirlo a voce alta era stato un sollievo. Cominciavo ad avere meno paura. E più rabbia. «Chiama Bruce» dissi. «Dobbiamo parlare.»

Cinque minuti dopo Summer e Bruce erano sul divano davanti al fuoco, mentre io stavo in piedi a bere il tè. Zio Ronald fece una comparsata, mi guardò, scosse la testa e tornò a rinchiudersi nel seminterrato, a fare quello che faceva laggiù.

A bella posta, avevo preparato il tè solo per me.

«Cos'è questa storia di mio padre?» cominciai.

«Scusa?!» domandò Bruce.

«Basta prese per il culo.» Non era una mossa intelligente, cercare di intimidire un uomo grosso abbastanza da gettare ombra su un camion, ma ero troppo arrabbiato per le mosse intelligenti.

Lui non perse un colpo. «Non so di cosa parli.»

«Lui è Martin Walker» disse Summer. «Il figlio di quello... Come-si-chiama Walker.»

«Aubrey.» Bruce era sorpreso. Disse il nome di Aubrey con la venerazione che avevo imparato ad aspettarmi quando lo pronunciavano, e mi sentii un po' avvilito.

«Proprio lui» confermò Summer. «Gli spiriti me lo avevano detto.»

«*Gli spiriti* un cazzo» dissi. «Sono stato in camera tua, Bruce.»

Rimase allibito. «Tu... cosa?»

«Ho visto i documenti della borsa» gridai, andandogli più vicino. «Ho trovato il tuo coltello del cazzo.»

«Dunque ricordi» disse Summer.

«Vi ha mandato mio padre?» gridai.

Vidi un'ondata di rabbia solcare il volto di Bruce, e i suoi muscoli prepararsi a scattare. Anch'io mi preparai. Ero così furibondo che mi convinsi che sarei stato alla sua altezza, se si arrivava alle mani. «Non avevi il diritto di ficcare il naso tra le mie cose» disse Bruce.

«Bambini,» disse Summer «calmatevi.»

Ci voltammo verso di lei.

«Lui è entrato di nascosto in camera mia!»

«E lui mi ha ucciso!»

«Parliamone.»

Io e Bruce incrociammo gli sguardi.

Summer disse: «Non ci ha mandato tuo padre».

«E perché dovrei credervi?»

«Perché ci conosci» disse Summer, calma come sempre.

Aprii la bocca senza dire nulla.

«Lo so che ti ho ucciso» disse Bruce, con tono dimesso. «Eravamo insieme nell'aranciera, e ti ho pugnalato.» Fece una pausa. «Mi fa stare malissimo.»

«Fa stare peggio me, mi sa. Soprattutto se consideriamo che una terza persona vuole accopparmi di nuovo.»

«Che è successo, esattamente?»

Raccontai tutto, lasciando alla fine il dettaglio importante. «Prima di tirare fuori la pistola,» conclusi «la donna ha detto: "Sono solo un'altra Pellegrina" e si aspettava che capissi. Ma non ho capito. C'è qualcosa che non mi avete detto?»

Summer alzò le spalle.

Chiusi gli occhi e feci un bel respiro. «Mi giurate che non avete niente a che fare con Aubrey?»

«Sì» disse Summer.

«A parte la borsa di studio, sì.»

«E non sapete niente di questi... *Pellegrini.*»

«No» rispose Summer.

«Lo chiedo perché *Pellegrini* è una parola abbastanza farlocca da poter avere a che fare con questa storia della reincarnazione.»

Summer alzò gli occhi al cielo, come per riflettere. «Vero» disse.

«Dunque voi due non siete gli unici fulminati di Londra sulle mie tracce.»

Bruce disse: «Londra è fatta da e per fulminati».

Era un tentativo di alleggerire la tensione. Lo apprezzai. «Credo di essere uno di loro.» Guardai Bruce. «Perché mi hai ucciso?»

«Non lo so.»

Il Gigante Gentile era un pessimo bugiardo. Misi da parte quel pensiero per dopo. «Mi ucciderai di nuovo?»

Sorrise. «Spero di no.»

«Molto gentile da parte tua.»

Summer si strofinò le mani e ci soffiò sopra: il fuoco era quasi spento. «Siamo tutti morti giovani» disse, all'improvviso.

La guardammo, e mi sentii uno stupido quando capii cosa intendeva. Avrei dovuto arrivarci da solo.

«Hai visto la Polaroid» continuò. «Negli anni Sessanta eravamo vivi, e da allora abbiamo avuto il tempo di andare e tornare. L'ultima volta siamo morti giovani.»

«E stanno già cercando di ucciderci di nuovo» dissi, senza fiato.

«Per lo più te, finora» commentò Bruce.

«Solo perché sono quello bello.»

Nessuno disse niente per un po'. Poi Bruce propose: «Dovremmo chiamare la polizia».

«No.»

«Questa cosa è troppo grossa per noi.»

«E le guardie che farebbero? A parte farsi descrivere la matta e darci un volantino.»

Summer si alzò e andò ad attizzare il fuoco. «La brunetta *tornerà*» disse. «Lo sai.»

«No» dissi. «Vado a cercarla io.»

14

Quando la testa toccò il cuscino mi resi conto della bizzarria della mia situazione. Una manciata di ore prima non avevo mai sentito parlare di Bruce, di Summer e del Rifugio. In quelle poche ore avevo scoperto non solo di aver vissuto un'altra vita, ma di averne vissute molte, e che nell'ultima ero stato una donna. In teoria avrei dovuto esserne sconvolto, ma in realtà era una sensazione del tutto familiare. Più che altro, ero sorpreso di essermene dimenticato: era come dimenticare l'indirizzo di Aubrey o il mio fallito tentativo di suicidio.

La brunetta era una storia diversa. Mi dava la caccia, e la sensazione che mi dessero la caccia era anch'essa familiare, ma non per motivi misteriosi. Era familiare per via di Aubrey.

Io e mia madre avevamo traslocato (eravamo *fuggiti* sarebbe più preciso) a Portodimare, un villaggio sulle sponde del Mar Ionio, dopo che Aubrey era andato troppo oltre e mi aveva spezzato un braccio. «Quaggiù saremo al sicuro» aveva promesso la mamma, quando scendemmo dall'aereo sotto uno scirocco afoso, un vento che avrei imparato a conoscere e disprezzare. «Abbiamo degli amici.» Non c'era posto al mondo in cui Aubrey non potesse trovarci, con la sua ricchezza e i suoi contatti, ma in Puglia avremmo avuto un minimo di protezione. L'Italia meridionale funziona con le proprie regole, e gli amici giusti fanno molto per tenerti al sicuro, anche là dove la legge non arriva.

Ci stabilimmo alla periferia del villaggio, in una piccola casa con un grande giardino, vicino al mare. Antonio, mio nonno, aveva vissuto là prima di trasferirsi in Inghilterra, e non si era mai deciso a vendere. Non era in buone condizioni: io e la mamma avevamo dovuto dipingere le pareti da soli, e per il primo anno il nostro unico riscaldamento fu il camino. L'assenza di Aubrey lo rendeva un paradiso. La mamma era un architetto, e sapeva cosa fare e come farlo spendendo poco. Lavorare con lei per rimettere su la casa, sapendo che Aubrey era lontano, mi rendeva felice. Quegli anni finirono male, ma mi mostrarono che un'altra vita era possibile. Mi diedero la forza di fare le valigie e scappare compiuti i diciotto anni: questa forza fu l'ultimo regalo di mia madre, il più prezioso.

All'inizio Aubrey aveva cercato di aggiustare la situazione: era perfino venuto a Portodimare per parlare di persona. Ma aveva già bruciato tutti i ponti possibili, e alla fine non gli era rimasto che sparire dalle nostre vite.

Finché mamma non era morta.

Non potevo credere che Aubrey c'entrasse con la sua morte (sarebbe stato troppo bieco perfino per lui – o no?) eppure avevo la sensazione che mamma sarebbe ancora viva se avessimo fatto qualcosa di più che restarcene seduti a sperare per il meglio. Avrei imparato dai nostri errori. Non avrei permesso che la brunetta mi stanasse: sarei andato io a cercarla, e l'avrei resa innocua, in un modo o nell'altro.

L'ultima volta siamo morti giovani.

Non sarebbe successo mai più.

15

La mattina dopo mi svegliò il pianto stridulo di una volpe spaventata. Dopo qualche istante mi resi conto che si trattava di un violino. Mi infilai i jeans e seguii quello strazio fino in cucina, dove Summer stava suonando per un pubblico in estasi composto da una persona sola: zio Ronald. La stanza era spaziosa, con una cucina a gas e apparecchi che, a giudicare dall'aspetto, risalivano agli anni Sessanta. Una portafinestra sul retro si affacciava su una porzione particolarmente incolta del giardino. Grazie a Dio, quando entrai nella stanza Summer smise di suonare. Zio Ronald si accigliò e mi guardò, brontolando: «Guastafeste».

«Hai dormito bene?» domandò Summer, rimettendo il violino nella custodia.

Sbadigliai. «Come un sasso.»

«Nella credenza trovi tè e caffè. Se vai in giardino vedrai una grossa cassa marrone: teniamo lì le provviste. Bacon, uova e qualcos'altro.»

«Un branco di frigoriferi feroci ha distrutto il vostro villaggio e ve la siete legata al dito?» domandai, diretto verso la credenza.

«Vogliamo salvare l'ambiente, in questa famiglia» spiegò zio Ronald.

Avevo qualche risposta sulla punta della lingua, ma non ero nella posizione di condividerle. Mi preparai uova strapazzate, bacon e caffè, mentre Summer e zio Ronald chiacchieravano dei semi che per quell'anno avevano intenzione di piantare nell'orto della cucina. Con la pancia piena, ero pronto per un po' di ricerche.

Summer mi mostrò un vecchio e ingombrante computer che apparteneva "alla casa", poggiato su un tavolo traballante nella veranda rotonda sul retro dell'edificio. La veranda era piena di felci di ogni forma e dimensione, e tutte molto in salute: zio Ronald se ne prendeva cura. Ci passai l'intero pomeriggio. Era come navigare su Google in mezzo a una giungla.

Per trovare la fulminata dai capelli scuri avevo solo quella parola: *Pellegrini*. Il Venerabile Oracolo di Google produsse più di cinquantuno milioni di risultati. Me lo aspettavo, ma non mi aspettavo la sorprendente varietà di quei risultati. C'erano siti religiosi, a tonnellate, di ogni confessione – cristiani, buddisti, wiccan, ditemi una religione ed eccola là. C'erano però anche alberghi, parchi a tema western, perfino qualche telefono erotico. Dubitai che qualcuno volesse uccidermi per una canzone di Enya o per una sala da tè nel New England.

Il cielo era buio, e mi faceva male lo stomaco per tutto il caffè che avevo bevuto, quando alla fine trovai una traccia. Era in un commento annidato tra gli altri, su un raccapricciante blog New Age, un tripudio di unicorni, angeli a torso nudo e, sì, vampiri tutti muscoli. La proprietaria del blog, *Ligeia*, era una sedicente «ricercatrice dell'ignioto» (errore compreso), e inoltre un'antropologa, filosofa e in generale esperta. Di che non lo so, ma era esperta.

Ligeia aveva scritto un lungo post sulla reincarnazione, nella prosa aberrante di chi pensa di stare facendo letteratura. Lo scorsi rapidamente senza leggerlo davvero; era la solita roba, ricordi di essere stato un faraone o Edgar Allan Poe o una sacerdotessa egiziana. Aveva ricevuto circa trenta commenti. Il penultimo era: *Hai mai sentito parlare dei Pellegrini?* Ligeia non aveva risposto, e quindi supponevo che la risposta fosse negativa. Qualcuno però aveva risposto: *guarda nel Deep Web*. Cliccai sul profilo di entrambi i commentatori, ma non trovai nulla: non c'erano informazioni personali, nessuna immagine, nessun blog collegato a loro, e nemmeno altri commenti. Nulla.

Il Deep Web era una rete di siti assolutamente e completamente anonimi, una terra desolata elettronica dove si poteva trovare di tutto, dalla droga ai tutorial per hacker a cose peggiori e assai più inquietanti. Per navigarlo servivano capacità che io non avevo e del software speciale, e non avevo nemmeno quello. Con un po' di tempo avrei potuto procurarmi entrambe le cose, ma io volevo tutto e subito.

Sapevo chi avrebbe potuto aiutarmi. Aprii la mia casella di posta elettronica, cercando un contatto nella rubrica. Eccolo: il tipo che aveva hackerato la rete Wi-Fi nello squat. Non lo avevo mai incontrato, ma da un post-it sul frigo avevo copiato l'indirizzo email, una sequenza anonima di numeri seguiti da @ e da un dominio sconosciuto. Mi era sembrato un indirizzo che poteva tornare utile. Scrissi un'email all'hacker, dicendo che avevo bisogno di fare ricerca nel Deep Web.

Poi mi scollegai e, stirandomi e sbadigliando, notai il giardino dietro al vetro. *L'aranciera sarà ancora lì?* mi domandai. Non vedevo perché no. Il dolore alla caviglia si era attenuato; non ero sicuro se dipendesse dai «rimedi planetari» di Summer, a cui ero ricorso quel pomeriggio, o dal fatto che il mio cervello avesse cose più importanti da fare che piantare grane per una caviglia.

Misi la mia giacca militare e uscii.

16

Il giardino era uno sfacelo, così incolto che sembrava non fosse mai stato addomesticato. Aveva una patina postapocalittica: l'umanità era caduta e i governi erano crollati e Madre Natura tornava strisciando a rivendicare le effimere conquiste dell'umanità. Era dove iniziava *The Last of Us*.

La sera era fredda e il mio fiato si condensava in nuvolette. Appena mi ritrovai all'aria fresca, e in movimento, cominciai a sentirmi meglio: so stare seduto quando proprio devo, ma non sarà mai la mia specialità. Riuscivo a vedere un viottolo di rocce rotonde che si snodava dalle portefinestre della cucina fino al cuore del giardino. Le rocce erano relativamente pulite, senza erbacce in mezzo, né muschio in cima. Qualcuno ne aveva avuto cura.

Seguii quel viottolo. Cominciarono a girarmi dei numeri in testa: una casa vittoriana neogotica come quella, nel bel mezzo di Camden, all'interno del proprio parco, e con vista sul canale, valeva una quantità di soldi sufficiente a comprare una vita molto comoda. Potenzialmente Summer e Ronald erano milionari, eppure vivevano come poveracci. Non riuscivo a trovarci un senso.

Prima di addentrarsi tra i cespugli, il viottolo sfiorava un edificio fatiscente. Il telaio di ferro arrugginito, i vetri rotti o mancanti: era l'aranciera dove ero morto, ancora in piedi come pensavo. Più vecchia, però, e più trasandata.

Un'ombra si mosse all'interno. Troppo grande per essere un gatto.

Ero spaventato, ma questo mi rese solo più curioso. Sbirciai oltre la soglia: le piante in vaso si erano allargate ovunque e nuovi esemplari crescevano dalle crepe del selciato in un trionfo di rose selvatiche, edera e pratia. Era inverno ma era già bella; potevo solo immaginare come sarebbe stata all'arrivo della primavera.

L'ombra era in fondo. Aveva una sagoma umana, alta e grossa.

«Ciao Martin» disse Bruce.

Buttai fuori il fiato, sollevato. «Un po' di giardinaggio?»

«Avevo solo bisogno di una boccata d'aria.»

«Anch'io. Le grandi menti eccetera eccetera.»

Fece un sorriso stanco.

«Non mi ero reso conto di quanto fosse grande il giardino» dissi, entrando.

«Già, è enorme.»

«Questa casa vale *milioni*, anche in queste condizioni.»

«Summer non la venderebbe mai.»

«Non riesco a credere che non l'affitti, almeno.»

«Ti lamenti per i pasti gratis?» Bruce domandò, con ironia.

Mi avvicinai a una pianta che non avevo mai visto, dalle foglie nere venate di giallo. «Non esistono pasti gratis, lo sanno tutti.»

«E tutti sbagliano. Zio Ronald dice che è un'orchidea, comunque.»

«In vita mia un pasto gratis non l'ho mai visto.»

«Non hai frequentato le persone giuste.»

«Disse quello che mi ha ucciso.»

«Ce l'hai ancora con me per qualcosa che ho fatto letteralmente in un'altra vita?»

«Scopavi con Summer anche in quella?»

Bruce finse di essere molto concentrato sul togliersi un po' di terra dai pantaloni. «Non sono sicuro che andrà avanti, in questa.»

«Perché?»

Bruce scrollò le spalle.

E io capii. Avrei dovuto capirlo prima, ma a volte le cose molto ovvie hanno un modo tutto loro di nascondersi. «Oh, sei innamorato di lei.» Non aggiunsi *ma lei non è innamorata di te* perché non ce n'era bisogno.

«Disperatamente» disse Bruce. «Lei è… io sono *suo*, ma lei non è *mia*.»

«Sei un bel ragazzo. Cambierà idea.»

«L'aspetto non c'entra: non sono sicuro che siamo destinati a stare insieme.»

Alzai il braccio, in un gesto teatrale. «Ci siamo reincarnati più volte, in tutte le epoche dell'umanità!» dissi, esagerando la voce fuori campo di *Ai confini della realtà*. «Nei secoli, attraverso guerre e carestie, abbiamo assistito all'ascesa e alla caduta di re e regine, e siamo sempre tornati. Insieme.» Alzai le spalle e tornai alla mia voce normale. «Tu sei convinto che questa ragazza ti sia rimasta accanto per secoli, Bruce. Perché diavolo non dovrebbe innamorarsi di te?»

Lui alzò un sopracciglio e disse: «È rimasta anche accanto a te».

17

Il mattino dopo trovai la risposta dell'hacker, una breve mail con soltanto un link e la promessa che «Ne parliamo di persona» firmata «L_Artefice».

«Ragazzi!» esclamai. Bruce e Summer mi avevano chiesto di fargli sapere subito se avevo delle novità, ma Bruce non c'era; era andato a studiare nella biblioteca dell'università. Summer entrò, con disinvoltura, sempre piena di grazia, con uno di quei minuscoli vestiti che lasciano poco all'immaginazione e quel poco lo incendiano. *Bruce è innamorato di lei* pensai, bruscamente. *Non mandare tutto a puttane*. Zio Ronald era di buonumore: arrivò dopo di lei, a piedi nudi, fischiando. Cliccai sul link mentre lui e Summer trascinavano due sedie accanto a me. «Sta venendo bene» commentò Ronald.

«Che cosa?»

Grugnì, senza dare una risposta intelligibile.

Il link mi condusse a un sito dalla grafica decrepita. Non ero abbastanza vecchio da ricordare il momento negli anni Novanta in cui il Web era diventato davvero World Wide, ma avevo visto alcuni dei siti rimasti da quell'epoca e questo ci somigliava molto: chattare in quel sito era l'equivalente online di incontrarsi in un magazzino abbandonato. Era solo più pacchiano. Il sito aveva uno sfondo rosso e una GIF pixelata con sopra la parola FUNCHAT!, in giallo, scritta in un carattere tondeggiante che gli alunni delle medie degli anni Novanta probabilmente avrebbero trovato figo. Online c'erano solo due utenti: io, con il nickname Guest1 assegnato in automatico, e il nostro L_Artefice.

«Non è esattamente all'avanguardia» commentai.

Ciao, scrisse L_Artefice sullo schermo.

«Dovremmo salutarlo anche noi» azzardò Summer.

Ciao, scrissi.

Aspettai una risposta che non arrivò.

Sono quello che ti ha contattato, scrissi.

Lo so. Che cosa volevi?

Una ricerca sul Deep Web.

Chiamalo Dark Web.

Perché?

Suona meglio. Bene, dovevo assicurarmi che fossi tu.

Okay.

Che ti serve?

Summer mi si era aggrappata alla spalla, e si divertiva come una bambina. Quanto a zio Ronald, sembrava più interessato a qualcosa che doveva aver visto in una delle felci.

Ho trovato una parola, scrissi *e voglio saperne di più. Ma sembra che si riescano a trovare informazioni solo nel Deep Web. Dark Web. Scusa.*

Una parola?

Sì. La parola è _Pellegrini_. Proprio come la scrivo, con la «P» maiuscola.

L_Artefice impiego un po' di tempo a rispondere. *La religione mi manda ai matti*, scrisse.

La religione non c'entra niente.

Allora è solo una parola. Devi darmi qualcos'altro.

Credo che troverai che c'entra la reincarnazione.

E non ha niente a che vedere con la religione?

«Ha ragione» disse Summer.

Guarda, io devo solo scoprire qualcosa su questi Pellegrini e il perché sono affari miei e tu lo vuoi il lavoro o no?

Non c'è ragione di essere così permalosi. Pellegrini è la parola e la reincarnazione è la chiave. Okay. Duecento sterline in Bitcoin e parto: teniamo tutto tra noi. Sai cosa sono i Bitcoin vero? aggiunse L_Artefice, quando avevo già iniziato a rispondere.

Sì, non sono stupido. Ma non ho duecento sterline.

Peggio per te. Ciao.

Ehi, aspetta, non potresti venirmi incontro? Cento?

No. Ciao.

Sono un sacco di soldi per una ricerca!

Stanno per diventare trecento.

«Possiamo trovare i soldi» disse Summer. «Se contribuiamo tutti.»

«E se riduciamo il riscaldamento per un po'» dissi. «Dovremmo chiedere a Bruce.»

«Sarebbe d'accordo.»

Ma certo; non ero sicuro, però, che Summer capisse perché.

Facciamo centocinquanta e affare fatto scrissi.

Non siamo al mercato. Duecento sterline o niente.

E allora vada per duecento scrissi, e odiai ogni singola pressione sui tasti. Il mio solo conforto era la certezza che l'ultima volta che L_Artefice aveva scopato era stato su *Second Life*.

Ti serve un acconto?

No. Ho il tuo indirizzo IP e ho già trovato l'indirizzo di casa. Lo sto controllando proprio adesso su Google Street View. Bel posto, a Camden. Non pensarci nemmeno a non pagare.

«Sa dove abitiamo» disse zio Ronald.

Come se fosse colpa *mia*.

18

Mettere insieme le duecento sterline ci lasciò al verde, ma Summer aveva un altro concerto quel sabato, Bruce tra due giorni avrebbe incassato l'assegno della borsa di studio, e io progettavo di farmi un giro in qualche mercato di lì a poco. Tutto bene, se davi retta a Summer. Se le davi retta, avresti potuto pensare che fossimo ricchi.

Passai la giornata a controllare la posta in maniera ossessiva e a rileggere *Straniero in terra straniera* stravaccato sul divano. A tarda sera L_Artefice mi contattò per email. Il messaggio era *Devo vederti. Domani, 13.00, Greenwich Tavern. Cerco quello coi capelli bianchi.*

Quel tizio non mi piaceva nemmeno un po'.

19

Bruce venne con me (lamentandosi tutto il tempo perché gli facevo perdere la lezione all'uni), mentre Summer aspettava al Rifugio. Non volevamo che uno di noi incontrasse l'hacker da solo, ma d'altro canto volevamo che almeno uno di noi restasse anonimo. Non si sa mai.

Bruce aveva messo un vecchio cappotto nero con una camicia bianca e la cravatta nera, e somigliava a un apprendista della mafia di Chicago. Era rassicurante; per me. Bruce era così grosso e, quando voleva, aveva l'aria così cattiva, che saperlo dalla mia parte era come un incantesimo per la mia pace mentale. Bastava non pensare alla volta in cui mi aveva accoltellato.

Il luogo dell'appuntamento era un pub all'ingresso di Greenwich Park. Io e Bruce ci sedemmo in un angolo, con una pinta ciascuno, e aspettammo. Bruce teneva gli occhi sulla porta principale mentre io le davo le spalle, ostentando un'assoluta sicurezza. Rifiutavo di lasciarmi impressionare dal fatto che L_Artefice conosceva il colore dei miei capelli: era il genere di informazione che avrebbe potuto facilmente trovare chiedendo agli amici degli amici. Un trucco da niente, come il mio gioco delle tre tazze.

Sentii una porta che si apriva. Vidi Bruce lanciare un'occhiata all'ingresso e bloccarsi con la pinta a metà strada verso le labbra. Con calma forzata mise giù la pinta, mentre dei passi venivano verso di me. L_Artefice era arrivato. Ebbi giusto un attimo per domandarmi che accidenti stesse succedendo. Sfoggiando il mio sorriso più sicuro mi voltai per guardare il nostro amico.

Era una ragazza nera più o meno della mia età, coi capelli corti e gli occhi leggermente a mandorla. Portava occhiali dalla grossa montatura nera, da hipster, che però, per un qualche miracolo del suo viso, non la facevano sembrare una hipster. Al contrario, questa ragazza era bella, in modo più terreno, più *umano*, se capite cosa voglio dire, di Summer. Aveva una tracolla che le pendeva dal lato sinistro e un cane al guinzaglio, un pitbull con il pelo d'argento e una specie di sogghigno.

Non fu quello a colpirmi, però. No, la cosa che mi colpì era che, se aveva la pelle nera, anche se non aveva fiori tra i capelli, anche se era impossibile, era la ragazza hippy nella Polaroid di Summer.

20

Ebbi un giramento di testa. Tutto puntava a quel momento, quel posto. Per fortuna ero seduto. Riuscii a continuare a sorridere e a indicare una sedia al nostro tavolo, come se la ragazza avesse bisogno del mio invito per fare ciò che voleva. Il cane mi annusò la gamba e, pigro, si acciambellò lì accanto.

«Mi chiamo Lily» disse lei. Guardò il cane. «E questo è Rufus.»

«Ciao Rufus» dissi. «Io sono Martin.»

«Bruce.»

«Torno subito» disse la ragazza. Mollò il guinzaglio di Rufus e si diresse al bar, lasciando il cane con noi. Io e Bruce ci guardammo senza parlare. Rufus era il genere di cane che ti dà l'impressione di ascoltarti, e di essere capace di ripetere al suo amico a due zampe qualunque cosa gli capiti di origliare.

Lily tornò con una pinta di birra scura e si sedette. «Dunque,» disse «parliamo d'affari.»

«Va bene» risposi. «I soldi non saranno ancora arrivati, ma...»

«Non ci pensare. La domanda vera è, dove hai trovato quella parola, "Pellegrini"?»

«Una matta li ha citati mentre cercava di uccidermi.»

«Sul serio?»

«Mi ha puntato contro una pistola, io ho chiesto chi fosse, e lei ha risposto: "Sono solo un'altra Pellegrina".»

«Sei ancora vivo, però.»
«Corro veloce.»
«Racconta.»
Le dissi tutto, tranne il fatto che ero figlio di Aubrey Walker. Lily ascoltò con attenzione. «E non hai qualche idea su chi potrebbe essere questa brunetta?» domandò, alla fine.
«Nemmeno la più pallida.»
«Capisco perché sei così suscettibile» disse. «Quello che non capisco è cosa c'entri con la reincarnazione.»
«C'entra, perché ho cercato "pellegrini" su Google e ho trovato che la parola veniva usata in quegli... ambiti. Con la "P" maiuscola.»
Fece una smorfia, infastidita. «Certo, su un blog così brutto che è quasi un'opera d'arte. Perché ci hai fatto caso?»
«Perché ci tieni tanto a saperlo?»
Arrivò un cameriere con un grosso hamburger per Lily. Lei lo addentò con un morso che avrebbe fatto vergognare il suo cane. «Sono una ficcanaso» disse poi con la bocca piena.
«Io ti ho raccontato metà della storia: dimmi cosa hai trovato e ti racconterò l'altra metà.»
«Mi sembra giusto.» Tirò fuori un tablet dalla tracolla e cominciò a batterci le dita sopra. «Non mi aspettavo che fosse così complicato» disse. «Perfino nel Dark Web le informazioni sui Pellegrini sono scarse. Hidden Wiki non li cita nemmeno. Ho trovato, però, una chiacchiera qui, un sussurro là, e ho seguito le molliche di pane. Che mi hanno portato alla cosa più strana che abbia mai visto. Mai.»
Ci mostrò una pagina sul suo tablet. Non poteva essere più semplice: uno sfondo bianco con la parola PELLEGRINI in Times New Roman, un campo dove digitare una password, e un indirizzo email. Nient'altro.

«Ho scritto,» spiegò Lily «chiedendo come potevo recuperare una password. Hanno voluto sapere perché fossi interessata. Ho risposto: *credo nella reincarnazione.* Mi hanno dato una password: N0nF1n1sceMa1.» Lei la inserì. «Non è una vera misura di sicurezza: credo sia pensata più per tenere lontani i troll.»

Premette invio e comparve un forum. Era molto semplice – una sequenza di thread su sfondo bianco, nello stile di Reddit. Diedi una sbirciata a qualcuno degli argomenti. Erano quanto meno eclettici: *Forse ho incontrato un vecchio amico, Vincula, Fermarsi ai box, L'etica dello sposare gli Una Tantum, Immanentizzare l'Eschaton?*

Lily disse: «Se questo non è un gioco di ruolo molto snob, e non credo che lo sia, mi avete messo sulle tracce di un'intera subcultura di cui nessuno prima d'ora aveva sentito parlare. È come una tribù della foresta pluviale rimasta sconosciuta. Sicuri di non sapere *nada*?»

«*Nada*» confermò Bruce, guardando lo schermo, affascinato.

«I frequentatori di questo forum si chiamano *Pellegrini* tra loro e sono convinti di non poter morire.» Lily si accigliò. «O meglio, *muoiono* come tutti, ma le loro anime continuano a reincarnarsi, e ne sono matematicamente certi. La morte, in gergo, la chiamano *fermarsi ai box.*»

Cazzo, fermarsi ai box proprio adesso – erano le parole che avevo pensato quando Tom mi aveva accoltellato. «Sono come buddisti» dissi.

«Sì e no. Non c'è una vera fine, nessun Nirvana, e secondo alcuni di loro nemmeno un vero inizio. I Pellegrini, semplicemente, continuano a tornare, da sempre e per sempre, anche se a ogni nuova reincarnazione i loro ricordi vengono cancellati.»

«E allora come scoprono di essere dei Pellegrini?»

«Col computer» scherzò Lily. «Non so, non è chiaro. Probabilmente la risposta è sepolta da qualche parte nel forum, ma non è che ci siano delle FAQ. Vi dico quello che ho raccolto da un migliaio di ore passate a leggere i thread, Okay?»

«Okay.»

«Dunque, da quanto ho capito i Pellegrini si reincarnano seguendo una specie di regola. Ogni Pellegrino ha un legame profondo con almeno un altro Pellegrino. Questi legami si chiamano *vincula* che in latino significa, be', *legami*. In pratica i Pellegrini sono legati ad altri Pellegrini da questi vincula come degli scalatori in cordata. Dove va uno, vanno tutti gli altri. È per merito di questi vincula che i Pellegrini ritornano dopo la morte.»

Bruce disse: «E quando uno si reincarna, anche gli altri si reincarnano».

«Gli altri Pellegrini che condividono il legame, sì. Solo chi nutre i sentimenti reciproci più profondi condivide il vinculum: non è un amore qualsiasi ma l'amore che ti acceca, quello che ti promette la luna, a generare un vinculum, e solo quando è ricambiato con la stessa intensità. Amici e amanti tornano sempre insieme, e tornano *proprio perché* sono legati. Niente vincula, niente Pellegrini.»

«Stronzate New Age» commentai, perché pensavo che fosse ciò che Lily voleva sentire. Il suo viso mi ipnotizzava. Era bella. Era impossibile. Aveva gli stessi occhi della ragazza della Polaroid.

«Stronzate, forse. Ma New Age? Mica tanto. I Pellegrini sono vincolati anche alle persone che *odiano*. Ai vincula non importa se ami o se odi qualcuno, finché ami e odi con tutto il cuore e quella persona condivide lo stesso sentimento. In ogni vita incontrerai sempre tutti i Pellegrini a cui sei legato: il destino ti riunirà coi tuoi amici, ma anche coi tuoi nemici, se ne hai. Di continuo.»

«Quindi non ti libererai mai degli stronzi che non ti piacciono.»

«Sei condannato a restare con loro per sempre.»

Bruce continuava a fissare il tablet. «Ma resterai pure coi tuoi amici.»

Lily alzò le spalle. «Un'altra primizia gergale: un gruppo di Pellegrini che condividono un legame si chiama *grappolo*. Se ho capito bene, la maggior parte dei grappoli non sono niente di che, solo persone che si fanno gli affari propri. Esistono però dei grappoli leggendari, letteralmente. I Pellegrini usano dei soprannomi per chi appartiene a quei grappoli. Parlano del Mago o dell'Archivista come fossero delle rockstar. O nemici pubblici.»

Strinsi il bicchiere con la mano. *Il Mago*. Avevo già sentito quel nome: un senzatetto me lo aveva gridato in faccia solo qualche mese prima. Non avevo mai avuto motivo di ripensarci. Stavo perdendo il contatto con la realtà – ed era fantastico. Il mondo reale non aveva mai comunque fatto molto per me.

«È tutto molto confuso» la ragazza continuò. «I Pellegrini ricominciano da zero a ogni incarnazione, non ricordano un fico secco delle vite passate, e può succedere che nemmeno si rendano conto, per una vita o due, di essere Pellegrini. Potete capire che documentare tutto è difficile. Questo forum, perfino *loro* ammettono che è pieno di stronzate, leggende e stupidaggini assortite. Ma anche se solo l'uno per cento della gente che ci partecipa crede a quello che dice, è comunque fantastico.»

Almeno adesso riuscivo a capire la pistolera solitaria. «La mia aspirante assassina,» dissi «ci crede.»

Lily annuì. «Ha detto di essere "solo un'altra Pellegrina", vero? Probabilmente pensa che lo siate entrambi, e che tu sei il suo nemico per destino o roba del genere.»

«Spararmi all'improvviso mi sembra una reazione esagerata, però.»

«Per come lei vede le cose, probabilmente sei un suo problema da secoli.»

«Ed è disposta a *uccidermi* per questo?»

«Sul forum ci sono delle storie davvero malate. Quando i Pellegrini combattono, fanno sul serio. Dicono che qui a Londra, alla fine degli anni Sessanta, uno dei grappoli più famosi sia stato annientato – temporaneamente, intendo. Amici, nemici, tutti morti. I Pellegrini si uccisero a vicenda e qualcun altro restò preso nel fuoco incrociato. Persone come me, persone normali, con una sola vita – ci chiamano Una Tantum.»

Bruce e io ci scambiammo un'occhiata. Pellegrini che morivano negli anni Sessanta: l'avevamo già sentita. «Sì, ma perché?» domandò Bruce. «A che scopo uccidere, se quelli che uccidi non restano morti?»

«Guarda questo thread, *Fermarsi ai box*. Guarda cosa scrive Handsome23: *se eliminare il tuo nemico in questa vita ti fa stare più tranquillo, perché no? È solo una vita, ma vuoi mettere?*»

«Dunque i Pellegrini si uccidono a vicenda perché, insomma, così è più facile?»

«Sembrano innocui, nella media, ma alcuni? Sono matti da legare. Pensaci: se credi che la morte sia solo una sosta ai box, l'ovvia conseguenza è che,» disse Lily schioccando le dita «uccidere non è questa gran cosa.» Mi fulminò con lo sguardo. «Qui parliamo di pericolosi psicopatici. Se fossi in te, andrei subito alla polizia. Gli racconterei cosa è successo, gli mostrerei il forum. Navigare nel Dark Web è legale, tecnicamente, quindi da quel punto di vista non devi preoccuparti.»

«Coi poliziotti non vado tanto d'accordo.»

«Non sono tutti cattivi.»

«Tu dovresti essere un hacker, o no?»

«Ho conosciuto parecchi hacker stronzi e poliziotti a posto. La gente è gente, qualunque cosa faccia per vivere.»

«Giusto ma no, grazie.»

Finì la birra. «Fammi indovinare come hai trovato quel blog: tu credi che questi Pellegrini abbiano in mente qualcosa.»

Di solito non c'è niente che mi piaccia più di una testa che funziona, ma Lily stava esagerando. «Perché ti interessa tanto?»

«Perché *è* interessante, ecco perché.»

«Abbastanza da farmi un favore?»

«Te ne ho appena fatto uno.»

«Potresti trovarmi la brunetta fulminata?» insistetti.

Lei scosse la testa. «Assolutamente no.»

«A Londra ci sono più telecamere di sicurezza che topi, giusto? Potresti hackerare la rete e seguire i suoi movimenti.»

«Ma tu quanta tv guardi?»

«Abbastanza. Lo puoi fare?»

Lily mi guardò con gli occhi spalancati. «Sarebbe una noia, e ci vorrebbe un sacco di tempo.»

«E tradotto sarebbe, quanto vuoi?» intervenne Bruce.

«Più di quanto vi possiate permettere.»

Accidenti se era sicura di sé. Io però sapevo come farle abbassare un po' la cresta. Lanciai un'occhiata a Bruce, che mi rispose con un piccolo cenno.

«Cosa c'è?» domandò Lily, infastidita. «Che succede?»

Con una certa soddisfazione dissi: «C'è una foto che dovresti vedere».

21

Una volta incontrai un senzatetto che era una leggenda vivente tra i senzatetto di Londra: lo chiamavano lo Strambo. La prima volta che sentii delle chiacchiere su di lui aspettavo il mio turno per la doccia. Ero senzatetto da una settimana e avevo imparato che la doccia era importante quanto mangiare, bere e dormire al caldo. Ti faceva restare umano e ti aiutava ad andare avanti. Così mi ritrovai in un ostello piccolo ma pulito presso una chiesa di Islington, dove colsi un brandello di conversazione tra due colleghi. «Oggi l'ho incontrato» stava dicendo uno di loro.

«Chi?» domandò l'amico.

«Lo Strambo.»

«È ancora in giro?»

«È sempre più scollegato. Parlava con un leone di pietra.»

Ero incuriosito.

«Il leone rispondeva?»

«Se dai retta allo Strambo, era più che altro il leone a parlare. Era pure preoccupato. Il leone, intendo» aggiunse, ridendo.

«Di cosa?»

«Un verme.»

Risentii presto quel nome. In una conversazione intorno a un falò sotto un ponte, in uno scambio di battute prima di andare a letto nell'ingresso di un negozio, nei ricordi affettuosi di una dolce signora brizzolata che viveva per strada da vent'anni e definiva lo Strambo «un vero gentiluomo». Disse che aveva quell'aria... l'aria di un uomo innamorato. Disse che era alto e magro, e i suoi occhi azzurri avevano due sfumature diverse, una come il cielo, e l'altra come un fiume limpido. Disse che vestiva leggero in ogni stagione, che aveva la barba lunga («ma pulita» specificò), che andava sempre scalzo e che non potevo non riconoscerlo.

Aveva ragione. Lo incontrai una gelida sera di novembre: Londra era pronta per il Natale, con le luci e l'aroma di vin brulé che arrivava da ogni angolo. Mi faceva sentire molto solo. Stavo camminando per un vicolo dietro a Shaftesbury Avenue nel tentativo di evitare il più possibile quelli in giro a fare shopping, quando lo vidi. Alto, magro, con una barba che gli arrivava allo stomaco, e addosso solo un paio di jeans e una maglia. Non distinguevo gli occhi da lontano, ma ogni altro dettaglio corrispondeva alla descrizione della signora. Nessun senzatetto sano di mente si sarebbe vestito così leggero a novembre, e nessuno teneva la barba così pulita. Provai la stessa sorpresa che provi quando sei al tuo pub a New Cross e all'improvviso incontri Shia LaBeouf ubriaco che vuole attaccare briga.

Era impegnato in una fitta conversazione con se stesso. Gesticolava parecchio, guardando l'assai poco interessante muro posteriore di un negozio.

«Ehi» lo chiamai.

Si voltò di scatto.

Domandai: «Sei tu quello che chiamano lo Strambo?». La signora brizzolata mi aveva assicurato che non si sarebbe offeso.

Mi si avvicinò, fermandosi a pochi centimetri dal mio naso. Mi guardò con gli occhi spalancati, poi esclamò: «Mago!».

«Come?»

Si stava eccitando. «Perché l'hai fatto?»

«Cosa...»

Non mi diede il tempo di completare la frase. Si lanciò contro di me e mi prese per le spalle. Mi scosse, gridando: «DOVEVI PROPRIO TORNARE?». Poi mi lasciò andare e si allontanò barcollando. «Mago, dovevi proprio tornare?» ripeté, ma adesso parlava da solo. Le lacrime gli solcavano le guance. Si accasciò per terra vicino al muro, e si prese la testa fra le mani, piangendo come un bambino che ha appena perduto la sua famiglia. «Sono tornati. Oh, amore mio, sono tornati! Sono tornati sono tornati sono tornati...»

Era successo tutto troppo in fretta per avere paura. Ora, vedendo quel vecchio così solo, ero a disagio. Allungai una mano e gliela poggiai sulla spalla. Lo Strambo mi ignorò; continuò a piangere e basta.

«Scusami» dissi. Esitai ancora un po', poi me ne andai.

Lo sentii singhiozzare a lungo.

22

Lily spiegò che quando un paio di sconosciuti raccontano una storia che include una pistola in un vicolo buio e poi ti chiedono se per piacere potresti commettere un reato grave per rintracciare una psicopatica, non li segui a casa loro solo perché te lo chiedono. Non ero del tutto in disaccordo. «Sì, ma abbiamo questa Polaroid» insistetti.

«Quale Polaroid?»

Alzai le spalle. Le conoscevo quelle come lei, perché ero così anch'io: era il genere di persona che pensa che il gatto curioso ci rimarrà anche secco, ma che ne è valsa la pena.

Lily borbottò qualcosa a mezza voce. Fece gran mostra di scattare una foto di me e di Bruce e inviarla al fratello, insieme all'indirizzo preciso dove volevamo portarla, poi però cedette e venne con noi.

Dopo un lungo viaggio in metro e un breve tratto a piedi eravamo arrivati nella nostra strada. Ero di sentinella per la brunetta, ma non si vedeva da nessuna parte: probabilmente gli psicopatici preferivano i vicoli bui in notti di pioggia. Quando arrivammo al cancello del Rifugio, Lily si fermò di colpo, sbalordita. «Su Google Street View questo posto sembrava un rudere.»

«E a ragione» dissi, mentre aprivo il cancello.

«Sì, ma è anche… maestoso.»

«*Maestosa*» disse la voce di Summer. «Il Rifugio è una signora.» Era sul portone e ci salutava con un sorriso sul volto. Lily spostò gli occhi dal giardino a lei – e successe qualcosa. Per il più breve degli attimi Lily *trasalì*, come se vedere Summer, e solo Summer, fosse l'ultima cosa che si aspettasse. Pensai, *anche lei ha dei ricordi*. Meglio evitare di chiederglielo. Probabilmente mi avrebbe risposto con una testata.

Quando fummo nel Rifugio, Summer venne ad abbracciare Lily, guancia a guancia. Poi le prese le mani e le strinse, guardandola negli occhi, abbastanza vicino da baciarla sulla bocca (e io speravo sinceramente che succedesse). «Finalmente!» disse Summer.

«Ci conosciamo?» domandò Lily, confusa.

Summer stava già trascinandola per mano. Io e Bruce ci scambiammo un'occhiata e le seguimmo, perplessi. Summer ci portò in cucina, dove zio Ronald era seduto a tavola a bere un infuso alla liquirizia. Stava guardando la Polaroid.

«Buonasera» disse Lily, educata.

Zio Ronald non la salutò: mise la foto sul tavolo, la fece scivolare verso Lily e le disse: «Dai un'occhiata».

Summer era così eccitata che non mi sarei sorpreso se si fosse messa a saltare su e giù. Probabilmente pensava che la Polaroid fosse sufficiente a convincere Lily che erano due BFF. Lily però non la toccò nemmeno: diede solo una rapida occhiata e scosse la testa. «È falsa, e nemmeno fatta bene. La somiglianza è troppo sfacciata.»

Summer fece una risatina. «È ovvio che non è falsa.»

«Mai sentito parlare del rasoio di Occam? La spiegazione più semplice è di solito quella giusta. Dunque, no, questa non è una foto dei tuoi amici e di me che facciamo l'amore e non la guerra negli anni Sessanta. È un falso.»

«La spiegazione più semplice di solito è quella noiosa» rispose Summer, di buonumore. Prese la foto e la porse a Lily. «Tieni. Fai tutte le analisi che vuoi.»

Lily ribatté: «Non ho bisogno di analisi». Però prese la foto, e la guardò davvero.

E spalancò gli occhi.

23

«Porca merda» mormorò Lily. Tirò indietro il braccio e lasciò cadere la foto, come se bruciasse. Lily indietreggiò, guardando Summer, Bruce e me, e Zio Ronald. Era meravigliata, ma vidi che non aveva paura. Sapevo esattamente come si sentiva. Si aggrappò allo schienale di una sedia per non cadere. «*Time Will Show the Wiser*» sussurrò.

Zio Ronald annuì. «Esattamente.»

«Eh?» domandai.

Lily prese fiato e si voltò verso Bruce. «È la canzone che stavate suonando» disse, sottovoce. «*Time Will Show the Wiser*, dei Fairport Convention. Il primo disco era appena uscito e ci piaceva tantissimo.» Mi guardò. «Non potevamo permetterci di comprarlo, ma tu trovasti... un modo per averlo. Tu trovavi *sempre* un modo, Cat.»

«Adesso sono Martin» dissi, con gentilezza.

«Allora però ti chiamavi Catherine, e io Alice, e Bruce era Tom, e Summer scattava la foto e si chiamava Sky.»

«Uno dei migliori nomi che abbia mai avuto» disse Summer.

Lily rivolse la sua attenzione a lei. «Un amico ti aveva dato la macchina fotografica il giorno prima, come ringraziamento per averlo fatto stare al Rifugio mentre finiva di scrivere il suo romanzo. E ci dicesti: "La prima foto con questa macchina dev'essere vostra".»

«Sembro proprio io.»

Lily si sedette, di schianto. «Come ho potuto dimenticare?»

«Succede, quando si muore» disse Summer, col tono pragmatico di cui solo lei era capace. Aprì la porta che dava sull'orto. «Ti piacciono ancora le carote?»

«Sì» disse Lily, distratta. «Vi *conosco*. Vi conosco così bene.»

«Siamo tutti Pellegrini» disse Bruce. «Qualsiasi cosa significhi.»

«Lo sapevate, quando mi avete contattato?»

«Non avevamo mai sentito quella parola prima che la brunetta aggredisse Martin. E non potevamo immaginare che tu fossi... tu.»

«Condividiamo un vinculum» disse Lily, tra sé più che a noi. «Ha fatto in modo che ci incontrassimo di nuovo: esattamente come dicono sul forum.» Alzò gli occhi per incrociare il mio sguardo. «Catherine. È... Non riesco a credere che sia davvero tu.»

«Nemmeno io» dissi.

Bruce commentò: «Pensavo che toccare un oggetto non fosse sufficiente. Per trovare i nostri ricordi dovevamo toccare *e* usare l'oggetto».

Summer era tornata con alcune carote. «E come usi una fotografia? La guardi.»

«Okay, ha senso» disse Bruce.

Era tutto un fiorire di rivelazioni straordinarie, e zio Ronald se ne fregava. Con la lingua che spuntava da un angolo della bocca e un occhio chiuso, era assorbito dalla preparazione di una canna.

«Quel giorno!» disse Lily, scuotendo la testa. «Fu meraviglioso. Credevo fosse il più bel giorno della mia vita.»

«Ricordi perché?» domandai.

«Non era niente di speciale, proprio *questo* lo rendeva perfetto. Uno di quei momenti in cui stai bene e sei *sicuro* che tutto andrà bene. Eravamo insieme, c'era il sole e Tom... scusa, Bruce, suonava i Fairport, e Sky trafficava con la sua macchina fotografica. Prima avevamo...»

«Cosa?» la incitò Summer, porgendole una carota.

«Eravamo andati a letto» disse Lily. Era arrossita? «Tutti insieme, noi quattro. Avrei voluto che quel pomeriggio non finisse mai. Pensai, *Voglio che la mia vita sia sempre così.*» Rimase in silenzio per un po', assorta. «Non riesco a credere che la stia digerendo così facilmente. Dovrei sclerare, e invece sto... bene. Mai stata meglio.»

Zio Ronald aspirava e sbuffava, riempiendo la stanza dell'odore dell'erba. Un silenzio confortevole scese sul tavolo. Anche io stavo bene: ero a casa. Anche se la parte razionale della mia mente gridava che non conoscevo affatto quelle persone, altre parti più antiche sapevano che erano la mia famiglia. Sembrava che avessi sempre vissuto nel Rifugio coi miei amici, e tutto il tempo sprecato in casa di Aubrey, tutte quelle tristi sere d'inverno passate nella paura di mio padre, fossero la sfortuna toccata a qualcun altro. Non avrei voluto essere quello che spezzava l'incantesimo, ma lo feci. «Peccato che non sia finita bene.»

«Cioè?» domandò Lily. Zio Ronald le passò la canna.

«Ho ucciso Catherine» disse Bruce.

Lily tossì. Il fumo le uscì dalla bocca e dalle narici. Si batté sul petto per riprendere fiato.

Bruce si affrettò ad aggiungere: «Non chiedermi per quale motivo, perché non lo so».

«Nessuno di noi visse a lungo» dissi. «E se va come vuole la brunetta, non lo faremo nemmeno stavolta. *Dobbiamo* trovarla, Lily.»

Un'altra persona avrebbe protestato. Un'altra persona ce ne avrebbe dette di tutti i colori e ci avrebbe chiesto in che accidenti di guaio l'avevamo trascinata: magari ci sembrava di essere una famiglia, ma non lo eravamo, non più, e non ancora. Lily era più intelligente di così. Annuì, guardò l'orologio e disse: «Datemi ventiquattr'ore».

24

«Dovevi proprio tornare?»

Ogni volta che chiudevo gli occhi lo Strambo correva verso di me e mi scuoteva gridando: «Mago, dovevi proprio tornare?». Era terrorizzato e disperato, come se il ritorno del Mago fosse la madre di tutte le bombe a orologeria. La sua voce implicava che, semplicemente perché ero vivo, dimostravo di essere lo spregevole piccolo stronzo che tutti si aspettavano che fossi. Ero io il Mago. Ero davvero così cattivo? Okay, il vecchio era soprannominato lo Strambo per un motivo, e non era certo quella che avreste definito una fonte attendibile. Però, l'unica e sola cosa che ricordavo di tutte le mie vite passate era che uno dei miei amici mi aveva ucciso. Bella immagine, vero?

Non riuscivo a dormire, e così, con tutti gli altri a letto, mi sedetti con una tazza di tè davanti al fuoco che si stava spegnendo. Prima di andarsene, Lily aveva installato il software per il Dark Web sul nostro computer e ci aveva mostrato come connettersi al forum. Avevo una mezza idea di passare un po' di tempo al computer, quando sentii la voce di Summer: «Non riesci a dormire?».

Non l'avevo notata entrare nella stanza. Scalza, indossava la parte di sotto del pigiama e una canottiera, e aveva i capelli spettinati di qualcuno che a letto si è dato un bel da fare. La confusione accentuava la qualità ultraterrena della sua bellezza.

Summer era una fata spettinata che era uscita da un libro di fiabe per attraversare con disinvoltura il nostro mondo, senza accorgersi di lasciare una scia di cuori spezzati. *Non dimenticare cosa ha fatto il suo ragazzo l'ultima volta che avete litigato.* Dio, ma non poteva almeno mettere su un reggiseno?

«In realtà no» dissi.

«Vieni. Ti mostro qualcosa.»

Mi alzai e la seguii, dimenticando il tè. I suoi piedi nudi quasi non facevano rumore mentre scivolava sul vecchio pavimento di legno. La seguii lungo corridoi e per rampe di scale, finché arrivammo all'ala della casa con le pareti annerite e senza porte.

Di giorno era stato spiacevole; di notte faceva venire i brividi. Dalla prima volta che ero entrato nel Rifugio avevo capito che la casa era un santuario, un posto dove riposare, dove sentirsi al sicuro. Non quell'ala, però. Quell'ala era terra sconsacrata.

«Credo di essere morta qui» disse Summer.

La sua voce nel silenzio risuonava limpida come una campana eolica. Mi spaventò.

«Te lo ricordi?» domandai.

Lei si avvicinò a una parete e la toccò. Mi venne un brivido lungo la schiena quando la sua mano si posò sui mattoni anneriti, come se toccasse una carcassa putrefatta. «No» disse. «Ma ho sempre paura quando sono in questa stanza.»

«Non mi sembri spaventata.»

Mi guardò e disse: «Ascolta».

Non era buio pesto ma quasi: l'unica luce filtrava dall'esterno, e le finestre sporche la bloccavano quasi del tutto. Sentii una ragazza gridare. Sentii una ragazza (o era un ragazzo?) chiedere aiuto. Era debole, come un'eco molto lontana. Così distante, in effetti, che non ero sicuro di averla sentita davvero o soltanto immaginata. Sentii gli schiocchi di un fuoco enorme, e il calore sulla pelle. O forse no.

Summer disse: «Quando mia madre aveva due anni, scoppiò un incendio». Aveva il solito tono pragmatico. «Morirono in molti, inclusi i suoi genitori. Nessuno sa cosa successe esattamente: i giornali parlarono a stento dell'incidente, e io non sono mai riuscita a trovare un adulto che fosse presente all'epoca. Tranne zio Ronald, ma la sua memoria non è quella di una volta.»

«Non è davvero tuo zio, allora.»

«È più un padre. È un amico di famiglia: abita al Rifugio da più tempo di chiunque altro. Ha conosciuto Tom, Alice, Catherine, ed era qui quando morirono.»

«Ma non ricorda cosa li abbia uccisi.»

Summer alzò le spalle e si avvicinò. «C'è una storia che si tramanda nella mia famiglia. Dice che per qualche tempo il Rifugio riuscì a essere quello che avrebbe sempre dovuto: un porto sicuro, una casa dove le persone cercavano di costruire un mondo migliore. Dove *potevano credere* che un altro modo di vivere fosse possibile. Alla fine loro – noi – fallirono.»

«Il sogno degli hippy è morto con gli anni Sessanta» scherzai.

«È morto con *noi*» disse. Fece una pausa. «Sky era mia nonna. Aveva tre amici, i migliori amici che si potessero avere.»

«Tom, Alice e Catherine» dissi.

Lei annuì. «Catherine era incredibilmente in gamba. Se avevi bisogno di qualcosa lei riusciva a trovarlo. Se eri nei guai, riusciva a tirartene fuori. La chiamavano *il Mago* perché aveva sempre qualcosa nascosto nella manica – una soluzione, un trucco, un'idea. Tutti le volevano bene, ma alla fine lei li condannò tutti. Il fuoco, la strage: fu colpa sua. Il Mago era l'albero più alto della foresta, diceva la nonna. Quello che grida ai fulmini di farsi sotto e venire a prenderlo, se osano.»

Mago, dovevi proprio tornare?

Cercai di parlare, ma non ci riuscii. Deglutii. «Che cosa fece?» domandai. «Catherine, voglio dire.»

«La mamma non lo sapeva: quando fui abbastanza grande da sentire la storia, zio Ronald l'aveva già dimenticata quasi tutta. Adesso però eccoci qui, noi quattro riuniti, e c'è qualcosa di nuovo all'orizzonte. Non lo senti? Cambia il vento.» Fece una pausa. «Non cambia in meglio, però: gli spiriti hanno paura, Martin. E anch'io. Non voglio morire giovane di nuovo.»

Summer era abbastanza vicina perché sentissi il suo alito sulla pelle. Lì, in quel momento, ero perfino capace di credere che parlasse davvero con gli spiriti; ero capace di credere a tutto quello che voleva. Disse: «Siamo amici, ci sosteniamo a vicenda. Devi fidarti di noi, o sarà un altro disastro». Mi posò una mano sulla guancia, e io rabbrividii, come se nessuna ragazza mi avesse mai toccato, come se fossi ancora vergine. «Non credere di essere solo, perché non lo sei.»

Spinse il volto in avanti e mi baciò. Le sue labbra toccarono le mie solo per un attimo, e tuttavia fecero esplodere la mia anima in mille minuscoli frammenti. Quando Summer si ritrasse, barcollavo. Il mio cuore batteva abbastanza forte da svegliare la gente addormentata dall'altra parte della strada. «Bruce non sarebbe contento» riuscii a dire, con un falso sorriso.

Summer stava già uscendo dalla stanza. «E perché?» domandò. «C'è abbastanza amore per tutti, a questo mondo.»

Non risposi.

Lei scese lungo il corridoio, tornando negli spazi sicuri del Rifugio, e io la seguii, col cuore in tumulto.

25

«Ho delle novità» disse Lily al telefono.

Era un giorno di pioggia, cupo. Bruce aveva da fare all'università e Summer aveva invitato degli amici, un attore e un poeta «emergenti». Li avevo lasciati in cucina e mi ero chiuso a doppia mandata nella serra, per passare un po' di tempo sul forum dei Pellegrini. Lily non aveva esagerato su quanto fosse coinvolgente: là dentro c'erano persone che discutevano di vite passate con la serenità di appassionati di serie tv che dissertano sul finale di *Breaking Bad*.

«E cioè?» le domandai.

«Cioè vieni da me e ne parliamo.»

Scarabocchiai il suo indirizzo e le dissi che sarei arrivato prima possibile. Summer e i suoi amici stavano progettando uno spettacolo teatrale d'avanguardia (tra le altre cose, stavano prendendo in considerazione la possibilità di usare gatti veri sul palco). Dissi a Summer che stavo andando da Lily e le chiesi se voleva unirsi a me. Rispose: «No, devo finire qui. Invitala a cena!». Una psicopatica armata ci stava dando la caccia ma, ehi, i gatti veri sul palco venivano prima. Quella era Summer.

Lily abitava a Lewisham. Ci arrivai in autobus, tenendo gli occhi bene aperti per la brunetta. La metropolitana costava troppo, e inoltre mi rendeva nervoso. Era meglio sedersi al primo piano di un autobus rosso e vedere Londra che mi sfilava accanto. Passammo vicino a St. Pancras e alle sue guglie alla Harry Potter, oltrepassammo il Tamigi e ci addentrammo nelle terre selvagge di South London, dove gli autisti amano il clacson quanto Gollum ama l'Anello, e lo usano con la stessa gioia.

Lily abitava in un complesso di case popolari non lontano dal mercato di Lewisham. Mi fece entrare, e mi ritrovai in un soggiorno con la moquette pulita e un divano non troppo liso. Sulle pareti c'erano le foto di una coppia di mezza età, di una Lily più giovane e un adolescente dall'aspetto serio. Era una famiglia felice. Doveva essere bello, vivere in una famiglia felice, dove tuo padre non ti odia e tua madre non è morta. Nell'aria c'era un delizioso profumo di pollo arrosto che mi fece brontolare lo stomaco.

«Trovi gli avanzi nel frigo» disse Lily.

Non potevo rifiutarmi. Gli avanzi erano sufficienti per un banchetto: riempii un piatto con carne di pollo marinata e cotta alla griglia e patate arrosto. Il cane di Lily, Rufus, mi guardò con l'espressione implorante. «Non dargli retta» disse Lily. «Ha mangiato più che abbastanza.»

«Hai una bella casa» commentai.

Lily si versò un bicchiere di latte. «È dei miei genitori. Non posso permettermi di vivere per conto mio.»

«Non si guadagna bene a fare l'hacker?»

«È un lavoro collaterale: sono una studentessa.»

«Informatica, scommetto.»

«Già. Al King's College.»

Cominciavo ad apprezzare Lily, ora che avevamo smesso di competere.

Andammo in camera sua, seguiti da Rufus. Non mi aspettavo niente in particolare, ma quello che *non* mi aspettavo era una *wunderkammer* steampunk. Fummo accolti da un piccolo robot che si spostava su quattro ruote, evidentemente recuperate da un'automobile giocattolo, che ci disse, con la voce di D-3BO: «Benvenuti, padroni umani». C'erano macchine minuscole in ogni angolo, una cosa d'ottone che sembrava un ragno sul letto, una sfera costellata di luci rosse appesa al soffitto, una testa di latta che ci guardava con gli occhi fatti con palline da ping pong. Ogni oggetto aveva un'aria retro-futuristica, come se fosse nato dalla fantasia di uno scrittore di fantascienza del XIX secolo.

«Sono tutti Arduino» spiegò Lily, con gli occhi che si accendevano d'entusiasmo. «Piccoli robot da assemblare e programmare. Giocattoli, ma divertenti.»

«E il tocco steampunk è la tua firma.»

«Che vuoi che ti dica, sono un'esteta.» Si sedette a gambe incrociate sul letto e aprì il portatile. Andai a sedermi proprio accanto a lei, spingendo via la cosa simile a un ragno. Le sue dita stavano già volando sulla tastiera: comparve una foto, un fermo immagine sgranato in bianco e nero da una telecamera in una via di Camden. Una brunetta camminava, voltando le spalle alla telecamera.

«È lei» dissi.

«Lo immaginavo. Sei sicuro?»

Annuii. Il suo impermeabile, il modo in cui teneva le spalle; non potevo sbagliarmi.

Lily disse: «Volevo procedere come fanno i poliziotti: inchiodi il sospettato, trovi un'immagine chiara del suo volto sulle telecamere, poi segui i suoi movimenti all'indietro da telecamera a telecamera. Per farlo devi avere l'accesso completo a diverse reti: quella del municipio, quella dell'azienda dei trasporti, e così via. Questo può farlo solo il governo».

«Il governo e te.»

Alzò le spalle. «Ho trovato il modo di accedere. Una volta dentro, è un lavoro di routine: potrebbe riuscirci un bambino di otto anni. Be', un bambino con una soglia della noia molto alta.»

La cosa a forma di ragno si attivò con un sibilo. Mi voltai per guardarla: a essere sincero, mi metteva a disagio. «Non preoccuparti di Parker» disse Lily. «È programmato per svegliarsi ogni dodici ore e fare due passi.»

La cosa si alzò sulle otto zampe e iniziò, goffamente, ad allontanarsi da noi. Sullo schermo comparvero altre immagini della brunetta.

Dava le spalle alla telecamera. In tutte.

Lily sbuffò: «*Nemmeno una volta* mostra il volto alla telecamera. Non si distinguono nemmeno il naso, la forma delle guance, niente. Da qualche parte vicino a Mornington Crescent, poi, se ne perdono completamente le tracce».

«Potremmo controllare le riprese delle telecamere che circondano l'area e...»

«Potremmo, se fossimo Scotland Yard e avessimo il budget per un'operazione del genere. Ma non lo siamo, e non ce l'abbiamo.»

La cosa a forma di ragno cadde dal letto con un *clunk*. Imperturbato, continuò a procedere. Rufus la guardò con moderata curiosità. Dissi: «Allora siamo bloccati».

Lily annuì. «C'è di peggio. La brunetta è chiaramente più pericolosa di quello che pensavamo. Sapeva dove sarebbero state le telecamere e le ha evitate. Una volta trovato il tuo cadavere, le guardie avrebbero controllato le riprese delle telecamere come prima cosa, e lei si era già assicurata che non trovassero niente. Capisci dove voglio arrivare?»

«Forse.»

«Non è una matta, o quantomeno non solo. È una professionista.»

Mi accigliai. «Non torna. Era un fascio di nervi! Non sembrava che uccidere le persone fosse quello che faceva per vivere.»

«Aveva una pistola, però.»

«E allora?»

«Una donna così prudente? Avrebbe scelto un'arma che conosceva. Metti insieme quello che sappiamo: la brunetta conosce le procedure della polizia, è addestrata all'uso delle armi da fuoco ma non è una criminale.»

Finalmente capii. «Porca puttana» dissi. «È una poliziotta.»

26

«E questo è male» disse Lily. «Molto, molto male.»

«Farsi proteggere dalla polizia è assolutamente fuori questione.»

Lily si passò una mano tra i capelli. «Non è quello il peggio.» Mi fissò. «Se è una poliziotta, questa donna ha delle *risorse*. Troverà mille e uno modi per fotterti, con o senza armi.»

«Per *fotterci*» dissi. Una perdente con una piccola quantità di potere la stava facendo da padrona con me. Ci ero abituato. La brunetta era una versione ridotta di Aubrey – ma io ero sopravvissuto al top di gamma per diciotto anni. Ero sopravvissuto anche dopo che la mamma era morta ed ero rimasto solo. Questa psicopatica non aveva alcuna possibilità di farmi paura.

Ma mi aveva fatto arrabbiare.

«Posso usare il tuo portatile?» domandai.

Lily me lo passò, con l'aria incuriosita. Aprii il browser per il Dark Web ed entrai nel forum. La prima password era universale, e permetteva di leggere i thread, ma per aprirne di nuovi bisognava creare un profilo con un nickname e una seconda password. Provai con *Il Mago*, e rimasi sorpreso quando scoprii che nessuno lo aveva ancora scelto.

Lily mi poggiò una mano sulla spalla. «No. Scatenerai una tempesta di merda se posterai con quel nickname.»

«Bene così» dissi.

Aprii un nuovo thread. Lo intitolai *Il Mago è tornato in città*.

Nel primo post scrissi:

Alla psicopatica che non è riuscita a uccidermi.

Io sono Il Mago – già, l'originale, ma rinnovato. Sembra che questo ti dia dei problemi. Be', a me danno problemi le persone che mi aggrediscono con la pistola spianata, ma questa volta, solo questa volta, giocherò in maniera pulita. Ecco la mia proposta: ci siederemo e avremo una conversazione civile. Scegli tu il posto, perché francamente non potrebbe fregarmene di meno. Quando mi scrivi dimmi dove ci siamo incontrati la prima volta, così saprò che sei veramente tu. So tutto di te: qui dirò solo che sei una poliziotta, tanto per chiarire che non ho tempo da perdere. Non illuderti di potermi ignorare. Mandami un messaggio privato entro dodici ore, o la prossima volta che mi vedrai in un vicolo buio sarà anche l'ultima.

«Dovremmo pensarci bene» disse Lily.

«Certo.»

Cliccai su *Pubblica*.

27

La tempesta di merda si scatenò.

Quando Lily aveva detto che il Mago era una rockstar tra i Pellegrini non stava esagerando. La prima reazione al mio post fu un sarcastico *Il Mago, certo, come no.* Poi arrivò il negazionista. *Ma che cazzo*, scrisse, *il cosiddetto Mago se ne sta insieme agli UFO e alle storie sullo Slender Man. Non potremmo restare coi piedi per terra, e non scatenare i troll?* Devo dire che lo giudicai di mentalità piuttosto ristretta, venendo da un tizio che sapeva per certo di essere immortale.

D'altra parte la maggioranza dei Pellegrini credeva davvero che il Mago fosse una persona in carne e ossa, ma questo non significava che credesse che *io* fossi il suddetto. *Se non sei il Mago*, mi scrisse in privato un cittadino preoccupato, *questo è uno scherzo di pessimo gusto. Se invece lo sei, ci vorrà più della tua parola per dimostrarlo.* Aggiunse, ripensandoci: *Non che stia dicendo che dovresti provarci.* Un tizio dichiarò a chiare lettere: *Sono solo un cumulo di stronzate.* Uno domandò: *Sei a Londra anche in questa vita?* E un altro rispose, compiaciuto: *Il Mago e il Ladro sono* sempre *a Londra.* L'utente di prima scherzò: *Allora lascio la città :)*

Nelle ore successive arrivarono un centinaio di risposte, vale a dire, secondo i calcoli di Lily, circa dieci volte il traffico del forum in un giorno normale.

«Fantastico» commentai. «Sono la Lady Gaga dei Pellegrini. Se metà dei fan di Lady Gaga la volessero morta, metà la odiassero, e metà preferissero non essere al mondo quando c'è anche lei.»

«Sono tre metà» disse Lily.

«Contengo moltitudini.»

Eravamo al Rifugio, davanti al camino. Lily aveva accettato l'invito a cena: voleva essere lì quando la brunetta avesse risposto. Ora io e lei controllavamo il forum sul tablet, mentre Bruce e Summer lo controllavano sui rispettivi smartphone.

«*Se* tu sei davvero il Mago» disse Lily.

«Lo è» commentò Summer, senza alzare gli occhi dallo schermo.

Bruce annuì. «Summer di solito ha ragione.»

«Mago o no,» disse Lily, con una smorfia «sganciare questa bomba è stata una mossa stupida.»

«Eppure.. » dissi, indicando lo schermo.

La brunetta aveva appena risposto. *Domani, British Museum, 13.00*, e aveva aggiunto il nome del vicolo dove avevamo avuto il nostro *tête-à-tête*. Si firmava solo con una lettera, *L*. «Non si perde in chiacchiere» commentai.

«Vengo con te» disse Bruce.

«No, vado da solo, ma grazie.»

«*Questa* sarebbe una mossa stupida.»

«Al British Museum all'ora di punta: il posto più sicuro di Londra. Il peggio che possono fare è rubarmi il portafoglio, e di solito sono io quello che lo fa.»

«Potrebbe essere una trappola.»

«In realtà è *più sicuro* se non vieni. Se le sembro abbastanza preoccupato da portare degli amici, lei capirà che sto bluffando, e la prossima volta che vorrà uccidermi non sarà altrettanto nervosa.»

Lily si accigliò. «Credi che non abbia sparato perché aveva paura di te?»

«Tutti quelli sul forum concordano che il ritorno del Mago è una cattiva notizia: magari hanno ragione.»

Summer mi guardò. «Ma tu non sei una cattiva notizia» disse.

Nessuno commentò.

28

In realtà non avevo motivo di credere di non esserlo. Cosa avevo fatto, per diventare una leggenda famosa nei secoli? E nemmeno una bella leggenda, a giudicare dai commenti sul forum. Mi dissi che le azioni delle mie passate incarnazioni non erano colpa mia. *E invece sì*. Se a un certo punto della tua vita fai qualcosa di brutto, il tempo che passa non ti rende meno colpevole, nemmeno se misuri il tempo in secoli. A dire la verità preferivo incontrare la psicopatica da solo perché non volevo che i miei amici sentissero ciò che aveva da dire.

Avevo fatto un patto con Bruce: lui sarebbe andato al British Museum un'ora prima dell'appuntamento, per confondersi tra la folla finché non avessi finito di chiacchierare con la donna. Di rinforzo, in caso di bisogno. Era preoccupato per me. Non sapeva che avevo baciato Summer la sera prima. Cattive notizie, cattive notizie.

Il giorno dopo arrivai al British Museum appena in tempo, combattendo contro la pioggia e i turisti. Cominciai a perlustrare la folla appena salii i gradini e passai sotto al colonnato, entrando nel museo, ma non riuscii a trovare traccia della psicopatica. Oh, bene. Mi avrebbe trovato lei, se io non la trovavo prima.

Passeggiai per il grande cortile interno che il tetto trasparente faceva sembrare una gigantesca serra. Notai Bruce in un gift shop, e immaginai che anche lui avesse notato me, ma non ci scambiammo neanche uno sguardo. Entrai in una stanza a caso, ritrovandomi in una esposizione sugli sciamani.

Ed ecco la brunetta, assorta nella contemplazione di un feticcio fatto di denti e argilla.

Era strano vederla a quel modo, come un essere umano e non solo un nome, non solo "la brunetta" che usciva di notte come un vampiro. Feci un respiro profondo. Sorrisi.

Si andava in scena.

«Salve» dissi, con disinvoltura.

Si voltò. «Martin.» Aveva il volto stanco di qualcuno che ha lavorato troppo e a cui potrebbe servire un po' di riposo.

«Brunetta» risposi.

«Non sai come mi chiamo, vero?»

«Certo che lo so.»

«Davvero? E come?»

«Perché me lo chiedi?»

Cominciò a camminare, e io la seguii. Restò in silenzio per un po'. «Non sei cambiato» disse, alla fine. «Sei solo più giovane e perfino meno saggio, se è possibile.»

«Non sei cambiata nemmeno tu» dissi, e suonò infantile anche alle mie stesse orecchie.

Lei si fermò per guardarmi dalla testa ai piedi. «Martin, tu non hai la più pallida idea di chi io sia.»

«Sei una guardia» insistetti.

«Sì? E come mi chiamo? Dove abito?»

«Non lascerò che sia tu a condurre questo ballo.»

«Segui ancora quella stupida regola! "Ripeti una bugia abbastanza spesso e diverrà un fatto."»

Fui colto alla sprovvista. Era la mia regola, sì, ma non l'avevo mai detta a nessuno.

Lei mi porse una mano. «Lizanne» disse.

Gliela strinsi. «Hai anche un soprannome?»

«Soprannome?»

«Come il mio. *Il Mago.*»

Ricominciò a camminare. «Noi li chiamiamo Nomi dell'Anima: aiutano a tenere traccia delle incarnazioni di un Pellegrino. Il tuo nome ordinario cambia, il Nome dell'Anima no. Comunque no, non ce l'ho.»

«Perché?»

Alzò le spalle. «Nessuno si preoccuperebbe di seguire *me.*»

«Ehi, non ti buttare giù.»

«Non mi sto buttando giù. Non tutti i Pellegrini cercano la fama: io preferisco tenermi al sicuro e vivere la mia vita.»

Ci fermammo di fronte a una teca sugli sciamani tra i nativi americani. Lucenti collane e teschi di uccelli ci guardavano da dietro il vetro. Non stava andando come mi aspettavo. Probabilmente avevo ragione su Lizanne e sul fatto che era una guardia, ma non l'avevo ingannata nemmeno un po' con il mio piccolo bluff sul forum. E sembrava tutto tranne che psicopatica. «Non siamo legati da un vinculum, io e te?» domandai. «Ero sicuro che fossi...»

«... la tua arci-nemesi?» disse Lizanne, con un sorriso stanco.

«Più o meno.»

Mise una mano nella tasca interna dell'impermeabile, e tirò fuori il cellulare. «Tu credi che giri tutto intorno a te» disse, toccando lo schermo. «Neanche questo è cambiato.» Mi mostrò il telefono, con l'immagine di una bambina che non poteva avere più di due anni. La bambina sedeva all'ombra di una quercia, la testa rivolta verso l'alto, il mento puntato verso il fotografo. Rideva, come se niente al mondo fosse più affascinante di quei rami. «Mia figlia» spiegò Lizanne. «E non voglio che muoia. È una Una Tantum: non tornerebbe.» Lizanne scorse il dito sullo schermo, e un uomo coi capelli rossi corti e un sorriso cordiale mi guardò da un'altra foto. «E lui è mio marito, e non voglio perdere nemmeno lui. Lui è come noi, così lo incontrerei di nuovo, ma in questa vita sono felice, e non succede sempre.»

«E questo cosa c'entra con l'uccidermi?»

«Hai già sentito parlare del Ladro?»

Quel titolo mi fece suonare un campanello. «Qualcuno sul forum ne ha parlato.»

«È, è stato, e sarà sempre lui il tuo vero nemico. Il Ladro e il Mago si massacrano da sempre. Se sei qui, sulla terra, allora c'è anche il Ladro.» Mise via il telefono. «Dovresti avere paura di lui, o di lei; mille volte più della paura che hai di me.»

E dunque avevo *davvero*, dopo tutto, un nemico mortale. Era un'idea inquietante. Figo, però. «La sola persona che conosco che potrebbe odiarmi tanto è mio padre.»

Non perse un colpo alla menzione di papà che mi odiava; faceva il poliziotto a Londra, andava in giro, vedeva cose. «Aubrey Walker? È troppo vecchio: il Ladro morì col resto del tuo grappolo negli anni Sessanta. No, non è lui.»

Sperai che il mio sollievo non si notasse. Era già abbastanza brutto scoprire che qualcuno mi considerava davvero un *nemico*: scoprire che era mio padre mi avrebbe fatto sentire più solo di quanto potessi sopportare. «Tu sai chi è il Ladro, in questa vita?»

«Non ne ho la più pallida idea.»

«Ma fai il tifo per lui. O lei.»

«Io non faccio il tifo per nessuno.» Lizanne fece una smorfia. «*Tu non c'entri*, accidenti!»

Guardare teschi di uccelli mi rendeva irrequieto, così feci un cenno con la testa, per chiedere a Lizanne se potevamo spostarci. Lo facemmo. «E allora perché…» domandai.

«Per proteggere la mia famiglia. Il tuo grappolo è speciale: voi tornate sempre a Londra.»

«Non è una cosa comune?»

«No» disse Lizanne. «I Pellegrini si reincarnano in tutto il mondo, ma voi? Sempre a Londra. E non fa bene a questa città. Il Mago e il Ladro sono entrambi decisi, e intelligenti, e figli di puttana. Quando voi due vi scontrate, la gente si fa male. E non voglio dire solo i tuoi amici, voglio dire altri Pellegrini, gli Una Tantum, chiunque sia sfortunato abbastanza da essere a Londra. Finché uno di voi ha la possibilità di colpire l'altro, non ve ne importa un cazzo dei danni collaterali.»

Stava diventando ridicolo. «Scusa, ma no. Prima di tutto, io sono una persona normale. Non un santo, lo ammetto, ma neanche uno che si mette a fare stragi ogni volta che si incazza. Secondo, guardami: ti faccio paura? Sono un vagabondo diciottenne con ventitré sterline in tasca e la massa muscolare di un chihuahua. Se anche mi ci impegnassi, quanto potrei essere pericoloso?»

Lei mi guardò negli occhi, con freddezza. «Mi hai ucciso, una volta.»

Rimasi senza parole.

Non mi diede il tempo di assorbire quella frase. «Nel XVII secolo, non così tanto tempo fa. Una notte facesti irruzione in casa mia e stordisti me e mia moglie. Mi risvegliai legato a una sedia. Mi costringesti a *guardare* mentre ti lavoravi quella poveretta con una *lancia*, e poi venisti da me, col sangue di mia moglie che ancora grondava dalla punta.» Fece un lungo respiro. «Devo riconoscertelo, mi chiedesti scusa. E facesti in fretta.»

Mi era venuta la nausea. Le parole di Lizanne avevano un'eco terribile nel profondo della mia anima. Come se fossero vere. Come se mi ricordassero qualcosa. «Perché avrei fatto una cosa del genere?» domandai piano.

Lei alzò le spalle. «Riguardava la tua guerra contro il Ladro, non dicesti altro.»

«E tu volevi uccidermi prima che la nostra guerra ricominciasse.»

«Una guerra che potrebbe mettere in ginocchio Londra. Niente di personale, ma non posso lasciartelo fare.»

«Però sono ancora in piedi.»

Lizanne si fermò, esasperata. «Quando ti ho detto di essere una Pellegrina, non avevi la minima idea di cosa stessi parlando. Qualsiasi cosa tu sia, io… io non posso togliere la vita a un ragazzo per qualcosa che non ha ancora fatto. Ma ovviamente hai dovuto scrivere quel post da mentecatti sul forum.»

Posso sopportare molte cose, ma essere chiamato *mentecatto* non è tra quelle. «Ha funzionato,» dissi «ti ho fatto uscire allo scoperto.»

«Sono venuta per *avvertirti*. Speravo che ci fosse il tempo di mettere insieme una specie di soluzione, ma adesso? Il tempo è scaduto. Ero la sola ad avere scoperto che il Mago era tornato. Adesso che lo sanno tutti, *tutti* ti cercheranno, e qualcuno ti troverà, prima e non dopo. Ogni Pellegrino là fuori con un briciolo di ambizione cercherà di ucciderti, corromperti, fotterti. Hai detto *auf wiedersehen* a ogni speranza di una vita normale.» Guardò l'orologio. «Accidenti, è tardi. Devo tornare al lavoro.»

«Ho un milione di cose da chiederti.»

«Noi non siamo amici, Martin. Ho avuto *pietà* di te e ti sto dando una possibilità, ma resti comunque un pezzo di merda, e io proteggerò la mia famiglia a qualsiasi costo. E questo significa che se provi ad avvicinarti di nuovo a me o alla mia famiglia, sei morto. Non ti sto minacciando, non sto negoziando, ti sto dicendo quello che succederà.»

«Ma io non voglio fare del male a nessuno!»

«Continua pure a pensarla così» disse Lizanne, prima di allontanarsi.

29

Corsi ai bagni, spaventando qualche turista, mi chiusi in uno dei cubicoli e vomitai fino a svuotarmi lo stomaco. I conati non smisero per un altro po'.

Avevo *ucciso* delle persone. Avevo volontariamente usato le mie mani per porre fine a una vita. A due vite. E chissà a quante altre. Credevo che Aubrey fosse cattivo, ma lui non aveva mai ucciso nessuno. In almeno un'occasione, anzi, aveva *salvato* una persona: me.

Quando il mio stomaco si fu placato, più o meno, chiamai Bruce. Ci incontrammo allo Starbucks davanti al museo, promettendoci solennemente che non avremmo mai detto a Summer che avevamo alimentato l'ingranaggio capitalista di Starbucks coi nostri soldi (o con quelli di Bruce, per essere precisi). Ci sedemmo a un tavolo nel seminterrato, nell'angolo più nascosto, il più lontano possibile dagli studenti coi loro MacBook e dai turisti.

«Sei pallido» disse Bruce.

Avevo discusso tra me se raccontargli tutto ciò che avevo scoperto. Avere dei segreti con gli altri era come una seconda natura per il sottoscritto, ma se qualcuno poteva capire come mi sentivo, quello era Bruce.

«La brunetta si chiama Lizanne» dissi. «L'ho uccisa, in passato.»

Gli raccontai tutto; gli dissi del Ladro, delle cose che avevo fatto. Sorseggiai il caffè mentre parlavo, e anche se non avevo mangiato niente e mi bruciava lo stomaco, il suo calore mi aiutò a darmi una calmata. C'è una vecchia storia d'amore tra me e la caffeina.

«Ora capisco perché sei pallido» commentò Bruce quando ebbi finito.

«Ho *ucciso* delle *persone*» dissi sottovoce.

«*Io* ho ucciso *te.*»

«Per questo te lo racconto. Non sono sicuro di volere che gli altri lo sappiano.»

«Abbiamo avuto tutti un sacco di tempo per fare cose discutibili. Anche Summer, sicuramente. Eravamo in giro nel Medioevo: allora la vita valeva molto poco.»

Un branco di italiani si riversò nella stanza. È uno dei misteri di Londra che non ho mai svelato, perché i turisti italiani siano così attratti da Starbucks. Alla fine unirono tre tavoli e si accomodarono.

«Lo dici per tirarmi su» continuai. «Negli anni Sessanta pensavi che meritassi di morire.»

Sembrava addolorato. «Non so perché ti ho ucciso.»

«Invece lo sai.»

Bruce mi fissò, senza rispondere.

«È comprensibile che voglia tenerlo per te» dissi. «Me lo dirai se e quando sarai pronto. Ma sai cos'è che mi manda ai pazzi?»

«Cosa?» domandò, gentilmente.

«Che mentre morivo pensavo, *Tom sta facendo la cosa giusta.*» Tacqui. «Noi crediamo tutti di essere i buoni, tutti. Scommetto che lo credeva pure Jack lo Squartatore – si diceva *Ehi, queste ragazze sono cattive, sarò un cittadino modello e le farò a pezzi*. Attraversiamo le nostre vite come se fossero una storia e noi fossimo i protagonisti. Ma se non fosse così? E se io fossi il cattivo e questo Ladro fosse l'eroe?»

Bruce scosse la testa. «La vita non ha una trama, nessun arco narrativo. È vita e basta.»

Buttai giù gli ultimi sorsi di caffè. «Devo andare» dissi.

«Già, tempo di tornare a casa.»

«No, voglio dire, lascio il Rifugio. Io *sono* una cattiva notizia, e ho combinato un casino sul forum. Quando le cose diventeranno serie, non voglio che voi facciate una brutta fine insieme a me.»

«Credi che io non voglia saperne di più su di me, le mie vite passate e tutto il resto? Siamo in questa storia insieme, e vedremo insieme come va a finire.»

Un uomo migliore sarebbe rimasto della sua idea e se ne sarebbe andato. Io però immaginai di scappare dal Rifugio con ventitré sterline in tasca e quasi niente nello zaino. Immaginai di stare di nuovo da solo dopo ciò che avevo scoperto; di dormire per strada, aspettando che un perfetto sconosciuto venisse a uccidermi per peccati che non sapevo di avere commesso. Immaginai tutto questo ed esitai. «Non so cosa dire.»

Bruce domandò: «Come ti poni nei confronti degli alcolici *estremamente* economici?».

30

Organizzammo una festa.

Bruce mandò un messaggio a Summer per chiedere se era okay, e lo era, assolutamente. Cinque minuti dopo lei aveva pubblicato la notizia su Facebook, invitato una tonnellata di persone e aveva detto loro di estendere l'invito a chiunque volessero. Per avere diritto d'accesso era sufficiente portare una o più bottiglie da condividere con la comunità.

«È così che diamo le feste, in questa famiglia» spiegò Summer.

Bruce fece una corsa al supermarket e comprò del rum «per iniziare la festa». Comprò anche patatine, würstel surgelati, hummus e pane. In totale spese meno di trenta sterline, e questo vi dà un'idea della qualità del cibo e del rum.

Lily non mi era sembrata una festaiola, ma mi ero sbagliato di grosso. Era entusiasta dell'idea quanto Summer, che rese felice accettando di passare la notte al Rifugio. Non portò alcolici, portò la musica. Aveva messo insieme questi quattro splendidi diffusori in ottone, a forma di casco da palombaro, del tipo che avrebbe potuto usare il capitano Nemo, e li piazzò intorno al soggiorno dopo averli collegati a un player digitale. Ci mise un po' a trovare la disposizione ideale, con zio Ronald che la seguiva, aiutandola a tagliare i cavi e a mettere le viti al posto giusto. Nel frattempo Summer e Bruce aprirono un paio di tavoli e cominciarono a raccogliere tutte le sedie in buono stato che riuscivano a trovare. La loro definizione di «buono stato» era piuttosto elastica.

Non era facile discutere del mio incontro con Lizanne in mezzo a tutto questo. «Dov'ero?» provai. «Ah sì, il Ladro. Il Ladro è il mio mortale nemico e...»

La voce attutita di Moxie che cantava *Buffalo Bill* coprì la mia e mi fece perdere la testa. *All I want is Buffalo Bill*, cantava. *Good for the money, good for the thrill.* Davvero non potevo competere.

«Funziona!» esclamò zio Ronald, scambiando un cinque con Lily.

«Ohi! Ma mi state ascoltando?»

«Datti una calmata, Martin» disse Lily. «Hai fatto pace con la brunetta: va tutto bene.»

«Ho un nemico mortale!»

«Ma non sta arrivando ora» disse Bruce.

«Per quanto ne sappiamo, il Ladro potrebbe essere uno degli amici che avete invitato stasera.»

«Quando sei diventata così noiosa, Catherine?» domandò zio Ronald.

Facemmo silenzio tutti. *All I want is Buffalo Bill*, continuò a cantare Moxie.

«Come mi hai chiamato?» domandai.

Zio Ronald alzò gli occhi al soffitto, come se cercasse l'ispirazione. Aveva l'aria di un uomo che pensa alla soluzione di un problema difficile. «Catherine» disse, alla fine.

«Io mi chiamo Martin.»

«Una volta ti chiamavi Catherine. Sono solo nomi, comunque» aggiunse, infastidito. Si rivolse a Lily. «E adesso cosa mettiamo insieme?»

Domandai a Summer: «È davvero impossibile che zio Ronald ci possa aiutare?».

«Ci ho provato» rispose lei. «Tanto. Ma la sua memoria è troppo erratica.» Mi porse un bicchierino con le decorazioni di Halloween pieno di rum fino all'orlo. Odorava del mal di stomaco che avrebbe procurato. Summer diede un bicchiere anche agli altri, e alzò il suo. «Siamo vivi» disse. «Siamo insieme. C'è solo da festeggiare.»

«Huzzah!» gridò Lily.

Tutti buttammo giù gli shot.

31

Quella sera passarono dal Rifugio almeno un centinaio di persone. Le feste di Summer erano leggendarie: la gente veniva da Shoreditch, Hackney, Clapham, tutte zone che decisamente non erano carenti nel reparto vita notturna. C'erano alcuni amici di Bruce, e anche alcuni di quelli di Lily, ma la maggioranza delle persone era lì per Summer. Applaudirono pure quando imbracciò la chitarra e si mise a cantare *The Times They Are a-Changin'*. Il corpo astrale di Bob Dylan la implorava di smettere.

«È brava» disse un tizio.

Mi voltai per guardarlo. Aveva i capelli scuri, non era alto, ma con una presenza forte, e un sorriso caldo sulle labbra piene, da Mick Jagger.

«È terribile» risposi.

«Volevo solo essere gentile.»

Ci stava provando con me. Riconobbi il linguaggio del corpo, il modo in cui si avvicinava. Mi chiedevo cos'altro sapessero fare, quelle labbra, oltre a sorridere. Mi chiedevo quanto ci avrei messo a scoprirlo.

«Scusami, amico» disse Lily, gridando sopra la musica. Ci voltammo entrambi verso di lei, che si stava avvicinando con due bicchieri di vino. «Il ragazzo coi capelli bianchi è preso.»

Il tizio mi guardò con un po' di rimpianto, si portò due dita alla testa in segno di saluto e passò oltre.

Lily mi porse un bicchiere. «Ho interrotto qualcosa?»

«Tu che dici?» risposi.

«Ah, giochi per entrambe le squadre, quindi? Bene. Lo trovo eccitante.»

«Vivo per eccitare.»

Lily rise. «È fantastico, vero?»

«Cosa?»

«Essere giovani e immortali.»

Le cose succedevano in fretta, e non avevo avuto tempo di pensarci su. Sì, eravamo immortali. Mi preoccupavo del passato, del presente, e avevo perso di vista il fatto che il mio futuro era *infinito*. Anche se questo misterioso Ladro fosse riuscito a ucciderci di nuovo tutti, sarebbe stato solo un fastidio. Saremmo sempre tornati e non saremmo mai stati soli. La nostra festa poteva interrompersi, ma non sarebbe mai finita.

Avevo ucciso dei Pellegrini, certo. Ma anche loro tornavano.

«Cazzo» dissi. «Ci credi che non ci avevo pensato?»

«Sì che ci credo.» Lily si avvicinò e mi sussurrò qualcosa all'orecchio. Nessuna ragazza o ragazzo mi aveva mai detto le parole giuste al momento giusto a quel modo. Un brivido mi attraversò il corpo.

«Adesso» implorai.

Mi prese per mano e mi trascinò fuori dalla stanza, lontano dalla musica. Ero vagamente consapevole degli sguardi d'invidia che ricevevo mentre prendevamo una scalinata e salivamo di sopra, fino alla stanza che Summer aveva dato a Lily.

Non avevo finito di chiudere la porta alle nostre spalle che lei mi stava già baciando sul collo. Posò la bocca sulla mia, poi mi infilò la lingua tra i denti, e l'acre sapore dell'alcol e del cibo spazzatura era incredibile, quando si mescolava col suo. Era quel momento perfetto, il momento in cui baci una persona nuova per la prima volta. Forse la bacerai per sempre, o forse solo per una sera, ma quel primo bacio è sempre speciale. Non mi stancherò mai dei primi baci, e spero di averne molti altri, dopo stanotte.

«In ginocchio» disse lei, in tono finto autoritario.

Obbedii, e cominciai a baciarla sulla stoffa ruvida dei jeans. Smisi solo per lasciarle abbassare la cerniera, poi sfiorai gli slip con le labbra e continuai a baciarla. Lei fece scivolare giù i jeans, e anche gli slip. Continuai a baciarla sulla pelle salata. Le mie mani salirono, senza lasciare mai il suo corpo, dai suoi fianchi fino ai seni, sotto la maglietta. Le coprii i seni con le mani. Ero senza fiato. Ero perduto in lei.

Afferrò la mia testa e la spinse contro il suo corpo, e io la presi per i fianchi, per andare più a fondo. Lei rise e rise, come se stessi usando la lingua per raccontarle la barzelletta più meravigliosa mai raccontata.

«Per sempre» disse. «Per sempre.»

32

La mattina dopo mi svegliai con quei colossali postumi della sbornia che solo gli alcolici davvero da due soldi riescono a garantire. Abbracciavo Lily da dietro, e lei russava in modo poco signorile. Dubitavo che sarei riuscito a dormire, se fossi stato meno ubriaco.

Mi sentivo bene. Il sesso era una delle poche cose che non mi erano mai mancate, ma la notte prima era stata su un altro livello. Malgrado i postumi della sbronza, capii che stava succedendo qualcosa di nuovo: non vedevo l'ora di vivere quella giornata. Non un futuro lontano dove sarei stato potente e realizzato e mi sarei vendicato di Aubrey, ma quel giorno lì, la colazione, vedere Lily che si rivestiva. Quest'ultimo punto, solo perché ero sicuro che presto si sarebbe spogliata di nuovo.

Lily socchiuse una palpebra. «Che ore sono?» domandò con voce impastata.

«Non ne ho idea.»

«Tè» disse.

«Anch'io.»

Si mise seduta sul letto, offrendomi uno splendido scorcio di braccia e seni. Coi capelli corti in disordine, e sbaffi di rimmel sulle guance, era così bella che pensavo mi sarebbe scoppiato il cuore. Lei mi prese la testa e fece per baciarmi, ma mentre si avvicinava scattò indietro come una molla. «Che fiato!» rise.

«Non è che il tuo profumi di rose e viole.»

«Il mio alito profuma *sempre* di rose e viole.»

«Controlla, devono essere appassite.»

Mi tirò il cuscino. «Tè» ripeté.

«Tè» concordai.

Ci vestimmo in fretta e ci dirigemmo verso la cucina. In fondo alle scale c'era una ragazza che dormiva rannicchiata sulla moquette. Due tipi erano appoggiati al muro e russavano tenendosi abbracciati. Era incredibile che non ci fossero tracce di vomito da nessuna parte: gli amici di Summer la rispettavano davvero. Galleggiavo su una nuvola rosa quando entrai in cucina. Poi vidi Bruce.

Aveva il volto cinereo. Era seduto a tavola, con davanti una tazza di tè che non aveva toccato.

«Che c'è che non va?» domandai.

Senza dire una parola si alzò e ci disse di seguirlo al computer. Era aperto su un nuovo post del forum dei Pellegrini.

Il titolo era *Questa non è la vostra guerra.*

Qualcuno su questo forum ha sostenuto di essere il Mago. Vi state tutti domandando se questa persona sia davvero chi dice di essere. So da fonti certe che è vero, il Mago è tornato.

Anche io sono tornato.

E non voglio che altri Pellegrini gli diano la caccia. Sarò molto chiaro su questo punto: il Mago non si tocca. Nessuno lo aiuta, nessuno lo uccide, nessuno gli si avvicina. Anche i suoi amici sono off limits: quello che ho detto del Mago vale anche per la Tempesta, l'Artefice e il Gigante Gentile. E no, non sono tenuto a spiegarvi le mie ragioni.

Voglio ribadire però che farò rispettare le mie regole: ho il potere di farlo, e una dedizione assoluta, come molti tra voi sanno. Troverò chiunque entri nell'orbita del Mago e del suo grappo-

lo e mi assicurerò che se ne allontanino. Questo non comporta necessariamente l'uso della forza. Non amo la violenza e non ricorrerò a essa, a meno che non sia strettamente necessario. Ma in caso fosse strettamente necessario, la violenza di cui parlo sarà biblica.

Così, dormite sonni tranquilli, amici miei, perché questa non è la vostra guerra.

Ignorateci e basta. Pensate agli affari vostri e nessuno si farà male. Questo fastidio finirà presto.

Quanto al Mago: sto venendo da te.

Lo hai già reso strettamente necessario.

Era firmato *Il Ladro*.

33

«Sono tornati gli anni Sessanta» disse zio Ronald. «Con voi ragazzi, le feste e la guerra.»

Avevamo mandato via gli ultimi ospiti, e adesso eravamo riuniti in cucina. Non riuscivo a stare seduto: passeggiavo su e giù per la stanza, schizzato come un operatore di borsa imbottito di cocaina. «Potresti renderti utile se non fossi completamente fuori!» scattai.

Summer mi fulminò con un'occhiata. «Martin!»

Feci un bel respiro. «Scusa» dissi a zio Ronald. «Sono stato uno stronzo.»

«Niente di nuovo, Catherine» disse lui.

La lasciai cadere.

«Abbiamo anche dei Nomi dell'Anima» disse Lily, soprappensiero. «Mi dà i brividi: online, mi faccio chiamare L_Artefice da sempre.»

Summer disse: «La tua anima ricordava».

«Io sono l'Artefice, ovviamente Bruce,» e lo indicò con il pollice «è il Gigante Gentile. Questo fa di te, Summer, la Tempesta.»

«E le dona proprio!» ridacchiò zio Ronald, come se quei nomi per lui fossero storia vecchia. L'idea che il suo cervello contenesse da qualche parte informazioni preziose mi faceva impazzire.

«Non perdiamo di vista l'obiettivo» disse Bruce. La sua voce era calma, ma gli tremavano le mani. «Il Ladro, qui, non sembra avere voglia di chiacchierare.»

Lily disse: «Ci conosce meglio di quanto noi conosciamo noi stessi, ed è un vantaggio che sfrutterà».

«Noi invece abbiamo scoperto giusto ieri della sua *esistenza*» concordai. «Dobbiamo recuperare il tempo perduto, e in fretta.»

Zio Ronald borbottò: «Devi trovare te stesso».

«Ronald,» disse Lily, con tono gentile «non è il momento.»

«No, Lily, ha ragione» dissi io. «Qualsiasi cosa abbia fatto a questo stronzo, non può essere successo in questa vita perché, francamente, in questa vita non ho ancora avuto il tempo di fare molto in generale. Dobbiamo guardare al passato.»

«In soffitta,» disse Summer «non c'è quasi niente degli anni Sessanta.»

«Lasciamo in pace la soffitta, allora» sorrisi. «Sappiamo che negli anni Sessanta in questa casa è scoppiato un incendio, e che siamo tutti morti in modo violento. Nella comunità dicono che c'entravano il sottoscritto e il Ladro. Summer ha fatto delle ricerche senza scoprire granché, ma deve esserci stata un'indagine, giusto? La polizia potrebbe, *dovrebbe*, avere delle prove in magazzino. Sono pronto a scommettere che se ci mettessimo le mani sopra ci ricorderemmo qualcosa.»

«Mettere le mani sul materiale di un'indagine di polizia non sarà semplice» disse Bruce.

«Lizanne è una poliziotta.»

«Lizanne ha chiarito che non vuole avere niente a che fare con noi.»

«So essere convincente» dissi.

«Noi *non* rischieremo la vita di altre persone solo per soddisfare la nostra curiosità» rispose lui.

Tenni per me le mie risposte brillanti, perché Bruce aveva ragione. «Però non possiamo starcene seduti a fare da bersaglio.»

Lily aprì la bocca, poi la richiuse. Vedevo gli ingranaggi muoversi dietro alla sua bella fronte. Alla fine si decise e disse: «Mio fratello potrebbe aiutarci».

«E come?»

«È un poliziotto.»

34

Mi sentii tradito. Non avevo motivo per fidarmi o farmi piacere i poliziotti – e nemmeno i loro parenti e soci. La polizia era gestita da canaglie che giocavano a golf con Aubrey. L'idea di Lily però aveva senso: Sam, suo fratello, era estraneo alla comunità dei Pellegrini. Gli avremmo chiesto qualcosa di innocuo, e il Ladro non si sarebbe accorto di nulla. Tutto sensato, però ero comunque arrabbiato.

Come offerta di pace Lily mi chiese di incontrare Sam insieme a lei. Fissammo un appuntamento in un piccolo caffè vietnamita a Shoreditch. Lily mi assicurò che Sam avrebbe offerto il pranzo: lo faceva sempre. Era orgoglioso di aver trovato un ottimo lavoro ed era ancora più orgoglioso di sua sorella e della sua intelligenza. «Un giorno me li restituirai» le diceva sempre.

Sam era un ragazzo dall'aria simpatica sui venticinque anni. Portava l'uniforme, che gli donava. Se fosse stato appena un po' più sicuro di sé, avrebbe avuto una fila di ragazze fuori dalla porta. Magari avrei potuto convincerlo a venire a letto con me. Mi chiedevo come l'avrebbe presa Lily.

Mi strinse la mano con energia, valutandomi. «Ho meno di mezz'ora» disse, sedendosi.

«È più che sufficiente» disse Lily. «Dobbiamo chiederti un piccolo favore.»

Feci un'espressione addolorata. «In realtà non è vero. Io...» e non finii la frase.

«Tu cosa?» domandò Sam.

In quel momento arrivò una cameriera. Ordinai solo degli involtini primavera. «Se rifiuti, capisco» dissi, come se ogni parola mi costasse uno sforzo.

«Spara.»

Mi stavo gingillando con le mani sopra il tavolo. Feci cadere le bacchette. Feci una risata nervosa e mi chinai per raccoglierle. Mi stavo divertendo. «Sto scrivendo questo saggio per l'università» dissi. «Sulla fine degli anni Sessanta e su cosa abbia significato per, be', i miglioramenti sociali.» Stavo inventando tutto a braccio. «Nella fattispecie, il movimento hippy. Ho scoperto che negli anni Sessanta c'era una comune nella casa dove abito, un edificio vittoriano a Camden. So per certo che nel 1969 la comune era ancora attiva. Non durò a lungo: scoppiò un incendio e ci furono delle vittime, e dopo la comune fu smantellata.»

«Le comuni non durano mai molto» disse Sam.

Annuii con foga. «Esattamente! I membri avevano reso quella strada un... un focolaio di comportamenti antisociali.» Bevvi un po' d'acqua. «Dovrei sapere tutto quello che è possibile sull'incendio. Lo sto studiando come simbolo, be', di quel genere di comportamenti. Lo sai meglio di me: a scherzare col fuoco, si finisce bruciati. Tutto quello che potresti trovare mi aiuterebbe immensamente. Un rapporto, o meglio ancora, dei reperti fisici del caso, per ancorare il mio saggio alla nostra, be', società consumistica.»

Sam ci pensò un po' prima di rispondere. «È un caso molto vecchio» disse. «E non lavoro a Camden, quindi non potrei accedere direttamente a quello che ti serve.»

«Se è troppo complicato capisco.»

«È complicato, ma non troppo.»

«Allora mi puoi aiutare?»

«Sì» rispose dopo una frazione di secondo.

Spalancai gli occhi. «Oh, grazie Sam. Grazie tante!»

«Mi devi un favore» disse lui, ridendo.

«Assolutamente.»

La cameriera arrivò coi nostri ordini; Sam parlò a lungo della sua passione per i cavalli, il vero motivo per cui aveva indossato la divisa. I cavalli gli piacevano fin da ragazzo ma non poteva permettersi le lezioni, così in mancanza di idee migliori per un lavoro, aveva pensato che la polizia gli avrebbe almeno permesso di cavalcare. La sua carriera era in ascesa costante. Era il mio esatto opposto ma, lo ammisi controvoglia, un tipo a posto.

Quando ce ne andammo per tornare alla fermata dell'autobus, Lily era assorta nei suoi pensieri. «Sei molto bravo a mentire» disse dopo un po'.

Era un commento ingiusto. «Non ero contrario a dirgli la verità.»

«Non avrebbe capito. Il suo scrittore preferito è Richard Dawkins.»

«E quindi cos'altro potevamo fare?»

«Sì, lo so, ma è brutto mentire a tuo fratello.»

Potevo capirla, in teoria. Però non avevo mai avuto qualcuno che mi fosse vicino a cui mentire, fino a quel momento. L'abbracciai. «Sam sarebbe contento di aiutarci, se sapesse cosa c'è in gioco. È una bugia innocente, Lil.»

Lei per un po' non rispose. «Quando mi sono infiltrata nella rete delle telecamere,» disse «l'ho fatto con le *sue* credenziali.»

«Ma non ti sei sentita in colpa.»

Scosse la testa. «Stavo risolvendo un enigma. È diverso.»
«Ah.»
«Stavolta gli abbiamo mentito in faccia!»
«Le persone sono gli enigmi più grandi del mondo.»
Mi guardò. «È vero» disse.

35

In Italia cominciai a frequentare le persone sbagliate. Qualcuno avrebbe potuto dire lo stesso di me (non molti mi considerano la persona giusta), ma è solo questione di punti di vista. In realtà le persone sbagliate erano soltanto una, Fabrizio, un ragazzo di quattordici anni che non era né grosso né forte, ma era il peggior bastardo nelle zuffe e godeva di molto rispetto nel paese. Suo padre era il maresciallo dei carabinieri di Portodimare. Venire da una famiglia di tutori dell'ordine era servito solo a rendere ancora più irrequieto Fabrizio. Aveva un tatuaggio sulla gamba, un rozzo Bart Simpson che si era fatto da solo con un ago e l'inchiostro di una Bic: era quel tipo di ragazzo. Mi insegnò un paio di cose che mi sarebbero tornate utili (come scassinare una serratura; come avviare un'auto senza le chiavi), e io gli insegnai a mentire in maniera convincente. Era un'amicizia da cui guadagnavamo entrambi.

Fabrizio fu il primo e migliore amico che ebbi a Portodimare. Passavamo l'inverno a girare per le strade residenziali semideserte. Molte case erano abitate solo dalla fine di giugno all'inizio di settembre: nei mesi invernali erano gusci vuoti. Io e Fabrizio entravamo nell'una o nell'altra, ci mettevamo a frugare nei cassetti, vuotavamo gli armadietti dei liquori e in genere ci passavamo qualche ora, con una colonna sonora di gabbiani e di onde che si abbattevano sulla costa. Non rubavamo niente;

una volta Fabrizio prese un cavatappi e io il selfie della padrona di casa nuda che lei stessa, una vera milf, si era lasciata alle spalle, ma tutto lì. A noi piaceva il brivido, non la refurtiva.

Poi successe: una mattina d'estate mia madre uscì con la Vespa a fare la spesa (le servivano le melanzane e il parmigiano per le lasagne, me lo ricordo ancora) e un turista la investì. Sbatté la testa per terra e se la ruppe in modo così raccapricciante che non mi permisero mai di vedere il corpo. Avevo iniziato la giornata con una persona a cui volevo bene e la prospettiva di lunghe settimane estive davanti a me; la conclusi con Aubrey che entrava nella casa che io e mia madre avevamo arredato. «Ciao, figliolo» disse, e il mio cuore cominciò a sprofondare nell'abisso che mi avrebbe spinto a tentare il suicidio.

Nei giorni frenetici successivi alla morte di mia madre Fabrizio fu, attraverso il padre, la mia unica fonte di informazioni sulle indagini. Volevo che l'uomo che aveva ucciso mia madre morisse, o finisse in prigione per il resto dei suoi giorni; volevo assicurarmi che Aubrey non avesse niente a che vedere con l'incidente. Nel giro di quattro giorni però l'inchiesta si concluse. La versione ufficiale era che mia madre all'improvviso aveva svoltato dove non avrebbe dovuto e non aveva il casco allacciato, così il turista che l'aveva investita aveva ben poche responsabilità.

«Mentono» dissi a Fabrizio.

«Oppure sono degli idioti» rispose. Non aveva grande stima di suo padre.

Quella fu l'ultima volta che ci vedemmo: il giorno dopo Aubrey mi rispedì in Inghilterra senza darmi il tempo di salutare.

In Italia la polizia aveva permesso che la morte di mia madre restasse impunita. In Inghilterra aveva ignorato le violenze di Aubrey. No; decisamente le guardie non mi piacevano.

36

Aspettavo che Sam ci ricontattasse. Aspettavo di saperne di più su Catherine e su me stesso, di capire chi fosse il Ladro e perché fosse intenzionato a distruggere la mia vita.

Ero troppo nervoso per restare seduto al Rifugio a non fare niente in attesa di una telefonata, così la mattina dopo decisi di farmi un mercato. Era tempo che iniziassi a contribuire alle spese di casa.

Andai a Greenwich, perché era vicino a Lewisham e dunque a casa di Lily, dove volevo andare dopo, quando fosse tornata dall'università. Il mercato principale non era il posto ideale: lo tenevano in uno spazio recintato dove non potevo mettere la cassetta rovesciata che definivo con magniloquenza «il mio stand». Dovetti limitarmi a un mercato secondario, affollato di cianfrusaglie. Meglio di niente.

Seguivo la solita routine ma ero poco ispirato: *Signore e signori, l'ultimo gioco onesto in città*, metti la cera, togli la cera, e si ricomincia. Non era più divertente come ricordavo, probabilmente perché il gioco a cui giocavo adesso aveva una posta molto più alta. Avevo bisogno di soldi, però, signore e signori. E allora venite a divertirvi con l'ultimo gioco onesto in città.

Non lo riconobbi subito.

Era tutto così scialbo e amichevole che non riuscivo a immaginarmelo in quel posto. Per prima cosa lo archiviai come un semplice senzatetto. Poi scattò qualcosa, e gli diedi un'occhiata migliore, e vidi che era lui, lo Strambo. Alto e smilzo, con le braccia piegate, mi fissava dall'altro lato della strada. Il mio primo impulso fu di mandare a fanculo tutto e raggiungerlo, ma avevo appena accettato una scommessa, quaranta succose sterline dal genere di maschio alfa con un palo nel culo che è il bersaglio più facile.

Lo Strambo non dava l'impressione di volersene andare. Camminava su e giù per la strada, lo sguardo fisso sul mio stand. Ogni volta che un autobus o un gruppo di turisti gli passava davanti, mi aspettavo che scomparisse misteriosamente, come il personaggio di un film, ma lui restava lì. E mi guardava.

Tempo di chiudere bottega. Avevo guadagnato circa cento sterline, meglio che niente. Lasciai perdere la cassetta e attraversai la strada. Lo Strambo era lì, con le mani in tasca, ad aspettarmi. Puzzava di sporcizia e sudore rancido, ma la sua barba era immacolata. La folla gli scorreva accanto come un fiume intorno a una pietra. Lo Strambo e io, una piccola isola per conto nostro.

«Ehi» dissi.

Non rispose. Aveva lo sguardo severo che un padre riserverebbe al più indisciplinato dei suoi figli.

Misi le mani sui fianchi e restituii lo sguardo. «Tu sei un Pellegrino, giusto?»

«Non farle del male» disse.

«Cosa?!»

Mi diede una spinta con una mano. Non ci mise molta forza, ma fu così inatteso che inciampai e per poco non caddi. Lo Strambo chiuse la stessa mano a pugno, mostrando l'indice come un avvertimento. «Comportati bene» disse. «Non farle del male.»

Mi guardai intorno, ma le persone facevano del loro meglio per ignorarci. «Non gliene farò» dissi, in mancanza di una risposta migliore. Incrociai il suo sguardo. Non trovai un briciolo di saggezza nascosta nei suoi occhi. «Come sapevi dove trovarmi?»

Fece una smorfia, come se la domanda fosse troppo stupida per meritare una risposta. Mi poggiò una mano sul braccio. Feci una smorfia anch'io, ma lui mi afferrò e strinse. «Stiamo correndo verso la fine!» Gli vennero le lacrime agli occhi. «Ho paura» disse, con la voce di un uomo vecchio e solo.

«La fine di cosa?»

Lo Strambo sbuffò e mi lasciò andare. Si asciugò le lacrime con una manica sporca. «Comportati bene!» disse. «Ti tengo gli occhi addosso.»

Fece per allontanarsi. Lo presi per una spalla, gentilmente, per cercare di fermarlo, ma lui scosse via la mano e proseguì.

«La fine di cosa?» gli gridai dietro.

Non rispose.

37

Nell'attimo stesso in cui Lily aprì la porta, la baciai. Il suo viso, il suo odore, mi travolsero coi ricordi della nostra notte insieme, la prima notte della mia vita in cui non sapevo se avessi fatto sesso o fatto l'amore. Dovevo baciarla, anche solo per essere certo che volesse ancora essere baciata da me.

Lo voleva, eccome se lo voleva. Mi trascinò nella sua stanza, mi spogliò nudo, e io spogliai nuda *lei*. Solo allora mi resi conto di quanto fossi stato teso dall'ultima volta che avevamo parlato. Essere teso per una ragazza; anche quella era una novità. Chiuse Rufus fuori dalla camera. Molto premuroso da parte sua.

«Tutto a posto?» le domandai dopo, ancora a letto.

«A postissimo» disse. Guardò l'ora sul suo orologio da parete di Judge Dredd, una sua creazione. «Ma se fossi in te mi vestirei. La mamma tornerà da un momento all'altro.»

Mi sedetti sul letto. Preferivo non incontrare i genitori di Lily, ma se proprio dovevo, mi sarei piegato al mio destino. Questo per dire quanto mi piaceva quella ragazza.

«Ascolta...» dissi, ma fui interrotto dai Pink Floyd che suonavano sul suo telefono. *We don't need no education*, ed era proprio così.

Mi fece tacere con un gesto. «È Sam.»

Riuscii a sentire solo metà della conversazione, abbastanza

da capire che Sam non portava buone notizie. «Grazie» disse Lily alla fine. «Ci sentiamo presto, fratello.»

«Un disastro» dissi, quando chiuse la chiamata.

Si voltò verso di me. «Sì. Il rapporto è sparito.»

«Sparito? L'era digitale ha lasciato indietro la polizia?»

«Non del tutto. I nuovi rapporti sono archiviati in una banca dati digitale, ma i vecchi archivi sono tutta un'altra cosa. Sam dice che stanno cercando di fare una copia elettronica di ogni cosa. Ci vuole tempo, però. E denaro.»

«E le prove? Quelle le ha cercate?»

Mentre parlavamo Lily si alzò e cominciò a rivestirsi. «Non ha potuto.»

«*Niente?*» dissi in italiano.

«Dovresti parlare italiano più spesso, ti fa la voce sexy. *Niente*, cioè...?»

«Nisba, *nada*, zero.»

«Ecco. Sparite anche quelle.»

«Non bisogna firmare una specie di registro, per prendere qualcosa dagli archivi?»

«Sì, ma indovina un po'?»

Sospirai. «Nessuno ha firmato.»

«Ed è un reato grave. Sam era allibito.»

Cominciai a vestirmi anch'io, senza entusiasmo. «Conosciamo una poliziotta interessata al nostro grappolo.»

«Lizanne» disse Lily. «Ci ho pensato anch'io.»

«Dovremmo riparlare con lei.»

«Per trovare il suo indirizzo basterà Google. Bruce però ha ragione, non dovremmo coinvolgerla più di quanto già non sia.»

«Il Ladro non l'ha ancora trovata, o se ne vanterebbe per tutto il forum. Se ci muoviamo con cautela sarà al sicuro.»

Lily aveva dimenticato i vestiti, così adesso indossava solo calzini e occhiali, e un'espressione pensosa degli occhi e delle labbra. La ragazza immagine dell'orgoglio nerd. «Sarà più sicura se non ci avviciniamo proprio, a lei.»

«Lizanne ha rubato le nostre cose: stiamo parlando della *nostra* morte, del *nostro* dolce sogno hippy andato in fiamme.»

«E lei sta cercando di proteggere la *sua* famiglia.»

Per quanto fossi infastidito, Lily aveva ragione. Era ancora possibile che venisse fuori che il Ladro era un patetico leone da tastiera, ma in caso contrario Lizanne si trovava già in una posizione difficile, senza che spingessi oltre le cose. Una parte di me diceva: *Chi se ne importa, è lei che si è immischiata*. Ma ero stato *io* a immischiarla, torturandola e uccidendola in una vita passata. Lei era immortale, e così suo marito, ma sua figlia? Mi passai una mano tra i capelli. «Sto pensando che forse c'è un altro modo.»

«Vai avanti.»

«Bruce non approverà.»

38

Bruce non approvò. Nemmeno Summer, e neppure Lily. Zio Ronald non era con noi, ma sono sicuro che anche lui avrebbe obiettato, se non altro per farmi incazzare.

Be', l'atteggiamento dei miei amici stava ottenendo esattamente quel risultato. «Qualcuno ha un'idea migliore?»

Ci eravamo dati appuntamento al Rifugio, perché il mio piano era del genere che preferisci discutere in privato. Zio Ronald era nel seminterrato, e noi quattro intorno al camino.

«No» disse Bruce. «Ma non significa che la tua sia buona.»

«Sono stato *io* a dire che non dovevamo coinvolgere Lizanne.»

«E una *violazione di domicilio* non la coinvolge?»

«In quel modo il Ladro non penserebbe che ci sta aiutando: mica è colpa sua se siamo *noi* ad aggredirla.»

«Io non sono un topo d'appartamento!»

«Non atteggiarti a Gandhi con me.» Mi toccai il petto, dove il coltello di Bruce mi aveva lacerato la carne. «Quando fa freddo mi fa ancora male.» Stavo alzando la voce. Dipende dalla mia educazione italiana: alzo la voce, quando sono scosso. Chiusi gli occhi e feci un bel respiro, per calmarmi. Dissi: «Siamo d'accordo che ci serve qualcosa che ha Lizanne?».

«Potremmo cercare informazioni altrove» disse Summer.

«Per esempio, dove? Per ora, la comunità trattiene il fiato e aspetta di vedere se il Ladro e il Mago sono tornati davvero. Possono avere paura di me per ciò che ho fatto in passato, ma il Ladro li ha minacciati *qui* e *adesso*. Quelli che vogliono schierarsi non si schiereranno con noi finché non dimostriamo quello che valiamo.»

«*Schierarsi?* Parli come se fosse una vera guerra.»

«Uno sconosciuto ce l'ha dichiarata, che ci piaccia o no.»

Nessuno rispose. Dopo un po' Bruce sospirò. «Martin ha ragione: ci serve qualcosa che ha Lizanne.»

«E, per essere al sicuro noi, dobbiamo tenere al sicuro anche lei» aggiunsi. «Sul serio, ragazzi: rubiamo quello che *lei* ha rubato per prima, e vinciamo tutti.»

Lily disse: «Buffo, no? Tutti tranne il Ladro rubano qualcosa».

«Il Ladro crede di essere in vantaggio. Giochiamo a *Ocean's Eleven* e facciamogli vedere quanto si sbaglia.»

39

Nessuno di noi era George Clooney, però, e non stavamo facendo irruzione in un casinò. Lizanne abitava in una casa senza pretese, l'ultima di una schiera in una via residenziale di Finchley. Suo marito doveva guadagnare bene: coi prezzi di Londra, un poliziotto onesto non avrebbe mai potuto permettersi il lusso decadente di ottanta metri quadri a Finchley.

Ci erano volute circa ventiquattr'ore per accordarsi su un piano e iniziare a seguirlo. Era una sera buia, bagnata da una pioggerella fine, il clima perfetto per ciò che dovevamo fare. Io e Lily eravamo seduti in una vecchia Mini verde presa in prestito al padre di Lily. Eravamo parcheggiati davanti alla casa di Lizanne, dall'altra parte della strada.

Lily mandò un messaggio a Bruce. «Siamo pronti» disse.

Il piano era che Bruce chiamasse Lizanne fingendo di lavorare per il Ladro. Le avrebbe detto che il Ladro voleva incontrarla, *con tutta la famiglia*, in un McDonald's aperto ventiquattro ore a Shepherd's Bush. No, non doveva spiegare perché. Lizanne e la famiglia sarebbero stati assolutamente al sicuro, finché facevano quello che gli veniva detto. Nel tempo che avrebbero impiegato a raggiungere il McDonald's, non trovarci nessuno e tornare indietro, noi avremmo perquisito la casa.

Non era un piano particolarmente elegante, ma Lizanne aveva paura, ed è facile ingannare chi ha paura. Avevamo contemplato l'idea di fingere che Bruce fosse il Ladro in persona, ma l'avevamo scartata, in caso Lizanne avesse già parlato con il vero Ladro.

Cinque minuti dopo lo schermo del telefono di Lily si illuminò: avevamo tolto le suonerie. «Pronto» disse. Scostò il telefono dall'orecchio per farmi ascoltare.

«Ho chiamato» disse Bruce.

«Ci ha creduto?»

«A quanto pare.»

In quel momento la porta di Lizanne si aprì. Lizanne uscì di corsa, con una bambina in braccio. Un uomo dai capelli rossi la seguì. I due adulti avevano l'aria preoccupata, la bambina più che altro aveva sonno. Era abbracciata alla mamma, con la testa china sulla sua spalla. Era una scena che non mi rendeva orgoglioso. La ex famiglia felice salì su una Toyota Corolla e si allontanò. Io e Lily, quando passarono accanto alla nostra auto, ci abbassammo sui sedili.

«Andiamo» dissi.

Quel pomeriggio avevo studiato la casa e deciso che il modo migliore era passare dal giardino, sul retro: entrare da lì avrebbe reso meno probabile che qualcuno mi notasse mentre scassinavo la serratura. Lizanne aveva piantato un'alta siepe di agrifoglio sopra al muretto che separava il suo giardino dalla strada. Non era un problema: avevamo portato una scala. La tirammo fuori dall'auto, l'appoggiammo al muro e salimmo. Se fai certe cose con l'atteggiamento giusto, la schiena dritta e un sorriso da non-ho-nulla-da-nascondere incollato sulle labbra, nessuno penserà niente di strano. Comportati come se avessi il diritto di fare qualcosa, e acquisirai quel diritto. Anche se quel "qualcosa" è salire su una scala per entrare nel giardino di un estraneo in piena notte. Non ci credete? Allora siete una preda facile.

Salimmo sulla scala e saltammo giù dall'altra parte. L'agrifoglio ci lasciò qualche graffio, ma nulla di grave. Una portafinestra si apriva sul soggiorno. Tirai fuori il kit per aprire le serrature che avevo comprato a Trafalgar Square e cominciai a lavorare alla porta.

«E quando hai imparato?» mi aveva domandato Lily, mentre spiegavo questa parte del piano.

«Ho amici interessanti.»

«Sei un bugiardo, un truffatore e uno scassinatore. In tutto questo, sei povero in canna. Il peggior. Fidanzato. Di sempre.» Mentre lo diceva sorrideva, però.

«Fidanzato?»

«Non montarti la testa: non voglio rapporti esclusivi.»

«Ma da dove sei uscita?»

La porta si aprì con uno scatto. Feci un cenno con la testa: adesso era il turno di Lily. Se Lizanne aveva l'allarme, Lily lo avrebbe disattivato. Aprì la porta e aspettò un attimo, ma non sentimmo nessun *bip*. Lily controllò se c'erano dei cavi, ma non ne trovò. Come ogni londinese medio, Lizanne non aveva installato niente di più sofisticato di una siepe come antifurto. Dopo tutto questa è una città sicura. Be', una volta almeno era così.

«Libero» disse Lily.

«Dobbiamo proprio parlare così?»

«No, ma è divertente.» Si voltò per controllare il soggiorno. «Da dove iniziamo?»

«Dal piano di sopra.»

Il soggiorno era collegato a un cucinotto, che a sua volta si apriva su un piccolo ingresso con il portone e, proprio davanti, una rampa di scale che saliva. Salimmo. L'espressione indifferente che avevo messo su con Lily non corrispondeva a come mi sentivo. Avevamo appena scassinato la casa di un'estranea: stavamo invadendo la sua privacy, muovendoci liberamente nel suo spazio. Era una cosa spregevole. Eppure sarebbe stato ipocrita negare che mi piacesse: ero intelligente, figo. Ero sicuro di avere tutto sotto controllo.

Al piano di sopra c'erano quattro porte, nessuna delle quali chiusa. La prima si apriva su quella che poteva essere solo la stanza della figlia di Lizanne: Peppa Pig rideva sul copriletto e su un poster appeso al muro. La bambina a cui piaceva guardare gli alberi, amava anche i morbidi maialini rosa. La stanza adiacente era la camera dei genitori. Poi c'erano un bagno e uno studio in disordine, con scaffali pieni di libri, due portatili su una scrivania e fasci di carte dappertutto.

Lily si fiondò sui computer. Li aprì entrambi, mentre tirava fuori di tasca una chiavetta USB con quello che le serviva per craccarli. Inserì la chiavetta in uno dei portatili, mentre io cominciavo a frugare tra le carte. In parte erano scartoffie della polizia, e in parte riguardavano l'attività di una piccola gastronomia che doveva appartenere al marito di Lizanne. Le carte della polizia non erano più interessanti di quelle della gastronomia.

«Ho craccato l'hard disk di Lizanne» disse Lily. «Sto facendo il backup dei documenti e del desktop sulla chiavetta.» Era abituata così: se non hai tempo di controllare per bene un computer, limitati a copiare i documenti e il desktop. La gente teneva lì, nel posto più ovvio, il 99% dei dati sensibili. Sì, lo so, è stupido.

Sotto agli scaffali c'erano alcuni cassetti. Solo uno era chiuso a chiave. Tirai fuori il grimaldello.

Dal piano di sotto arrivò uno scatto, il rumore inconfondibile di una porta che si apre. «Merda» sussurrò Lily.

«C'è qualcuno?» gridò la voce di Lizanne, alta e sicura.

Io e Lily ci scambiammo un'occhiata. Se andavamo via subito potevamo arrivare alla porta del giardino, ma lei non aveva finito di copiare i file, e io non avevo trovato niente di valore. Potevamo andarcene e fallire, o tentare la fortuna.

Ci scambiammo un cenno d'assenso. Ecco la mia ragazza.

Mi tuffai sul cassetto. Sepolti sotto robaccia senza valore c'erano una busta gialla e un contenitore di plastica.

Dal piano di sotto arrivò un rumore di passi. «Sono armata!» avvertì la voce di Lizanne, mentre saliva le scale.

Aprii la busta. Conteneva altre carte, datate giugno 1969.

Lily estrasse la chiavetta USB e chiuse rapidamente il portatile.

Lizanne saliva le scale. Contavo sul fatto che non ci avrebbe uccisi in casa sua, ma forse era solo una pia illusione. Aprii il contenitore di plastica. Dentro c'erano il primo numero di una rivista intitolata *Oz*, ingiallito dal tempo, e una tonnellata di oggetti più piccoli. Ne presi uno a caso, un grinder per l'erba giallo con sopra dipinte delle margherite e un simbolo della pace, e me lo feci scivolare in tasca. Rimisi il contenitore nel cassetto.

«Che tu mettessi le mani su quelle cose,» disse Lizanne «era esattamente quanto volevo evitare.»

Era sulla soglia.

E ci puntava contro una pistola.

40

«Quelle cose ci appartengono» dissi, indicando il fascicolo.

«Te lo avevo detto di non farti più vedere.»

«Abbiamo il diritto di sapere come siamo morti, l'ultima volta.» Feci un passo verso di lei. Con la coda dell'occhio vidi che Lily si preparava. «Abbiamo il diritto di sapere come non morire, *questa volta.*»

«Entrate a casa mia e avete il fegato di farmi una lezione sui vostri *diritti*?»

Feci un altro passo. «Lasciaci prendere le nostre cose e ce ne andremo.»

«E il Ladro mi strapperà la pelle dalle ossa, di persona.»

«Non c'è bisogno che il Ladro lo sappia.»

Lizanne sbuffò. «Se fossi quello di una volta, Mago, capiresti quanto è stupido quello che hai detto.»

Feci un altro passo. Dovevo mantenere l'attenzione di Lizanne su di me mentre Lily manovrava alle sue spalle. «Come sapevi che la telefonata era fasulla?»

«Non lo sapevo, ma sono prudente. Così sono uscita, poi mi sono fermata a tre strade da qui e sono tornata indietro da sola a controllare la casa.»

«Hai avuto fortuna.»

«Non fare cazzate. Se credi di poterti avvicinare ancora, ti sbagli di grosso.»

«Non lui, tesoro» disse Lily.

Lizanne si voltò un attimo troppo tardi. Lily le sbatté con tutta la forza uno dei portatili sulla testa. Lizanne gridò di dolore mentre barcollava. Lily la spinse da una parte e scattò verso la porta. Anch'io.

Lizanne però era dura come un pugno nei denti. Contrattaccò, per nulla stordita: riuscì a prendere Lily per un braccio e l'attirò a sé. Non era molto stabile, ma la teneva stretta, con la pistola puntata contro la sua testa.

«Giuro su mia figlia,» gridò «che sparo.»

Ogni genere di piano mi sfrecciò nella testa in un attimo. Riflettei sulla posizione di Lizanne, sugli oggetti che avevo in mano, sulla possibilità che Lily si liberasse. Lily. Lizanne le premeva la pistola sulla fronte. La guardai negli occhi. Avrebbe sparato, non c'era dubbio. Lily era impallidita. Lo aveva capito anche lei.

Alzai le mani. «Parliamo» dissi.

41

Lizanne mi trascinò in bagno, mi spinse sul pavimento e mi ammanettò a un termosifone. Prese Lily con sé e mi lasciò lì, da solo, con la porta chiusa. Era stata furba. Ero così indaffarato a pensare a cosa poteva fare a Lily che non riuscivo a concentrarmi per trovare una via d'uscita. Avevo sperato che Lizanne, stordita dal colpo alla testa, dimenticasse di perquisirmi, ma il suo istinto di poliziotta l'aveva aiutata ancora una volta. Trovò il macinino e il grimaldello. Trovò anche la chiavetta USB di Lily. Non male come *epic fail*.

Passai almeno tre ore incatenato a quel termosifone. Ogni osso del corpo mi doleva. Cosa avrebbe fatto Lizanne a Lily? Niente. Non era una psicopatica. O almeno non mi sembrava. Pregavo di avere ragione.

La prima luce del giorno già filtrava dalla finestra di vetro opaco, quando sentii dei rumori al piano di sotto. Una porta che si apriva; saluti cortesi; Lily che parlava a voce bassa, una porta che si chiudeva. Passi che salivano le scale, e poi Lizanne che apriva la porta del bagno, e diceva: «Eccolo». Qualcun altro era con lei. Un uomo magro con un lungo cappotto nero, in giacca e cravatta, le scarpe lucide. Con le mani nelle tasche del cappotto incombeva su di me, guardandomi con disprezzo.

«Ciao, figliolo» disse Aubrey.

Parte seconda

IL SANGUE NON È ACQUA

Ero in collera con l'amico
Diedi voce alla mia collera, svanì.
Ero in collera con il nemico
Lo tacqui, e lei crebbe.

L'annaffiai di paure,
Notte e giorno di lacrime;
L'illuminai di sorrisi,
Di dolci lusinghe e moine.

1

Era la stessa Porsche d'epoca nella quale avevo provato a uccidermi. Guidava Aubrey: gli altri ricchi allo stadio terminale avevano autisti, chaperon, ma non lui. Lui voleva essere l'unico a governare quell'auto. Era una delle cose che avevamo in comune: nessuno dei due rinunciava volentieri al controllo.

Seduto accanto a lui, con le cinture di sicurezza allacciate, mi sentivo legato e in trappola. Lo ero.

La Porsche attraversò la notte di Londra come un colpo di karate. Ci lasciammo alle spalle negozi di kebab aperti tutta la notte e autobus rossi, poi la M 25, ed eccoci in aperta campagna. Era più buio che in qualunque punto di Londra (qualunque punto *in superficie*, ma ancora non avevo esperienza di ciò che succede sotto i piedi della gente). Legato, in trappola e al buio.

Aubrey non aveva detto una parola da quando avevamo lasciato la casa di Lizanne. Nemmeno io. Avrei voluto che fosse lui a rompere il silenzio per primo, ma non riuscivo più a sopportarlo.

«Non puoi farlo» dissi.

Aubrey non rispose.

«Ho diciotto anni, sono adulto» dissi, consapevole di quanto sembrasse infantile. «Questo è un rapimento.»

Aubrey lasciò passare altro tempo e altra campagna, poi rispose: «Diciotto è solo un numero: non fa di te un adulto».

«Lo fa *per legge*. Non sta a te decidere.»

«E come te la cavi da *adulto*, Martin?» disse Aubrey con voce piatta. Mostrava emozioni molto raramente, e quando lo faceva, potevi esser certo che fosse perché aveva qualcosa da guadagnarci. «Sei andato via di casa senza dire una parola a tuo padre, senza pensare al dolore che avresti causato. Ora te ne vai in giro con dei topi d'appartamento.» Tacque. «E ti sei fatto beccare» aggiunse.

«Lily non è un ladro: entrare in quella casa è stata una mia idea.»

«Un'idea di cui essere orgoglioso, certo.»

Rimasi per un po' in astioso silenzio, prima di ripetere: «Non puoi fare questo».

«Comincia a comportarti da adulto,» disse Aubrey «e sarò più che contento di trattarti come tale.»

2

Lizanne aveva telefonato ad Aubrey subito dopo avermi ammanettato; era abbastanza importante da poter trovare un numero di telefono, se le serviva. Gli aveva detto che non avrebbe sporto denuncia, ma che doveva venire a prendermi e occuparsi di me.

Quando uscimmo di casa sua, e Aubrey mi caricò sulla Porsche, speravo di vedere Lily. Non era in casa, e mi era venuta questa fantasia in cui era rimasta nei paraggi per vedere cosa succedeva, e sarebbe venuta ad aiutarmi se avesse potuto. Ma non c'era. Non avevo mai detto a Lily chi era mio padre: probabilmente era furiosa con me perché gliel'avevo tenuto segreto.

In altre parole, ero nella merda.

La villa di Aubrey era in campagna, dalle parti di Bourton-on-the-Water, un villaggio carino e mortalmente noioso nelle Cotswolds. Una delle mie ragazze una volta aveva definito Bourton «un cimitero degli elefanti», il genere di posto dove i vecchi vanno a morire. Cinico ma accurato.

Quando Aubrey spense il motore, ci ritrovammo nel silenzio lunare del vialetto di una residenza di campagna. La strada principale più vicina era a mezzo miglio.

«Andrò via prima di domattina» dissi.

Aubrey aprì lo sportello. «Allora chiamerò la signora Lizanne Riches e le chiederò di sporgere denuncia.»

«Non rischierai uno scandalo.»

«Ah, no?»

Era già sceso dall'auto, e lo feci anch'io. Lo guardai negli occhi. «Accomodati. Non me ne importa. È un'effrazione fatta male, disarmati, e per me sarebbe il primo reato. Mi daranno, cosa? Qualche ora di servizi sociali? Meglio che stare con te, sempre e comunque.»

Aubrey strinse il ponte del naso tra pollice e indice, con un'espressione affaticata. «Sono consapevole del fatto che a te non importa nulla del tuo futuro. Speravo ti saresti preoccupato di quello della tua ragazza.»

Sbattei il palmo della mano sul tetto della Porsche. «Tienila fuori!»

«La signora Riches ha raccolto informazioni» continuò, ignorando la mia scenata. «Si chiama Lilian Fontana: abita coi genitori a Lewisham, e suo fratello è un giovane poliziotto. Non è di famiglia ricca come te, Martin, e non si può permettere le tue intemperanze. Essere incriminata le renderebbe estremamente difficile trovare un lavoro. Immagino che avrebbe un impatto negativo anche sulla carriera del fratello.»

Non riuscivo a crederci. «Ma quanto puoi essere stronzo?» gridai. «La stai usando per *ricattarmi*?»

«Al contrario, sto cercando di proteggerla. Hai appena ammesso di averla convinta a commettere un'effrazione: non ti permetterò di trascinare questa povera ragazza in basso con te.»

«Vaffanculo!» gridai. «*Vaffanculo!*»

Mio padre sapeva come ferirmi.

Non aveva neanche bisogno di mentire.

3

Appena mi ritrovai nella mia stanza corsi alla scrivania. Avevo lasciato il mio vecchio cellulare nel cassetto più in alto. Lo aprii: era tutto come lo avevo lasciato. Tranne che per il telefono, che era introvabile. Anche il mio portatile era sparito. Era tipico di Aubrey: voleva controllare ogni mia mossa, ogni mia comunicazione. Desiderava soltanto una cosa da me, ed era che mi trasformassi nel suo clone.

Mi lasciai cadere sul letto. Proprio davanti c'era una libreria con una televisione e una PlayStation. Le Play andavano online: potevo usarla per mandare un'email ai miei amici. *Ti ho fregato, Aubrey.* Accesi la tv e la PlayStation. Non si connesse. Controllai le reti disponibili.

Nessuna.

Quel bastardo aveva spento il Wi-Fi in tutta la casa. Doveva avere un computer e un collegamento nel suo studio, ma la porta era sempre chiusa a chiave, e non avevo più il grimaldello. Non ero abbastanza bravo da improvvisarne uno. Mi presi la testa tra le mani, soffocando un grido di pura frustrazione. Non volevo che Aubrey mi sentisse gridare; le mie grida sarebbero sembrate Mozart alle sue orecchie. Mi dispiaceva aver perso la testa prima, in auto, e non volevo ripetere lo stesso errore.

Ero fuori dal mio ambiente. Ero nel posto che odiavo di più al mondo, bloccato con Aubrey, senza alcuna possibilità di comunicare col mondo esterno. Sentivo le pareti sempre più vicine, come una pressa: spremevano via tutta la gioia che avevo provato a Londra. Il potente Mago, una leggenda vivente, il terrore di molti, messo in punizione da papino. Non poteva durare per sempre, era ovvio, ma poteva durare abbastanza perché il Ladro attaccasse i miei amici. O perché i miei amici si dimenticassero di me. *Siete Pellegrini. Niente può fermarvi, niente può dividervi: la morte stessa è solo una sosta ai box.*

Sì. Certo.

Mi guardai attorno. I giochi erano accanto alla PlayStation, nell'ordine in cui li avevo lasciati l'ultima volta prima di andarmene. I miei libri erano ancora sugli scaffali dove li avevo lasciati: fantascienza a sinistra, fantasy a destra, fumetti al centro. C'era un poster del *Doctor Who* su una parete, attaccato con la pasta adesiva e molto meno stiloso dell'orologio autoprodotto di Lily. A parte la mancanza del telefono e del portatile, non era cambiato niente. Essere lì rendeva difficile aggrapparsi alla certezza che *io* fossi cambiato. Avevo pensato di essere un giovane vagabondo, una specie di fuorilegge, ma uno di quelli che alla fine del film si dimostrano di buon cuore. Più di recente, avevo perfino creduto all'idea di essere una leggenda immortale, un'anima titanica in viaggio alla scoperta di se stessa.

Balle.

Ero un ragazzino viziato, e non sarei mai stato nient'altro.

Non che potessi scordarmi del coltello, dell'aranciera, di Bruce. I ricordi erano ancora tutti lì, affollati nella mia mente. I ricordi però, stavo imparando, sono fragili. Sono come piante: hanno bisogno dell'ambiente giusto per prosperare. In quella stanza, in quella terribile casa nel mezzo al nulla, i ricordi che avevo accumulato a Londra, vecchi e nuovi, cominciavano già a morire.

Avevo bisogno dei miei amici, ma loro non c'erano.

4

«Sto cercando di capire cosa devo fare con te» disse Aubrey. Aveva delle grosse borse sotto gli occhi, come se quella notte non avesse dormito. Stavamo facendo colazione: kedgeree appena fatto per lui, doppia porzione di uova col bacon per me. Saltare i pasti non era un'opzione in quella casa.

«Lasciami andare» insistetti. «Starò tranquillo. Terrò un profilo basso, farò quello che vuoi, hai la mia parola. Ma lasciami andare.»

Aubrey aveva appena toccato il kedgeree. «Scusami per ieri. Sono stato troppo duro con te.»

Questo era così insolito, venendo da lui, che per poco non risi. «Rapimento e ricatto sono le basi di una solida genitorialità, si sa.»

Aubrey esitò, poi disse: «Siamo andati troppo oltre, io e te. È tempo di provare a rimediare».

«Cosa è rimasto da rimediare? Non eravamo già *troppo oltre* quando ho cercato di *uccidermi*, cazzo, perché non riuscivo a sopportare la vista della tua faccia?»

«E chi è stato a salvarti?»

Era un colpo basso. Aubrey che mi salvava e mi abbracciava era l'unico ricordo buono che avessi di lui: in quel momento, e solo in quel momento, quando mi aggrappavo alla mia anima con i denti ed ero ancora stordito dai vapori tossici che avevo respirato, avevo creduto di essere degno dell'affetto di mio padre.

Ero sicuro che avesse finto di volermi bene, ma non riuscivo a immaginare perché.

«Aiutami a salvarti di nuovo» continuò. «Non so che pesci prendere. Non avrei mai creduto che mio figlio diventasse un ladro.»

«Avevo dei buoni motivi.»

Aubrey annuì, serio. «I Pellegrini» disse.

Il mondo smise di girare sulla propria asse e il tempo stesso si fermò. Era l'ultima parola che mi aspettavo di sentirgli pronunciare. «Cosa?» dissi. La voce mi uscì gracchiando. La mia tanto famosa capacità di mentire mi abbandonava proprio quando ne avevo più bisogno.

Aubrey si pulì le labbra con il tovagliolo. «La signora Riches mi ha detto tutto. Mi ha detto che ti eri convinto che avesse cercato di ucciderti, nientemeno, per via di qualcosa che avevi fatto in una vita passata. Certi cosiddetti *amici* ti avevano fatto credere di essere la reincarnazione di un uomo potente e pericoloso, e che loro avevano avuto dei rapporti con te nel corso dei secoli. Rapporti... di ogni tipo. Hanno attirato te e Lilian in una sottocultura online, fatta di disadattati che alimentano a vicenda le proprie fantasie. La signora Riches mi ha mostrato il forum.» Bevve un po' di tè. «Ho letto cose che mi hanno turbato.»

Se Lizanne fosse stata lì le avrei dato una testata. Mi aveva fregato più di quanto credessi possibile. Per un attimo pensai di negare, poi decisi che Aubrey poteva andare a fanculo. «È tutto vero.»

«Lo credi tu.»

«Io *ricordo* una di quelle vite. In parte.»

«E cosa ricordi?»

«Il modo in cui sono morto.»

Aubrey fece una smorfia. «Ti serve aiuto, Martin.»

«Sono perfettamente lucido, se è questo che intendi.»

«Ascolta, figliolo» disse Aubrey in tono conciliatorio, come non avevo mai sentito. «Mi piacerebbe *tanto* crederti. Dammi una prova, una prova *qualsiasi*, di ciò che dici, e ci crederò. Te lo giuro, lo farò. Ma aiutami.»

Aprii la bocca e la richiusi. Non puoi fornire la prova di un ricordo. Dovevo cambiare strategia, e in fretta. «Sono in pericolo, papà. Un pazzo che si fa chiamare il Ladro vuole il mio sangue.»

«E tu, cosa? Vuoi prenderti il suo prima che lui arrivi a te?»

Non risposi. Non ci avrei creduto nemmeno io, fino a poco più di una settimana prima.

Aubrey disse: «Sei abbastanza intelligente da capire che fantasie di questo genere possono diventare pericolose. Ieri stavi solo rubando, ma domani? Ci sarebbe motivo di ricoverarti in una clinica psichiatrica».

«È questo che vuoi? Chiudermi in manicomio?»

«No, figliolo, è questo che voglio *evitare*. Ho fissato una visita per oggi pomeriggio con uno psichiatra, il professor Brown. Il migliore nel suo campo, a livello mondiale.»

Sentii montare un'ondata di panico. «Non mi serve uno strizzacervelli» dissi, cercando di usare un tono misurato quanto quello di Aubrey.

«Il professor Brown ha uno studio privato, ed è un uomo discreto.»

Rimasi in silenzio per qualche istante. «Ma tu mi vuoi bene, almeno un po'?» domandai, sottovoce.

«Questo non è rilevante» disse Aubrey, alzandosi. Per lui la discussione era finita, e così doveva essere per tutti gli altri. «Quei tuoi *amici* hanno distrutto quel minimo di stabilità mentale che ero riuscito a instillare in te. Ma abbiamo lo stesso sangue, tu e io. E il sangue, figlio mio, non è acqua.»

5

Lo strizzacervelli era un uomo di mezza età che sapeva di acqua di colonia. Era sgradevole come solo certi professionisti sanno essere: una vita intera passata al chiuso, a rimbalzare tra aule e scrivanie, a succhiare l'adulazione servile di studenti e pazienti, aveva dato alla sua pelle un pallore da vampiro e una consistenza flaccida.

Quando chiuse la porta alle nostre spalle, dicendo: «Per la prossima ora nessuno ci disturberà» con voce cordiale, seppi al di là di ogni dubbio che avevo motivo di avere paura.

Eravamo nella biblioteca, una stanza abbastanza grande da ospitare una partita di cricket. Le pareti erano rivestite di scaffali di legno carichi di migliaia di libri. Non erano lì solo per bellezza: Aubrey passava davvero gran parte del suo tempo libero in quella stanza, a consultare questo o quel volume. Parlava sei lingue, latino compreso. Era un esibizionista culturale. Anche a me piacevano i libri, ma quella stanza era il *sanctum sanctorum* di Aubrey e c'era la sua puzza sotto il naso dappertutto. Io l'avevo sempre evitata. Mi metteva profondamente a disagio.

Il professor Brown si sedette su una di due poltrone di pelle, con un tavolino rotondo nel mezzo. «Siedi» mi invitò.

«Sto bene così, grazie.»

Annuì. Tirò fuori un taccuino e una matita. «Tuo padre mi

dice che sei convinto che ci sia una... come posso chiamarla? *Cospirazione*? Contro di te.»

Incrociai le braccia. Se mantenevo la calma e prendevo le misure a quell'uomo potevo comunque trovare una via d'uscita. Ero convinto che avrei potuto gestirlo; be', a Londra. Ma lì? La casa della mia infanzia era la mia kryptonite.

«Non è vero» dissi.

«Ti va di spiegarmi?»

«Sa che cosa è un GRV?»

«Sta per Gioco di Ruolo dal Vivo. Un gioco che si basa sull'improvvisazione: uno dei miei studenti ci ha fatto la tesi di dottorato.»

Annuii e sciolsi le braccia, come se fossi contento della sua risposta. «Io e i miei amici stavamo giocando.»

«Dunque non credi...» consultò i suoi appunti «... di essere, ecco, un essere immortale chiamato *Il Mago*?»

«E che nome del cazzo sarebbe, per un essere immortale?»

«E che mi dici di questo... *Ladro*?»

Alzai le spalle. «Trovarlo è l'obiettivo del gioco. I miei amici non lo sanno ancora, ma quando lo troviamo ho intenzione di ucciderlo. E questo in pratica significa,» aggiunsi immediatamente «che gli tenderò un agguato con una pistola ad acqua.»

«Nessuna vera violenza, dunque.»

«Le sembro violento?»

Mi squadrò. «Hai scassinato una casa.»

«Gioca anche Lizanne. Mi ha incastrato con mio padre perché gioca in una fazione nemica.»

«Non è troppo vecchia per giocare?»

«Il divertimento non ha età» dissi, con un sogghigno.

Continuammo così per un'ora intera. Era evidente che il professor Brown non se l'era bevuta. Io continuai a mentire perché questo è il mio credo, ma capii nei primi dieci minuti che non avevo alcuna possibilità. Il professor Brown era il genere di uomo che rispetta l'autorità e il denaro, e che ci sbava sopra. Avrebbe sempre scelto la realtà di Aubrey al posto della mia, perché quella realtà si vestiva bene e pagava meglio.

Alla fine mi strinse la mano con educazione e mi disse: «A presto» – e non era un modo di dire. Aspettai nella biblioteca per cinque minuti dopo che se ne fu andato, poi scivolai fuori e seguii la puzza della sua colonia fino allo studio di mio padre. Sentivo le loro voci da dietro la porta di quercia chiusa a chiave. Accostai l'orecchio al legno e ascoltai.

«Non sarà facile» stava dicendo Aubrey.

Il professor Brown usava un tono completamente diverso con lui: deferente, umile. «Non lo è mai.»

«Non conosce Martin: è un maestro della manipolazione.»

«Sono convinto di poterlo aiutare.»

«E per quanto tempo dovrà assumere farmaci?»

«È pericoloso per se stesso e per gli altri. Il giusto cocktail di farmaci e la terapia lo faranno stare meglio, ma... è possibile che debba assumerli per il resto della vita. È più comune di quanto si creda: un gran numero di persone di successo sono, in realtà...»

«Non deve giustificarsi» lo interruppe Aubrey. «Non ho parole per esprimere la mia gratitudine.»

Scattai all'indietro. Essere prigioniero era una cosa: adesso però Aubrey mi voleva fottere la mente, la sola cosa che poteva tirarmi fuori di lì. La mia unica arma contro il Ladro, quando il Ladro si fosse fatto vedere.

«Martin» esclamò Aubrey. «Tanto vale che entri.»

Mi vidi fuggire, fuggire e basta, correre fino al cancello, scavalcarlo, trovare un passaggio fino a Londra e dai miei amici.

Mio padre però non minaccia invano, e non potevo mettere Lily ancora più in pericolo di quanto avessi già fatto.

Aprii la porta. Con Aubrey era sempre così: lui vinceva, io perdevo.

6

Aubrey mandò qualcuno ad acquistare le compresse prima della fine del pomeriggio. Io implorai, gridai, ma era come implorare e gridare a un cielo senza Dio. Se volevo evitare i farmaci dovevo scappare. Se scappavo, Lily era spacciata. Ero un topo che sgambettava in un labirinto senza uscita, e Aubrey era il signore indiscusso del labirinto.

Mi somministrò le compresse di persona. Fece molta attenzione quando me le mise in bocca, e rimase lì finché non fu sicuro che le avessi inghiottite, e per la prima mezz'ora non mi perse di vista, per essere sicuro che non mi mettessi un dito in gola per vomitare. La mia situazione peggiorava così in fretta che era praticamente in caduta libera.

Ero terrorizzato. Quei farmaci potevano avere effetti pesanti anche coi pazienti che ne avevano davvero bisogno, ma che avrebbero fatto al mio cervello? Cominciai a controllare in maniera ossessiva il mio stato fisico e mentale. Questo tremore era un effetto collaterale, o avevo solo freddo? Ricordavo ancora il volto di Summer quando mi aveva baciato?

Aubrey alla fine mi permise di ritirarmi in camera. Fu una delle notti peggiori che io rammenti, in questa o qualunque altra vita. Passai da momenti di insonnia, nei quali mi sentivo intontito e confuso come quando lotti contro la febbre alta, ad altri in cui ero così fuori combattimento che il mio non si poteva chiamare sonno. Credo che sia così che si sentano i morti viventi.

La mattina dopo avevo un sapore amaro in bocca, e la lingua mi sembrava coperta di peli. Quando misi i piedi sul pavimento iniziò a girarmi la testa – era uno degli effetti collaterali che dovevo aspettarmi. Mi alzai a fatica e mi trascinai fino al bagno. Riuscii ad arrivare alla tazza e vomitai, poi mi lavai i denti, muovendomi come uno zombie. La consapevolezza mi stava tornando lentamente; probabilmente non l'avrei recuperata del tutto prima della prossima dose di compresse.

Dovevo mandare un messaggio prima che fosse troppo tardi.

7

A colazione, io e Aubrey parlammo a malapena. Stava usando Lily per costringermi a prendere i farmaci, ma se così voleva *rimediare*, aggiustare le cose tra noi, aveva proprio sbagliato strada. Devo dargliene atto, comunque: non tentò di fare conversazione. Quando finimmo di mangiare mi diede altre compresse e aspettò in silenzio con me, leggendo il giornale. Quando fu passata una mezz'ora si alzò, disse: «Ci vediamo a cena» e se ne andò. Poco tempo dopo sentii il rumore della Porsche che faceva le fusa mentre usciva dal garage: ero contento che Aubrey non avesse perso l'abitudine di passare la giornata lontano da casa. Significava che avevo una finestra temporale per agire. Ma valeva la pena sfruttarla? Aubrey alla fine avrebbe vinto comunque.

Ripensando a quel momento capisco che fu Lily a salvarmi. Ero vicino tanto così a un esaurimento: i farmaci che avevo in circolo dovevano essere i più forti disponibili legalmente, e solo il trovarmi in casa di Aubrey mi indeboliva. Ma mi tornò in mente Lily. Non in chissà quale modo profondo, no. Quello che mi venne in mente era il suo corpo nudo, la sensazione delle sue labbra tra le mie, il sesso con lei, quanto era bello, quanto era magico. Il mio cervello drogato ricordava la sensazione di connessione che avevo provato quando ero stato inginocchiato davanti a Lily, con la bocca tra le sue gambe, e lei aveva riso e detto «per sempre». Non avrei permesso ad Aubrey di rovinare nemmeno una minima parte di quel «per sempre».

Mi guardai allo specchio: sì, la mia infelicità mi si vedeva in viso. Mancavano solo le lacrime. Chiusi gli occhi e strinsi le palpebre. Qualcuno suggerisce che, per piangere a comando, bisogna ripensare a ricordi tristi. Io non ne ho mai avuto bisogno: ho un talento naturale.

Con gli occhi umidi, entrai in cucina. C'erano due donne indaffarate a riordinare. La prima era sulla cinquantina e si chiamava Anita; la seconda, una ragazza, era nuova.

«Ehi, Anita» dissi, asciugandomi le lacrime.

«Martin!» disse lei. Mi sforzavo di chiamare per nome tutti quelli che lavoravano in casa, una cosa che ad Aubrey non sarebbe mai passata per la testa.

«Mi serve il tuo aiuto» dissi, con un singhiozzo. «Devi prestarmi il tuo telefono per cinque minuti.»

«Il signor Walker ha detto che non dovremmo» disse la ragazza nuova.

Era quello che mi aspettavo. «Lo so!» gridai, guardandola e andando nella sua direzione. «Cazzo, lo so! Perché ve lo starei chiedendo secondo te?»

Fu presa alla sprovvista. «Il signor Walker ha detto...»

«Scusa» dissi, singhiozzando, passando dall'aggressivo al passivo. «Scusami. Non volevo spaventarti. È solo che...» guardai Anita. «Mio padre non vuole che parli con la mia ragazza.»

«E perché?» domandò Anita, sempre avida di gossip.

«È nera.»

Entrambe si fecero più attente, raddrizzando la schiena; sapevano che Aubrey Walker non era una brava persona, e che era assolutamente capace di provare disprezzo per una ragazza solo per il colore della pelle.

«Non mi ha nemmeno permesso di salutarla» continuai. «E non se lo merita? Di sapere dove sono, almeno?»

Il linguaggio del corpo di Anita mi disse che stava cedendo; la ragazza nuova era un osso più duro. «Il signor Walker...» insistette.

La fissai. «Sei razzista?»

«Come? No di certo!»

«E allora perché parli come se lo fossi?»

«Abbiamo degli ordini precisi.»

«C'è una ragazza spaventata a Londra, sola, che piange perché il suo ragazzo l'ha lasciata senza nessuna spiegazione. Non si merita, *cazzo*, di sapere cosa è successo? Solo perché lo ha detto Aubrey Walker?»

«Prendi il mio» sbottò Anita.

8

Aubrey aveva molti difetti, ma pagava bene chi lavorava per lui, e questo significava che Anita aveva potuto permettersi uno smartphone di qualità. Non ricordavo il numero di Lily, e nemmeno quelli degli altri, così non potei fare altro che mandarle un'email. Quando però aprii la mia casella scoprii che mi aveva già mandato il suo numero. Ragazza sveglia, sveglia davvero. Presi un appunto mentale di cominciare, da ora in poi, a imparare a memoria i numeri.

Mi chiusi in camera e composi il numero di Lily. Mi tremavano le mani. No, non era l'emozione: erano i farmaci.

Lily rispose al primo squillo. «Pronto?» disse.

«Sono Martin.»

Sentivo il sollievo nella sua voce quando chiese: «Come stai?».

«Non un granché» ammisi. «Sono a casa di Aubrey.»

«Lo so. Bourton-on-the-Water.»

«Ma come...?»

«Prima di andarmene, due sere fa, ho incastrato il mio iPhone sotto l'auto di tuo padre. Poi l'ho rintracciato col mio computer.»

Il mio cervello stordito capì cosa significava. Che Lily quella sera non mi aveva piantato in asso. Che non mi ero reso conto di quanto fosse sveglia. E che c'era un telefono a portata di mano di cui Aubrey non sapeva niente. Se non fossi già stato innamorato di lei, per sempre, mi sarei innamorato allora. «Sei un angelo.»

«Hai la voce strana.»

«Sono sotto farmaci.»

«Cosa?»

«Lizanne ha detto ad Aubrey dei Pellegrini. Più o meno. Gli ha detto che è una fantasia che condividiamo. Aubrey mi ha messo addosso uno psichiatra.»

Lily non rispose.

«Lily...?» dissi.

Con tono neutro, disse: «Lizanne non ha detto proprio niente a tuo padre».

Sentii tornare il giramento di testa. Mi lasciai cadere sul letto. «Come lo sai?»

«Sono stata lì tutto il tempo. Dopo averti ammanettato, la prima cosa che ha fatto è stata chiamare suo marito. Gli ha detto di portare la figlia in albergo e passare la notte lì. Non voleva che la bambina assistesse alla tua felice riunione di famiglia. Capisci? Poi ha telefonato alla polizia, ha chiesto il numero di Aubrey, e lo ha chiamato. Ha detto che tu e io avevamo questa folle ossessione per lei, ma non ha parlato dei Pellegrini.»

«Non vuol dire che non lo abbia fatto dopo.»

«Quando mi ha lasciato andare, stavano già salendo le scale per venirti a prendere. Non ha avuto il tempo di affrontare un tema così grosso. E perché, poi? Perché doveva cambiare all'improvviso la propria versione? E fammi aggiungere, tutti nella comunità cercano la discrezione. Perché non dovrebbe farlo anche lei?»

Mi accigliai, cercando di ricordare la sequenza di suoni che avevo sentito dal bagno. Sì, per quanto ne sapevo Lily aveva ragione: Lizanne e Aubrey avevano parlato per meno di cinque minuti. Cominciavo ad avere paura. Molta, molta paura. Tutte quelle stronzate sul sistemare le cose tra noi. Sull'essere preoccupato per me. Le vere dimensioni della perversione di Aubrey continuavano a sfuggirmi.

«Sei ancora lì?» disse Lily.

«Sì.»

«Non so che intenzioni abbia tuo padre, ma devi andartene da lì, e *subito*. Veniamo a prenderti.»

«L'accordo con Lizanne è che se sto al mio posto lei non mi denuncia.»

«Sei serio?»

«Sì, perché?»

«I farmaci ti stanno friggendo il cervello. Primo, Lizanne è in un bagno di sudore per colpa tua e del Ladro. Secondo, il Ladro è stato chiaro quando le ha detto di *non* impicciarsi. Dunque?»

Dunque, ero un idiota. Ovviamente Lizanne non avrebbe mai corso il rischio di denunciare me o Lily: voleva restare il più possibile lontano dalle luci della ribalta. Quando c'era di mezzo mio padre, però, perdevo sempre lucidità e tornavo a essere un ragazzino solitario che abbocca a qualsiasi esca gli adulti gli facciano penzolare davanti. Doveva finire. «Non posso ancora andarmene.»

«Per l'amor di Dio, quel tizio ti sta drogando!»

«E conosce la comunità.» E tacqui. «Non me ne andrò senza aver capito che sta succedendo. Dice di sapere di me e del Ladro: questo spiegherebbe molte cose.»

«Pensa se fosse culo e camicia col Ladro.»

«Sarei già morto.»

«Non diamogli tempo.»

«No» dissi. «Non diamoglielo.»

9

Il tempo era essenziale. L'effetto dei farmaci mi stava già smuovendo qualcosa dentro: dovevo fare uno sforzo consapevole per continuare a credere al mio passato. Ancora di più, dovevo fare uno sforzo consapevole per continuare a credere che valesse la pena sforzarsi in generale.

Non ero sicuro di quanto a lungo sarei stato ancora capace di agire. Ero avvolto da una coperta di gentile vacuità. Vedere i contorni delle mie passioni sfumare era rilassante, in un certo senso. Potevo pensare ai miei amici senza voler scuotere il mondo insieme a loro, potevo pensare ad Aubrey senza volergli strappare gli occhi. Ecco dove mi avevano portato due dosi di compresse. Ero ancora abbastanza lucido da temere gli effetti della prossima.

Quando Aubrey tornò a casa, scivolai nel garage a prendere il telefono di Lily da sotto la macchina. Sporco, ma era ancora lì: Lily non era tipo da lasciare niente al caso, e lo aveva incastrato bene. Era, ovviamente, scarico, ma c'erano caricabatterie in giro per la casa. Aubrey non si era preoccupato di far sparire anche quelli. Peggio per lui.

Quella notte feci una scena straordinaria (se posso dirlo) per non prendere i farmaci. Mi feci venire una crisi e con uno schiaffo feci cadere le compresse di mano ad Aubrey, e lui dovette chiamare Steve, lo stalliere, per tenermi fermo, cioè stritolarmi, mentre lui me le spingeva in bocca. Poi Aubrey mi chiuse la bocca con una mano e le narici con l'altra, costringendomi a buttare giù le pasticche se volevo respirare.

In camera, caricai il telefono di Lily e riempii un vecchio zaino con calzini, mutande e due paia di jeans. Non potevo permettermi degli indumenti nuovi, ma adesso almeno ne avrei avuti alcuni di quelli vecchi. Poi cominciai a giocare a *Portal 2* alla difficoltà massima, aspettando che Aubrey e i domestici che dormivano in casa si ritirassero. Io dovevo restare sveglio, e per quello avevo bisogno di una stimolazione sensoriale e mentale (in altre parole, videogiochi).

Lo schermo del telefono di Lily si illuminò. Mi aveva mandato un messaggio: *siamo pronti*. Spensi la PlayStation e ascoltai: i rumori della casa erano cessati. *Arrivo* risposi. La spossatezza indotta dalla chimica mi appesantiva il corpo. Arrivare alla porta fu un'impresa, e non solo per la stanchezza fisica. *A che serve tutto questo?* si domandava una parte di me. *Perché non vai a letto e basta? Perché non mi va*, risposi, senza cercare di razionalizzare. Volevo continuare perché ero testardo, non c'era un motivo migliore. Era l'unico modo di bypassare la depressione causata dalle pasticche.

Strisciai attraverso la casa vuota e silenziosa fino alla prima fermata, la cucina. Chiusi in fretta la porta alle mie spalle e andai alla caffettiera. L'espresso era un'abitudine italiana che Aubrey aveva preso da mia madre prima che andasse di moda anche in Inghilterra: quella macchina era una creazione originale italiana, e faceva un caffè forte come un'iniezione di adrenalina. Avrebbe fatto rumore, ma non troppo, e in ogni caso dovevo correre il rischio. Non sarei riuscito a funzionare altrimenti.

Preparai sette caffè e li bevvi, poi altri due. Il mio stomaco mi urlava contro, ma se la caffeina mi avesse aiutato a superare la prossima mezz'ora, ne sarebbe valsa la pena. Buttai giù un ultimo caffè, scrissi a Lily *eccomi*, e uscii dalla cucina e dalla casa, entrando nel parco.

C'era un punto, non lontano dalle stalle, che era il mio preferito (be', quello che odiavo di meno) da bambino. Accanto c'era un laghetto con un vecchio salice molto alto; là avevo seppellito Katniss, la mia gatta, quando era morta. Era a circa mezzo miglio dalla casa, ed era facile riconoscerlo dall'alto.

Ci arrivai, e quando sentii un leggero *thup thup*, alzai gli occhi. Un drone di ottone lucente volava nella mia direzione. Era a forma di scarabeo con un'elica a due pale che spuntava dal carapace. Allo stesso carapace era assicurato un pacchetto, con uno spago sottile. La forma e il resto dei fronzoli erano opera di Lily, ma la parte tecnologica veniva da un gingillo economico che aveva comprato online. Lily lo controllava con una app sul tablet, guidata da una piccola telecamera nell'occhio dello scarabeo. Feci un cenno al drone, per segnalare che era nel posto giusto. *Ti vediamo* mi messaggiò Lily. *Bruce chiede se sei sicuro che non vuoi che venga.*

Una fitta di gratitudine superò il mio stordimento. *Sto bene* risposi.

Il drone atterrò. Mi accovacciai per sciogliere lo spago e prendere il pacchetto che conteneva un pennarello indelebile e un kit per aprire serrature. Alzai il pollice verso il drone, che decollò. *Se non ti vediamo tra venti minuti, troveremo il modo di entrare* scrisse Lily.

Mi vedrete risposi.

Quando mi alzai mi girava la testa. Mi appoggiai al salice finché non passò il peggio. I farmaci e la caffeina combattevano per il mio corpo dalle rispettive trincee. Non importava chi avrebbe vinto, bastava che continuassero a combattere.

Mi voltai verso la casa, e rientrai.

10

La porta dello studio di Aubrey aveva una serratura migliore di quella del portoncino di Lizanne, e i farmaci mi facevano tremare le mani. Ogni scatto echeggiò nella casa silenziosa, ma ero troppo stonato per preoccuparmi. Quando alla fine riuscii a entrare, ero in ritardo di cinque minuti secondo il mio piano. I piani non vanno mai esattamente come vorresti.

Non avevo ricordi felici di quella stanza. Da ragazzo, prima di scappare in Italia, Aubrey mi ci convocava solo per rimproverarmi per qualche peccato che avevo commesso – e la categoria di «peccato» era molto ampia: andava dal fare troppo rumore passando accanto alle stalle a non indossare gli abiti giusti per il clima di quella particolare giornata. Quando tornai, dopo la morte di mia madre, non era cambiato niente. Non ero entrato neppure una volta nello studio, senza avere paura del giudizio di Aubrey.

Scassinarlo era meglio della terapia.

Avevo deciso di non perdere tempo col computer. Non avevo le capacità di Lily, e comunque Aubrey era un uomo di un'altra epoca e non si era mai fidato delle macchine. Se c'era qualcosa da trovare, doveva essere nei cassetti della scrivania vittoriana in mogano, o sugli scaffali.

O proprio davanti a me.

Sulla scrivania c'era una cornice con una foto. Non l'avevo

mai vista: Aubrey l'aveva trovata, o tirata fuori, di recente. Lo mostrava più giovane, affascinante, perfettamente riconoscibile, mentre pomiciava con una ragazza. La ragazza aveva una minigonna e una camicia trasparente a fiori, e il sorriso vulnerabile di chi si sta divertendo un mondo.

Era Lily.

Non Lily-Lily, ma la sua incarnazione passata, Alice. Presi la foto e la guardai meglio: non potevo sbagliarmi, il ragazzo era Aubrey, la ragazza Alice. La testa mi pulsava e mi girava, come una trottola appena partita. Era uno spettacolo rivoltante. Aubrey e Alice erano presi l'uno dall'altra. Di sicuro avevano fatto di più che baciarsi. Di sicuro avevano...

Non pensarci mi dissi.

Presi la foto e la misi nello zaino. Continuai a cercare, con frenesia. Non avevo tempo e non volevo andare troppo per il sottile, e allora buttai tutto per aria, sperando che la fortuna tirasse fuori qualche risultato da quel caos. Lo fece. Trovai un sottile fascicolo etichettato col nome di Lizanne, nella calligrafia ornata di Aubrey. In un cassetto trovai un fascicolo più spesso, etichettato come *Grafici/Tabelle*. Lo sfogliai rapidamente: conteneva note e diagrammi, e il primo diagramma era etichettato *Il Gigante Gentile*. Presi il fascicolo.

A un tratto mi venne da vomitare.

Successe senza preavviso, o forse il preavviso lo avevo ignorato. Vomitai sui cassetti di Aubrey, con la testa che pulsava, lo stomaco che mi doleva, e ogni spasmo che mi rendeva più debole. Le mie ginocchia erano come giunchi – dovetti aggrapparmi alla scrivania per non cadere. La foto aveva scombussolato del tutto il mio equilibrio chimico. Dovevo uscire finché le gambe ancora mi reggevano.

Prima, però, il pennarello.

Lo stappai, andai alla porta, e ci disegnai sopra una gigantesca mano con il dito medio alzato. Era un'infantile, rischiosa, inutile perdita di tempo.

Cazzo però, la soddisfazione.

11

Mi feci strada fino al cancello. Le mie gambe tremavano e pesavano al tempo stesso, e per tenere gli occhi aperti mi servì ogni briciola di forza di volontà che mi rimaneva. Come in un'allucinazione, mi vedevo circondato da una palude infinita, che nascondeva sabbie mobili ansiose di inghiottirmi. Ogni passo era una missione.

I miei amici aspettavano con la Mini nel buio viottolo di campagna, lontano dalle luci della villa di Aubrey. Non arrivai alla macchina. Uscire dal cancello si portò via le ultime forze che avevo: non riuscivo a fare un altro passo. Nella mia mente, le porte si chiudevano una dopo l'altra. Aubrey aveva giocato sporco col dosaggio dei farmaci. Lui giocava sempre sporco. Il mio adorato padre, che una volta si scopava la mia...

Caddi per terra nel viottolo. Non avevo intenzione, però, di lasciarmi battere all'ultimo istante. Cominciai a strisciare nella direzione dell'auto. Vivo o morto ci sarei arrivato, cazzo.

Qualcuno stava correndo verso di me. Fuori dall'oscurità, e nella luce, arrivò Bruce. Mi prese tra le braccia. «Sei al sicuro» disse, e mi raccolse con la forza di un gigante gentile, con la forza che avrebbe dovuto mostrare un padre. Mi venne di nuovo la nausea: vomitai sulla sua spalla.

«Scusa» dissi, con un filo di voce.

Bruce restò impassibile. «Sei al sicuro» ripeté.

Mi riportò dai miei amici, fuori dalla luce e nell'oscurità.

12

Del nostro viaggio di ritorno a Londra ricordo molto poco: per lo più rimasi senza conoscenza. Era solo il bruciore allo stomaco a svegliarmi ogni volta che Lily prendeva una curva stretta. Anche allora, però, non ero veramente lucido, consapevole solo in parte che avevamo percorso altre miglia, che altra strada mi separava da Aubrey. La mia casa, la mia vera casa, era sempre più vicina.

Dopo, ho un vago ricordo di Bruce che mi fa scendere a braccia dalla Mini e mi adagia sul letto, girato su un fianco. Lily posò lo scarabeo sul comodino, con gli occhi puntati su di me. «Ti proteggerà» disse, accarezzandogli il carapace. Solo lei poteva usare un drone a forma di scarabeo come baby monitor. Mi baciò sulle labbra, e io ero in imbarazzo per via del mio alito acido e rancido, ma a lei non sembrò importare. La ricordo a stento che esce dalla camera con Bruce, e poi Summer, che si trattiene un attimo in più al mio capezzale, come un fantasma, una visione fuori dal tempo. Mi carezza i capelli, mi incanta col suo sorriso. «Mi prenderò io cura di te» dice, e poi se ne va anche lei.

Dopo c'è solo il nulla, e dopo ancora altro nulla.

13

Quando aprii gli occhi il sole stava già tramontando sul giorno dopo, proiettando una luce arancione sul cielo, su Londra, su Camden e su di me. Mi sentivo come se una squadra di muratori avesse costruito un grattacielo di dieci piani usando il mio corpo e la mia testa come fondamenta, ma avevo la mente abbastanza lucida.

Lily, Bruce e Summer mi aspettavano in cucina. Per prima venne ad abbracciarmi Lily, poi Summer e infine Bruce. Tutti e quattro ci tenemmo stretti per un attimo. I miei amici erano venuti a salvarmi in un batter d'occhio. Erano un gruppo su cui potevo contare, qualunque cosa fosse successo. Era valsa la pena prendere quei farmaci, per averne la certezza. Valeva la pena anche sentire quella paura, e perfino passare del tempo con Aubrey.

Quando si staccarono da me toccò a zio Ronald. Con una risata allungò il pugno verso di me. Io lo colpii con il mio. «I borghesi non ti avranno mai, Cat» disse. «Sei troppo brava per loro.» Anche se restava un po' diffidente, mi voleva bene anche lui.

«Ti preparo qualcosa» disse Summer, accendendo il bollitore.

«Prendo volentieri un tè, se c'è, grazie.»

«Una miscela speciale: devi disintossicarti. Lascia fare a me.»

Lo zio Ronald ondeggiava sui talloni, irrequieto. «Ti dispiace se torno al lavoro?»

Gli dissi: «Ma certo che no. Grazie». Prima o poi gli avrei chiesto a cosa stesse lavorando. Ero curioso. Ero felice. Le mie sensazioni stavano tornando alla consueta intensità. Mi erano mancate.

Vaffanculo essere rilassati, a me piaceva stare sempre in tensione.

«Tuo padre è un pezzo di merda» disse Lily. «Col dovuto rispetto.»

Mi fermai appena in tempo, prima di rispondere: *Ah sì? Non ne eri così sicura negli anni Sessanta*. Sarebbe stato ingiusto. La gelosia che provavo era ingiusta. «Non siamo mai stati grandi amici, io e Aubrey.»

Qualunque cosa Summer stesse preparando, puzzava di morto. «Sei sicura che si possa bere?» domandò Bruce, arricciando il naso.

«Aggiungerò del miele» rispose Summer, evasiva.

Bruce si girò verso di me. «Ha un odore troppo cattivo. Sta cercando di avvelenarti.»

«Lo so.»

«Prima di morire, perché non ci parli di Aubrey?»

Mi alzai. «Ci sono un paio di cose che dovreste vedere.»

«Vado a prenderle» disse Lily.

«Nah, posso ancora camminare.»

Era un po' un'esagerazione. Mi trascinai nella mia stanza; presi i fascicoli e misi in tasca la fotografia. Quando tornai, sempre a fatica, il tè era pronto. Da vicino puzzava ancora di più. «Non sembra, ma è buono» mi assicurò Summer, e siccome non si dice mai di no a Summer, buttai giù un sorso di quella spregevole miscela. Era prima amara, poi aspra, e poi anche un po' dolce, ma non come una torta; era più simile all'odore di un cadavere che inizia a decomporsi.

«*Gaaah*» protestai.

«Bevilo tutto» disse Summer.

Mi sedetti, portando con me la tazza, e sparsi i fascicoli sul tavolo. «Non ho avuto il tempo di guardarli.»

«Adoro le sorprese» disse Lily, prendendo il fascicolo di Lizanne.

Dentro c'erano alcuni fogli scritti nella calligrafia di Aubrey. C'erano simboli, numeri e ogni tanto una nota, come *Giove nel Toro?* o *È l'aspetto sbagliato*. Uno dei fogli era trasparente. Sopra c'era un cerchio diviso in dodici settori. In ogni settore c'erano quelli che riconobbi come i simboli dello zodiaco, in colori diversi. Dentro al cerchio c'erano anche altri simboli collegati da frecce colorate.

«È un tema natale» disse Summer. Lily le porse i fogli e Summer li studiò per qualche istante. Annuì. «Sì, è sicuramente un tema natale, ma incompleto. Tuo padre ci stava ancora lavorando.»

Bruce esclamò: «*Un astrologo?* Aubrey Walker è *un astrologo*?»

Anch'io ero sbalordito. In effetti, sarebbe stato più facile credere che Aubrey fosse un extraterrestre. Immaginarselo con indosso una palandrana blu col cappello a punta, impegnato con mappe stellari, era un po' troppo.

Summer alzò le spalle. «Le persone sono così» commentò, aprendo l'altro fascicolo, più spesso. «Sono fatte di tanti strati, uno sopra l'altro.»

«Sì,» dissi «tranne che gli strati di Aubrey sono diversi tipi di merda, ammucchiati uno sopra l'altro.»

«Qua ci sono altri calcoli astrologici» disse Summer, scorrendo i fogli. «Anche altri diagrammi, che sembrano… i temi natali di altri Pellegrini. Ah, e un sacco di appunti. Penso di poterne tirare fuori qualcosa.»

«Ottimo» commentò Lily. «Ma il problema rimane: Aubrey come fa a sapere della comunità? È un Pellegrino anche lui?»

«Non lo so. Però...» bevvi un altro sorso di tè. Era una vera schifezza. Ma funzionava. Mi si stavano schiarendo le idee, come quando una bella burrasca spazza via le nuvole. Ero finalmente pronto per ciò che avevo continuato a rimandare. Tirai fuori la foto e la mostrai a Lily. «... guarda questa.»

Lily spalancò gli occhi. Senza dire una parola passò la foto a Summer, che la guardò insieme a Bruce.

«Questo è...» disse Lily.

«Sì, quello è Aubrey. E l'altra sei tu.»

«Che schifo.»

«Eh sì, abbastanza.»

«Ma lui non c'era! Quando ho ritrovato la memoria, con la Polaroid, non pensavo a questo qui.»

Bruce stava ancora guardando la fotografia. «Forse a quel punto per te non era importante. Non stavate più insieme, o non ancora.»

«Chissà se zio Ronald si ricorda di lui» disse Summer.

Me lo chiedevo anch'io. «Quando mi ha visto ho avuto la sensazione che mi conoscesse.»

Summer andò verso la porta del seminterrato. «Confonde le cose, ma con le persone è bravo.» Bussò. «Zio Ronald?» chiamò. «Potresti salire un attimo?»

Dopo qualche istante arrivò la risposta dal sottosuolo: «Eccomi».

Lo zio Ronald arrancò per le scale e uscì con indosso una tuta piena di macchie viola, verdi e rosse e una matita infilata dietro all'orecchio.

«Guarda qui» disse Summer. «Sai chi è l'uomo?»

Prese la fotografia. L'avvicinò al naso, poi l'allontanò, poi l'avvicinò di nuovo. Non disse niente. Sulla guancia gli spuntò una goccia, minuscola, scintillante, che si trasformò in una linea sottile che rifletteva la luce.

Piangeva.

«Zio Ronald...» disse Summer, allungando una mano verso di lui.

Zio Ronald prese la mano e se la portò alla guancia, come un bambino in cerca del conforto di sua madre. Iniziò a singhiozzare proprio come un bambino, con tutto il corpo, scuotendo le spalle. «Ha ucciso la mia Sky, ha ucciso la mia povera, dolce Sky. È venuto per Catherine, e vi ha uccisi tutti.»

Fu come se qualcosa si spezzasse, dentro di me. «Chi è?» sussurrai, anche se ormai conoscevo la risposta.

«Il Ladro» disse zio Ronald. «È quell'infame del Ladro.»

14

Fui il primo a ritrovare la voce.

«Ma Lizanne aveva detto...» azzardai.

Summer alzò le spalle. «Lizanne non c'era negli anni Sessanta. Zio Ronald sì.»

«Merda» esclamò Bruce. «Lizanne! Se Aubrey è il Ladro, gliel'abbiamo servita su un piatto d'argento.»

Lily aveva già il telefono in mano.

«È stata lei a chiamare Aubrey» cercai di difendermi.

«Ci aveva *implorato* di lasciarla in pace» disse Bruce. «Ha una famiglia, una bambina. Cosa ci ha detto la testa?»

Aveva ragione: coinvolgere Lizanne era stata una mia scelta, e le conseguenze erano colpa mia. «Ho fatto un casino. Mi dispiace.»

Bruce rispose: «Il casino lo abbiamo fatto *tutti*, quando abbiamo deciso di darti retta».

«Ragazzi, non risponde» disse Lily.

Non era un buon segno. Allungai una mano e Lily, in silenzio, mi passò il telefono. Feci il numero di Aubrey. Il telefono squillò. Una, due, tre volte.

Poi mio padre rispose. «Martin?» disse.

«Ladro.»

Aubrey ridacchiò. «E ti ci sono voluti appena *diciotto anni* per capirlo.»

«Dobbiamo parlare.» Mi venivano in mente mille piani, mille modi per fargli del male, quando me lo fossi trovato davanti.

«Sì, potrebbe essere utile.»

«Dove sei ora?»

«Sono sicuro che puoi arrivarci da solo.»

15

Al volante c'era Lily. Avremmo tutti voluto che premesse l'acceleratore a tavoletta e imballasse il motore, ma quella era Londra, e anche se il traffico ci avesse permesso di accelerare, a rallentarci ci avrebbe pensato la polizia. E non volevamo coinvolgere la polizia. Aubrey era stato molto chiaro su quel punto.

Parcheggiammo davanti a casa di Lizanne. Dall'interno non filtrava nessuna luce. La strada era silenziosa e la Porsche di Aubrey non si vedeva da nessuna parte ma questo, era ovvio, non voleva dire niente.

Bruce tirò fuori il suo vecchio coltello a serramanico, quello che aveva usato per uccidermi. «Credo ancora che dovremmo andare solo io e Martin» disse.

«Le solite stronzate da *macho*» rispose Lily, aprendo lo sportello.

«Okay, allora: se c'è Aubrey, saremo in quattro contro un vecchio solo» scherzò Bruce. «Andrà tutto bene.»

Pensavo anch'io la stessa cosa.

Perdonateci. Non avevamo idea.

16

Suonai il campanello. Un *ding dong* echeggiò nel silenzio, e pochi secondi dopo qualcuno aprì la porta. Abbassai la maniglia e spinsi lentamente. C'era qualcosa di strano, di così strano che il mio buonsenso mi implorava di lasciar perdere tutto e scappare. Ma ormai sapete in che rapporti siamo, io e il buonsenso.

La porta si fermò contro qualcosa di morbido.

Era un cadavere. Un uomo dai capelli rossi. Indossava una camicia a quadri sopra una t-shirt nera e sembrava confuso. Non si era aspettato di morire, ma sono pochi quelli abbastanza fortunati da morire quando se lo aspettano. Aveva la gola squarciata; il sangue gocciolava, denso, in una pozzanghera rosso scuro.

I farmaci, la caffeina, le erbe di Summer, tutte le sostanze chimiche introdotte nel mio sistema nelle ultime quarantotto ore mi assalirono in contemporanea. Il mio corpo stava cercando di abbattermi prima che potessi combinare altri guai.

Bruce aprì il coltello a serramanico.

Entrai, mettendomi di traverso e tenendomi il più lontano possibile (e questo significava non molto lontano) dal morto. I miei amici entrarono dopo di me. «Poveretto» disse Summer. La guardai: era dispiaciuta per quello sconosciuto, ma neanche lontanamente spaventata per se stessa. Cominciavo a capire perché nel folklore dei Pellegrini la chiamassero la Tempesta.

Lily arrivò per ultima, chiudendosi la porta alle spalle.

«Siamo dentro» gridai.

«Venite di sopra,» disse la voce di Aubrey «per favore.»

Riuscivo a distinguere un'altra voce molto, molto sommessa: una bambina che piangeva piano.

Girammo intorno al cadavere. Era una cosa orribile, ignorarlo e andare avanti a quel modo, come se fosse spazzatura. Quello era il mio primo cadavere fresco, in quella vita: avevo visto quello di mio nonno materno, ma solo dopo che era stato lavato e sistemato. I cadaveri sono strani, quando non ci sei abituato: sono come persone, ma non esattamente. Qualcuno dice che sembrano bambole, ma per me sono più simili a degli impostori.

«Sono qui» disse Aubrey, dallo studio di Lizanne.

Lizanne era su una sedia, con le mani ammanettate dietro la schiena, gli occhi gonfi e terrorizzati. Aubrey era in piedi accanto a lei, con una bambina in braccio, e la lama di un enorme coltello da caccia premuta contro la sua piccola gola. Una volta avevo visto il viso tondo di quella bambina, in fotografia, inclinato verso l'alto, a guardare la folta chioma di una quercia. Ora quello stesso viso guardava in basso, e piangeva.

Aubrey aveva l'aria di un uomo d'affari impegnato in una transazione. Tutto come al solito, non c'è niente di interessante da vedere, qui. Accennò appena col mento a Bruce e al suo coltello a scatto. «Non portare con te un'arma se non intendi usarla.»

«Ho tutte le intenzioni di usarlo.»

Aubrey spinse la lama contro la gola della bambina. «Sicuro?»

«No!» gridò Lizanne.

Lentamente, Bruce richiuse il coltello.

«Mettilo in tasca» disse Aubrey. «Vuoi stare attento a ciò che troverà la polizia.»

Chiusi gli occhi, con un sospiro. Avevo molto gradito quel breve assaggio di libertà. Riaprii gli occhi, feci un passo avanti e dissi: «Okay, hai vinto: sono tutto tuo».

Aubrey sbuffò. «No, quel momento è passato. Ti ho rinchiuso, ti ho drogato, e sei scappato comunque. Stai già trovando te stesso, Mago: troveresti una via d'uscita. La trovi sempre.» Con un movimento fluido ed esperto, Aubrey allontanò il coltello dalla bambina e lo accostò alla gola di Lizanne, tenendo stretta la piccola con l'altro braccio. «Non ti ho fatto venire qui per portarti con me, o per stringere accordi. Ti ho fatto venire qui per mostrarti dove portano le tue azioni.»

Lily sussultò, poi disse: «Se mi hai mai voluto bene...».

«È stato molto tempo fa.»

Lizanne guardò per un attimo la mia mano destra. «No…»

Aubrey affondò il coltello nella sua gola. La punta lacerò senza sforzo la pelle e la carne, come se Lizanne fosse un taglio di prima scelta al ristorante. Cominciò a gorgogliare, con gli occhi grandi come piattini. Stava soffocando nel suo stesso sangue.

La bambina non urlava più: ansimava. Aubrey le aveva puntato di nuovo il coltello alla gola, coperto del sangue appena versato di sua madre. «Ormai, l'unica utilità di questa famiglia,» disse, come se stesse spiegando un punto fin troppo ovvio «è come esempio. Per te e per il resto della comunità.»

Con l'ultimo respiro, Lizanne cessò di gorgogliare. L'odore di escrementi riempì la stanza: la morte non è mai dignitosa. Eravamo tutti abituati alla morte, per quanto ancora non lo ricordassimo, e fu quello, credo, a permetterci un minimo di controllo su noi stessi. Nessuno di noi, però, riuscì a controllarsi quanto Summer. Rimase lì, ferma come un albero, pallida, le labbra strette in una linea sottile, gli occhi puntati sul mostro che era mio padre. «È strano» disse.

«Strano?» ribatté Aubrey.

«Martin dovrebbe essere il suo nemico, e noi siamo suoi amici. Ma non sta toccando nessuno di noi. Perché?»

«Stanne certa, Summer: lo farò.»

«Ma non ancora. Di cosa ha paura, signor Walker?»

Aubrey scosse la testa, senza rispondere. Sollevò la bambina e cominciò a muoversi verso di noi. «Comportatevi bene e lasciate che me ne vada senza problemi, o la bambina muore. E sarà meglio che ve ne andiate anche voi, prima che arrivi la polizia.»

Ero al di là della paura, al di là della meraviglia. Ero furioso come non lo ero mai stato. Aubrey aveva ucciso due brave persone. Aveva distrutto l'innocenza di una bambina.

Ed era stato più intelligente di me.

Summer disse, a bassa voce: «Tutti i soldi del mondo non ti permetteranno di farla franca, Ladro».

«La guerra è finita decadi fa, Sky, e hanno vinto i borghesi. E ora, per cortesia…»

Ci separammo, lasciandogli via libera verso la porta. Quando ebbe oltrepassato la soglia, chiuse a chiave.

Guardai subito alla mia destra. Mi ci era voluta fino all'ultima goccia di autocontrollo per non guardare, quando Lizanne aveva indicato in quella direzione. Su uno scaffale, in mezzo ai soprammobili, c'era la chiavetta USB di Lily. La presi, trionfante. «Ragazzi...»

Dei rumori mi interruppero. Il grido di una bambina, e il tonfo di un corpo che cadeva a terra. Lily si portò una mano alla bocca. «Oh, Dio» sussurrò.

Bruce si lanciò contro la porta. Bastò una volta, e quella si schiantò sotto il suo peso. Corremmo di sotto.

La bambina si chiamava Maggie: l'avrei scoperto nelle ore successive, dalla BBC. Ora giaceva accanto al padre, col vestito macchiato di sangue fresco, senza vita, immobile come una bambola, come un impostore.

17

La cosa più sconvolgente della vera violenza è quanto sia veloce: ci si aspetterebbe che qualcosa di così importante, di così *definitivo*, richieda chissà quanto tempo, ma non è così. Quando uscimmo da casa di Lizanne erano passati appena una manciata di minuti: il tempo che serve a preparare una tazza di tè, o a controllare la propria pagina Facebook.

«Dovremmo aspettare la polizia» azzardò Bruce. Fu facile convincerlo che era una cattiva idea: conoscevo gli amici di Aubrey, sapevo che erano gente importante. Soprattutto conoscevo mio padre, ed ero sicuro che non ci avrebbe mostrato il suo vero volto se avesse pensato che c'era anche solo una remota possibilità che gli creasse dei problemi. Summer poteva anche pensarla diversamente, ma il denaro, quando è *quel genere* di denaro, aiuta a farla franca in un sacco di situazioni.

Tornammo al Rifugio in silenzio. Lo zio Ronald ci preparò una pasta con un sugo al pomodoro e peperoncino, anche se nessuno di noi aveva veramente fame. «Dovete mangiare lo stesso» disse. «Il peperoncino fa bene.»

Ci sedemmo a tavola, a giocare con la nostra pasta come bambini. Spaventati. Storditi. Era tutto così irreale. Una bambina era morta e noi eravamo lì, a fingere di poter cenare come persone civili. Avevamo visto il sangue e le ossa ed eravamo ancora interi. Noi eravamo cambiati. Il resto del mondo era ancora lo stesso. Era una dissociazione troppo pesante da sopportare.

Lily controllò il suo cellulare. «È uscita la notizia» disse, sottovoce. Non era ancora il momento degli esperti, dei blogger, degli avvoltoi. Di lì a poco, però, i tabloid avrebbero dedicato un diluvio di prime pagine a Maggie, alla *Piccola Principessa*, come di sicuro e senza alcun motivo l'avrebbero ribattezzata. All'inizio si sarebbero sperticati sull'immacolato stato di servizio di Lizanne e poi, quando la notizia fosse stata ormai vecchia, avrebbero cominciato a insinuare che dopo tutto doveva pur nascondere qualche segreto, qualche losco e non meglio specificato legame col mondo sotterraneo dal quale avrebbe dovuto proteggerci. Per il momento, tuttavia, c'erano solo i fatti, nudi e crudi: un'agente di polizia era stata uccisa con la sua famiglia, nella loro casa.

Lily controllò il forum dei Pellegrini. Il Ladro aveva già scritto un post.

Era intitolato *Vi avevo avvertiti.*

Avete visto il notiziario? Sono stato io. Voglio sia chiaro che la bambina non era una di noi. Molti preferiscono non colpire gli Una Tantum, ma io, come è evidente, non mi tiro indietro. Sua madre ha continuato ad avere rapporti con il Mago e il suo grappolo. Per questo ha pagato l'intera famiglia. Mi è piaciuto doverli uccidere tutti? No, ovviamente. Mi è dispiaciuto? Neanche. Ricordate le mie parole: questa non è la vostra guerra. Non vi immischiate, e non avrete motivo di avere paura. Avvicinatevi al Mago, però, in qualunque modo, e vi prometto che voi e tutti i vostri cari farete una fine molto brutta e molto dolorosa.

Quello stronzo. «Mi presti il tuo telefono?» le chiesi.

Lily me lo porse. Effettuai l'accesso al forum col mio nome utente. Scrissi una risposta al post di mio padre, una breve, aperta minaccia. *Vengo a prenderti, Aubrey Walker*. Premetti *Invio*. Il messaggio non venne pubblicato: scomparve e basta.

«Prova senza il nome» disse Lily. «Ci devono essere dei filtri semantici.»

Dunque, con il sole o con la pioggia, e perfino quando iniziavano a morire i bambini, i Pellegrini non rinunciavano alla segretezza.

Per me andava bene.

Vengo a prenderti, Ladro, scrissi, e il messaggio andò online.

18

Fu un periodo di prime volte: il mio primo contatto con la violenza, il mio primo assaggio della guerra millenaria che stavo combattendo contro il Ladro. Più importante di tutto, a ogni modo, e di gran lunga più attinente al motivo per cui adesso mi trovo qui, in cima allo Shard a guardare Londra che cade, quella notte fu la prima volta che sperimentai la Rêverie.

Non credo neanche per un attimo che sia successo per caso: *caso* è solo il nome che diamo a un groviglio di azioni e reazioni che non vediamo e non capiamo. Avevo assunto droghe, caffeina e il magico, misterioso tè di Summer. Ero sconvolto. Ero esausto. Ero stanco del mio mondo, e per questo ero finito in un mondo diverso.

Dopo il nostro patetico tentativo di cenare, Lily venne a dormire con me – proprio a dormire, e nient'altro. Si era fermata al Rifugio mentre ero prigioniero a Bourton-on-the-Water e non aveva ancora voglia di tornare a casa. «Non ce la faccio a guardare negli occhi i miei genitori e a mentire su ciò che ho fatto stanotte» disse.

Ci infilammo sotto alle coperte insieme, e ci aggrappammo l'uno all'altra. Lily aveva bisogno di me quanto io avevo bisogno di lei: il calore di un altro corpo, il respiro di un altro essere vivente, ci ricordavano che non tutto, al mondo, doveva essere brutto, marcio. Lei sussurrò: «È una cosa così meravigliosa, essere vivi» e io mi resi conto di amarla, forte e delicata com'era. Si addormentò poco dopo, e mi addormentai anch'io.

Non per molto, però.

Mi svegliai per lo scatto della porta che si apriva. Vidi, nella penombra, una ragazza sulla soglia con indosso un vestito molto succinto dai colori vivaci, senza scarpe. *Summer* pensai, all'inizio, ma non era lei. Al mio cervello servì un attimo per elaborare ciò che avevo proprio davanti agli occhi: i lineamenti simili ai miei come quelli di una sorella accanto a quelli di un fratello, la sicurezza al limite dell'arroganza, la postura, i capelli bianchi. Non potei fare a meno di guardarle le gambe. Era così strano che la trovassi sexy?

«Catherine» dissi, muovendo solo le labbra.

19

Mi sciolsi dall'abbraccio di Lily, attento a non svegliarla. Sentivo la *solidità* del suo corpo, le tracce di sudore sulla sua pelle. Avevo la mente perfettamente lucida, tutte le nuvole erano scomparse. Avevo quasi dimenticato quanto fosse bello pensare senza filtri e zavorre. *Sto sognando?* Credevo di no. Non sembrava diverso dall'essere svegli.

In punta di piedi, mi avvicinai alla porta e la superai, chiudendomela poi alle spalle. Catherine sussurrò: «Andiamo da qualche parte dove possiamo parlare». C'era un effetto strano, come se la sua voce fosse solo uno di mille echi, mille voci che parlavano insieme a lei. Come se Catherine fosse soltanto uno tra mille riflessi, e io ne fossi il fulcro, solo in un infinito labirinto di specchi.

«Il camino,» le proposi mentre camminavamo «o la cucina.»

Lei scosse la testa. «Ho un debole per il giardino.»

«Ma si gela!»

«A Sky non dispiacerà se accendiamo un fuoco.»

Bene. Il Rifugio era casa di Catherine più che mia, in un certo senso. Ero perfettamente consapevole della bizzarria di quella situazione, ma cosa dovevo fare? Provai a non cominciare con le teorie su chi o cosa poteva essere "Catherine", ma la nostra connessione era innegabile come una testata. Lei era me; non avevo motivo di dubitarne, e dunque non c'era motivo di avere paura.

Accanto alla porta del giardino c'erano un paio di grossi stivali di gomma e un cappotto pieno di toppe che non avevo mai visto prima. Catherine li indossò prima di uscire. Io misi la mia giacca militare. In giardino faceva un freddo cane: il prato e le foglie morte rimaste dall'autunno erano coperti da un sottile strato di ghiaccio. «Aiutami a raccogliere un po' di legna» chiese Catherine.

C'erano tutti i ramoscelli e i ciocchi di cui potessimo avere bisogno, anche se erano tutti umidi. Avrebbero fatto un sacco di fumo. «Ci serve dell'esca» disse Catherine, con in mano delle foglie secche. «Queste sono troppo bagnate.» Andai in cucina a prendere qualche foglio di carta, e quando tornai fuori, Catherine stava ammonticchiando la legna su un lembo di prato, già annerito da un precedente falò. Non ricordavo se avessi già notato quella chiazza nera. Sistemai i fogli di carta e Catherine prese un accendino dal cappotto. Aveva una certa esperienza di falò: malgrado fosse una sera umida riuscì ad accendere il nostro in pochissimo tempo. Faceva un denso fumo bianco, e c'era un odore gradevole, e anche un bel calduccio. Allungai le mani verso il fuoco, coi palmi aperti, e dissi: «Non sto sognando».

Catherine era sorpresa. «È la prima volta che capiti nella Rêverie?»

«Credo di sì.» Feci una pausa. «Ma, a essere sinceri… cos'è la Rêverie?»

Catherine indicò il giardino con il braccio. «Questo. Uno spazio solo per i Pellegrini.»

«Sì, ma uno spazio di che tipo?»

«Lo spazio dove vai quando ti fermi ai box.»

Sentii come una fitta. «Ma io non sono morto» protestai. «Vero?»

«No, ci sei capitato *per caso* mentre dormivi. Succede. Il sonno e la morte sono più vicini di quanto ci piace pensare.»

«Allora tu cosa ci fai qui? Io sono *te*, reincarnato. Sono vivo, e lo sei anche tu! La tua sosta ai box dovrebbe essere finita. O no?»

«La Rêverie è sia uno spazio che ogni Pellegrino ha *dentro*, nella propria anima, sia un... legame che ci unisce tutti. Interno ed esterno, un paradosso, quello che vuoi. Scusami, non sto facendo la misteriosa, è che nemmeno io ho ancora capito come funziona. Devi provare a chiedere a Pete.»

«Chi è Pete?»

Ci indicò entrambi con un dito. «Siamo noi, ma nell'Ottocento.»

«Io, vittoriano. Fantastico.»

Catherine fece una smorfia, dubbiosa. «Sei più carino di lui.»

«Be', grazie.» Sfregandomi le mani per riscaldarle, dissi: «Posso chiederti...?».

«Non molto» mi interruppe. Alzò le mani. «Mi è già successo, fidati: incontri nella Rêverie una tua incarnazione passata e speri che possa risolvere i tuoi problemi nel presente. Non funziona così.»

«È una specie di regola?»

«Se fosse una regola avrei trovato un modo di infrangerla. Come hai detto, io sono *te*, un altro dei tuoi volti. I miei ricordi vanno più a fondo dei tuoi, ma solo di poco. Non ti ho chiamato io, qui, *tu* hai chiamato me. Gli ultimi avvenimenti hanno smosso qualcosa nella tua anima, e quel qualcosa sono *io*, ma sono reale solo nei limiti in cui sei in grado di gestirlo.»

«Gli ultimi avvenimenti» ripetei. All'improvviso mi tornò in mente tutto: Aubrey, la violenza, la bambina.

Catherine tirò fuori di tasca un po' d'erba e una cartina. «Hai avuto il tuo primo contatto con Nigel.»

«Chi?»

«Il Ladro.»

«Adesso si fa chiamare Aubrey. È mio padre.»

«Lo so. Mi dispiace, è uno schifo.»

«Direi proprio.»

Finì di arrotolare lo spinello e l'accese. Mi piaceva come si muoveva, come una volpe che conosce il mondo e ha visto di tutto. Sì, era *molto* sexy.

«Ai miei tempi, il Ladro e l'Artefice stavano insieme» disse.

Annuii. «Ho visto una fotografia.»

«Sono stata io a farli lasciare.»

Sentii un'eco, come il suono di una chitarra lontana. «Tu non hai scopato con il Ladro, vero?»

«Ma tu sei matto!» rise, passandomi lo spinello. «No, certo che no, non toccherei quel fascista neppure con le molle del caminetto.»

Una delle ombre intorno a noi si spostò. La guardai con scarso interesse, mentre facevo un tiro. Stava succedendo qualcosa; niente di pericoloso, comunque. Con Catherine ero perfettamente al sicuro. «Era già un fascista?»

«Del tipo peggiore, uno di quelli che fingono di non esserlo. Giocava a fare il fricchettone, ma era il più conformista di tutti. Aveva questo enorme desiderio di *possedere*: le cose, le persone, il potere. A Sky e Tom non piaceva, come a nessuno della comune. Tolleravano la sua presenza, e basta.»

La chitarra, adesso, era inconfondibile. Una voce cantava sulla musica. *Come gather 'round people wherever you roam...* L'ombra aveva preso la forma di un uomo massiccio, seduto a gambe incrociate intorno al falò, con una chitarra in mano. «Per via dell'Artefice.»

«Alice.» Catherine si avvicinò. «Poi però, una sera d'autunno, arrivai al Rifugio. E tu mi conosci.» Il suo corpo profumava di gelsomino. I suoi occhi erano pieni di malizia.

«Non ti piacciono gli stupidi.»

Mi prese il volto tra le mani. «Non ci piacciono per niente.» Poggiò le labbra sulle mie, e i nostri denti si toccarono. Poi a un tratto mi stava baciando, e io stavo baciando lei. Pensai, *chissà se Lily vorrebbe partecipare?* Era bellissimo. Dolce.

Mi fece ricordare.

20

Ero Catherine. Ero con Alice nella stanza che divideva col suo ragazzo, Nigel, che per fortuna in quel momento non era con noi. Ero al Rifugio da quattro giorni. Tom aveva garantito per me: l'avevo incontrato per caso quando mi aveva aiutato a tirarmi fuori da un impiccio con un Mod ubriaco che mi aveva fregato qualche sterlina. Il Rifugio si stava rivelando una vera casa delle favole, piena di sogni, arte e belle persone. A parte Nigel. Ma potevo gestire quel piccolo arrogante di Nigel.

«Non ho capito» dissi.

Alice arrossì. «Ho detto che non sono sicura che possa funzionare nella vita reale.»

Le avevo dato da leggere il mio libro preferito, *Straniero in terra straniera*, la mia Bibbia personale dell'amore libero. Alice lo aveva divorato in un giorno, ma aveva ancora qualche scrupolo. «Qui sta funzionando» dissi.

Straniero in terra straniera parlava di quanto sarebbe migliorato il mondo se ci fossimo liberati della gelosia sessuale. Dal poco che avevo visto al Rifugio, quello era il mondo che Sky e gli altri stavano cercando di costruire. E io ero d'accordo, assolutamente.

«Entro certi limiti» disse Alice.

«Il sesso è un gioco e una forma d'arte» dissi. «Tutti i limiti che poniamo sono limiti che ci creiamo da soli. Non sono reali.»

«Creati o no, certi limiti esistono.»

«Parlami dei tuoi.»

Alice ci pensò un po'. «Non sono mai andata a letto con un'altra donna.»

Mi diedi uno schiaffo sulla fronte, fingendomi sconvolta. «Santo cielo! E ne parli così a cuor leggero?»

«Idiota» disse lei, sorridendo.

Incrociai le mani sul cuore. «Sul serio! Cosa penserà Sky? Quella povera, povera ragazza, dopo tutto quello che ha fatto per te!»

Alice adesso stava ridendo. «Smettila!»

«Devo sedermi, mia cara bambina» dissi, imitando una nonna scioccata. Mi lasciai cadere all'indietro sul letto.

Alice si sedette accanto a me, con la schiena poggiata al muro. «Nigel andrebbe fuori di testa.»

Nigel, sempre Nigel. In un angolo della stanza c'era il sitar di Nigel, proprio accanto alla porta, lo stesso modello che suonava George Harrison. Appeso al muro c'era il poster di uno degli idoli di Nigel, quello sciocco aspirante occultista americano e *satanista* da vaudeville, LaVey qualcosa, in un costume da Halloween di pessimo gusto. Sugli scaffali c'erano i libri di Nigel. L'unica cosa in vista che apparteneva ad Alice era un gufo di ceramica, un cimelio di famiglia a cui era molto affezionata. Sky mi aveva detto che una volta Alice possedeva anche una buona macchina da cucire, ma l'aveva venduta per finanziare l'EP folk-rock che Nigel stava registrando. Anche se era ricco di famiglia, Nigel voleva registrare quell'EP «coi propri mezzi». Perché quei mezzi dovessero includere la macchina da cucire di Alice, vallo a sapere.

«Un ragazzo a cui non piacciono le ragazze bisessuali? Mai sentito niente di simile.»

«Non vuole che la *sua* ragazza giochi in entrambi i campi, tutto qui: ci tiene molto alla famiglia.»

«So per certo che non ha problemi con l'amore libero.»

«In che senso?»

«Il tuo ragazzo, quando siete arrivati qui, ci ha provato con Sky. Me lo ha raccontato lei. Mi ha detto pure che non c'è stata.»

«Credevi che non lo sapessi?»

«Lo speravo» dissi, con un sogghigno. «Pensavo che, se ti avessi dato una buona ragione per mollarlo, lo avresti fatto.»

«Nigel ha questa teoria: gli uomini sono programmati per avere più partner, mentre le donne si accoppiano solo una volta, per tutta la vita. C'entrano le possibilità di trasmettere i nostri geni. È una cosa scientifica.»

«È una stronzata.»

«Nigel è laureato» disse Alice, non molto convinta. Nigel era molto orgoglioso dalla sua laurea in chissà cosa, come se lo rendesse superiore a noialtri contadini. Il che era strano, per qualcuno che si definiva un hippy e un fricchettone. Ronald aveva un dottorato di ricerca (in chimica, se volete saperlo) e non se la tirava per niente.

«Una laurea comprata e pagata dalla sua famiglia» commentai.

«Voi due non andate molto d'accordo, vero?»

«Non farmi parlare.»

«Siamo amiche da secoli: dimmi tutto, ragazza mia.»

Certo, sapevamo di far parte dei Pellegrini, anche se non conoscevamo ancora i nostri Nomi dell'Anima. Non avevamo capito bene cosa fosse un vinculum. A quei tempi le comunicazioni erano più lente: era l'epoca A.G., Ante Google, quando per scoprire qualcosa dovevi usare le gambe. Era per questo che mi trovavo a Londra: stavo cercando di capire qualcosa di più su chi ero. Una penna stilografica da un rigattiere di Edimburgo mi aveva regalato il mio primo ricordo. Poi, un volantino ciclostilato di un gruppo New Age mi aveva portato da *Acquarian Groove*, un negozio di dischi a Glasgow, e il proprietario del negozio mi aveva parlato di una certa comune a Camden Town, a Londra, che dicevano fosse gestita da Pellegrini. Avevo detto ai miei genitori, a Edimburgo, che volevo passare un po' di tempo a Londra, e loro avevano accettato, anche se non potevano darmi niente per aiutarmi.

Erano brave persone, i miei genitori.

Feci l'autostop dalla Scozia fino al Sud, ma all'inizio non riuscii a trovare la casa. Dopo una settimana di ricerche ero pronta a rinunciare, ma prima di lasciare Londra mi servivano un po' di soldi, e allora decisi di concedermi un'ultima notte in città. Quella notte presi i soldi al Mod e lo feci arrabbiare, lui tirò fuori il coltello e Tom venne in mio aiuto. Quando conobbi lui, e poi gli altri, seppi che ero a casa.

Peccato che dentro ci fosse un ladro.

«Non mi piace come ti tratta Nigel» confessai.

«È fatto a modo suo. Può dare l'impressione sbagliata, in realtà è molto dolce, quando impari a conoscerlo.»

«Ma fammi il piacere. Cos'è che diceva, sugli uomini che se la spassano e le donne che rammendano i calzini?»

«Nigel è un po' vecchio stile, certo, ma...» e Alice non finì la frase.

Le presi il mento tra le mani.

«Ehi!» protestò, ma non si tirò indietro.

«Dimmi di smetterla,» dissi «e io smetto. E ti prometto che non proverò mai, mai più a baciarti. Sono una ragazza di parola. Quello che succede adesso dipende solo da te.»

Esitò per un attimo. Poi mi posò una mano sul collo e accostò la sua bocca alla mia.

21

«Puttana!» gridò Nigel. «Troia del cazzo!»

Guardai Tom, che fermò le corde della chitarra col palmo aperto. Erano passati due giorni e Nigel era tornato, con grande gioia di nessuno. Io e Tom stavamo bevendo una birra al falò in giardino, e ci godevamo una delle ultime belle serate prima che arrivasse l'inverno. Avevamo questo in comune, Tom e io: ci piaceva restare in giardino il più a lungo possibile. Non dirò che un tetto sopra la testa mi rendeva claustrofobica, ma quando potevo preferivo stare fuori casa.

La finestra della stanza di Alice e Nigel si affacciava sul giardino e in quella sera col cielo sereno e senza nuvole sentivamo perfettamente le loro voci. Alice piangeva.

Mi alzai di scatto.

«Calma» disse Tom, ricominciando a strimpellare la chitarra.

«Ma che davvero?»

«Eh.»

Adesso parlavano a voce più bassa. Mi sforzai di ascoltare. «Non fare così» singhiozzava Alice.

Tom sospirò e mise via la chitarra. «Tu c'entri qualcosa?»

«Come? Ma no!»

«Ho una visione: hai scopato con Alice.»

Giocai con una ciocca di capelli, come facevo quando ero

nervosa. «Insomma, la roba di Ronald, dopotutto, conferisce davvero poteri psichici.»

«Questo non lo posso garantire, ma conosco bene te, sorellina.»

Nigel stava di nuovo alzando la voce. «Mi hai *tradito*!»

Barcollai. Mi servì tutto il mio autocontrollo per non correre da loro. «Ma non lo senti?»

Bruce (no, era Tom) annuì. «È un fascista, d'accordo.»

«Sky dice sempre che dobbiamo "bombardare il mondo con l'amore", e non è amore ciò che arriva da quella finestra.»

«Non tutti sono ancora pronti a vivere così.»

«Ah, ma io sì. E anche Alice.»

«Parlavo di Nigel.»

«Nigel può andare affanculo.»

Tom ridacchiò. «Non che abbia qualcosa in contrario, ma...»

Fu interrotto da uno schianto, e poi da Alice che piangeva.

«Eh no, che cazzo...» disse Tom, alzandosi.

Stavo già correndo verso la stanza di Alice. Gli amici devono guardarsi le spalle a vicenda, e se nessun altro era disposto a farsi avanti, ero perfettamente in grado di pensarci da sola. La porta era chiusa.

Quando l'aprii, la prima cosa che vidi fu il gufo di Alice in pezzi sul pavimento. Alice era seduta sul letto e piangeva calde lacrime che scioglievano il suo mascara in gocce nere. Nigel incombeva su di lei, indicava col dito i pezzi del gufo e gridava, con una voce che traboccava disprezzo: «Guarda cosa mi hai fatto fare». Era così coinvolto da quella scenata che non mi aveva nemmeno visto entrare.

Presi il suo sitar. «Ehi,» gridai «dacci un taglio.»

Si voltò verso di me. «Fantastico: ecco l'altra stronza che viene a salvarla.»

«Ti viene duro a insultare le ragazze?»

Mi si avvicinò, puntando il dito contro il mio seno. «Tu stanne fuori!» La sua postura era fin troppo minacciosa: il suo corpo diceva *Sono un uomo, sono più forte di te, dunque stai attenta a quello che fai, troia.*

Che idiota. «Ah sì?» dissi. Alzai il sitar come se volessi sbatterlo contro il muro.

«Mettilo giù. Vale più del tuo brutto culo.»

«Di sicuro più del tuo.» Cercai di assestare un colpo col sitar, ma non contro il muro, contro la testa di Nigel. Il sitar era tutto sbilanciato, e così Nigel riuscì a schivarlo e io lo colpii solo alla spalla.

Lo colpii forte, però. Dal sitar uscì lo splendido scricchiolio del legno che si scheggia. Nigel perse l'equilibrio, con un grido di dolore.

Peccato che anch'io persi l'equilibro. Avevo vibrato quel colpo con tutte le forze e dovetti fare un mezzo giro su me stessa. Sentii un ringhio e, prima che potessi voltarmi per affrontarlo, Nigel ce l'avevo addosso. Lo avevo colpito al lato sinistro; il destro era ancora buono. Mi diede una spinta. Caddi per terra, e lui si chinò su di me. Alzò il pugno, pronto a colpire.

A un tratto, però, non era più chino su di me.

Tom aveva stretto Nigel in una morsa e lo aveva sollevato come un fantoccio imbottito di paglia, senza fatica. «Sta' buono…» disse Tom.

«Ecco un altro pezzo di merda» disse Nigel.

Tom lo lasciò andare. Incrociò le braccia, alto e grosso come un gorilla, e un gorilla arrabbiato. «Fratello, io sono un pacifista. Quindi per favore, e quando dico *per favore* dico sul serio, non costringermi a romperti fino all'ultimo osso che hai in corpo, uno per volta.»

Nigel gli lanciò un'occhiata da killer, ma quello sguardo era tutto ciò che poteva mettere insieme. Si voltò di scatto verso Alice. «Andiamocene. Non ne posso più di questi sfigati.»

«Vattene» disse Alice.

Nigel la guardò a bocca aperta. La sua espressione mi fece ridere. Spostò lo sguardo su di me e poi, lentamente, su Tom.

«Andate tutti affanculo» disse, e uscì dalla stanza pestando i piedi.

22

«In quella vita iniziò così» disse Catherine. «Dopo, le cose andarono alla grande. Per un po'.»

Il bacio era finito, il fuoco quasi spento. Ma quanto era durato quel bacio? Qualche attimo, direi, mentre la legna sembrava bruciare da ore.

«Tu eri fantastica» dissi.

«Modesto come sempre.»

Sbadigliai. Cominciavo a sentirmi stanco. «C'è altro che puoi dirmi?»

«Sai già tutto quello che so.»

«E allora, adesso che succede? Scompari in una nebbia mistica, qualcosa del genere?»

Catherine rise. «Vai a dormire, fratello, che non ti reggi in piedi. Io resto qui ancora un po', se non ti dispiace.»

«Sì, è stata una giornata lunga.» Mi stiracchiai e sbadigliai di nuovo. «Grazie per le dritte, comunque.»

«È stato un piacere.»

«Buonanotte... *sorella.*» Lo dissi con una punta di scherno. Sapevo che non se la sarebbe presa.

«Notte notte» disse lei.

Tornai tra le braccia del Rifugio, in camera mia. Prima di tuffarmi sotto le coperte, mi presi un attimo per guardare Lily. A vederla così mi si scioglieva il cuore. Perfino nel sonno sembrava tutt'altro che indifesa, ma era comunque in pace. Mi intrufolai di nuovo accanto a lei, e poi tra le sue braccia, il posto migliore del mondo.

Chiusi gli occhi.

23

Il passo successivo, ovviamente, fu studiare i temi astrali e la chiavetta USB coi documenti di Lizanne. Dopo il nostro breve incontro con Aubrey eravamo tutti d'accordo che era più importante che mai scoprire cosa ne fosse stato di noi negli anni Sessanta: tra noi e Aubrey/Nigel era successo qualcosa, ed era plausibile che ci fosse un collegamento tra qualunque cosa fosse e la nostra morte prematura. Io, però, non potevo rendermi utile né per la parte tecnologica né per quella astrologica e così, mentre Lily e Summer lavoravano e Bruce si metteva in pari con l'uni, decisi di andare a fare shopping a Camden.

Mi accorsi subito di essere pedinato da due persone: un uomo e una donna, vestiti in maniera poco appariscente. Erano bravi, ma non quanto me, e non a Camden, il mio territorio.

Il mercato era relativamente tranquillo: era una giornata grigia e fredda e scendeva una pioggerella non esattamente gradevole. Per il momento ignorai quegli angeli custodi e mi diressi a una bancarella che vendeva gioielli a buon mercato. Mi presi tutto il tempo per esaminare la merce, finché non mi cadde l'occhio su un anello a forma di teschio: calzava perfettamente al dito medio della mano sinistra. Abbastanza tosto per il Mago. Ero famoso, e avevano paura di me: era il momento di immedesimarmi nel ruolo. «Quanto?» chiesi.

«Venti» disse il venditore, in un forte accento greco.

Alla fine lo comprai per dieci. L'anello non serviva solo a fare scena. Noi Pellegrini associavamo agli oggetti i nostri ricordi più intensi, e io volevo avere qualcosa da non togliere mai, per associarvi quanti più ricordi possibile. In questo modo, se le cose fossero andate storte, avrei potuto almeno spianare la strada alle mie future incarnazioni. Non ero sicuro che avrebbe funzionato, ma per dieci sterline valeva la pena tentare. Soprattutto perché le avrei riavute indietro, e con gli interessi.

Camminai senza meta ancora per un po', così per dare fastidio ai miei angeli custodi. Avevano addosso la puzza di Aubrey: mi teneva d'occhio. Avrei dato un paio di vite per capire cosa accidenti voleva. Aveva avuto diciotto anni per uccidermi, e un'altra occasione proprio il giorno prima, quindi era ovvio che uccidermi non era il piano. Mi aveva addirittura *salvato* quando avevo tentato il suicidio. Questo significava che aveva bisogno di me, vivo. Ma perché? Forse era una di quelle situazioni spiacevoli in cui il primogenito viene sacrificato ai Grandi Antichi.

Cambiai bruscamente direzione, per andare incontro ai miei angeli custodi. Furono abbastanza furbi da fermarsi davanti a un negozietto di falsi corsetti vittoriani, e fingere di essere interessati alla merce. Mentre gli passavo accanto, urtai l'uomo. «Scusa» dissi, mentre gli sfilavo il portafoglio.

Camminai ancora un po' e lo aprii: c'erano dentro un centinaio di sterline e una MasterCard. Entrai in un negozio di scarpe e usai la carta per comprare un nuovo paio di Dr. Martens e poi, altrove, alcuni regali per i miei amici: una gonna dai colori vivaci per Summer, un paio di auricolari fluorescenti per Lily e un coltellino svizzero per Bruce (avrebbe saputo apprezzare l'ironia). Quando uscii dall'ultimo negozio vidi che il mio inseguitore si palpava le tasche. Lo salutai, mostrandogli le buste.

Abbiamo tutti bisogno di toglierci qualche sfizio.

24

«Le ragazze sono pronte» disse Bruce.

Mi alzai dal computer. Avevo passato le ultime due ore a tenere d'occhio il forum. Non stavo perdendo tempo; be', non del tutto. Lo scambio di messaggi tra me e Aubrey aveva messo in subbuglio la comunità e io volevo seguire l'evolversi della discussione. Un tizio che si faceva chiamare *Corleone* (pochi sanno essere infantili quanto un uomo che ha bisogno di credersi un duro) aveva scritto che il Ladro era stato anche troppo corretto, e comunque aveva avvertito quella stronza di Lizanne e se lui, il Ladro, avesse avuto bisogno del suo aiuto, di Corleone, bastava chiedere.

Un altro si vantava del fatto che nemmeno lui aveva problemi a uccidere gli Una Tantum, e gli Una Tantum erano comunque una razza inferiore. Uno può vivere mille vite, fare un milione di viaggi e di esperienze, e rimanere fondamentalmente sempre lo stesso coglione.

Un tipo di Bath sosteneva che il Mago era un genio tra i Pellegrini, e non faceva scoppiare certe bombe così, per divertimento, e a meno che la situazione con il Ladro non peggiorasse non c'era nulla di cui preoccuparsi. Una donna gli aveva risposto che era facile per lui, *a Bath*, essere così rilassato (in effetti).

La gente fiutava il pericolo, ma sentiva anche il profumo del potere, e correva a schierarsi. Questo voleva dire che avevo anch'io i miei sostenitori. Alcuni mi giuravano fedeltà. La mia casella si era riempita di messaggi privati che andavano dalle proposte sessuali alle minacce di morte con tutto quello che c'era nel mezzo. Infine, c'erano alcuni Pellegrini che insistevano che fosse tutta una montatura, un complotto dei poteri forti o uno scherzo. *È questo il problema con le tragedie. Non pensi mai che possano capitare a te.*

Trovai gli altri davanti al caminetto che guardavano il tablet di Lily. Era iniziato il telegiornale della BBC. Il conduttore, timido e giovane, diceva: «C'è stata una svolta nelle indagini sul brutale assassinio dell'ispettrice capo Lizanne Riches e della sua famiglia. Meno di ventiquattr'ore dopo la sua morte, Scotland Yard ha rilasciato una dichiarazione con cui afferma di aver trovato importanti indizi che puntano a una ben nota banda di Brixton. L'ispettrice capo Riches l'anno scorso aveva arrestato due importanti membri della banda...»

«Vedi, Summer,» dissi, con amarezza «che cosa può fare il denaro?»

«Solo a breve termine» rispose lei.

Lily chiuse l'applicazione. «Passiamo alle cose serie.»

«Solo una cosa, prima di iniziare» dissi. «Ieri sera ho incontrato Catherine.»

La sorpresa sui volti dei miei amici fu impagabile: a essere sinceri avevo aspettato con ansia quel momento. Non glielo avevo detto prima perché non volevo distrarli dalla loro ricerca. «Mai sentito parlare della Rêverie?»

Risposero di no. Gli raccontai tutto, trascurando il bacio. «E sono sicuro che non è stato un sogno» conclusi. «Non sembrava un sogno, e inoltre ricordo tutto perfettamente.»

«Non sapevo che si chiamasse così,» disse Summer «ma lo conosco quel posto. Ci sono... capitata per caso parecchie volte.»

Bruce si schiarì la gola. «Quanto ricordi delle tue vite passate?»

«Qualcosa. Fatti personali, per lo più. Nulla che sia importante per ciò che stiamo facendo.»

Lily le disse: «Ci sono capitata anch'io. Ti ho incontrata, o almeno una tua versione *passata*. La prima volta che ti ho vista, qui al Rifugio, non era la prima».

«Quindi sono il solo a non aver mai visto questo posto?» domandò Bruce.

Gli diedi una pacca sulla spalla. «Almeno sei unico. Fino a due minuti fa pensavo di essere *io* quello speciale.»

Lily disse: «È un'altra cosa che dobbiamo capire».

Andai ad attizzare il fuoco. Era strano pensare che Catherine fosse così brava coi falò, mentre io sapevo solo spostare i ceppi. «Hai trovato qualcosa sulla chiavetta?» domandai a Lily.

«Lizanne aveva fatto una copia del rapporto della polizia sulla nostra morte.»

«Ottimo.»

«Il rapporto è quasi inutile. In sostanza, dice che la polizia fece irruzione nel Rifugio alla ricerca di un laboratorio clandestino dove si produceva droga, ci fu un incidente, cinque ragazzi morirono, non venne effettuato alcun arresto e fine della storia. Non è nemmeno chiaro cosa c'entrasse l'incidente con l'inchiesta. Chiaramente chi ha compilato il rapporto stava nascondendo qualcosa. Non credo che potrebbero farla franca, oggi, con un depistaggio così sfacciato.»

«Poliziotti corrotti» dissi. «Sai che novità.»

«Non è tutto da buttare, però. Il rapporto è firmato dall'ispettore capo che allora diresse le indagini, quindi abbiamo un nome. Shawn O'Malley. Ho controllato: è ancora vivo, ma è in pensione.» Fece una pausa. «Per quanto riguarda gli altri documenti sulla chiavetta, non ho avuto il tempo di esaminarli tutti, ma ho trovato un sacco di calcoli astrologici. Il tema natale del Mago e alcuni certificati di nascita.» Mi guardò. «Il tuo, tra gli altri.»

«L'astrologia serve a rintracciare le incarnazioni di un Pellegrino attraverso i secoli» disse Summer.

La guardai con un sopracciglio alzato.

«Aubrey,» spiegò «stava usando i temi natali per rintracciare *noi*. E non soltanto noi: stava seguendo anche altri Pellegrini, e ultimamente anche Lizanne.»

«Con l'astrologia» dissi, non ancora del tutto convinto.

«Sembra che sia una pratica comune: in ogni vita, in ogni incarnazione, gli stessi Pellegrini nascono sempre *sotto le stesse stelle*, cioè con lo stesso tema natale. Quindi, se vuoi scoprire quando potrebbe tornare un Pellegrino, controlla il suo tema natale e cerca qualcuno che lo condivida. Tenendo conto del fatto che a volte si trovano le stelle giuste ma non i Pellegrini, e a volte il tema natale è molto simile ma non identico al cento per cento. Insomma non è una scienza esatta, e ci si sbaglia spesso, ma è comunque un punto di partenza.»

«E come si fa a trovare il tema natale di un Pellegrino?» domandai.

«Nel nostro caso, Aubrey sapeva tutto della nostra ultima incarnazione: doveva solo cercare tra i temi natali di quella vita. Quanto agli altri casi... vecchi diari, leggende, tabulati. All'interno della comunità ci sarà senz'altro un fiorente mercato di informazioni.»

«Mi domando perché Aubrey fosse interessato a Lizanne» disse Bruce. «Una volta scoperto chi era e dove abitava, cosa gliene importava di ricostruire le sue vecchie incarnazioni? In fondo voleva soltanto ucciderla.»

«C'è una costante negli appunti di Aubrey» disse Summer.

«Cerca qualcosa che si chiama "Il Bacio della Buonanotte", ed è convinto che Lizanne possa dargli degli indizi su dove si trova.»

Ci fu un momento di silenzio. «Il... cosa?» domandò Bruce.

«Il Bacio della Buonanotte, scritto con le maiuscole. Aubrey ne parla spesso: lo vuole. Lo vuole *di brutto*. In pratica, tutto il suo piano consiste nel trovarlo.»

«Papà deve sentirsi solo» dissi. «Se mi lascia in vita solo perché vuole un bacio.»

Summer sorrise. «Non credo che il Bacio sia un vero bacio. Ma allora cos'è? Un oggetto? Una casa? Il genio della lampada? Dagli appunti di Aubrey non si capisce.»

«E cosa si capisce?» domandai.

«Che Aubrey stava rintracciando tutti i Pellegrini che potevano dargli informazioni sul Bacio della Buonanotte, o che addirittura lo avevano posseduto, in questa vita o in quelle passate. Dopo avere studiato il tema natale di Lizanne, era convinto che lei fosse una di loro.»

Sospirai. «Qualunque cosa sia, dubito che per me sia qualcosa di buono.»

«Ne dubitiamo tutti» disse Lily.

Ero sempre più convinto che la chiave fosse la comunità dei Pellegrini: fino a quel momento avevamo giocato da soli, adesso bisognava spiegare le ali. Era quello che avrebbe fatto mio padre, quello che, ci avrei scommesso, stava già facendo. Prima, però, le cose più importanti.

«L'indirizzo di quel poliziotto, ce lo abbiamo?» chiesi a Lily.

25

Se la vita era stata generosa con Shawn O'Malley, lui faceva di tutto per non darlo a vedere. Abitava nelle case popolari di Newham, nel cuore dell'East End, che notoriamente era uno dei peggiori quartieri di Londra. Appena usciti dalla stazione della metropolitana, io e Bruce fummo accolti da una chiazza di sangue sul marciapiede e dall'odore nauseabondo di carne quasi andata a male che usciva da una macelleria. In lontananza, incombeva su di noi il profilo dei ricchissimi grattacieli dei Docklands, ed era un contrasto tutt'altro che gradevole: ti faceva sentire come uno scarafaggio che guarda lo stivale che sta per calpestarlo. Mi domandavo cosa avrebbero pensato i miei angeli custodi a vedermi lì. Quella mattina avevano mandato due nuovi, ma li avevo individuati subito e seminati: non potevo permettere che Aubrey sapesse dove stavo andando.

O'Malley abitava in uno dei sette condomini di un truce comprensorio. Una banda di adolescenti stava combinando qualcosa di losco (non sapevo né volevo sapere cosa) sull'erba ingiallita del prato. Ci guardarono con sospetto, ma quando Bruce gli restituì lo sguardo tornarono in fretta ai loro affari. Il Gigante Gentile può essere davvero terrificante, se non lo conosci. Non è solo uno dei miei migliori amici, ma anche il mio più efficace diversivo: lo guardi, decidi all'istante che è lui il più pericoloso, e non mi vedi nemmeno arrivare.

Il nome di O'Malley sul campanello si leggeva a stento. Suonai.

«Chi è?» rispose una voce rauca.

«Dobbiamo controllare il contatore del gas» dissi. «Ci vorrà meno di un minuto.»

La porta si aprì.

«Pronto?» chiesi a Bruce.

«Credo.»

Raggiungemmo la porta dell'appartamento di Shawn, che venne ad aprire. Appena mi vide, impallidì. «Tu...» sussurrò.

Aveva settantanove anni e ne dimostrava duecento: gli erano rimasti pochi capelli, lunghi e spettinati, ed era quasi senza sopracciglia. Uno dei suoi occhi azzurri soffriva di cataratta. Dalle narici gli uscivano due tubicini, collegati a un respiratore portatile che si trascinava dietro.

«Siamo tornati» risposi con un ghigno.

Entrai, seguito da Bruce. Shawn era troppo sbalordito per opporre resistenza. Teneva la testa bassa e si vedeva che era a disagio.

Bruce chiuse la porta alle nostre spalle.

Mi rivolsi a Shawn e gli dissi: «Tu hai ucciso le nostre amiche, stronzo. Sky e Alice».

«Non è...» provò a rispondere. Un attacco di tosse lo bloccò.

«Sono tornate anche loro, e la vuoi sapere una cosa? Siamo tutti incazzati.» Indicai Bruce. «Soprattutto Tom.»

Shawn fece per indietreggiare, ma il corridoio era stretto e non gli lasciava spazio.

«Martin...» disse Bruce, nervoso.

Lo zittii con un gesto. Sì, Shawn era un vecchio, ma c'erano altri Una Tantum che per colpa sua non lo erano mai diventati. «Siamo soli?» gli chiesi.

Annuì lentamente, come se fossimo cani feroci, e un movimento brusco potesse farci scattare. Non era lontano dal vero, per quanto mi riguardava. «Siete qui per pareggiare i conti?» domandò.

«Sono qui per fare quello che mi pare» risposi.

26

«Non credevo alle voci che giravano» esordì Shawn.

Eravamo in soggiorno, una stanza squallida e polverosa con una poltrona sudicia e un televisore da quattordici pollici. Avevo permesso alla guardia di sedersi. Bruce era rimasto vicino alla porta, mentre io facevo del mio meglio per concentrare su di me l'attenzione di Shawn. Non volevo che si accorgesse che Bruce, quello grosso e (secondo lui) cattivo, era nervoso.

«Quali voci?» domandai.

«Erano tempi folli, con tutti quei fricchettoni e le droghe. Un sacco di giovani si davano a tarocchi, astrologia.» Shawn si fermò per tossire. «E per strada si sentiva dire che quella casa fosse magica.»

«E tu pensavi, *che stronzata.*»

«Con tutte le droghe che si facevano i ragazzi, non dubitai per un attimo che avessero avuto qualche visione.» Un altro attacco di tosse, poi Shawn sputò un grumo di catarro in un fazzoletto sporco. «Ma voi, *cosa* siete?»

«Affari miei» risposi.

«Non siete fantasmi.»

Lo toccai con un dito sul braccio, e spinsi, per fargli male, solo un po'. «Siamo qualcosa di infinitamente peggio.»

Sui pantaloni di Shawn comparve una chiazza scura. Sentii puzza di urina. Avrei voluto provare pietà, ma non ne trovavo alcuna traccia dentro di me. «Cosa successe al Rifugio?» domandai.

Shawn non rispose. «Mi ucciderete?»

«Cosa successe al Rifugio?» ripetei.

«Ci avevano informati che qualcuno ci aveva impiantato un laboratorio clandestino. Ronald Mitchell; era sul nostro radar già da un po'.»

«Ronald non era tipo da spacciare droga.»

«No ma...» Il vecchio tacque per un attimo, con un gemito. «Non avrei mai voluto che finisse a quel modo.»

«Uccidere dei ragazzi, vuoi dire? E allora com'è andata, sono morti così, da soli?»

«Quel posto era un covo di fricchettoni! Erano *secoli* che volevo farci una retata, e quando ne abbiamo avuto la possibilità... ci siamo lasciati trasportare.»

Ci siamo lasciati *trasportare*.

«Il comandante Swan ci aveva dato carta bianca. "Divertitevi con quegli stronzi" disse. "Andateci giù pesante. E se vedete tette che vi piacciono, prendetevele." Per lui era personale: avevano... *voi* avevate fatto il lavaggio del cervello a suo figlio Nigel, con tutta quella merda sul libero amore.» Nella sua voce stava tornando il vecchio rancore. «Anche se Nigel aveva avuto le palle, e se n'era tirato fuori in tempo» aggiunse.

Mi trattenni a stento dallo schiaffeggiarlo. Perfino Bruce apriva e chiudeva il pugno. «Nigel?» chiesi. «Alto, magro, occhi grigi?»

«Se l'era scopate per bene, le vostre ragazze, prima di andarsene» ridacchiò Shawn. Il suo istinto di poliziotto gli stava dicendo che non gli avremmo fatto del male. Il suo istinto di poliziotto aveva ragione – su Bruce.

Feci un respiro e dissi: «Fammi indovinare: fu Nigel a dirvi del laboratorio».

«Abbiamo esagerato, ma ve la siete cercata.»

Gli diedi uno schiaffo, solo uno, ma forte.

«Martin!» disse Bruce.

Guardai Shawn negli occhi, e vidi che aveva paura. «Hai tenuto un souvenir?» chiesi.

«Come?»

«Quelli erano i bei tempi, no? Voglio dire, guarda questa discarica. Nuoti nel tuo piscio e non ti è rimasto nemmeno un amico. Allora. Hai tenuto un souvenir dei bei tempi?»

Non rispose.

Avvicinai la mano all'interruttore del respiratore. «Sto per spegnerlo» dissi.

Il suo istinto di poliziotto aggiustò il tiro. «In camera da letto.»

«Resta con lui» dissi a Bruce, e corsi nell'unica camera da letto dell'appartamento. Puzzava di sudore e di qualcosa di peggio: non cambiava le lenzuola da settimane e il pavimento era cosparso di biancheria sporca. Aprii un armadio sgangherato, rimpiangendo di non aver portato i guanti. Dal disordine che trovai all'interno riuscii a tirare fuori una cassetta di metallo. L'aprii.

Dentro c'erano una divisa sbiadita e impolverata, un paio di manette e alcune fotografie di Shawn più giovane. In una di queste era insieme a un altro uomo in divisa che somigliava molto ad Aubrey: mio nonno, il comandante Swan, l'uomo che aveva fatto uccidere i miei amici e rovinato la mia ultima vita. «Il sangue non è acqua.» E che bel sangue che mi scorreva nelle vene.

Sepolto sotto alla divisa c'era un manganello. Dubitavo che fosse legale tenerlo, una volta in pensione, ma era evidente che la squadra di Shawn non giocava secondo le regole. Presi il manganello e lo portai in soggiorno, dove Bruce e Shawn aspettavano in un silenzio imbarazzato. «Colpiscimi con questo» chiesi a Bruce, porgendogli il manganello.

«Cosa?» disse Shawn.

Bruce lo ignorò e prese il manganello. Lo fece sbattere sul palmo un paio di volte, come se stesse decidendo dove colpirmi. «Pronto?» disse.

«Vacci piano.»

Mi colpì a una spalla, non troppo forte, ma abbastanza da strapparmi un lamento. Mi venne un groppo in gola.

Mio Dio, non c'è più. Il Rifugio non c'è più e loro sono morti e siamo rimasti solo noi.

Mi portai una mano alla bocca e cominciai a piangere.

Ricordavo.

27

Nigel non era abbastanza coraggioso da tornare di persona al Rifugio. No, preferì mandare gli amici di suo padre. Poliziotti. Maiali che si comportavano come lupi. E che ora bussavano alla porta.

«Scusatemi» disse Ronald.

Al Rifugio non c'era molta droga, in confronto ad altre comuni hippy: tutta la roba che circolava era quella che produceva Ronald in laboratorio e la marijuana che coltivava nell'aranciera. Erano entrambe attività su scala ridotta, e Ronald non ci guadagnava un centesimo.

«Non ce l'hanno con te» dissi a Ronald. «È me che vogliono.»

«Il mio laboratorio...»

«Tu sei un capro espiatorio, Ron.»

La polizia non si era mai occupata di lui. Fino a quel momento. Fino a Nigel. *Sa del Bacio della Buonanotte* pensai.

Bussarono di nuovo. «Aprite!» gridò una voce per strada. «O ci mettiamo a soffiare finché la casa non crolla.» Altre voci ridacchiarono.

Eravamo tutti insieme dietro alla porta. Noi quattro, Ronald e gli altri hippy così sfortunati da essere rimasti a dormire al Rifugio quella sera. C'era anche Jasmine, la figlia di Tom e Sky, che aveva due anni ed era bella come il sole, come un prato fiorito in primavera.

Sky guardò Tom. «Tieni Jasmine al sicuro.»
«Dovresti farlo tu.»
«Se ci sarà bisogno di muscoli, amore, voglio che sia con te.»
Con un breve cenno del capo, Tom prese la bambina tra le braccia. «Che sta succedendo, papà?» chiese.
«Adesso facciamo un gioco» rispose lui, scomparendo nel seminterrato. Al Rifugio c'erano porte nascoste e passaggi segreti: probabilmente nemmeno Sky li conosceva tutti.
«Adesso entriamo!» gridò l'uomo per strada.
«Sto aprendo la porta» rispose Sky, con calma. «Non c'è bisogno di melodrammi.»
«Vai nel laboratorio» disse Alice a Ronald. «Sbarazzati della droga.»
Ronald si precipitò di sopra, come se potesse cambiare qualcosa. Alice voleva solo tenerlo impegnato; dargli un po' di speranza, forse.
Sky aprì la porta. Io e Alice eravamo dietro di lei.
Dall'altra parte c'erano una dozzina, forse una quindicina di poliziotti. Erano alti e con le spalle larghe e armati di manganelli, scudi ed elmi. Avevano gli occhi rossi e sgranati: bastava un'occhiata per capire che erano fatti di coca. Ronald diceva sempre, parafrasando uno scrittore che gli piaceva, che la cocaina era «il modo che ha l'Universo per dirti che sei troppo ricco». Un uomo ricco aveva dato la cocaina a quei porci prima dell'irruzione. Un uomo che voleva che fossero fatti, e che noi ci facessimo male.
«Come posso aiutarvi?» disse Sky.
«Hai proprio un bel paio di gambe» rispose il maschio alfa del branco, Shawn.
«Lo so.»
«Abbiamo un mandato. Dobbiamo perquisire l'edificio.»

«Posso vederlo?»

Shawn lo tirò fuori e lo sventolò sotto il naso di Sky. Poi si voltò verso gli altri poliziotti. «Ve l'avevo detto, ragazzi, queste puttane hippy non ne hanno mai abbastanza. Vogliono vederlo. La prossima volta mi pregherà di toccarlo.»

Quelli risero.

«Ehi,» disse Alice «piantatela.»

L'uomo si voltò lentamente a guardarla. «Che hai detto?»

«Avete un mandato, e va bene, ma non tollereremo soprusi.»

«Ti dai troppe arie, per una puttana hippy.»

Poteva andare a finire molto, molto male. Alice lo capì e tacque. Sky si spostò per lasciare entrare il branco. Li seguimmo in silenzio mentre si sparpagliavano per casa. A loro non importava: *volevano* che li guardassimo violare la nostra casa, rovistare tra i nostri indumenti, ridere delle nostre fotografie. Non cercavano droga, cercavano guai.

«Ehi,» gridò uno «venite qui.»

La voce arrivava dal laboratorio di Ronald. Il branco si radunò lì, costringendoci a seguirlo. Un poliziotto aveva ammanettato Ronald e si stava divertendo a maltrattarlo. Alcune provette e fiale erano in frantumi sul pavimento, e dubitai che il poliziotto si rendesse conto di quanto costavano quegli strumenti, o se li sarebbe messi in tasca. Ronald era disperato.

Poi qualcuno gridò: «Andate a fanculo, porci».

Non so chi fosse; un aspirante poeta, un artista senza speranza, un vagabondo con più sogni che cervello. Uno di quelli che si fermavano al Rifugio per un po' e dopo se ne andavano. Non lo so, e non importa: quello che successe dopo, ne sono sicuro, sarebbe successo comunque.

Uno dei poliziotti gli si avvicinò con la foga maniacale che ti dà la cocaina. Con un grido che sembrava appartenere a un animale più che a un uomo, calò il manganello sulla testa dell'hippy. Sentii lo schianto e il rumore delle ossa rotte, e l'hippy cadde, col sangue scuro e denso che gli usciva dal cranio.

Per un attimo la Terra smise di girare. Poi gli squali fiutarono il sangue e si scatenarono, frenetici.

Lo vidi succedere tutto intorno a me. Vidi manganelli sollevati e poi calati, vidi gli hippy che spingevano e tiravano e cercavano di scappare, vidi i poliziotti usare gli scudi come arieti su corpi magri di adolescenti.

Vidi il maschio alfa che si lanciava contro Sky.

Scattai verso di loro. Non ero granché negli scontri fisici, ma avevo avuto comunque migliaia di anni e migliaia di battaglie per affinare le mie capacità, e di recente alcune di quelle capacità le avevo ritrovate.

Mi infilai tra Sky e Shawn. Shawn cercò di colpirmi col manganello, ma io mi abbassai con facilità, gli arrivai accanto e lo spinsi nella stessa direzione in cui aveva goffamente vibrato il colpo. Perse l'equilibrio e cadde. «Testa di cazzo» dissi, ridacchiando, ma poi il sorriso mi svanì dalle labbra.

Due poliziotti stavano affrontando Alice. Uno di loro la colpì forte, spostandole la testa di lato. L'altro l'agguantò con un braccio e la strinse a sé, palpandole il seno destro.

Mi diressi verso di loro ma Shawn, ancora a terra, mi colpì alla caviglia col manganello, provocandomi un mondo di dolore. In quel momento arrivò un altro poliziotto, e mi caricò con lo scudo. Mi voltai a metà su un piede e lo schivai, e allo stesso tempo diedi una gomitata sulla nuca al poliziotto. Quello cadde, ma ne arrivarono altri due, e Shawn si stava già rialzando.

Vidi uno di quei porci che affondava il manganello nel ventre di Alice, lasciandola senza fiato. Sky era a terra, e non meno di quattro poliziotti la stavano prendendo a calci, alle braccia, alla testa, ai fianchi.

«Al fuoco!» gridò qualcuno, quando le fiamme avvamparono dalle provette di Ronald. Non conviene fare certe cose vicino a un laboratorio chimico. *Teste di cazzo* pensai. *Teste di cazzo, teste di cazzo, teste di cazzo.*

Mi liberai da uno dei poliziotti, diedi una testata a un altro, ne colpii un terzo alla gola. Vidi Sky che smetteva di lottare, il suo corpo che si afflosciava. Vidi Alice, la mia splendida Alice, presa a pugni, calci e bastonate, a morte. Non le fecero altro solo perché il fuoco li costrinse a sbrigarsi, solo perché non ne ebbero il *tempo*.

Vidi il fuoco che si propagava mentre cadevo in ginocchio, e piangevo. I miei amici erano morti, i poliziotti scappavano e le fiamme mi avevano quasi raggiunto, sfiorandomi il viso, carezzandomi i capelli.

Il Rifugio era perduto.

Il Ladro ce lo aveva portato via.

28

Nella stanza si udivano solo il ronzio della bombola d'ossigeno e il respiro artificiale di Shawn.

Lo guardai.

Sfiorai i tubicini che gli uscivano dalle narici. Cercò di allontanare la testa, ma io gli misi una mano sulla fronte e gliela tenni ferma.

«Che stai facendo?» chiese Bruce.

«Pareggio i conti.»

«Martin...»

«Tu non hai idea di cosa ho visto, Bruce!» sbottai. «Non fare il moralista con me, perché tu non c'eri.»

«Guardalo! Qualunque cosa abbia fatto in passato, ora è un vecchio malato.»

«E per questo non dovrebbe pagare?»

«Non lo ha già fatto?»

Shawn respirava a fatica. Lo guardai negli occhi. Aveva paura di me; il mio diversivo era saltato. Non che ne avessi più bisogno. Chiusi gli occhi e cercai di calmarmi. Pareggiare i conti era quello che faceva mio padre, era quello che aveva fatto il *suo* al Rifugio. Il sangue non è acqua, e il loro sangue scorreva nelle mie vene.

Ma la tua anima è più vecchia.

Non volevo essere solo un burattino. Del mio sangue, dei

miei vincula, dei miei istinti più bassi. Feci un passo indietro, con lo sguardo fisso su Shawn. Mi sforzai di riprendere il controllo. «Gente come te,» dissi «sa solo rovinare le cose. Non vi hanno invitato alla festa perché siete delle merde, e allora provate a rovinare la festa a tutti gli altri. Ricordatelo, Shawn: per me e per i miei amici la festa non finisce mai, e tu non puoi farci niente. Siamo immortali. Abbiamo infinite possibilità di vivere una vita meravigliosa.» Gli diedi un buffetto sulla guancia. «Tu ne avevi solo una, e l'hai buttata nel cesso. Ottimo lavoro.»

Il vecchio aveva le lacrime agli occhi.

«Possiamo andare» dissi.

Se non ci fosse stato Bruce, avrei agito diversamente.

29

È buffo come i ricordi cambino le cose. Cammini in un parco, passi accanto a un faggio secolare, e tiri dritto; una coppia di anziani ti segue, vede lo stesso faggio e ricorda il loro primo bacio, quando pensavano entrambi di avere un serbatoio infinito di giornate primaverili, e le mani abbastanza forti da tenere la corda di un aquilone. Il mondo che attraversiamo viene continuamente modificato dai nostri ricordi: il corpo e la mente, lo spirito e la materia, la nostra anima e l'universo, tutto è collegato, senza soluzione di continuità. È così, credo, che nascono gli oggetti che noi Pellegrini chiamiamo Lasciti: le nostre passioni scorrono con tanta forza che ogni tanto rompono gli argini e si riversano negli oggetti, lasciandovi i loro sedimenti.

Per me, quei nuovi ricordi avevano trasformato il Rifugio. Avevo visto com'era una volta e come l'avevamo perduto, e adesso mi sembrava mille volte più vivo. Ero nella stanza che un tempo aveva ospitato il laboratorio di zio Ronald. Toccai le pareti annerite: ricordavo anche troppo bene di quando erano state piene di vita, di risate e del lavoro di quello scienziato pazzo. Pace! Amore libero! Un nuovo senso di magia! Mi sembrava impossibile che fossero passati più di quarant'anni da quando il Ladro e i suoi scagnozzi ci avevano sconfitti, insieme alle nostre speranze.

Eppure, eccoci di nuovo lì.

«Martin.»

Summer era entrata, a piedi nudi come stava il più delle volte, senza che me ne accorgessi, come accadeva quasi sempre. Non camminava: restava sospesa a due centimetri da terra.

«Finalmente ho capito perché non piaccio a zio Ronald» dissi.

Avevo raccontato a lei e a Lily ciò che avevamo scoperto. Lily adesso era tornata a Lewisham (aveva promesso al suo vecchio di cenare con la famiglia) e io non ero per nulla contento di passare la notte da solo. Avrei dovuto portare avanti le ricerche sul Bacio della Buonanotte (che diavolo era?) ma ero troppo deconcentrato. Quando mi sento così, ho bisogno di muovermi e continuare a muovermi.

«Zio Ronald ti vuole bene» rispose Summer.

«Sì, come a un calcolo renale.»

«Abbiamo trovato quello che cercavamo: finalmente sappiamo come siamo morti. Allora perché quel muso lungo?»

«Ancora non sappiamo come è morto Tom.»

«Però siamo sicuri che sua figlia Jasmine ha avuto una vita che, per quanto breve, è stata molto felice, e che Jasmine ha avuto a sua volta una figlia, me. E adesso siamo qui, e la vita, come cantavano i Beatles, continua.» Summer mi accostò una mano alla guancia. «Avanti, Martin: qual è il *vero* problema?»

Misi la mano sulla sua. «Il sangue non è acqua» dissi.

«E questa da dove arriva?»

«Aubrey lo diceva sempre. "Il sangue non è acqua." Per quanto ti possa opporre, la famiglia viene prima di tutto. Se Bruce non mi avesse fermato, oggi avrei ucciso quel vecchio Una Tantum solo per pareggiare i conti: è esattamente quello che avrebbe fatto Aubrey. Sono più simile a lui di quanto abbia voglia di credere.»

Summer scoppiò a ridere. «Che imbecille pretenzioso! Il detto completo è: *il sangue dell'alleanza è più denso dell'acqua del grembo materno*. Significa che la famiglia non è quella in cui nasci ma quella che scegli.» Mi prese la mano tra le sue e la strinse. «*Noi* siamo una famiglia, Martin, noi quattro.»

Le sue parole mi fecero sentire triste e felice allo stesso tempo, ed ero confuso, e lei era bella, così bella. L'amavo quanto amavo Lily, quanto amavo Bruce. Se avessi ceduto al mio istinto l'avrei baciata e l'avrei implorata di fare l'amore con me. Sky non avrebbe avuto problemi, e nemmeno Alice e Tom. Non eravamo più negli anni Sessanta, però, e l'ultima cosa che volevo era ferire di nuovo i miei amici. Quindi mi limitai a dire: «Ho scelto bene».

Summer si voltò, tirandomi per un braccio. «Andiamo. Ti preparo una tazza di tè.»

30

Dovevo scoprire cos'era il Bacio della Buonanotte. Lily non aveva trovato nulla, ma aveva solo dato una rapida occhiata al forum. Quella mattina aveva una lezione all'università, così come Bruce. Mi lasciava perplesso che si agitassero tanto per le *lezioni*, con tutto quello che stava succedendo, ma Bruce aveva spiegato: «Voglio comunque avere una vita» e Lily, al telefono, aveva ribadito che avere un'anima immortale non pagava le bollette, e che i suoi genitori non le avrebbero pagate per sempre.

Passai la mattinata a leggere thread vecchi e nuovi. I Pellegrini non davano segno di essere stanchi del Ladro e del Mago. Le loro teorie erano sempre più astruse: c'era un gruppetto convinto che stessimo tramando qualcosa insieme, io e mio padre, e che stessimo pure complottando con gli Illuminati, per dominare il mondo e cose del genere. Non ti bastano i teorici del complotto che incontri al bar la mattina? Nessun problema, puoi divertirti coi Pellegrini.

Restai davanti al computer finché non mi vennero gli occhi rossi, poi andai a fare due passi a Camden. I miei angeli custodi erano cambiati ancora una volta: quelli nuovi erano un po' più scafati, ma non abbastanza. Dovevo trovare il modo di sbarazzarmene una volta per tutte. Per il momento potevano anche seguirmi, se avevano tanta voglia di guardarmi mentre mangiavo un panino con gli sfilaccetti di maiale.

Tornai a casa e davanti al computer. Avevo giocato per un po' con l'idea di chiedere apertamente agli iscritti al forum se qualcuno sapeva cosa fosse il Bacio della Buonanotte, ma non era fattibile. Per prima cosa non volevo mettere in allarme Aubrey, e per seconda il Mago non poteva permettersi di apparire così sprovveduto: ero uno dei protagonisti di quello scontro, mica un turista che fermava gli estranei per strada e chiedeva indicazioni. Quindi tutto ciò che potei fare, dopo che una ricerca con «Bacio della Buonanotte» non ebbe restituito alcun risultato, fu una lettura a campione dei thread. A poco a poco, una strategia iniziò a prendere forma.

«Trovato qualcosa?» domandò Summer.

Era appena uscita dal seminterrato, con la maglietta coperta di polvere e ragnatele. «E *tu*, hai trovato qualcosa?» replicai. Aveva accolto con entusiasmo la notizia che il Rifugio era pieno di porte segrete e aveva deciso di mettersi a cercarle. Non sapeva da dove iniziare e quindi, aveva spiegato con un tono assolutamente ragionevole, aveva chiesto agli spiriti della casa di aiutarla.

«Non ancora» rispose.

«Gli spiriti sono troppo occupati?»

«Forse» disse, assolutamente seria.

«Neanche una parola sul Bacio della Buonanotte.»

«Sento un *ma* in arrivo.»

«*Ma*, passando più tempo di quanto mi faccia bene sul forum, ho incrociato un piccolo gruppo di collezionisti. Sono appassionati di storia dei Pellegrini: gli piace collezionare Lasciti, temi astrali e leggende, e possono discutere all'infinito di ogni minima diceria.»

«E non parlano del Bacio della Buonanotte?»

«Non apertamente, ma sai come sono i collezionisti.»

«Esperti?»

«Avidi. Ho creato nuove credenziali e le ho usate per inviare un messaggio a uno dei meno squinternati. Gli ho scritto per dirgli che ho delle informazioni sul Bacio della Buonanotte e chiedergli se poteva essere interessato a uno scambio.»

«Le informazioni sono ciò che ci *manca.*»

«Sì, ma questi sono dettagli. La cosa importante è che ce le abbia *lui.*» Indicai lo schermo col pollice. «Non vede l'ora di conoscermi.»

31

Riuscimmo a fissare un appuntamento per quella sera stessa, in un bar di Shoreditch. «Già non mi piace» disse Lily, quando la chiamai per dirle di vederci lì.

«Perché?»

«Shoreditch? È il regno degli hipster.»

«Disse la maga dei computer con gli occhiali che si costruisce i robot da sola.»

«Disse quello che dovrà passare ore su YouPorn se non cambia atteggiamento *subito.*»

Anche se non conoscevo Londra bene quanto Lily, capii cosa intendeva dire su Shoreditch. Era il tipo di quartiere dove ogni bar e locale doveva inventarsi qualcosa di forte per non scomparire dalla mappa. Guardatemi, sono un magazzino ristrutturato con spettacoli burlesque! Guardatemi, ero un gabinetto pubblico e adesso organizzo serate di cabaret! Guardatemi, vendo libri che parlano con ironia della gente famosa! Guardatemi, da me facciamo indie rock vintage!

Servire un onesto G&T non bastava.

Il bar dove ci incontrammo (dopo aver seminato gli angeli custodi con una lunga e noiosa deviazione a West London) era a tema circense. Dipinti sulle pareti c'erano fenomeni da baraccone e trapezisti, e i cocktail si chiamavano *Salto Mortale* o *Il Rimedio del Clown*. Dagli altoparlanti usciva dello swing (chissà perché) e sullo schermo passava un film di Fellini in bianco e nero senza l'audio. «Appunto» borbottò Lily.

«Stai pronta con il telefono» le dissi, guardandomi allo specchio. Il cappello mi nascondeva del tutto i capelli. La partita era iniziata.

Il nostro uomo, Paul, ci stava aspettando (be', aspettava me: non gli avevo detto che avrei portato qualcuno) a un tavolo d'angolo nella stanza sul retro, che era leggermente più silenziosa. Era grosso, sulla trentina, con una t-shirt stampata con la testa di un lupo che ululava e finti gioielli celtici al collo e alle orecchie. Gli feci un cenno e lui rispose con una mano a cui portava quattro anelli.

Si alzò per stringere la mia. «Pensavo che saresti venuto da solo» disse, senza mostrarsi troppo preoccupato.

«Sono il mio grappolo. Lily, Summer e Bruce, quello grosso e cattivo.»

«E tu sei Martin, giusto?» chiese, appoggiandosi allo schienale.

Feci cenno di sì. «Il Mago.»

Quando mi tolsi il cappello spalancò gli occhi. Guizzarono in giro per la stanza, cercando freneticamente una via d'uscita. Io, però, mi ero già seduto alla sua destra, e Bruce alla sua sinistra. Misi un braccio intorno alle spalle di Paul e lo voltai perché entrambi guardassimo Lily, che aveva puntato su di noi il telefono. Paul era troppo stordito, e mi lasciò fare. «Sorridi» gli dissi. Lily scattò.

Il flash servì a svegliarlo. «Che cazzo sta succedendo?»

«Ho pensato che non ti facesse molto piacere essere visto insieme al Mago di questi tempi. Solo il nostro gruppetto sa di questo incontro e penso che concorderai che debba restare così, perché il Ladro non si arrabbi. Questo è il trucco, però: se esco da questa conversazione meno che soddisfatto per ciò che ho sentito, il Ladro verrà a sapere che abbiamo parlato.» Alzai le mani in un finto gesto di resa. «Quello che succede dopo, non dipende da me.»

Devo riconoscere che il tipo con la maglietta col lupo si difese bene. «Fa' pure, metti la foto di un Pellegrino sul forum: il sistema la cancellerà nell'attimo stesso in cui la carichi.»

«Non sul forum: la manderò direttamente al Ladro. Io so chi è, lui sa chi sono io.»

Paul mi guardò in un modo difficile da interpretare: aveva paura, ma era anche curioso. «Sei esattamente come dicono.»

«Grazie» dissi.

32

Ordinammo un giro di cocktail, offerti da noi, una spesa non da poco vista la nostra situazione finanziaria ma, dopo il bastone, Paul aveva bisogno di una carota.

«Lui dev'essere il Gigante Gentile» disse, indicando Bruce. Chinò la testa rivolto a Lily. «L'Artefice.» Per ultima guardò Summer. «E la Tempesta.»

«Sei un nostro fan?» scherzai, per alleggerire i toni.

«Uno *studioso*» sbuffò, piccato.

«Per questo abbiamo bisogno di te» disse Summer.

«*Bisogno* è una parola grossa» dissi. «Più che altro, ti stiamo offrendo la possibilità di stare dalla nostra parte.»

«E io che ci guadagno?»

«Stai dalla nostra parte.»

«La guerra è iniziata, allora.»

«Noi non vogliamo una stupida *guerra*» disse Bruce. «Vogliamo solo salvare il culo.»

«Intanto la gente muore, i Pellegrini come gli Una Tantum.»

«È il Ladro a ucciderli, non noi.»

Paul abbassò gli occhi. «Merda. Lo so.»

«Il Bacio della Buonanotte» dissi.

Lily fece un cenno alla cameriera, che cercava il nostro tavolo, coi nostri cocktail su un vassoio. Ci lasciò i bicchieri e tornò di corsa al bar.

«Ti sei rimesso a cercarlo» disse Paul. «Sai che lo cerca anche il Ladro?»

Feci cenno di sì. «Si chiama Aubrey, a questo giro.»

Paul mi guardò a bocca aperta. Cercò subito di riprendere il controllo e fingersi indifferente, ma non era un granché come giocatore di poker. «Davvero?»

«Aubrey Walker. *Quell'*Aubrey Walker.»

Sbuffò. «È una stronzata, Mago. Sei bugiardo come sempre.»

«Solo quando mi fa comodo.»

Paul rimase per un po' assorto nei suoi pensieri. Poi disse: «Sai una cosa?».

«Che cosa?»

«Dovreste uccidervi.»

Lily gli lanciò un'occhiata. «Scusa?»

«Uccidetevi. Lasciate perdere, a questo giro: è meglio per voi, è meglio per tutti. Se non mi state prendendo in giro lui è Aubrey Walker, cazzo, e voi un branco di ragazzini, e allora non c'è partita. Fermatevi ai box e restateci.»

«Nah, io invece resto qui e combatto. Non ho niente da perdere, in fondo.»

Paul tacque, come se l'avessi colpito. Gli tremavano le palpebre. «Incredibile» mormorò tra sé. Bevve metà del suo cocktail tutto d'un fiato e mi guardò. «Tu non hai la più pallida idea di cosa sia il Bacio della Buonanotte.»

«A essere sincero, no. Sono venuto qui sperando di saperlo da te.»

«È un'arma: una lancia. Secondo la leggenda, un Pellegrino che riceve il Bacio della Buonanotte *muore e rimane morto*. Se la usano per colpirti, non torni più. Hai *tutto* da perdere, Mago.»

Mi fece restare senza fiato. Anche i miei amici erano sbalorditi, perfino Summer. L'idea che fosse possibile morire una volta per tutte, che la nostra eterna festa potesse concludersi, era così spaventosa da sembrare assurda, separata da me come il destino ultimo del Sole o l'estinzione dei dodo. *Deve essere uno scherzo,* pensai. Il problema delle tragedie, ancora una volta. Non pensi mai possano toccare a te, e invece...

Paul continuò a parlare, gustandosi il piacere di cogliermi alla sprovvista. «La usarono per uccidere due Pellegrini nel Medioevo, e poi un altro ai tempi di Newton. È possibile che sia successo altre volte, ma io questo non lo so.»

Lily recuperò la voce. «Hai detto che è una leggenda.»

«Nella nostra comunità non abbiamo altro che leggende» rispose Paul, compiaciuto. «Coi ricordi cancellati a ogni nuova vita, non esiste una vera *storiografia*, quindi le fiabe e le balle vanno a ruota libera.»

«Tu, però, sei convinto che il Bacio della Buonanotte esista davvero.»

«Sì. Nella sua ultima vita il Mago lo cercò dappertutto. Adesso tocca al Ladro.» Mi guardò. «E voi due potete essere di tutto, ma non degli idioti.»

«Non ricordo molto della mia ultima vita» confessai.

«Una ragione in più per suicidarvi, finché potete: gira voce che il Ladro abbia raccolto Lasciti a tonnellate. Ti è andata male, ma a questo giro non puoi competere con lui. Tira le cuoia e resetta tutto.» Dopo una pausa, disse: «Con un po' di fortuna, tu e il Ladro vi scorderete del Bacio per le prossime cento vite».

Ignorai quell'ultimo commento. «Come fai a sapere così tante cose?»

«Ho lavorato con l'Archivista» ribatté Paul, orgoglioso. Era il tipo di persona che ama fare name dropping. «Sta ricostruendo gli archivi.»

«Ricostruirli? Perché, cos'è successo agli originali?»

«Sono andati distrutti, ma sapete com'è l'Archivista, è testardo. Ha messo insieme un gruppetto di persone che la pensano allo stesso modo e si danno da fare a raccogliere tutto in un solo posto, tutte le nostre storie e leggende, e cercare di ricavarne dati concreti.»

«Ho letto i vostri post.»

«In ciò che facciamo non c'è niente di segreto. Aiutiamo la comunità, e abbiamo bisogno che la comunità ci aiuti a sua volta.»

«Eppure non parli del Bacio in pubblico.»

«L'Archivista preferirebbe di no.»

«Dunque, se l'Archivista dice buttati nel pozzo...»

«Non funziona così. Quelle sul Bacio della Buonanotte sono informazioni sensibili: non si va a dire a tutti che c'è un'arma letale in giro. Meno persone lo sanno, meglio dormiamo tutti.» Mi fece un cenno col mento. «Guarda cosa fate tu e il Ladro.»

«Potresti mettermi in contatto con l'Archivista?»

«No.»

«Dicevo così, per educazione, Paul. Proviamo così: adesso tu mi metti in contatto con l'Archivista, o farò avere al Ladro la nostra foto.»

«Non era questo il patto!» rispose Paul, quasi piagnucolando.

«Il patto è appena cambiato. Fai questa cosa per me, e io ti proteggerò, se sarà necessario. Hai la mia parola.»

«La tua *parola*? La tua *protezione*? Mi prendi in giro? Cinque minuti fa non sapevi nemmeno cosa stavi cercando! E in questi cinque minuti hai già cambiato le carte in tavola. La tua parola non conta nulla.»

«Eppure, Paul, è tutto ciò che hai.»

33

Il viaggio di ritorno a casa fu un disastro. Ci concedemmo il lusso di una corsa in metropolitana, che costava molto di più dell'autobus, ma visto che avevamo appena scoperto che potevamo morire (e forse sarebbe andata proprio così) ci sembrava di avere diritto a una botta di vita. Ci sedemmo tutti in fila in un vagone dov'eravamo solo noi e un uomo di origini indiane vestito da Scooby-Doo, con la faccia triste di chi è stato appena scaricato. Quando vivi a Londra ti abitui in fretta alla gente che va in giro a quel modo. È una città che ama le maschere.

Mi sentivo… umiliato. Tutto a un tratto la morte vera, la morte reale, concreta, era di nuovo una possibilità. All'improvviso ebbi di nuovo paura di Aubrey, come da piccolo. Il tempo non era mai passato, e io non ero mai cresciuto.

«Almeno sappiamo perché non ti ha ucciso» disse Summer.

Feci cenno di sì. Lo sapevo, e sapevo perché mi aveva salvato la vita quando avevo tentato il suicidio. Mi ero illuso, pensando che lo avesse fatto per un residuo di amore paterno, non potevo essere più lontano dalla verità. Aubrey, semplicemente, non voleva rinunciare alla possibilità di porre fine alla nostra guerra; non mi voleva morto finché non avesse potuto uccidermi per sempre. Le sue lacrime erano vere, quando mi aveva tirato fuori dall'auto. Aveva avuto paura. Per sé, però. Non per me.

«Perché non ha ucciso *noi*, comunque?» domandò Lily. «Siamo amici di Martin. Lo stiamo aiutando. Per lui siamo una risorsa.»

«O magari no» disse Bruce. «Quando troveremo la risposta, dubito che ci piacerà.»

Li sentivo parlare come da lontano. «Paul aveva ragione» mormorai. «Uccidermi sarebbe la cosa più intelligente da fare.»

I miei amici smisero di chiacchierare.

«Non dici sul serio» disse Lily.

Sospirai. «No. Forse come ultima risorsa, ma…» e poi tacqui, cercando le parole. «Quando vi ho visto… voglio dire, quando ho visto morire Alice e Sky sapevo che le avrei incontrate di nuovo, ma ero comunque sconvolto. Mi piace molto stare con voi. Il nostro tempo insieme può anche non finire mai, ma è un tempo *incredibile*, e io non voglio sprecarne neanche una goccia. Non certo per mio padre. Nemmeno se questo significa rischiare *tutto.*»

Lily mi abbracciò. «Oh, ma quanto sei dolce.»

«Io sono un ragazzo *estremamente* dolce.»

Bruce sollevò un sopracciglio, incredulo, e io gli mostrai il dito medio. Lui sorrise e disse: «C'è solo una cosa da fare».

Ce n'erano due, in realtà, ma i miei amici una proprio non la calcolavano. Scelsi dunque l'altra, quella a cui stavano pensando tutti. «Devo trovare il Bacio prima di Aubrey» dissi.

«Per distruggerlo» specificò Bruce.

«Certo. Ma è un problema mio, non vostro. Negli anni Sessanta siete morti per colpa mia: se a questo giro mi aiutate, potreste morire *ancora di più.*»

«Non pensarci nemmeno» disse Bruce. «Abbiamo cominciato insieme, e insieme andremo fino in fondo.»

«Sì, ma…»

Summer mi interruppe. «È il sangue dell'alleanza, Martin. Ricordi? È molto più denso dell'acqua.»

34

Quella notte Lily non volle dormire da sola (scoprire di correre un pericolo mortale fa questo effetto) e venne al Rifugio con noi. «Dovresti trasferirti qui» le dissi per l'ennesima volta. «Tanto già stai qui quasi sempre.»

«Forse» riconobbe.

Andammo in camera mia. Il radiatore non funzionava come avrebbe dovuto (in casa tutti gli elettrodomestici avevano visto giorni migliori), e così faceva perfino più freddo del solito. Prestai a Lily uno dei miei maglioni e scivolammo sotto le coperte intrecciati l'uno all'altra come rami di glicine. Lì, nel cuore del Rifugio, a luci spente e con Lily tra le braccia, non era troppo difficile pensare che fosse tutto a posto.

«Ho paura» disse Lily. A sentirla non sembrava, però: aveva lo stesso tono pragmatico di sempre.

«Anch'io.»

«Il modo in cui tuo padre ha depistato le indagini sulla morte di Lizanne è incredibile. Non immaginavo che fosse così potente.»

Le indagini procedevano a una velocità sorprendente. Tre membri della banda di Brixton erano stati fermati per rispondere ad alcune domande, con solide prove che li inchiodavano. Probabilmente non erano dei santi, ma non era giusto che dovessero pagare per qualcosa di cui era responsabile Aubrey. *Quante volte è successo?* si domandò una voce nella mia testa.

Quanti innocenti hanno dovuto pagare per le tue azioni? I miei amici erano tra loro. «È ricco,» risposi «e siamo a Londra, dove i soldi sono l'unico potere che conti.»

«Com'è stato crescere con lui? Dici sempre di odiarlo, ma non mi hai mai detto perché.»

«I motivi sono tanti.»

«Dimmene uno.»

Andai a frugare tra i ricordi peggiori che avevo di Aubrey. Era come camminare in mezzo alle bancarelle del più grande bazar del mondo. «Da bambino,» dissi alla fine «volevo molto bene ad Antonio, il mio nonno materno. Un uomo basso con la pancia rotonda e che parlava inglese con l'accento più pesante che si possa immaginare. Era emigrato dall'Italia in Inghilterra a ventitré anni, e continuava a parlare come un italiano: il suo inglese era buffo, ma le cose che diceva non erano mai stupide. Era un uomo intelligente. Una persona gentile.» Feci una pausa, cercando le parole giuste. «È morto quando avevo cinque anni. Il funerale fu celebrato in una chiesetta nel Wiltshire, alla periferia di Marlborough, dove Antonio aveva trascorso la maggior parte della sua vita. Dopo la cerimonia Aubrey mi riportò a casa, mentre mia madre restò a Marlborough coi suoi familiari che erano arrivati in aereo dall'Italia. Erano tutti tristi, ma nessuno era disperato – Antonio era morto a novantotto anni, era vedovo e aveva avuto una bella vita. Gli adulti, però, comprendono la morte in maniera diversa dai bambini. Io piansi per tutta la durata della funzione e durante il viaggio di ritorno, nell'auto di Aubrey, piansi ancora di più. Sapevo che sarei finito nei guai: ad Aubrey non piacevano le lacrime. Ma non riuscivo a trattenermi.»

Lily mi tenne un po' più stretto. «Cioè, Aubrey si arrabbiò anche se tuo nonno era appena morto?»

Scossi la testa. «Fosse stato solo quello; mi ero già abituato al fatto che Aubrey ce l'avesse con me. No, quella volta fu ancora più crudele. Mi guardò nello specchietto retrovisore e disse: "È tutta colpa tua". Io gli domandai "Come?" e lui rispose "Nonno Antonio è morto a causa tua. Dopo che sei nato tu la mamma non ha più avuto tempo per lui, quindi il nonno si è sentito abbandonato e si è lasciato morire. Sei così esigente, Martin, esigente ed egoista. Spero che la mamma riesca a perdonarti, perché io sono sicuro di non farcela".»

Sentii Lily che si irrigidiva tra le mie braccia. «E tu gli credesti» sussurrò.

«Era mio padre: certo che gli credetti.»

«Stava solo cercando di schiacciarti.»

Non risposi.

«Ti ha mai...» e la voce di Lily si spense.

«Che cosa?»

«Ti ha mai picchiato?»

Era il genere di domanda che speravo nessuno mi avrebbe mai fatto. Avevo passato la vita a cercare di non calarmi nel ruolo della vittima, e temevo che, se avessi risposto, tutta quella fatica sarebbe andata sprecata. A volte, però, devi solo trattenere il respiro e saltare giù dalla scogliera. «Ogni tanto» dissi. «Ma quando capitava lui andava fino in fondo. Una volta mi ruppe un braccio, perché l'avevo guardato nel modo sbagliato o che so io. Fu allora che mia madre decise che ne aveva avuto abbastanza.»

«Non volle sporgere denuncia?»

«Ci provò.»

Lily si morse le labbra. «Ma Aubrey è un uomo potente.»

«Ma Aubrey è un uomo potente» confermai. «Posso confessarti una cosa? Devi promettere di non dirlo agli altri.»

«Naturalmente.»

«Faccio finta di sapermi muovere, di sapere sempre cosa fare, ma è tutto fumo. Non credo di poter vincere questa partita. Non contro di lui.»

«Non credo nemmeno io che tu possa vincerla» disse Lily. Si avvicinò, e mi sfiorò le labbra con le sue. «Non da solo. La nostra banda, insieme, però? Non gli lasceremo scampo.»

35

Quello che chiamavano l'Archivista accettò di incontrarmi, come non avevo dubitato nemmeno per un istante. Le minacce del Ladro riuscivano a spaventare la maggior parte della comunità, ma coi pezzi grossi era tutta un'altra storia: non si sarebbero arresi così facilmente, non al Ladro, non a me. L'Archivista mi scrisse un messaggio privato sul forum per darmi appuntamento al museo Horniman a pranzo, se per me andava bene. «Cosa avranno, i musei, per piacere tanto ai Pellegrini?» commentai.

«I musei sono il punto d'unione tra presente e passato» disse Summer. «Le nostre anime lo sentono.»

La mia anima avrebbe preferito vedersi al pub, ma questo non lo dissi. «Cosa abbiamo su questo tizio?»

«È importante» disse Lily. «Famoso quanto noi, anche se fa un po' meno paura.»

«Quali sono i suoi vincula?»

Lily alzò le spalle. «È un uomo molto discreto.»

Controllai l'orologio sul muro della cucina. «Se partiamo adesso e non restiamo bloccati nel traffico ce la caveremo con mezz'ora di ritardo.»

«Io non vengo» disse Bruce.

«Andiamo, sarà interessante» disse Lily. «Io per venire perdo la lezione all'uni.»

«Non posso. Ieri sera, quando siamo tornati a casa, ho scritto alla Fondazione Aubrey Walker. Ho rinunciato alla borsa di studio. Non voglio essere al guinzaglio di quel bastardo.»

«Ecco che se ne va la principale fonte di reddito di questa famiglia» sospirai.

Bruce sorrise. «Mi tocca trovare un'altra borsa di studio, e *in fretta*, o non potrò permettermi di continuare a studiare. Quanto a questo, non potrò permettermi nemmeno di vivere a Londra. Ho bisogno di ottimi voti e di un curriculum impeccabile.»

Non potevo negare che l'idea di recidere un altro legame con Aubrey non mi dispiacesse. «Mi sembra giusto.»

Non veniva neanche Summer: preferiva continuare a cercare porte segrete. «Sono così importanti?» domandai.

«Non sarebbero segrete se non lo fossero.» Quella risposta era così tipica di Summer che non potei obiettare.

Il museo Horniman si trovava a Forest Hill, non lontano da Lewisham, ma più distante da Camden. Regalarci una volta i biglietti della metropolitana era stato già troppo, quindi stavolta prendemmo un autobus per Elephant and Castle, il crocevia dell'Inferno, e un altro da lì, in direzione opposta rispetto al museo (ero sicuro al novantanove per cento che avevamo già seminato gli angeli custodi, ma non mi sembrava il caso di rischiare). Durante il tragitto Lily mi ragguagliò su cosa dovevo aspettarmi dall'Horniman. «È un luogo bizzarro» disse. «Come un gabinetto di curiosità, ma più grande e più serio.»

Dopo un'altra corsa in autobus scendemmo davanti a un imponente edificio vittoriano, con una torre con l'orologio. Entrammo e cominciammo a passeggiare senza meta. Era davvero strano, come museo. Un altare dai colori vivaci attirò la mia attenzione: era un altare vudù, come indicava un cartello. C'erano poi altri altari, feticci, animali imbalsamati e fotografie di feste popolari britanniche, danze per Beltane e raduni per il solstizio d'estate a Stonehenge. Da lì ci spostammo nell'ala degli animali imbalsamati, dove fummo accolti da un serraglio di pipistrelli, topi, cani, scimmie e, a regnare incontrastato su tutti quegli animali morti, un tricheco gigantesco con zanne grosse come un terrier.

Un uomo ci stava fissando da sotto quelle zanne. Era piuttosto basso e un po' in carne, e lo collocai sulla sessantina. Portava un paio di occhiali tondi che non facevano niente per nascondere uno sguardo intelligente che non mi piacque affatto. Lo guardai negli occhi e lui sostenne il mio sguardo. Mi sorrise con le mani dietro la schiena. «L'Archivista, suppongo» dissi avvicinandomi.

Annuì leggermente e mi porse la mano. «Professor Walter Burchfield. E tu sei Martin Walker, il Mago, se non sbaglio» disse, con un perfetto accento di Oxbridge.

Gli strinsi la mano. «Non sbaglia.»

I suoi occhi si spostarono su Lily. «E tu puoi essere solo l'Artefice.»

«Così sembra.»

«È un vero onore» disse, con tono rispettoso.

Indicai le zanne del tricheco, proprio sopra di noi. «Dove parliamo? Qui?»

«Nel mio ufficio» disse l'Archivista.

36

Il professor Walter Burchfield era il curatore del museo. Se mi fosse venuto il sospetto non avrei mai accettato di incontrarlo lì; di regola non permetto a nessuno di attirarmi nel suo territorio.

Il suo ufficio era una grande stanza rivestita con pannelli di quercia e con le pareti coperte di scaffali dal pavimento fino al soffitto. In fondo c'era un'ampia finestra in stile art déco che si affacciava sui giardini del museo. In quel periodo dell'anno erano ancora brulli, benché sui rami fossero già spuntati i primi germogli. Due giardinieri lavoravano su un prato dall'erba immacolata. Di fronte a quella finestra, la scrivania del professor Burchfield sembrava piccola e senza pretese, con sopra libri, fasci di carte e un laptop.

«Tè?» chiese il professore.

«Volentieri» disse Lily.

«Io ho un po' di fame» dissi. I contanti scarseggiavano, e non potevamo rinunciare alla possibilità di mangiare gratis. Il professor Burchfield chiamò il suo assistente e gli chiese con gentilezza di portare il tè e qualche tramezzino. Vittoria.

«Ha fatto innervosire Paul» disse dunque, accomodandosi sulla sedia.

«Era necessario» risposi.

«Voleva proteggere la mia privacy: spero che capisca.»

Feci un gesto con la mano, come a dire *fino a un certo punto*.

«Cosa posso fare per lei?»

«Paul non glielo ha detto?»

«Mi ha detto che state di nuovo cercando il Bacio della Buonanotte.»

«Io e il Ladro, sì.»

«Aubrey lo cerca disperatamente dal momento in cui lei è nato.»

Ahia. Quel tizio aveva chiamato il mio vecchio per nome. Lanciai un'occhiata a Lily, che fino a quel momento era rimasta incantata dai libri. Adesso il professor Burchfield ebbe tutta la sua attenzione. «È un suo amico?» domandò.

Lui alzò le mani in un gesto conciliante. «Studio con molta attenzione i conflitti prima di schierarmi, e se fosse possibile preferirei non schierarmi contro l'Artefice.»

«Perché?» gli chiesi.

«Non sono affari suoi, con tutto il rispetto. Resterebbe tra me e l'Artefice, se volesse saperne di più.»

Lily aprì la bocca per rispondere, ma in quel momento l'assistente del professor Burchfield bussò alla porta. «Avanti» disse lui, al che l'assistente, un uomo dall'aria efficiente sulla trentina, portò dentro un vassoio col tè e i tramezzini. Salmone, cetriolo e insalata di tonno. Poteva andare peggio.

Me ne infilai uno in bocca. «Il Bacio» dissi, appena l'assistente fu uscito dalla stanza. Non avrei permesso all'Archivista di cambiare argomento.

«Il Bacio, ma certo» disse il professor Burchfield. Si alzò e si avvicinò a uno scaffale. Sfiorò il dorso dei libri, fermandosi a un antico tomo rilegato in pelle. Lo tirò fuori e lo sfogliò: era un manoscritto, e non potei fare a meno di pensare che dovesse valere parecchio. «Ecco qui» disse, porgendocelo. Era aperto sul disegno di una lancia con alcuni simboli scolpiti sull'asta.

Sotto al disegno c'erano due parole latine. «*Postremus Osculum*» lesse il professor Burchfield. «Che letteralmente si traduce come Ultimo Bacio, o Bacio Finale. Questo disegno del XVII secolo dovrebbe rappresentarlo. Vedete?» disse, indicando la punta della lancia. «Presenta alcune delle caratteristiche di una *hasta*, arma relativamente diffusa tra i legionari romani. Sembra più corta e più grossa di una *hasta*, però, e ci sono questi segni magici per tutta la lunghezza. Un oggetto peculiare, il nostro *Osculum*.»

«Chi ha scritto questo libro?» chiesi, guardando il Bacio, cercando di fissare nella mia mente ogni minimo dettaglio.

«Uno straordinario teologo, del tutto inconsapevole dell'esistenza dei Pellegrini. Si era imbattuto nella leggenda di un'arma che poteva uccidere l'anima, e di questo disegno, che copiò da un originale andato perduto. Non capì che l'*Osculum* non era pensato per i normali esseri umani, e si limitò a citare la leggenda come prova dell'ignoranza del volgo. Tutti sapevano che le anime sono immortali, argomentava, e Dio non avrebbe mai permesso che un'anima fosse distrutta. Nessuna arma poteva impedirti di raggiungere il Paradiso, se lo meritavi, né salvarti dall'Inferno, se era quella la tua destinazione.»

«Non aveva torto» mormorò Lily, tra sé.

«Chiedo scusa?» domandò l'Archivista.

Lei si scosse. «Anch'io mi sono posta certe domande. Come può, quest'arma, uccidere un Pellegrino? Noi siamo immortali perché le nostre passioni ci riportano sulla Terra, nel bene e nel male. Posso capire come funziona. Dal punto di vista scientifico non ha senso, certo, ma su un altro livello… *ce l'ha*. Amore e odio sono più forti della morte, ci tengono ancorati alla vita, e va bene. Una volta che accettiamo l'idea di avere un'anima immortale, però, come può quest'arma ucciderci? Dovrei forse credere che sentimenti così forti possano, *bum*, scoppiare come palloncini forati da uno spillo?»

Lily era alla mano, ed era facile dimenticare quanto fosse intelligente; io avevo accettato l'idea che il Bacio fosse magico perché era magico e basta, senza pensarci troppo. Non sono uno stupido, ma come testa l'Artefice non ha rivali.

Un ampio sorriso si aprì sul volto dell'Archivista. «Ha perfettamente ragione, Lily. Darei volentieri questa vita per capire come funziona il Bacio e chi l'ha creato. La leggenda dice che nell'attimo in cui colpisci il tuo nemico con l'*Osculum*, alla prima goccia di sangue versato *l'anima ferita del tuo nemico riempirà il tuo spirito di rabbia e gioia*. La mia ipotesi è che si tratti di una sorta di… vampirismo, e non riesco a trovare un termine più adatto. È solo un'ipotesi però, temo, e spiega comunque molto poco.»

«Non c'è niente nelle sue raccolte?» domandai.

Il professor Burchfield mi lanciò un'occhiata interrogativa. «Niente, per adesso. È plausibile che un tempo contenessero informazioni. I miei archivi però sono andati distrutti due volte negli ultimi cinque secoli, e abbiamo appena iniziato a ricostruirli in una forma che, spero, si dimostrerà più… resiliente. Sono soltanto l'ombra di ciò che erano un tempo.»

«Come sono stati distrutti?» domandò Lily.

«Certi Pellegrini hanno un debole per il melodramma, e mentre bisticciano come ragazzini, molte cose belle vanno perdute.»

«Non sempre possiamo scegliere le nostre battaglie» dissi.

«Possiamo scegliere come combatterle, però.» Tolse gli occhiali, li pulì con un fazzoletto e se li rimise. «Posso chiederle una cosa, signor Walker?»

«Certo.»

«Si è mai fermato a pensare a noi? A quello che siamo? In questa vita sono arrivato a settantaquattro anni, e ho raccolto un gran numero di Lasciti: posso affermare, senza falsa modestia, di essere uno degli uomini più informati sulla Terra, Pellegrino o Una Tantum che sia. Eppure non ho la più pallida idea di come fosse la mia prima vita. I miei ricordi più antichi risalgono alla fine dell'Antico Regno, in Egitto, e so per certo che a quell'epoca la mia anima era già antica. *Quattromila anni fa* avevo già dimenticato più di quanto abbia imparato da allora.» Allungò una mano e mi toccò il petto. «Si domanda mai quanti anni abbia l'anima contenuta in questo abito di carne? È vecchia quanto l'Homo sapiens? Più vecchia? Quali ricordi, quali *segreti* potremmo svelare, se solo sapessimo dove guardare? E si domanda mai se c'è un motivo, uno scopo, magari, per questo nostro eterno ritorno? Solo di questo dovremmo preoccuparci: scoprirlo. Comprenderlo. Potremmo essere come dèi, e invece sprechiamo una vita dopo l'altra a litigare e corteggiarci a vicenda, come animali, come sciocchi.»

Le parole di quell'uomo, e la sua voce, mi fecero venire la pelle d'oca. «Se mio padre trova il Bacio, non avrò tempo per la filosofia.»

«E allora vuole il Bacio per sé. E cosa, se posso chiedere, ha intenzione di farne?»

«Ancora non so» mentii.

Il professor Burchfield rimase in silenzio per qualche istante. Poi si avvicinò a un altro scaffale e prese un fascicolo, dal quale tirò fuori un ritaglio di giornale con la fotografia di una lancia che somigliava molto a quella del disegno. Era poggiata su un tavolo anonimo, senza nient'altro intorno. *Vendesi*, c'era scritto sotto la foto, con un numero di telefono. «Questo è del 1969» disse. «Che io sappia è stata la prima volta che il Bacio è comparso negli ultimi quattro secoli, ma a quel punto non avevamo archivi degni di questo nome, dunque la nostra comprensione di ciò che sarebbe successo prima è... approssimativa, per usare un eufemismo.»

«E questo ritaglio sarebbe?»

«Un annuncio su una fanzine hippy. Ho anche l'originale» si affrettò a specificare il professor Burchfield. «Il numero di telefono è quello della fanzine. Nel '69 comparvero dal nulla una serie di annunci che mettevano sul mercato il Bacio, all'improvviso e su tutte le riviste e nei negozi della scena hippy. Anche lei, nelle vesti di Catherine, vide questa foto.»

«E decisi che volevo il Bacio.»

«Quella volta il suo conflitto con il Ladro si inasprì molto in fretta.»

«Conosceva Catherine?»

Il professor Burchfield si accigliò. «Il nostro è un piccolo mondo.» Tacque, indeciso su cosa aggiungere. «All'epoca i nostri ruoli erano invertiti: toccò a me venire a Londra a cercarvi. E non solo lei: ero ansioso di conoscere il suo grappolo, così importante per la nostra storia, e non rimasi deluso. Allora sul Bacio ne sapevo ancora meno di adesso. All'inizio non credevo nemmeno che esistesse davvero.»

«Cosa le fece cambiare idea?»

«I Pellegrini non hanno una storia, solo leggende. Scegliamo noi in quali credere e quali rifiutare. Io, però, ho passato un bel po' di tempo a fare ricerche sul *Postremus Osculum*, ed esistono prove attendibili che abbia annientato *almeno* tre di noi. Fino a prova contraria, sono convinto che funzioni.» Fece un cenno del capo a Lily. «Anche se non so come.»

«Ci frequentavamo, negli anni Sessanta?» domandai.

«Non eravamo esattamente amici, ma nemmeno nemici. So

che arrivaste molto vicino a trovare il Bacio, ma il Ladro spazzò via il vostro grappolo prima che ci riusciste. E poi si ritirò.»

«Come, si ritirò?!»

Il professor Burchfield aveva lo sguardo distratto di chi è smarrito nei propri ricordi. «Ne aveva avuto abbastanza di sangue e violenza, ed era uscito devastato da ciò che era successo all'Artefice. Si ritirò dalla scena dei Pellegrini, fece credere a tutti di essere morto con voi, e cambiò identità. Io ero l'unico ad avere qualche contatto con lui: ci incontravamo per bere insieme, forse una volta l'anno. Usò le sue notevoli capacità per fare soldi, parecchi. Si sposò, andò avanti con la sua vita. Per qualche anno sembrò soddisfatto, una cosa inaudita per il Ladro. Quando sua moglie rimase incinta, lui ne fu davvero felice. E poi... poi arrivò lei. Coi suoi capelli bianchi.» Il professor Burchfield si versò un po' di tè. «Ricordo che Aubrey bussò alla mia porta la notte in cui nacque suo figlio, furibondo come non lo avevo mai visto. Prima di sedersi bevve un bicchiere pieno fino all'orlo di scotch. "L'Universo vuole prendersi gioco di me" disse. "Ma vincerò io." E in pratica mi *implorò* di raccontargli tutto ciò che sapevo sul Bacio della Buonanotte.»

Mio malgrado, ebbi una fitta di senso di colpa. Una parte di me comprendeva Aubrey: credeva di avere chiuso con me, almeno per quella vita. E poi io, la persona che più aveva disprezzato nel corso dei millenni, ero tornato nelle vesti di suo figlio.

«Non ho capito, professore; dice di non essere amico di Aubrey, quando sono quarant'anni che bevete insieme?»

«Io seguo i Pellegrini più importanti, quelli che fanno la nostra storia, per poterla documentare. Tuttavia, lo dico e lo ripeto, non mi schiero facilmente.»

«Però alla fine si schiera.»

«Non lo facciamo tutti?»

«E il Bacio?» chiese Lily.

«Un'ipotesi vale l'altra: ho poche informazioni che possano avere un'utilità pratica. La persona che ha scattato la foto è scomparsa nel '69, poco dopo la morte di Catherine. Quando morì le informazioni che aveva raccolto svanirono nel nulla. Ho cercato anch'io di trovare il Bacio, per conservarlo, ma non è servito a nulla. Il *Postremus Osculum* è, a tutti gli effetti, perduto.»

«Credo che mio padre sia sulla strada giusta per trovarlo» dissi.

«Ho avuto la stessa sensazione.» Il professor Burchfield fece mostra di controllare un orologio da tasca. «Scusate, ma temo di dover tornare al lavoro.» Allungò il braccio verso Lily. «La mia porta è sempre aperta per una discussione più approfondita, se mai ne avesse voglia» le disse. Poi mi porse la mano. La strinsi con educazione.

Pallone gonfiato.

Pensava di darmela a bere.

37

«Ci sta nascondendo qualcosa» dissi, mentre uscivamo dal museo.

«Perché dici così?» domandò Lily.

«Sono un bugiardo migliore di lui.»

Mi lanciò uno sguardo di disapprovazione. Non mi aveva ancora perdonato per come mi ero comportato con suo fratello. Non potevo biasimarla: sono il primo ad ammettere che certe mie capacità ricadono in una zona grigia.

«Potremmo entrare di nascosto nell'Horniman...» azzardai.

«Non ti allargare.»

«In casa del professor Burchfield, allora.»

«Sarà ben protetta, forse ancora più del museo.» Lily increspò le labbra, pensosa. «Abbiamo i temi astrali che ha compilato Aubrey: non dovrebbe essere difficile scoprire quali Pellegrini stava seguendo.»

«Se continuiamo a seguire mio padre, non lo supereremo mai.»

«Ci serve solo un bello scatto» scherzò Lily.

«Nessuno scatto sarà abbastanza.» Indicai il museo, alle nostre spalle. «Hai sentito l'Archivista? Aubrey è vicino a trovare il Bacio. Quando ce l'avrà, game over, adiós, *addio.*»

«Non sappiamo quanto sia vicino, però.»

«Molto vicino. Se fosse stata questione di mesi, o addirittura di settimane, Aubrey mi avrebbe incastrato e fatto sbattere in galera per Lizanne, per essere sicuro. E invece no, mi lascia libero, così sarà più facile venire a prendermi quando avrà il Bacio. Dev'essere questione di giorni. Ore, se ci dice male.»

Lily sembrava così fragile, tutta infagottata nella sua giacca per tenersi al riparo dal freddo. «Cazzo.»

«Quando ero Catherine sapevo dov'era il Bacio: se solo riuscissi a trovare i Lasciti giusti, ridurrei lo svantaggio in un attimo. Siamo tornati al punto di partenza, però: come trovare quei Lasciti?»

Lily disse: «Tu hai già qualcosa in mente. Smettila di girarci intorno e dimmelo».

Aveva ragione, avevo qualcosa in mente. Una buona idea che mi ronzava in testa dalla sera prima, ma le buone idee spesso sono difficili da condividere. «Paul aveva ragione su una cosa: se mi uccido, tutto si resetta. Un lavoro facile e pulito.»

«Vaffanculo Paul» rispose subito Lily.

«Certo, vaffanculo Paul. Pensaci, però: siamo noi due, il Mago e il Ladro. Due nemici, un problema, due possibilità di resettare tutto e risolverlo.»

Lily mi guardò a bocca aperta. «Martin, non possiamo...»

«È l'unica opzione» dissi. «Devo uccidere mio padre.»

38

«Tu sei *matto*!» disse Bruce. Era raro che alzasse la voce; lo faceva solo nei momenti importanti.

Eravamo tutti insieme davanti al caminetto, ma l'umore era ben lontano da quel cameratismo che avevo imparato ad apprezzare. Nell'aria c'era una tensione inedita: ero riuscito a scavare un solco profondo tra me e i miei amici. Avevo spiegato con calma il mio punto di vista nella vana speranza di farli ragionare, ma appena avevo finito di parlare zio Ronald, senza una parola né un gesto, si era alzato ed era uscito. Gli altri avevano continuato a fissarmi per qualche istante, poi Bruce si era messo a gridare.

«Ci stai chiedendo di *uccidere una persona*!»

«Non è una persona qualsiasi, è un Pellegrino.» Ero infastidito per come Bruce insisteva nel non voler vedere la differenza. «Non ucciderei mai degli Una Tantum, ma uno di noi? Moralmente, non è peggio che prendere a pugni qualcuno. Metterlo KO.»

«Non vado a prendere a pugni la gente.»

«Il Ladro non è *gente*» dissi, alzando la voce anch'io. «Sto parlando di legittima difesa, pura e semplice!»

«Ragazzi...» provò a dire Summer.

«Legittima difesa? Omicidio premeditato!»

«Sto solo cercando di evitare che altri Una Tantum rimangano presi nel fuoco incrociato.»

«E il tuo piano sarebbe, cosa? Sparare per primo?»

«Con Ian Solo ha funzionato.»

«Perfino Lucas ha cambiato idea!»

«Non ti sei fatto tanti scrupoli quando mi hai accoltellato.»

«Lo sai come mi sono sentito, cazzo.»

«Come ho già detto, io mi sono sentito *peggio.*»

«Sì? E che mi dici della vecchia incarnazione di Lizanne e del suo compagno? Come si sono sentiti *loro*, quando li hai torturati? Il Mago, sempre assetato di sangue.»

Quest'ultima osservazione colpì nel segno: la mia paura peggiore era trasformarmi nella persona di cui avevano paura i Pellegrini, la persona che non era migliore di Aubrey e che si scusava prima di torturare qualcuno con una…

… una lancia. Lizanne aveva detto che li avevo torturati con una lancia.

A forza di correre da una parte all'altra, non mi ero fermato un attimo a riflettere su quella strana coincidenza. Perché avrei dovuto usare una *lancia*, tra tutte le armi possibili, come strumento di tortura? *Forse perché…*?

«Bruce!» scattò Summer.

Lui spalancò le narici. «Sei dalla sua parte» disse, ferito.

«Qui non ci sono parti: siamo tutti amici. Cerchiamo di non dimenticarlo.»

«Vedo che hai capito» dissi, sollevato.

Summer spostò lo sguardò su di me. Era difficile, come sempre, leggere il significato di quello sguardo. Era come se mi guardasse dritto nell'anima, come se guardasse cose che solo lei poteva vedere. «La violenza non mi piace, e non posso approvarla.»

«Nemmeno io, ma a volte il mondo non ti lascia scelta.»

«A volte» riconobbe.

«Questa è una di quelle volte.»

«E che cazzo, Martin» disse Lily. «Come fai a essere così *analitico*, in una situazione come questa?»

Finora non aveva detto niente. Era rimasta in silenzio quando, alla fermata dell'autobus, le avevo accennato alla mia idea, e non aveva commentato quando l'avevo spiegata agli altri. Mi ero illuso che sarebbe stata d'accordo con me. Non era così, e questo mi fece più male di quanto mi sarei aspettato.

«Lily...» azzardai.

«Ma ti senti?» mi interruppe. «Ci stai chiedendo di aiutarti a pianificare un omicidio a sangue freddo. Dovremmo sederci intorno a un tavolo e trovare il modo migliore per *assassinare* tuo padre e farla franca. Tu non stai bene.»

Chiusi gli occhi e feci un respiro profondo, per non perdere la calma. «Aubrey ha già ucciso degli Una Tantum e potrebbe ucciderne altri cento, per quanto gliene importa. Presto avrà il potere di uccidere anche noi, di ucciderci sul serio una volta per tutte, noi e qualunque Pellegrino che lo guardi nel modo sbagliato. È uno schifo, ma non ho cominciato io: io sono quello che sta cercando di salvare la situazione.»

«E credi di esserne capace? Riusciresti ad andare da un uomo e...» Lily mimò una pistola con la mano, col pollice alzato e due dita puntate verso di me.

«Sì» dissi, dopo un attimo di silenzio.

Mi guardò, incredula. Poi si alzò di scatto e disse: «Scusa, ma non posso».

«Lily...»

Stava già uscendo. Non disse niente: aveva le guance rigate di lacrime, e all'Artefice non era mai piaciuto, in quella come in nessun'altra vita, piangere in pubblico. Uscì e la sentii aprire e richiudere il portone. Aveva lasciato il Rifugio, e io mi sentii come se avessi perso una parte di me.

«Tornerà» disse Bruce, con tono conciliante. «Quello che stiamo cercando di dire, credo, è: pensaci bene, Martin.»

«Ci ho pensato» risposi, con freddezza. «E se non volete aiutarmi, almeno non fingete di capirmi.»

«Va bene.» Bruce si alzò. «Vaffanculo allora.» Uscì anche lui.

Summer mi posò una mano sulla guancia, con dolcezza. «Ti vogliamo ancora bene» disse. «Non credere nemmeno per un attimo che non sia così.» Tolse la mano e seguì Bruce, e io sentii i passi svanire nelle ampie e antichissime stanze del Rifugio.

Ed eccomi lì, da solo, davanti alle braci di un fuoco quasi spento. Solo come ero sempre stato, con l'ombra di Aubrey che incombeva su di me. Non aveva nemmeno bisogno di essere presente per tenermi bloccato, per impedirmi di avere una vita mia.

39

Il giardino era buio e bellissimo. Ancora una volta dormire era fuori questione. Mi ero messo la giacca ed ero uscito a fare una passeggiata. Avrei preferito camminare per le strade della città, ma non avevo alcuna voglia di seminare i miei angeli custodi, né volevo che mi vedessero in quello stato. Saranno stati pure scarsi, ma avrebbero capito che qualcosa non andava.

Ero un po' scoraggiato e arrabbiato con Lily e gli altri. Più riflettevo sull'idea di uccidere Aubrey e più mi sembrava giusta. Non puoi permetterti di fare questioni di principio quando c'è un uomo potente che vuole il tuo sangue. Perché non lo capivano? Ero deluso. Tutti quei discorsi, tutte quelle promesse, quelle stronzate. *Insieme andremo fino in fondo. È il sangue dell'alleanza*. Come no.

«Hai bisogno di affetto?» disse zio Ronald.

Era seduto su una panca mezza marcia, sotto a un salice spoglio, con un puntino rosso tra le labbra e avvolto in una nuvola di fumo dall'odore dolciastro di marijuana.

«Non fa un po' troppo freddo per stare fuori a fumare?»

«Non fa mai troppo freddo.» Mi offrì la canna. «La luce delle stelle, poi, rende l'erba il 37,4% più forte. È un dato scientifico.»

«Grazie» dissi. Mi sedetti accanto a lui.

«Per non parlare della luna» continuò a divagare. «La luna crescente rende più dolce lo sballo. La luna piena ne raddoppia l'effetto. La luna calante, boh, che io sappia non fa alcuna differenza. Di sicuro non si dovrebbe mai fumare con la luna nuova. Ma questo già lo sai. Lo sanno tutti.»

«Certo» dissi. Ronald stava cercando, come poteva, di essere gentile con me, e lo apprezzavo. Gli restituii la canna, ma alzò entrambe le mani per rifiutarla.

«Ne hai più bisogno di me» disse.

«Sì, immagino di sì.» Feci un tiro e dissi: «Ti devo delle scuse, Ron». Ero già fuori tempo massimo, e quel momento andava bene come un altro. Ero solo e avevo bisogno di conforto. Anche a costo di dovermi scusare.

Zio Ronald aggrottò le sopracciglia, cercando di ricordare. Poi domandò: «Per cosa?».

«Nel '69 i tuoi amici furono uccisi per causa mia. La tua vita fu...»

«... distrutta» continuò lui per me. «Sì, ma furono Nigel e la sua famiglia a mandare i piedipiatti: tu eri uno degli amici che persi quel giorno, Cat.»

«Ma fui comunque io a forzare la mano ad Aubrey... a Nigel: stavo per trovare il Bacio, e lui sapeva cosa avrei fatto dopo.»

Zio Ronald disegnò un cerchio nell'aria con l'indice. «E gira, gira, la giostra gira» canticchiò sottovoce. «E adesso è di nuovo il tuo turno. Adesso è Nigel che può mettere le mani su quel maledetto arnese, e tu sei quello che vuole sbrigarsi e ucciderlo. È tutto un gioco di specchi.»

«Questa volta però nessuno dovrà soffrire. Tranne Nigel, e forse anch'io.»

Zio Ronald sospirò. «Tu sei inesperta e intelligente, Cat: una miscela che esplode facilmente.» Si alzò. «Vieni con me» disse. Prima che potessi rispondere, si diresse verso la casa.

Gli corsi dietro, stupito da quella conversazione, la più lunga che avessi mai avuto con zio Ronald. Mi guidò attraverso la cucina fino alla porta del seminterrato. Scendemmo le scale. L'impianto elettrico laggiù non funzionava: seguii la fiammella dell'accendino di zio Ronald, cercando di non inciampare.

Sentivo i topi zampettare via mentre scendevamo, e poi attraversavamo una grande stanza piena di polvere. Sul pavimento, fino a una porta aperta sulla parete opposta, c'era una specie di sentiero disegnato nella polvere. «Vuoi mostrarmi il tuo progetto segreto?» domandai.

Zio Ronald borbottò una risposta che non riuscii a capire.

Arrivammo finalmente a una porta socchiusa. «È qui» disse.

Entrò nella stanza e subito cominciò ad accendere candele e ceri sparsi dappertutto. Mi aspettavo che ospitasse un altro laboratorio, ma mi sbagliavo. Mi ci volle qualche secondo per comprendere cosa avevo davanti. Strinsi le palpebre per vedere meglio – il corso familiare di un fiume, una ruota panoramica, una cupola e una scheggia di vetro.

Era Londra.

Un gigantesco plastico ricopriva quasi tutto il pavimento. Non era ancora finito, ma il grosso del lavoro era fatto, e non mancava molto perché fosse completo. Dovetti avvicinarmi per vedere che zio Ronald aveva impiegato ogni genere di materiale: stuzzicadenti, bustine di tè usate, tubi arrugginiti. Il London Eye era un capolavoro di ramoscelli piegati e incollati insieme. La cattedrale di St. Paul era un miracolo in carta e cartone. Il Tamigi, e gli altri corsi d'acqua, erano di acqua vera, contenuta in letti di stagnola. Sopra ci navigavano barchette di stuzzicadenti. Automobili e autobus rossi, ricavati da barattoli di metallo affollavano le strade. Insegne al LED splendevano su Piccadilly Circus col suo Eros di mollica di pane. Ogni dettaglio era dipinto con cura, perché le differenze nei materiali si potessero notare solo da vicino. Bastava fare un passo indietro e quelle differenze sparivano, e non restava altro che Londra, grandiosa più che nella realtà.

«Troverò un modo per far scorrere l'acqua» disse zio Ronald.

Mi sentivo umiliato. Lo avevo sempre ritenuto uno scoppiato, lo avevo guardato con disprezzo, e lui stava costruendo *questo*. «Perché?» domandai.

Sbuffò. «All'acqua piace scorrere, Catherine, è un dato di fatto.»

«No, voglio dire, perché me lo stai mostrando?»

«Che aspetto ha?»

«È grandioso. Maestoso. Epico, anche.»

Zio Ronald scosse la testa. «La tua lingua è sempre la stessa: più veloce del tuo cervello. Guardalo da vicino.»

Mi inginocchiai e guardai di nuovo. Gli stuzzicadenti, la carta igienica, i barattoli vuoti, il vetro e le invisibili giunture di colla, plastilina e spago.

«È *fragile*» disse zio Ronald dietro di me. «Tiene tutto, ma quasi per miracolo. Meccanismi così complicati sono anche incredibilmente vulnerabili. Starnutisci nel modo sbagliato e distruggerai un intero quartiere. Fai la mossa sbagliata, con Nigel, e farai soffrire un sacco di gente.»

Continuavo a guardare il plastico, incantato, senza rispondere.

E ora, ora che è passato del tempo, e guardo di nuovo Londra dall'alto, capisco perfettamente ciò che zio Ronald stava cercando di dirmi. Guardo le fiamme e i palazzi che implodono e sento le urla e gli elicotteri e vedo che Londra, in effetti, è un organismo fragile.

Sono pentito, sinceramente, di tutti gli errori che hanno portato a questo.

40

Come prima opzione pensai alle armi. Capita, quando si cresce tra giochi e film dove le armi da fuoco sono dappertutto e basta premere un pulsante per far saltare in aria qualcosa. Quella però era Londra, Inghilterra, e non Dallas, Texas. Avevo incontrato abbastanza delinquenti da sapere dove trovare una pistola al mercato nero, ma le pistole erano merce rara e costosa e io non potevo permettermene una.

Inoltre, non avrei saputo come usarla.

No, le pistole non erano un'opzione valida: meglio un coltello o una mazza, armi da usare a distanza ravvicinata. Per quanta paura potesse fare, Aubrey era comunque un uomo anziano e io ero sicuro di poterlo affrontare sul piano fisico. Il vero problema sarebbero state le conseguenze: la polizia non avrebbe preso l'omicidio di Aubrey come un KO temporaneo, e io non avevo alcun desiderio di passare i prossimi vent'anni in prigione e il resto di questa vita sotto i riflettori.

In qualunque modo avessi deciso di procedere, dovevo muovermi subito. E dovevo cominciare lontano dal Rifugio: se le cose fossero andate storte, non potevo portare con me i miei amici. Questo significava lasciare quella che era diventata la mia casa.

«È una stupidaggine» disse Summer.

Avevo preparato lo zaino e le avevo detto che partivo subito, mentre Bruce era all'uni e zio Ronald indaffarato col suo progetto.

«Non sei d'accordo col mio piano» risposi.

«E allora?»

Ero fermo sulla porta della cucina, lo zaino in spalla, mentre Summer, seminuda come solo lei sapeva essere, era seduta a tavola a sorseggiare un tè. Non era il rapido addio che avevo programmato.

«Allora non intendo abusare della tua ospitalità, Summer.»

«Non fare lo stronzo.»

«Non sto facendo lo stronzo.»

«Tu la pensi in un certo modo, nessuno di noi è d'accordo: a volte capita, in una famiglia.»

«Non quando c'è così tanto in gioco. Non mi fraintendere, capisco la vostra situazione.» Chinai la testa. «Lily e Bruce hanno una carriera a cui pensare. Tu hai zio Ronald. Se qualcosa va storto e le guardie mi prendono, è meglio che voi non siate coinvolti. Non ho alcun diritto di trascinarvi in questo pasticcio.»

«Sei ingiusto.»

«Oppure ragionevole.»

Summer imburrò il pane tostato, in silenzio, e ci spalmò sopra una generosa cucchiaiata della marmellata scadente di cui andava pazza. Morse il pane con l'espressione assorta, e lo masticò di gusto. Io strascicavo i piedi, incerto su cosa fare.

«Il Rifugio appartiene a ciascuno di voi tanto quanto a me» disse, alla fine.

«So cosa intendi, e ti ringrazio, ma…»

«Non lo sai, cosa intendo. Ricordo molto bene cosa pensavo quando l'ho costruito: volevo che fosse la *nostra* casa. I soldi erano i miei, ma i soldi non contano niente. Avete messo in questo progetto le vostre idee, la vostra passione. Anche se smettessi di volerti bene, e non vedo perché dovrebbe succedere, non avrei alcun diritto di cacciarti.»

«Legalmente, avresti tutti i diritti.»

«Siamo più antichi delle regole che si applicano nei tribunali, e obbediamo a regole più antiche.»

Senza che me lo aspettassi, mi venne un nodo alla gola. Il problema, con la solitudine, è che si sopporta bene finché non si prova l'alternativa. Una volta che hai assaggiato cosa significhi avere una casa e degli amici, tornare a stare da solo è maledettamente difficile. Era stata dura tornare da Aubrey dopo la morte di mia madre. Lasciare il Rifugio lo sarebbe stato mille volte di più.

«Inoltre,» continuò Summer «sei quasi al verde, non hai un posto dove stare, e fuori fa freddo. Non posso lasciarti andare.»

«Ma non mi aiuterai.»

«Non vuol dire che ti ostacolerò. Hai fatto la tua scelta e io non ho il diritto di interferire, come non ce l'hanno gli altri.»

«Credi che Bruce sarebbe d'accordo?»

«Se ne farà una ragione.»

Mi toccai la nuca. «Sei una ragazza strana, Summer Griffin» dissi.

«Okay» rispose lei.

41

Provai a chiamare Lily quattro, cinque volte, ma non rispose. Poi le scrissi: *Tutto a posto?* Se c'era qualcuno capace di distruggere un vinculum d'amore, quello ero io.

A Camden Market comprai un paio di jeans skinny indie-rock e un cappotto anni Cinquanta consumato dalle tarme. Presi anche una felpa con un teschio stampato sul cappuccio, il genere di stronzata che aveva successo tra i turisti. Erano i capi più economici che fossi riuscito a trovare e avevo tirato sul prezzo di tutti, ma le mie finanze, mai brillanti, erano di nuovo al punto di non ritorno. Non avevo davvero scelta: dovevo cambiare radicalmente look, per il bene delle telecamere a circuito chiuso di Londra (mi avrebbero beccato, e non era questione di *se*, ma di *quante volte*). Diedi il colpo di grazia al portafoglio comprando un coltello a serramanico da uno che conoscevo quando ero uno squatter, per trenta sterline e senza fare domande. I coltelli a serramanico sono illegali nel Regno Unito, ma sono una delle armi preferite nelle strade di Londra. Facili da trovare e relativamente economici.

Summer passò la giornata in silenzio, cercando di parlare con gli spiriti e trovare le porte segrete del Rifugio. Quella sera, lei e Bruce dovettero intuire che ero pronto ad andarmene: parlarono poco e si chiusero in camera di Summer prima delle nove. Non cenammo insieme, e già questo era un fatto insolito e inquietante.

Aspettai un'altra ora, poi misi i vestiti nuovi, controllai lo zaino, misi in tasca il coltello a serramanico e scesi. Avevo concepito molti piani nella mia testa, per decidere alla fine di restare sul semplice. La mia risorsa principale era anche il mio problema più grosso: ero figlio di Aubrey. Potevo avvicinarmi con facilità a un uomo che era estremamente difficile avvicinare, ma al tempo stesso sarei stato il primo a essere sospettato del suo omicidio. Non era possibile evitarlo, quindi avevo pensato: *Che sospettino di me quanto vogliono*. Finché non trovavano prove concrete a mio carico, l'avrei spuntata. Avevo davanti dei mesi difficili, ma potevo farcela.

Presi la metropolitana a Camden, con gli angeli custodi al seguito, come al solito. A quell'ora, con poca gente in giro, avrei dovuto faticare per seminarli. Presi l'ultimo treno per Ladbroke Grove e scesi alla stazione. Entrai in un grande negozio di liquori. I miei angeli custodi non mi seguirono subito, e allora aspettai che si preoccupassero ed entrassero anche loro. Ci vollero dieci noiosi minuti per convincerli che stavo cercando qualcosa, ma alla fine decisero di dare un'occhiata. Quando entrarono mi avvicinai al cassiere di origine pakistana.

«Quegli uomini» gli dissi, indicandoli. «Hanno appena messo qualcosa in tasca.»

«Dici?»

«Una scatoletta di tonno e un pacchetto di biscotti.» Quando menti devi essere preciso; la gente pensa che una bugia debba essere vaga, se offri dettagli ti crederanno.

«Ehi, voi» disse il cassiere agli angeli custodi.

In quel preciso istante, con l'attenzione del cassiere su di loro e la loro su di lui, uscii dal negozio e cominciai a correre. A correre *veloce*. Girai un angolo e poi un altro, e continuai per cinque minuti buoni. Mi ritrovai in una via residenziale di belle case vittoriane a due piani. Da solo. Ottimo.

Cominciai subito a cercare un'auto. Scelsi una vecchia Ford, il genere di automobile su cui il proprietario non spende soldi per mettere un allarme sofisticato. Mi ci vollero dieci secondi per aprire lo sportello e cinque per togliere il bloccasterzo. Speravo che avesse una buona assicurazione, perché stavo per maltrattarla.

Accesi il motore.

Lily non aveva ancora risposto al mio messaggio.

42

Come rubare una macchina fu la prima cosa che mi insegnò Fabrizio, e mi esercitai sulla Fiat Cinquecento del nostro professore di matematica. Sono sempre stato attratto da quel genere di cose. Ero bravo a rubare, mentire ed entrare nelle case, eppure il Ladro era Aubrey. Lui rubava in un'altra maniera, più radicale: rubava persone, idee, sogni. Rubava quello che conta.

Mi tenni entro il limite di velocità. In due ore ero vicino a Bourton-on-the-Water, in un tratto di campagna che per la gente di tutto il mondo era di una bellezza mozzafiato, ma che a me dava un soffocante senso di oppressione.

Era il momento di andare in scena.

Puntai la macchina verso un pilone e accelerai, senza distogliere lo sguardo. Stringevo il volante tra le mani, e mi ci volle tutto l'impegno per non sterzare quando il pilone mi corse incontro e la Ford andò a sbatterci, la cintura di sicurezza mi tagliò la spalla, l'airbag scattò e cominciai a urlare a squarciagola. Il fragore dell'impatto aveva rotto il silenzio della campagna. Mi tremavano le mani e le gambe. Sganciai la cintura, scivolai fuori dall'auto e finii carponi a riprendere fiato. E che cazzo.

Era stato divertente.

Mi alzai. Tirai fuori dallo zaino un vecchio strofinaccio che avevo preso in cucina e lo infilai nel serbatoio. Poi diedi fuoco all'estremità che spuntava e scappai di corsa. L'esplosione mi investì alle spalle con un'ondata di calore e mi assordò. Se da quelle parti c'erano degli animali in letargo, di sicuro si erano svegliati. Entrai in un campo, sempre di corsa. Qualcuno avrebbe chiamato il 999 e per allora dovevo essere lontano.

Se anche la polizia si fosse chiesta perché un'auto rubata a Londra fosse finita a meno di tre miglia dalla residenza di Aubrey la notte in cui quest'ultimo era stato ucciso, avrebbero fatto ben poco con quell'informazione. Di sicuro non avrebbero trovato capelli, cellule epiteliali o impronte digitali tra i resti fumanti di quell'inferno.

A casa di Aubrey avrei indossato i guanti, ma non mi illudevo di non lasciare tracce di DNA. C'erano molti domestici pronti a giurare che fino a poco prima ero stato lì, e sarebbe stato abbastanza difficile usare quel DNA contro di me in tribunale. Pensavo di fingere una rapina, per buona misura. Dopo, avrei camminato per qualche miglio fino a un altro villaggio, rubato un'altra auto, guidato fino alla periferia di Londra, distrutto la nuova macchina, e infine sarei tornato a casa in metropolitana. Avrei attirato una enorme quantità di sospetti, ma con un po' di fortuna non avrei lasciato alcuna prova.

Conoscevo quella parte di campagna come le mie tasche. Sapevo come spostarmi attraverso i campi per arrivare a casa di Aubrey, anche di notte e con quel freddo gelido. Il cielo sopra di me era cristallino, le stelle un milione di occhi che avevo puntati addosso. Speravo che capissero e vegliassero su di me.

Puntai verso casa di mio padre.

43

Nella siepe di agrifoglio sul lato sud-est della proprietà c'era un buco. Lo sapevo perché ce lo avevo fatto io, a quindici anni, e lo avevo tenuto aperto finché non me n'ero andato per sempre. Aubrey non mi permetteva di uscire da solo, se non per andare a scuola e nelle occasioni speciali. «Non sei assolutamente capace di tenerti fuori dai guai» diceva. Lavorava fino a tardi, però (a quanto pare, cercando un modo per *uccidermi*), e in quelle occasioni io uscivo e mi ritagliavo l'ombra di una vita privata. Per molti anni quel buco era stata la mia unica via d'uscita da casa di Aubrey; adesso mi avrebbe dato la possibilità di entrarci.

L'ultima volta che avevo potato l'agrifoglio era stato alla fine dell'estate, dunque il buco era pressoché intatto. Era ben nascosto tra le foglie spinose e grande abbastanza da permettermi di passare. Se qualcuno se ne fosse accorto, avrebbe pensato che era stata una volpe.

Camminavo in silenzio su quel prato immacolato, avvolto da una sensazione di irrealtà. Quanto tempo era passato da quando ero stato tenuto prigioniero lì, imbottito di farmaci? Tre giorni, forse? Fino a quel momento avevo nutrito ancora qualche speranza su mio padre. Mi ero convinto di poterci ragionare. Dio, avrei voluto prendermi a calci da solo. Adesso avevo un coltello in tasca e stavo andando a ucciderlo. Molti erano convinti che avessi fatto di peggio, ma io non ricordavo niente. E se lo avessi pugnalato nel modo sbagliato? E se… Uccidere, come qualunque altra cosa nella vita, era una questione di fiducia in se stessi, non molto diversa dallo spostare tre tazze e nascondere una pallina. Il segreto è semplice: non fermarsi, non avere dubbi e continuare a sorridere, sempre.

La residenza di Aubrey incombeva su di me. Tirai su il cappuccio, per nascondere viso e capelli alle telecamere. Senza Lily non avevo idea di come disattivarle. Sapevo dove erano conservate le registrazioni, quindi se avessi avuto tempo avrei potuto tentare di sottrarle, ma non volevo puntare tutto su quello.

Scassinare il portone fu una passeggiata, con la sua serratura da incasso standard. Aubrey si accontentava delle misure di sicurezza più basilari. Diceva che se qualcuno era così sciocco da tentare la sorte in casa sua, che si accomodasse. Bisognava riconoscere che nessuno lo aveva mai fatto, prima di me.

Mi addentrai lungo quei corridoi bui e salii la scalinata che portava al secondo piano, dov'era la camera di Aubrey. Di norma c'erano dai tre ai cinque domestici che pernottavano in casa. Se non fosse stato per loro, avrei semplicemente riempito lo zaino di bombe molotov e quel posto lo avrei raso al suolo. La loro presenza voleva dire che non c'era spazio per gli errori: se Aubrey avesse avuto il tempo di gridare o chiamare aiuto sarebbe stata la fine. No, doveva morire nel sonno, una fine anche troppo misericordiosa, per chi aveva rovinato tante vite. *E tu chi saresti per giudicare?* domandò, petulante, una voce nella mia testa.

Ero arrivato alla porta di Aubrey. Con la mano sudata tirai fuori il coltello e premetti il pulsante che faceva scattare la lama. Uscì con un *clic* che, in quel silenzio, mi sembrò un'esplosione. Aspettai qualche istante, pietrificato, ma nessuno aveva sentito.

Poggiai l'altra mano sulla maniglia e lentamente, in silenzio, aprii la porta.

44

Ero entrato in quella stanza solo una volta, a sette anni: ci ero entrato per curiosità, come fanno i bambini. Quando Aubrey se ne accorse, mi picchiò così forte che non riuscii a sedermi per una settimana. Gli insegnanti della mia scuola privata dovevano averlo capito, perché non potevano non notare il mio occhio nero e la mia andatura zoppicante; scelsero di ignorare tutto, ignorare sempre e comunque, perché Aubrey Walker aveva abbastanza soldi da comprarsi il diritto di fare quello che voleva con suo figlio. Adesso che ero tornato, per la seconda e ultima volta, provai un forte senso di trasgressione, come se disobbedire ad Aubrey fosse un peccato assai peggiore che ucciderlo.

Avevo temuto (e una parte di me aveva sperato) che mio padre non ci fosse, che la ricerca del Bacio lo avesse trattenuto a Londra. E invece dormiva nel suo letto, pressoché immobile, con la stessa compostezza nel sonno che adottava da sveglio. Adesso era questione di momenti. Ancora qualche istante, e tutti i miei problemi si sarebbero risolti; i miei amici sarebbero stati al sicuro e la guerra di cui raccontavano i Pellegrini non sarebbe scoppiata, non a questo giro di giostra.

Mi trascinai fino al letto di Aubrey, ogni passo più pesante di quello precedente. Alzai il coltello e avvicinai la lama alla sua gola. Ancora qualche centimetro e l'avrei fatta finita. Lily avrebbe capito, col tempo. Non l'avrei perduta. Vero? «Omicidio premeditato» ripeté la voce di Bruce. E poi quella di Ronald «E gira, gira, la giostra gira».

Stavo perdendo tempo. Avrei potuto, avrei *dovuto* farla finita. Dovevo solo trovare il coraggio di spostare la lama di qualche centimetro in basso e poi in avanti; pochi centimetri che facevano tutta la differenza del mondo.

Aubrey aprì gli occhi.

«Martin?» disse, subito sveglio.

«Papà.»

La sua voce era piena di disprezzo. «Non sei capace neanche di uccidermi.»

La lama gli sfiorò la pelle, tracciando una sottile linea di sangue. «Non ho ancora finito.»

Il braccio di Aubrey scattò da sotto le coperte. Mi afferrò il polso con una forza che non avrei potuto prevedere, torcendomi il braccio. Urlai di dolore e aprii la mano, lasciando cadere la lama.

Aubrey mi torse ancora di più il braccio.

Annaspai alla cieca con l'altra mano, ma Aubrey la schivò e saltò giù dal letto. Diede un ultimo strattone e sentii uno schiocco alla mano. Urlai ancora, e soltanto allora Aubrey mi lasciò andare.

Presi il polso con l'altra mano: era rotto? Slogato? Non lo sapevo. Il dolore mi aveva fatto venire le lacrime agli occhi.

Aubrey prese il coltello con due dita, lo guardò per un attimo e poi lo gettò via, con disprezzo. «Hai saputo del Bacio» disse, alzandosi in piedi.

«Il tuo amico O'Malley.»

Aubrey mi guardò, accigliato. «Chi?»

«Una delle guardie che ci mandasti contro nel '69.»

«Non hanno mai saputo niente su di noi.»

Aubrey aveva solo i pantaloni del pigiama. A torso nudo, era solcato da cicatrici. Magro e muscoloso, viscido come un serpente, ma aveva comunque settant'anni. «Vero. Ma O'Malley aveva conservato il manganello.»

«Un Lascito: ora capisco» disse Aubrey. «E non hai pensato a metterti a cercarlo anche tu, il Bacio? Così, per sport.» Prese a pugni l'aria, mimando un uno-due. «Una piccola gara col tuo vecchio?»

«Ho di meglio da fare.»

«Mi occuperò *personalmente* dell'Artefice, dopo averti ucciso. Non le darò il Bacio della Buonanotte, sai? Lo darò alla Tempesta, a quel gigantesco grillo saggio con cui te ne vai in giro, e lascerò che l'Artefice viva la sua ultima, miserabile vita in solitudine.»

Ridacchiai. «Io e Bruce ti abbiamo fatto il culo quando eri giovane.»

«Ah, ma adesso non lo sono più» disse, scrocchiando le dita. Si avvicinò.

Lo caricai, spingendogli la spalla nello stomaco.

Almeno, era quella la mia intenzione. Aubrey si spostò di lato con grazia, mi abbassò la spalla e con lo stesso movimento mi diede un calcio alla gamba destra. Persi l'equilibrio e caddi. Ignorai il dolore e l'umiliazione e rotolai per alzarmi.

«Adesso sono *antico*» disse Aubrey. «E so come va il mondo.»

In quel momento capii che ero fregato: non potevo vincere contro quell'uomo. Guardai la porta alle mie spalle. L'avevo lasciata socchiusa, per non fare rumore entrando.

Aubrey scosse la testa. «No» disse. «Non ancora.»

Mi diede uno schiaffo. Chi pensa che uno schiaffo sia poco efficace in un vero combattimento non è mai stato in un vero combattimento. Lo schianto della sua mano sulla mia guancia fu forte quanto l'esplosione dell'auto, e la forza dell'impatto mi rispedì a terra. Non l'avevo neanche visto muoversi.

Stordito, sentii il rumore di passi che salivano le scale di corsa: alla fine eravamo riusciti a svegliare i domestici. Se solo fossi riuscito a guadagnare del tempo…

Aubrey mi sferzò un calcio, forte, nelle costole. Poi un altro. E ancora uno. Mi prese a calci con furia, alle braccia, alle spalle, alla schiena, colpendo ogni parte del corpo che avevo lasciato esposta, proprio come i suoi poliziotti avevano preso a calci Alice nell'altra vita. Non potei fare altro che chiudermi a riccio. Quando ebbe finito di prendermi a calci, il dolore era così forte che mi ci volle qualche istante per accorgermi che aveva smesso. Mi si offuscò la vista, mentre lui si piegava sulle ginocchia. Respiravo con affanno. Cercai di alzarmi in piedi, ma tutto il mio corpo era un grumo di dolore.

Aubrey mi prese per il mento con una mano e mi schiaffeggiò con l'altra. Sospirò. «Accidenti a te. Non vedo l'ora di ucciderti sul serio.» Mi sputò su una guancia, rossa e gonfia.

I passi erano sempre più vicini, poi un uomo comparve sulla soglia. «Va tutto…?» Quando ci vide la voce gli si spense in gola.

«Niente di importante, una discussione in famiglia» disse Aubrey con tono gentile. «Per favore, accompagni mio figlio all'uscita.»

45

Mi lasciarono lungo un viottolo di campagna come un sacco di immondizia, insieme al mio zaino. Non sapevo cosa fosse peggio, se l'umiliazione o il dolore. Erano passati tre giorni dall'ultima volta che ero strisciato fuori da quella casa, e adesso la storia si ripeteva, ma stavolta ero solo.

Presi il telefono e feci il numero di Summer: era l'unica che ero ragionevolmente convinto non mi odiasse. Rispose con voce assonnata e preoccupata. Erano le due del mattino: nessuna telefonata alle due del mattino porta mai buone notizie.

«Martin...?» domandò.

«Ho...» dissi con un colpo di tosse, ma non sputai sangue, solo saliva, vidi con un certo sollievo. «Ho bisogno che veniate a prendermi.»

Fu una lunga attesa in una zona fredda del mondo. La cosa positiva di un clima gelido era che attenuava il dolore. La mano destra era un disastro, ma il resto del corpo non era ridotto così male come avevo temuto. Aubrey era stato attento, picchiandomi a sangue ma con metodo. Era molto più interessato alla mia sopravvivenza di quanto non lo fossi io: non voleva che morissi per una stupida emorragia interna. Riuscii ad alzarmi e a camminare avanti e indietro lungo il viottolo per scaldarmi. Ebbi tutto il tempo di ripensare ai molti errori che avevo commesso. In un colpo solo ero riuscito ad allontanare i miei amici, a svelare a mio padre che sapevo del Bacio e a farmi pestare da lui.

Poco prima dell'alba, all'orizzonte comparve la Mini di Lily, e avanzò fino a fermarsi a pochi passi da me. Lily saltò giù. In macchina c'erano anche Summer e Bruce; lei mi salutò con un cenno, lui sembrava preoccupato. Potevo solo sperare che non stessero recitando.

Lily diede una bella occhiata a tagli e lividi, e alla mia mano. «Che ti sei fatto?» domandò.

«Dovresti vedere quell'altro.»

«È...?»

«Fresco come una rosa.» Sbuffai. «Gli ho fatto solo un graffio, e soltanto perché me lo ha permesso.»

Lily si coprì la bocca con una mano, per nascondere un sorriso. «Sei stato pestato da un ultrasettantenne?»

«È un po' più complicato di così.»

Lei scoppiò a ridere. «Smidollato» disse.

46

Mi infilai lentamente sul sedile posteriore con Summer; Bruce sedette accanto a Lily. A ogni movimento un dolore lancinante mi attraversava il corpo. Mentre Lily accendeva il motore della Mini, Summer svitò il tappo di un thermos. «Bevi questo» disse. «È fatto con la corteccia del salice bianco. Ti allevierà il dolore.»

L'odore era migliore di quello di altre cose che mi aveva fatto bere, e comunque dovevo ammettere che le pozioni di Summer funzionavano, più o meno. Bevvi un lungo sorso. Non aveva nemmeno un cattivo sapore.

«Fammi vedere la mano» disse Summer.

Gliela mostrai. La guardò, la prese e la massaggiò, chiedendomi quando facesse male (sempre, faceva male sempre). Alla fine arrivò la sentenza: «Due ossa sembrano incrinate».

«È grave?»

«Niente che non si possa sistemare» mi rassicurò, aprendo una borsa a tracolla che aveva con sé. Tirò fuori un rotolo di bende, dei bastoncini di legno e un barattolo di quello che sembrava un unguento verdastro fatto da lei.

«È andata bene» commentò Bruce.

«Non l'ho ucciso.»

Summer mi strofinò l'unguento sulla mano. Era caldo, una sensazione gradevole.

«Esattamente quello che intendevo» ribatté Bruce.

«Non saremo mai d'accordo su questo.»

«Ma non l'hai ucciso.»

«Più che altro è stato *lui* a non uccidere *me.*» Ripensai a come si era mosso Aubrey, leggero, efficace, senza sprecare un passo o un gesto. Nel momento in cui aveva aperto gli occhi la battaglia era già persa. Persa, cominciavo a capire, in un modo davvero importante.

«Sul serio» disse Lily. «Che cosa ha usato?»

«Le mani nude.»

«Com'è possibile?» domandò Bruce.

«Non lo so. È stato incredibile.»

Summer adesso mi stava fasciando la mano. «Aubrey ha avuto il tempo e il modo per raccogliere chissà quanti Lasciti» commentò.

«Ricorda molte delle sue vite passate, okay. E allora?»

«La memoria è conoscenza e la conoscenza è potere, quindi la memoria è potere. Le nostre anime hanno attraversato innumerevoli esperienze, e anche se dimentichiamo tutto a ogni nuovo inizio, nulla si perde davvero. Tutte le tecniche, tutte le idee, tutti i modi per spezzare o guarire una persona, tutte le capacità che acquisiamo in una vita – è tutto sepolto dentro di noi, e i Lasciti riportano tutto in superficie. Se ne ha raccolti abbastanza, Aubrey potrebbe avere la meglio su chiunque di noi.»

«Mi piacerebbe vederlo provarci» disse Bruce.

«No, che non ti piacerebbe» risposi cupo. «Summer, questo unguento l'hai appena inventato o…?»

«Quello che so sulle erbe l'ho ricordato usando gli strumenti di una mia antenata che ho trovato al Rifugio. Anzi, i *miei* strumenti, in una vita passata. Ho imparato così quasi tutto quello che so. Immagino che lo stesso valga per Aubrey.»

Questo spiegava in parte la stranezza di Summer. Le sue parole mi spaventarono. Confermavano ciò che pensavo: «Non abbiamo alcuna possibilità».

«Certo che sì.»

«No. Non possiamo attaccarlo, non possiamo difenderci, non possiamo fare assolutamente nulla. Lui mette le mani sul Bacio, noi siamo fottuti.»

Summer finì di avvolgere la mia benda e la fermò con un nodo. «Aspetta di sapere cosa ho trovato, prima di organizzare il funerale.»

«Che cosa?»

«Una porta segreta» disse.

47

Non era del tutto vero.

Gli spiriti avevano risposto alle sue richieste, o almeno così credeva Summer. La sera prima si era addormentata pensando a me, preoccupata, a disagio, e si era ritrovata nella Rêverie. Là gli spiriti l'avevano aiutata, senza svelarle la posizione di una porta segreta ma insegnandole ciò che lei chiamava «un metodo infallibile» per trovarla. Non guardatemi a quel modo: riferisco solo ciò che mi disse Summer.

Decisi di fidarmi degli spiriti. Avevo bisogno di fare ancora qualcosa, prima di concludere quella giornata: di sicuro non aspettavo il momento di poggiare la testa sul cuscino e restare solo a riflettere sulla portata del mio fallimento e del potere che Aubrey aveva su di me. Quando cominci a chiedere aiuto agli spiriti, sei agli sgoccioli.

In cucina, Summer si legò una benda intorno agli occhi. Era di Victoria's Secret, nera, semplice e con appena un tocco di pizzo. Il pensiero che Summer la tenesse a portata di mano stimolò pensieri di ogni genere nella mia mente esausta. Lanciai un'occhiata colpevole a Lily. Ero felicissimo che fosse tornata.

Summer controllò il nodo alla benda, e quando fu soddisfatta disse: «Pronta».

«Forse dovremmo discuterne ancora un po'» disse Bruce.

«È un metodo infallibile» ripeté Summer. Cominciò a camminare, a piedi nudi. Il metodo infallibile consisteva in Summer che camminava bendata per il Rifugio, in modo tale che gli spiriti potessero bypassare la sua coscienza e mostrarle la via. Infallibile, certo. Bruce la seguiva da vicino; almeno sarebbe stato pronto a prenderla se fosse caduta.

Summer, però, si muoveva con passo sicuro e non inciampò nemmeno una volta. Puntò dritto alla porta della cantina. Cercò a tentoni la maniglia e l'aprì.

«Summer...» disse Bruce, ma lei stava già scendendo le scale, aggiungendo un nuovo livello di pericolosità all'impresa.

Scendemmo anche noi, voltammo un angolo e ci ritrovammo in un corridoio dov'era buio pesto. «Non vedo niente» commentò Lily.

«Dovrei avere un accendino in tasca» disse Summer.

Bruce lo tirò fuori e lo accese. La fiammella proiettava ombre lunghe, come se ogni cosa laggiù fosse alta e sottile. Alle pareti c'erano lampade a gas che non venivano accese da molto tempo. Dappertutto c'erano calcinacci, polvere e chiodi arrugginiti. «Dovresti metterti le scarpe» disse Bruce. «Così ti farai male.»

«Speriamo di no» rispose lei, e proseguì.

Dietro a un altro angolo trovammo una porta di legno. Summer la toccò. «Qui dentro» disse, aprendola.

Entrammo in una stanzetta dove sotto all'odore di legno marcito, polvere e urina di topo si sentiva una vaga puzza di fumo. Mi domandai se il Rifugio, una volta, avesse avuto un suo affumicatoio. Summer si avvicinò alla parete opposta e la sfiorò. Dopo un po' si tolse la benda. «Posso avere l'accendino, per favore?»

Bruce glielo diede.

Alla luce fioca della fiamma, Summer esaminò a fondo la parete, alzandosi prima in punta di piedi e poi accovacciandosi. «Aspettate qui» disse a un tratto, e scappò via, lasciandoci al buio.

Poco dopo tornò con la chiave del portone del Rifugio. Si accovacciò a un angolo del muro. Adesso riuscivo a vedere cosa avesse attirato la sua attenzione: un leggero difetto nella pietra. Che poteva benissimo essere, nella logica onirica con cui era stato costruito il Rifugio, un buco della serratura abilmente camuffato. Summer ci infilò la chiave.

La chiave entrò.

«Aiutatemi a spingere!»

Bruce e Lily appoggiarono una spalla contro il muro e spinsero. Nel mio stato attuale ero inutile: quello sforzo mi avrebbe ucciso dal dolore.

Col cigolio di un vecchio meccanismo che si risvegliava, la parete si mise a ruotare su un asse centrale.

Ormai avevo perso il conto di quante volte mi fossi sbagliato, quella notte.

48

La porta segreta si aprì su una galleria buia e umida, scavata nella pietra grezza. Dalle pareti sporgevano dei supporti per le lampade a olio, in ferro battuto, e molte delle ampolle di vetro erano ancora intatte e piene d'olio. Non perdemmo tempo e le accendemmo. La galleria girava a destra e poi di nuovo a destra.

«Va *deosil*» osservò Summer.

«Non c'è dubbio» risposi.

«Tu non lo sai cosa significa *deosil*, vero?»

«Ehm... No.»

«Significa che segue la direzione del sole» intervenne Lily.

Summer annuì. «Il corridoio gira ogni volta in senso orario.»

«Lo dite come se fosse importante» commentai.

«Quando fai della magia positiva, la magia che fa crescere le cose, ti muovi sempre in direzione *deosil*.»

Da tempo avevo rinunciato a esprimere la mia opinione sulle affermazioni più strambe di Summer e poi, a essere sinceri, i suoi *spiriti* ci avevano portato fino a lì. Avrei preferito credere che la Rêverie le avesse risvegliato un ricordo inconscio, ma come idea non era meno strana.

La fiammella dell'accendino illuminava eleganti simboli scolpiti sulle pareti, che a me ricordarono quelli che avevo visto sul Bacio della Buonanotte. «Rune» bisbigliò Summer, sfiorandole appena.

«Come nel *Signore degli Anelli*?» domandai.

«Come nella magia nordica.»

«E a che servono?»

«A tutto. Queste in particolare? Non ne sono sicura.» Ci incamminammo lungo la galleria, che scese e poi risalì. Dopo tre curve arrivammo a una porta simile a quella da cui eravamo entrati. Summer l'aprì e varcò la soglia.

«Oh» la sentii esclamare.

La fiammella dell'accendino di Bruce disegnava sul suo volto un'espressione stupita. Lily entrò subito dopo, e poi anch'io.

La stanza era una specie di museo anni Sessanta uscita direttamente dal set di un film di Austin Powers. Al centro c'erano una scrivania con una sedia e una lampada a gas, e sulla scrivania c'erano ninnoli di ogni genere: collane di perline e decorazioni natalizie e fiori secchi. Addossate alle pareti c'erano scaffalature colme di altri gingilli. Alle pareti erano appese stoffe tibetane. Su un tavolino c'erano una pila di dischi in vinile e un giradischi.

Tutto, in quella stanza era luminoso, giovane e pieno di vita. Il tempo non aveva toccato i colori delle perline, e sui cuscini indiani non c'era traccia di muffa. Qualcuno aveva portato lì quelle cose per metterle al sicuro, e al sicuro erano rimaste. Non erano niente di costoso; il loro era un valore completamente diverso.

«Lasciti» sussurrò Lily. «Un tesoro di Lasciti.»

Summer allargò le braccia e le alzò, come se pregasse. Rise, contenta. «Fatevi sotto» disse.

Parte terza

LA GIOSTRA

Ero in collera con l'amico
Diedi voce alla mia collera, svanì.
Ero in collera con il nemico
Lo tacqui, e lei crebbe.

L'annaffiai di paure,
Notte e giorno di lacrime;
L'illuminai di sorrisi,
Di dolci lusinghe e moine.

Crebbe giorno e notte
Fino a dare una mela lustra.
Il mio nemico la rimirò
Sapendo bene che era mia.

1

I nostri giorni di gloria si conclusero bruscamente quando Nigel e i suoi nuovi amici intercettarono Ronald in un vicolo buio e lo pestarono fino quasi a ucciderlo. Ci colsero di sorpresa, in parte perché eravamo ingenui, e in parte perché quando stai vivendo i tuoi giorni di gloria non pensi che finiranno; che *devono* finire, per tornare di nuovo in altre forme. Dopo il pestaggio, Ronald non fu più lo stesso; probabilmente furono le droghe a friggergli il cervello alla fine, ma non mi toglierò mai dalla testa che senza quelle botte se la sarebbe cavata molto meglio.

Fu uno shock per tutti i figli dei fiori di Londra: tutti conoscevano Ronald, tutti gli volevano bene. Lui credeva nella filosofia hippy con tutto il cuore. Andava a tutti gli incontri, a tutti i concerti, a tutte le iniziative per raccogliere fondi. Aveva partecipato a *Oz*, la rivista della scena hippy, fin dal primo giorno. Regalava l'erba e l'LSD che produceva, perché la psichedelia avrebbe cambiato il mondo, e come potevi darle un prezzo, fratello? Adesso capisco come il pestaggio di Ronald fosse il primo indizio dei tempi oscuri che stavano arrivando; il primo indizio non solo della nostra morte prematura e della fine del sogno di una generazione, ma anche delle ondate di distruzione che il Ladro e io avremmo scatenato su Londra. Allora, però, non avevo voglia di riflettere sulle conseguenze delle nostre azioni, e non ero nemmeno abbastanza saggio per farlo. Volevo solo vendicarmi.

La brutta notizia arrivò di notte con una telefonata. Io ero a letto con Alice e Tom: avevamo trascorso una lunga serata insieme, prima di addormentarci esausti e felici. Sky era in camera sua: toccava a lei badare alla piccola Jasmine, la bambina più bella che si fosse mai vista. Tecnicamente era figlia di Sky e Tom, ma io e Alice la consideravamo anche un po' nostra, e Ronald faceva altrettanto. Jasmine, in pratica, aveva due papà e tre mamme, e la cosa le piaceva molto.

Il telefono ci svegliò, ma smise di squillare prima che uno di noi si alzasse per rispondere. Sky aveva preso la chiamata. Jasmine non piangeva; aveva il sonno profondo, ed era una bambina coraggiosa. Più di noi.

«Cos'è successo, secondo voi?» domandò Alice, preoccupata.

«Qualcuno che ha sbagliato numero» cercò di rassicurarla Tom.

Sky però venne a bussare alla nostra porta e quando dissi: «Avanti» capii che non si trattava di quello.

«È Ronald» disse Sky.

2

In quel letto di ospedale era quasi irriconoscibile. Gli avevano tolto tutto il gusto per la vita, e sotto alla coperta bianca era rimasto solo un fagotto insanguinato e appassito. Aveva il volto gonfio, la guancia tutta tagliata per i colpi di alcuni grossi anelli, o di un tirapugni. Aveva il naso rotto e schiacciato come quello di un pugile. Entrambi gli occhi erano pesti e chiusi. Il braccio e la gamba destri erano ingessati. Dormiva.

«Potrebbe svegliarsi in qualsiasi momento» disse l'infermiera, dubbiosa. Era una giovane donna alta, per nulla contenta di avere tra i piedi me e Sky (Alice e Tom erano rimasti a casa con la bimba). Qualunque cosa pensasse degli hippy, provava compassione per Ronald e parlava con tono gentile.

«Non ne siete sicuri» dissi.

«I raggi X mostrano una commozione cerebrale. Un colpo alla testa» spiegò, forse convinta che tutte le ragazze hippy fossero analfabete.

«Chi l'ha trovato?»

«Abbiamo ricevuto una telefonata anonima. Era in un vicolo a Primrose Hill.»

Non vidi il collegamento; i nostri giorni di gloria mi avevano addolcito, e mi ero quasi dimenticata di Nigel. «Sapete cosa è successo?»

L'infermiera scosse la testa. «La polizia vorrà parlare con voi.»

Mi irrigidii. Non ero mai andata d'accordo con le guardie. E se i medici avevano trovato tracce di droghe, i poliziotti ci avrebbero fatto delle domande a cui preferivamo non rispondere.

«Prima, però,» disse l'infermiera «il vostro amico aveva questo in una delle tasche.» Tirò fuori un sacchetto trasparente pieno fino all'orlo d'erba e me lo porse. «Meglio se la polizia non lo vede.»

Ero senza parole.

«Grazie» disse Sky.

«Non vedo come rovinargli la vita possa aiutarlo» rispose l'infermiera.

3

I due poliziotti che parlarono con noi furono, con mia grande sorpresa, quasi educati. Siccome eravamo indicati come contatti di emergenza di Ronald, vollero sapere chi eravamo e in quali rapporti fossimo con lui. Quando parlammo del Rifugio, la più famosa comune hippy di Londra, annuirono e ci chiesero se Ronald fosse coinvolto in un giro di droga o in altre attività illegali. Poi lo chiesero di nuovo, e una terza volta per buona misura, ma noi negammo sempre con grande convinzione.

Alla fine ci ringraziarono e promisero di restare in contatto, ma furono molto chiari sul fatto che non dovessimo avere troppe speranze: Londra era una grande città e non avevano molto su cui indagare. Il pestaggio del nostro amico aveva tutte le caratteristiche di una rapina, magari da parte di un tossico. C'è da aspettarsi altro in certi giri? Ci fecero la solita lezioncina sul baratro in cui ti faceva piombare la droga e alla fine ci lasciarono andare.

«Allora?» domandò Sky quando uscimmo dall'ospedale. Il sole non era ancora pronto a sorgere e stava piovendo. Era un inverno rigido. «Cosa pensi?»

«Non è stata una rapina» dissi.

Sky annuì. «Avrebbero preso l'erba. Ma Ronald non ha nemici!»

«Noi sì.»

Sky si fermò. «Vuoi dire Nigel.»

«Il Ladro.»

Durante i nostri giorni di gloria avevamo fatto molta strada. Avevamo scoperto di essere un grappolo e avevamo conosciuto altri Pellegrini. Il Mago era una leggenda, anche se spesso una leggenda terribile, e così la Tempesta, l'Artefice e il Gigante Gentile. E così anche il Ladro.

Alcuni Lasciti ci avevano fatto ricordare gli orrori che Nigel aveva scatenato contro di me (contro di noi) nel Trecento, con la Chiesa dalla sua parte; la brutalità con cui mi aveva braccato in epoca vittoriana, quando era una donna di cui perfino gli uomini avevano paura. Il Ladro e il Mago combattevano da sempre, e Ronald non era il primo Una Tantum a pagarne le conseguenze, né sarebbe stato l'ultimo.

«Alice andrà fuori di testa» disse Sky.

4

Aveva ragione. Il primo commento di Alice fu: «E io sono stata con quel pezzo di merda?».

«Non siamo sicuri che sia stato lui» intervenne Tom.

A volte la sua prudenza mi infastidiva. «Sul serio, Tom?»

Stava per obiettare, ma si fermò. Invece, annuì e riconobbe: «Sì, scusa. È stato lui».

«Non possiamo fare finta di niente.»

Io e Alice stavamo macinando un po' d'erba; di solito non fumavo così presto, ma avevamo tutti bisogno di rilassarci. Stavamo usando due grinder gemelli che Ronald ci aveva regalato. Erano gialli, dipinti a mano con margherite e un simbolo della pace, arancione sul mio, blu su quello di Alice.

«Non possiamo» concordò Tom, riluttante.

«Però non sappiamo dove stia adesso Nigel» disse Alice.

«Non sarà difficile scoprirlo. Sky, tu sai dove Ronald tiene la sua scorta?»

«Certo.»

«Bene. Erba, LSD, ho bisogno di tutta la roba su cui riusciamo a mettere le mani. Più ce n'è, meglio è.»

«Che ci vuoi fare?»

«Un regalo a un amico.»

5

Quando lo conobbi, Walter Burchfield mi disse: «Questa cosa degli hippy è solo una moda passeggera». Gli piaceva atteggiarsi a uomo di mondo. Con gli occhiali, di bell'aspetto, veniva da una famiglia dell'alta borghesia, era convinto di essere migliore di chiunque gli girasse intorno, e non ne faceva mistero. Molti Pellegrini nostri coetanei, in Inghilterra e a quanto pareva anche negli Stati Uniti, si erano arruolati tra i figli dei fiori; anche se non pochi di noi facevano la guerra quanto l'amore, lo stile di vita hippy si addiceva alle nostre anime antiche. Non alla sua, però: Walter era orgogliosamente conformista.

Eravamo in un pub vicino a Baker Street. Walter continuava a guardare gli altri avventori, come se si aspettasse che qualcuno venisse a cacciarci via. Gli piaceva come mi vestivo, si capiva dal modo in cui il suo sguardo era attratto dalla mia scollatura. Anche altri uomini mi guardavano, però, e Walter era troppo rigido per apprezzare il fatto che la ragazza al tavolo con lui fosse così popolare. Non che sarei mai uscita davvero con lui, neppure in mille anni. «Noi Pellegrini dovremmo essere più saggi» aggiunse. «Guardare il mondo da una prospettiva più ampia.»

«Noi vogliamo *cambiarlo* il mondo, Walter.»

Fece una risatina nervosa. «Tempo un paio d'anni e avrete dimenticato queste sciocchezze, metterete su famiglia, una famiglia tradizionale intendo, e il mondo continuerà a girare come ha sempre fatto. Quando avrai raccolto abbastanza Lasciti, Catherine, capirai cosa intendo.»

Non mi piaceva quella sua supponenza, e tuttavia mi morsi la lingua. Walter aveva questo progetto grandioso, voleva mettere insieme un archivio del folklore dei Pellegrini. Per questo ci aveva contattati: voleva incontrare il nostro grappolo. Disse che aveva completato un archivio già due volte, e che due volte era stato distrutto. Non sapeva perché, né da chi. «Quando riuscirò a ricostruirlo di nuovo, lo saprò. La conoscenza porta conoscenza, che a sua volta porta altra conoscenza.»

«La conoscenza è potere» come diceva Sky. Sospettavo che i motivi dell'Archivista fossero meno disinteressati di quanto lasciasse intendere.

Avevo accettato di incontrarlo, ed era per questo che stavo cercando, mio malgrado, di non indisporlo. Sapevo riconoscere una persona motivata quando ne incontravo una, e Walter era *davvero* motivato. Alla follia. Era il tipo d'uomo che poteva rivelarsi un alleato prezioso o un gran mal di testa.

Le tre o quattro volte che ci eravamo incontrati era successo in quello stesso pub: quelli della sua cerchia mi avevano già visto con lui, e il suo buon nome era già rovinato tra gli habitué.

«Mi stai chiedendo molto» disse.

«Sei l'unica persona che conosco che segue tutti i Pellegrini.»

«Con discrezione.»

«Guarda, voglio solo sapere dove sta Nigel. Niente di privato.»

«Questo è abbastanza privato, visto chi sei.»

Gli lanciai un sorriso. «Pensavo che ti piacesse, chi sono.»

Arrossì e si voltò: Dio, questi borghesi erano prede così facili. «Non intendo schierarmi, Cat.»

«Se Nigel non avesse voluto essere trovato, non avrebbe

picchiato Ronald. È un messaggio: si *aspetta* che io faccia la mia mossa.»

«E quale sarebbe questa mossa?»

«Nessuna di quelle che farei con *te*» dissi, per stuzzicarlo.

Si tolse gli occhiali, nervosamente, li pulì con un panno che aveva tirato fuori da una tasca e se li rimise: quanto era dolce. Sospirò. «Ti dirò solo dove sta» si arrese, alla fine.

«Solo dove sta» confermai, con un cenno del capo. Bevvi un sorso della birra che mi aveva offerto. Era tempo di cambiare argomento, prima che potesse cambiare idea. Era tempo di assecondare il suo ego. «Come va il lavoro sull'archivio?»

Bastò accennare all'archivio perché gli si illuminassero gli occhi. «Alla grande. La scorsa settimana ho messo le mani su un vero *tesoro*, e non uso questa parola alla leggera» aggiunse.

«Di che si tratta?»

«Un libro del XVII secolo, dove questo Una Tantum racconta una leggenda che credo parli di noi. Oh, ti piacerà, Cat.»

Magari, se me ne fosse importato qualcosa, ma io aspettavo solo che Walter mi desse quel dannato indirizzo perché potessi andarmene. Dovevo fingermi interessata, però, e gli dissi: «Sono tutta orecchi».

«Hai mai sentito parlare di una reliquia chiamata "Bacio della Buonanotte?"» domandò.

6

Il nocciolo della questione era questo: Nigel aveva fondato una sua comune in una casa a Notting Hill. La casa apparteneva alla sua nuova ragazza, una certa Una Tantum che Walter descrisse come «un'americana sprovveduta con poco cervello ma le tasche foderate di quattrini».

Il mio piano era portare con me solo Tom; avevo bisogno di muscoli per ciò che avevo in mente (solo per fare scena, con un po' di fortuna). Ma voleva venire anche Alice. «Ne ho diritto» puntualizzò, e non potei obiettare.

«Andate pure» disse Sky. «Io porterò Jasmine a trovare suo zio Ronald.»

«Qualche novità sulle sue condizioni?» le chiesi.

Sky sorrise. «Sta meglio: dovrebbe svegliarsi in un paio di giorni.»

«L'ha detto il medico?»

«No, i medici non sanno che pesci prendere. È che sono andata a cercare l'anima di Ronald e sono riuscita a riportarla indietro» spiegò Sky, col tono pacato di chi è appena tornato dal negozietto all'angolo. «Ronald è fuori pericolo, ma ovviamente la sua anima avrà bisogno di un periodo di convalescenza.»

Avevo già visto la Tempesta fare strani numeri. Nel suo caso avevo deciso di sospendere qualsiasi giudizio.

Misi la mia maglietta fortunata, una dei Rolling Stones, il

primo regalo che mi aveva fatto Alice una settimana dopo che avevamo cacciato Nigel dal Rifugio. Presi anche una borsa con tutta la droga che avevamo raccolto – una quantità considerevole, abbastanza per comprare un pulmino Volkswagen nuovo di zecca, se l'avessimo venduta, o per farci mettere in prigione e buttare la chiave. Io, Alice e Tom prendemmo l'autobus per Notting Hill.

«Siete studenti?» ci chiese una graziosa vecchietta.

«Sì» risposi, con gentilezza. «Io studio architettura, i miei amici medicina.»

Fece un sorriso compiaciuto. «Quella borsa sembra pesante. Piena di libri, eh?»

Tom impallidì.

«Calma» gli dissi. «Andrà tutto bene.»

Il nascondiglio di Nigel non reggeva il confronto col Rifugio. Entrambi gli edifici erano in rovina, ma se il Rifugio era comunque *grandioso* nella sua decadenza, quella casa era solo malconcia. Siccome era una casa a schiera, poi, coi vicini sempre tra i piedi, era impossibile organizzare feste come quelle che facevamo al Rifugio.

Alice bussò alla porta.

Venne ad aprire un ragazzo alto e magro. Aveva le guance infossate di chi si fa roba pesante. Se non fosse stato con Nigel, mi avrebbe fatto compassione.

«Nigel è in casa?» gli domandai.

«E tu chi cazzo sei?»

«Digli che il Mago è venuto a trovarlo.».

Guardò prima me e poi Alice. «Voi due potete entrare. Il buttafuori resta qui.»

«Dovresti farmi entrare» disse Tom.

«Altrimenti?»

«Altrimenti ci arrabbiamo.»

Il tossico infilò una mano in tasca. «Mi stai minacciando? In casa mia?»

Ora, è molto raro vedere il Gigante Gentile lanciarsi davvero in uno scontro: di solito la sua presenza basta a evitarli. Ma quando capita è uno spettacolo. Si lanciò sul tossico con lo scatto di un cane da caccia, lo afferrò per la nuca con una mano enorme, e nello stesso movimento lo costrinse a voltarsi e gli sbatté la testa contro il muro.

Il tossico finì a terra con un gemito, a malapena cosciente. Il coltello che aveva cercato di estrarre era sul pavimento accanto a lui. Tom lo raccolse mentre io e Alice entravamo. Non avevamo portato armi. Non avremmo dovuto averne bisogno. Guardai l'orologio.

Sì, non avremmo dovuto averne bisogno.

Lo scontro aveva attirato gente da ogni parte della casa. Nel corridoio comparvero altri tre ragazzi. Quando vedi qualcuno delle dimensioni di Tom, arrabbiato quanto Tom, col coltello del tuo amico in mano e il suddetto amico steso sul pavimento alle sue spalle, non ti viene voglia di impicciarti. È comprensibile.

«Siamo venuti per Nigel» dissi.

Uno dei ragazzi fece un cenno con la testa, indicando una porta sulla destra. «Sapeva che sareste arrivati.»

«Non avevo alcun dubbio.»

Nigel era nel soggiorno, seduto su un grosso divano con la sua ragazza, e fingeva di guardare la televisione. La ragazza sembrava terrorizzata. Anche questo era comprensibile.

Io dissi: «Sei bravo a fingere: *Keep calm and carry on.*»

«Non sto fingendo» rispose, senza distogliere lo sguardo dalla televisione. «È che davvero non mi importa niente di voi.»

«Allora sei stupido.» Aprii la borsa. Sentii gli amici di Nigel che si irrigidivano, dietro di me, ma bastò un'occhiata di Tom perché restassero al loro posto. Tirai fuori un pacchetto con almeno un chilo d'erba. «Ecco» dissi. L'odore dell'erba aveva riempito la stanza. «Prendi.» Lanciai il pacchetto a Nigel.

Lui lo prese e lo guardò, perplesso.

Tirai fuori tre bustine più piccole di LSD. Ne lanciai una a lui, le altre ai ragazzi e alla ragazza rimasti sulla soglia. Le presero. Figuriamoci se non le prendevano.

«Un'offerta di pace» disse Nigel. «Che gentili.»

«Perché te la sei presa con Ronald?» domandò Alice.

Lui aspettò qualche istante, prima di rispondere: «Perché gli volete bene».

«Brutto stronzo...»

«Hai avuto la tua occasione con me, Artefice.» Cercava di mostrarsi indifferente, ma era chiaro che era rimasto ferito. Non aveva perdonato Alice. Almeno in parte, era ancora convinto di essere innamorato di lei, anche se un bastardo del genere non poteva avere idea di cosa volesse dire essere innamorati. «Qui crediamo nella libertà sessuale» aggiunse. «Quindi, se volete unirvi a...»

«Avevi troppa paura per prendertela con noi?» disse Tom.

«Il gatto gioca con il topo perché ne ha paura, idiota? Io ho amici, agganci... voi? Voi non siete niente, né in questa vita né nelle altre. Una lunga sequenza di zeri. Quello che abbiamo fatto al vostro amico Una Tantum? È quello che succede quando mi pestate i piedi. E succederà di nuovo, ve lo prometto.» Toccò il pacchetto con l'erba. «Mi spiace, ma no, non potete comprarmi con questa.»

«Non è un'offerta di pace» dissi.

Gli amici di Nigel si voltarono a guardare la porta d'ingresso.

Qualcuno stava entrando.

Tempismo perfetto. «Tu mi hai già fatto arrabbiare *due volte*, Ladro» sussurrai. Erano entrati tre uomini grossi come Tom. Due di loro avevano il coltello, il terzo una pistola, che puntò contro gli amici di Nigel. «Creami altri problemi e ti giuro che per te questa vita finisce qui.»

Entrò un quarto uomo. Era basso e tarchiato e portava gli occhiali da sole. Diede una rapida occhiata a Nigel, poi si voltò verso di me.

«Ciao Jim» lo salutai.

«Ciao tesoro. È questo qui?»

«In carne e ossa.»

«Sai chi sono?» Jim domandò a Nigel, girandosi a guardarlo.

Nigel lo sapeva. Certo che lo sapeva: Jim era uno dei più grossi spacciatori di Londra. Tutto il traffico a nord del fiume era suo. La roba migliore passava da lui, quella peggiore anche. «Credo che ci sia stato un errore» disse Nigel.

Le sopracciglia di Jim si toccarono. «La mia amica Catherine dice che tu e questi altri stronzi avete dato una ripassata al caro vecchio Ronald. Dice che volevi la sua zona. Solo che, vedi, non c'è nessuna cazzo di zona. Ci sono *io*, e sono *io* che permetto a Ronald di regalare la sua roba, perché quel ragazzo è uno spasso e non danneggia i miei affari. *Nessuna cazzo di zona*. E soprattutto, chi cazzo sei tu, e cosa ti fa credere di poter avere una zona tua?»

«Ma io non...»

Jim gli si avvicinò. Prese dal divano quel profumatissimo pacchetto d'erba. «E allora questo che cos'è?»

«Non è mio» tentò di spiegare Nigel. Mi stavo divertendo molto.

Jim ridacchiò, poi all'improvviso tornò serio e disse: «Stai dando della bugiarda alla mia amica?».

«Io non...»

«*Stai dando della bugiarda alla mia amica?*» gridò Jim.

Nigel chiuse la bocca. Non era uno stupido; non avrebbe cercato di ragionare con uno spacciatore incazzato. Allora disse, sottovoce: «Il mio vecchio è un comandante di polizia».

«Lo so.» Jim mise una mano in tasca e prese un tirapugni. «E questo ti salverà la vita» spiegò, mentre ci infilava le dita. Si guardò la mano con aria soddisfatta. Chiuse il pugno. «È meglio se te ne vai, Cat. Grazie per la dritta.»

«È stato un piacere» dissi.

Mentre uscivamo sentii i primi colpi e le prime grida.

«Pensi che capirà?» domandò Alice.

«Lo spero» disse Tom.

Lo speravo anch'io, ma ci sbagliavamo.

Oh, quanto ci sbagliavamo.

7

Meno di quarantotto ore dopo Ronald si svegliò, come aveva promesso Sky. Era un po' confuso, ma non più di quanto sarebbe stato dopo un festival. Quando tornò a casa gli organizzammo una festa a sorpresa, e sono contento di averla ricordata, perché fu una delle mie feste migliori. Se foste stati in giro ai tempi dell'Impero romano sapreste che alzo molto l'asticella quando si tratta di feste. C'era tutta la bella gente di Londra. Arrivò perfino Jimmy Page: non sto scherzando. Non faceva che parlare della sua nuova band, i Led Zeppelin, che stavano andando fortissimo. Sospetto che quella notte abbia avuto una breve avventura con Sky (mi dimentico sempre di chiederle se è vero; se stavolta sopravviviamo mi riprometto di farlo). C'era l'intera redazione di *Oz*: Richard Neville, Jim Anderson e Felix Dennis, che si stava facendo un nome. Anche molti Pellegrini, soprattutto quelli che si erano apertamente schierati con me, e alcuni dei neutrali. Walter non venne, per non correre rischi.

Stavo chiacchierando con un amico australiano di Richard, un surfista dalla pelle scura e gli occhi color acquamarina, quando notai un tipo che veniva verso di noi facendosi largo tra la folla. Aveva la testa rasata, e lo faceva spiccare in quella foresta di capelli lunghi. Stava bene, però. E aveva un viso familiare.

«Ehi sorella» mi salutò, con un forte accento scozzese. Si comportava come se il surfista non ci fosse.

«Ciao, come va?»

«Non ti ricordi di me?»

«Non sono sicura».

«Glasgow. L'*Acquarian Groove.*»

Ma certo, ora me lo ricordavo. Era il tizio del negozio di dischi di Glasgow che mi aveva parlato del Rifugio per la prima volta. *Acquarian Groove* era il nome del negozio. «Grant! Che ci fai qui?»

Grant si rivolse al surfista. «Io e Catherine abbiamo bisogno di un po' di tempo per una piccola rimpatriata.»

«C'ero prima io» protestò il surfista, imbronciato.

Grant gli diede un colpetto sulla spalla. «Pazienza, fratello.» Mi prese sottobraccio e mi trascinò via.

«Tu sai davvero come fare amicizia» risi.

«Sono bravissimo.»

«Non sapevo che fossi a Londra.»

«Sono arrivato tre mesi fa.»

«L'*Acquarian Groove* è andato giù?»

«È andato su, in realtà. Ci ho fatto un sacco di soldi e sto provando ad aprire un altro negozio qui.»

«Ancora musica?»

«No. Un negozio per *Pellegrini.*»

Eravamo al tavolo delle bevande. Grant prese due bicchieri di plastica e li riempì di sidro da una scorta apparentemente infinita che un tipo della Cornovaglia aveva portato alla festa. «Cioè?» domandai, e buttai giù un sorso. «Salute, a proposito.»

«Salute. In pratica è come quando vendevo dischi, però meglio. Ora commercio in Lasciti, che sono un po' come i dischi, se ci pensi.»

Non era un'idea sbagliata. I Lasciti sono il bene più prezioso a cui un Pellegrino può aspirare ma spesso, come oggetti in sé e per sé, non valgono niente. A saperci fare, si poteva comprare un Lascito a un penny e rivenderlo a un milione di sterline.

«Non male.»

«Detto da te significa molto.»

«E come li trovi, i Lasciti?»

«Oh, vado per tentativi. Uso temi natali per rintracciare Pellegrini. Mi faccio conoscere nella comunità, e la gente mi porta quelli che secondo loro sono i Lasciti di qualcun altro. Compro un po' di robaccia all'ingrosso e spero in un colpo di fortuna. Studio parecchio: storia, astrologia. E conto sulla fortuna, quello sempre.»

«E ne vale la pena?»

«Ieri ho guadagnato diecimila sterline con una singola vendita.»

«Ne vale la pena» dissi, con una punta di gelosia. Non erano i soldi, era il fatto indiscutibile che qualcuno che non ero io avesse avuto un'idea così buona.

«Quando ci siamo conosciuti non avevo idea di chi fossi» disse Grant, scuotendo la testa. «Il Mago!»

«Nessun problema» dissi, con modestia, anche se la modestia non è il mio forte.

«Ho sentito cosa hai fatto al Ladro.»

Quello non mi sorprese; il nostro raid voleva mandare un messaggio non solo al Ladro, ma all'intera comunità. *Non createci problemi.* Un messaggio molto semplice. «Ha fatto tutto da solo» dissi. Volevo chiedere a Grant quali fossero i suoi vincula, e se anche lui avesse un Nome dell'Anima, ma secondo il galateo del Pellegrino erano domande estremamente scortesi. Era come chiedere a uno sconosciuto quanti soldi gli fossero rimasti sul conto in banca.

«Già» disse. «Scusami, sorella, ma non hai paura di cosa potrebbe succedere?»

«Nigel terrà giù la testa.»

«Sappiamo entrambi che non lo farà.»

Aveva ragione. Perfino Tom doveva sapere che il nostro raid non era la fine della storia; era una bugia che ci raccontavamo per continuare a illuderci di essere al sicuro, e che nulla fosse cambiato. Questo mentire a noi stessi, questo ignorare di proposito la forza brutale della realtà, fu uno dei motivi per cui di lì a sei mesi saremmo stati tutti morti.

«Quando vorrà, mi troverà pronta» dissi.

«Sono sicuro che già lo sai, ma... i Lasciti fanno molto di più che restituire i ricordi.»

«Un po' alla volta restituiscono anche le capacità.»

Grant si toccò la testa rasata. «Niente va mai perduto del tutto, nello spazio della mente. O dell'anima, o di quello che vuoi tu.»

«Cosa stai cercando di vendermi, Grant?»

«Ho trovato una spada, e credo che sia appartenuta a te, a un certo punto. Potrebbe tornarti utile, se vuoi essere *pronta* per Nigel.»

«È molto gentile da parte tua, ma se costa più di tre sterline non me la posso permettere.»

«I soldi non sono l'unica cosa di valore che c'è.»

«Non verrò a letto con te. Senza offesa.»

Grant rise. «Sono un onesto uomo d'affari, Cat. No, pensavo a qualcosa di diverso. C'è un Pellegrino con cui muoio dalla voglia di fare due chiacchiere, ma sono nuovo in città e sto ancora costruendo la mia rete di contatti. Trovamelo, e la spada è tua.»

«Diciamo che la spada è solo un pezzo di ferro...?»

«Allora ti dovrò un favore.»

Era un buon affare. Non ho mai visto un Pellegrino rifiutare l'opportunità di mettere le mani su un Lascito: siamo dei grandi sostenitori del *conosci te stesso*. Fu uno di noi a scrivere quel motto su un tempio, nell'antica Grecia.

«Dov'è la fregatura?» domandai.

«C'è sempre una fregatura» rispose Grant. «Puoi solo impugnare la spada, e vedere se ne ricavi qualcosa. Non puoi tenerla.»

«Perché no?»

«Perché è così che lavoro. I clienti paganti possono tenere per loro le cose che trovo, gli altri possono solo… affittarle.»

«Così se moriamo giovani e torniamo mentre tu sei ancora vivo, puoi venderci di nuovo gli stessi Lasciti?»

«Gli affari sono affari» disse Grant, con un sorriso.

Capivo la sua logica; avrei fatto lo stesso al suo posto. «E questo Pellegrino sarebbe…?»

«Lo chiamano lo Strambo.»

8

Mi ci vollero due settimane. Non chiesi aiuto a Walter: era il genere di faccenda che lo avrebbe incuriosito troppo per il mio bene.

Lo Strambo: era uno strano Nome dell'Anima, anche per i nostri standard. Non era la prima volta che lo sentivo, ovviamente. Se eri un Pellegrino e stavi a Londra per un po' di tempo, prima o poi sentivi parlare dello Strambo, anche se nessuno aveva idea di chi facesse parte del suo grappolo. Sky giurò di averlo incontrato nella Rêverie.

«È un po' strano» aggiunse. Il che dava da pensare, detto da lei.

Anche se tutti parlavano dello Strambo, non riuscivo a trovare qualcuno che lo avesse incontrato di persona. Un anziano Pellegrino con un Alzheimer incipiente diceva di averlo visto, da ragazzo, ma diceva pure di avere incontrato John Lennon, da ragazzo, e questo significava che aveva incontrato Lennon prima ancora che Lennon nascesse. Una maestra di Southwark era sicura di aver parlato con lo Strambo vent'anni prima, ma si ricordava ben poco. Ero sempre più convinta che quell'uomo fosse solo una leggenda metropolitana, un mostro di Loch Ness a Londra, quando fu lo Strambo a trovare me.

Era una calda giornata di sole e io ero a Hyde Park a mangiare un sacchetto di fish n' chips dopo aver passato la mattinata a seguire così tante piste false che mi sembrava di vivere in un labirinto. Un musicista di strada con la chitarra in spalla mi si avvicinò e mi disse: «Scusami. Sei tu il Mago?».

«Sei un Pellegrino anche tu?» replicai.

«Come? No, no, io sono ateo» mi rispose il musicista di strada.

Era una strana conversazione. «Sì, sono il Mago.»

«Lo Strambo ti sta cercando.»

«Lo Strambo, hai detto?»

«Alto, magro, con la barba lunga. Pulito.»

Corrispondeva alla descrizione che mi aveva fatto Grant. «E cosa vuole da me?»

Il musicista di strada strofinò le dita nel gesto universale di chi vuole dei soldi. «Ha detto che saresti stata molto contenta di vederlo.»

«Per una sterlina ti sembro abbastanza contenta?»

«Abbastanza.»

Mi alzai. Sì, era una situazione strana, ma a volte mi piace lasciarmi andare.

Il musicista di strada mi condusse fuori da Hyde Park e verso Tottenham Court Road. Se avesse tentato qualcosa di strano, potevo cavarmela; dopo la disavventura di Ronald giravo sempre con un coltello. «*Si vis pacem para bellum*» diceva sempre una delle mie precedenti incarnazioni: «Se vuoi la pace, preparati alla guerra».

Finimmo in un vicolo che puzzava come le latrine di un accampamento medievale (ci sono stato, so di che parlo). Mi aspettavo qualcosa di più da un Pellegrino il cui nome era leggendario quanto il mio.

Lo Strambo era un uomo parecchio anziano e in pessime condizioni. Giaceva supino su un pezzo di cartone, senza denti, con le guance infossate. Sembrava uno scheletro, perfino peggio di un morto che cammina. Il cartone era circondato da fiori freschi, merendine al cioccolato, albi a fumetti; sembravano le offerte a un dio pagano. Un dio che stava morendo.

Lo Strambo tossì. «Mago» disse. «Sei tornato.»

«Non mi ricordo di te» confessai.

Sporco, sudicio, disteso in un vicolo puzzolente con l'aria di un pazzo, quell'uomo aveva intorno a sé un'aura di dignità. Di forza. Non capivo se lo compativo o se mi metteva in soggezione.

«Mi piaci di più da morto» disse lui, e tossì di nuovo. Sputò un grumo di sangue.

Ero abituato ad altri Pellegrini che mi auguravano la morte – o almeno che mi auguravano di vivere lontano da casa loro, dall'altra parte dell'Atlantico, se possibile. «Qualunque disastro abbia fatto, stavolta mi sto comportando bene.»

«Un uccellino mi ha detto che mi stavi cercando.»

«Me l'ha chiesto un altro Pellegrino.»

«Il Mercante» disse. Dunque Grant un Nome dell'Anima ce l'aveva, dopotutto, e anche appropriato. «Sto morendo, Mago.»

Non risposi: cosa potevo dire?

«Non pensare che ti toglierò gli occhi di dosso.» Quegli occhi si stavano riempiendo di lacrime. «Dimenticati di lui. Lascia perdere quello stupido Ladro.» Gli venne un altro attacco di tosse, più forte del precedente.

«Non ce l'ho con lui» dissi. «È lui che...»

«Accidenti, quant'è bella la Rêverie» mi interruppe lo Strambo. «Bella e piena di vita.» Non stava nemmeno guardando me, ma un punto qualsiasi sul muro alle mie spalle. Si mise a fischiettare una melodia che non conoscevo, ma che mi ricordava qualcosa che Sandy Denny avrebbe potuto cantare.

Guardai il musicista di strada, che era rimasto lì tutto il tempo. «Puoi tenerlo qui cinque minuti?»

Lui scosse la testa. «Sono giorni che non si muove.»

«Torno subito.»

Corsi a cercare una cabina telefonica.

9

Grant, il Mercante, parlò con lo Strambo a quattr'occhi. Non poteva essere questa gran conversazione; era impossibile parlare *davvero* con lo Strambo. Potevi stargli vicino, strappargli qualche parola e cercare di trovarci un senso.

Ero perplessa e confusa. Mi chiedevo chi fosse l'*uccellino* che aveva detto allo Strambo che lo stavo cercando, e mi chiedevo se fosse solo un colpo di fortuna che uno dei suoi amici stesse suonando per strada a Hyde Park proprio quando c'ero io, e infine mi chiedevo perché quel vecchio barbone fosse così interessato al Ladro e a me. Non era il solo, manco per niente, ma l'interesse dello Strambo sembrava nettamente diverso; più intimo, personale. Pensavo che avrei trovato le mie risposte, come le avevo già trovate in passato. Quella volta, però, sarei morta senza conoscerle.

Avevo altre cose da sistemare. Il Mercante mi diede la spada, che era davvero un Lascito. L'avevo usata nel bosco di Oxleas nel XII secolo, in quello che adesso era il sud-est di Londra ma che un tempo era una terra selvaggia. Avevo combattuto per salvarmi la vita contro un Una Tantum che consideravo un amico e che poi mi si era rivoltato contro. Ah, be'. Vivi abbastanza a lungo e ti succederà chissà quante volte.

Io e i miei veri amici finimmo per stringere un accordo informale con il Mercante: quando trovava quello che secondo lui poteva essere uno dei nostri Lasciti, ci chiedeva dei favori in cambio. «Non potete permettervi di comprarli,» era il suo ragionamento «ma d'altro canto valgono qualcosa solo per *voi*, e potrei venderli solo a voi.» Era un uomo d'affari piuttosto scaltro, glielo devo riconoscere.

In pochi mesi imparammo diverse lezioni da tre o quattro vite diverse. Non trovammo Lasciti particolarmente importanti (se il Mercante li trovò, di sicuro ce li tenne nascosti, in attesa del giorno in cui avremmo potuto pagarlo con soldi veri o favori più grossi), e non riuscimmo a ricostruire nessuna di quelle vite nella loro interezza, ma ricordammo parecchie cose, e diventammo parecchio più esperti di quanto lasciassero pensare le date sulle nostre carte d'identità.

Dopo il pestaggio, e dopo aver passato un mese in ospedale, Nigel era tornato in giro. Nella comunità tutti sapevano che voleva il nostro sangue, e non potevamo più illuderci che avrebbe tenuto la testa bassa. Credevamo di essere pronti, ma lui ancora una volta superò se stesso – malgrado tutti i Lasciti, eravamo ancora ingenui come bambini, e non pensavamo al nostro scontro come a una guerra vera e propria.

Ancora una volta fu una telefonata a cambiare le carte in tavola. Arrivò in un sabato di pioggia, mentre passavamo il tempo nella cucina del Rifugio. Tom andò a rispondere. Rimase in ascolto, in silenzio, poi mi passò la cornetta. «Sono Nigel.»

«Ehi» dissi, col tono allegro. «Hai incontrato qualche spacciatore di recente?»

«Ascoltami» disse Nigel, gelido. «Entro cinque minuti ti chiamerà la polizia. Puoi essere *assolutamente certa* che sono stato io.» E riattaccò.

«Ora fa gli scherzi telefonici» dissi, fingendomi allegra. Nessuno ci credette, però.

I minuti passarono lenti, e quando il telefono squillò di nuovo, dovetti sforzarmi parecchio per non mostrarmi turbata.

Dall'altro capo della linea arrivò una voce, seria. «La signorina Catherine Anderson?»

«Sono io.»

«Parla il dipartimento di polizia di Edimburgo.» Ci fu una pausa. «Si tratta dei suoi genitori.»

10

Vi risparmio i dettagli. Il lungo viaggio in autobus verso Edimburgo, l'identificazione dei cadaveri, i mille problemi burocratici che dovetti affrontare. Ero figlia unica, quindi toccava tutto a me, anche litigare su due fronti, col padrone di casa dei miei genitori che pretendeva i tre mesi di preavviso previsti dal contratto d'affitto, e la loro assicurazione sulla vita, che bastava appena a coprire le spese per il funerale. La versione ufficiale parlava di una rapina andata a finire male: mia madre e mio padre si erano svegliati e il ladro, di sicuro uno di questi giovani hippy che stavano causando tanti problemi, li aveva uccisi con un'arma bianca, grossa e pesante. Un machete, secondo il medico legale. Sì, se volete saperlo per le strade di Edimburgo i machete giravano, e per quelle di Londra giravano e girano cose ancora più strane. Ci sono io, per esempio.

Mia madre e mio padre erano brave persone. Mi avevano lasciato vivere la mia vita senza starmi troppo addosso. Erano sempre presenti quando avevo bisogno di loro, ed erano stati molto innamorati, anche se il loro amore non era quella forza folle e inarrestabile che crea un vinculum. Erano due Una Tantum, e adesso erano morti. Non potevo riportarli indietro. Non li avrei più rivisti. Erano morti, se n'erano andati per sempre. Avevo rovinato la loro unica vita e non potevo rimediare.

I miei amici restarono con me tutto il tempo. Tom, Alice,

Sky, anche la piccola Jasmine – «Deve fare esperienza della morte» aveva deciso Sky. Non pianse nemmeno una volta durante i funerali, sotto la pioggia cupa di Edimburgo.

Ronald rimase a presidiare il Rifugio, e lo presidiò bene. Quando finalmente tornammo, dopo un altro deprimente viaggio in autobus, l'atmosfera familiare del Rifugio ci accolse. Forse Sky aveva ragione, e la casa aveva uno spirito, e quello spirito ci voleva bene.

«E adesso?» domandò Tom.

Eravamo seduti a tavola in cucina, a bere una tazza di una tisana rilassante che Sky aveva preparato per noi.

«Adesso lo fermiamo» disse Alice.

Neanche Tom ebbe da ridire.

Stavolta ero io a non essere d'accordo. «Cosa possiamo fare? Ucciderlo?»

«Non sarebbe peggio che metterlo KO.» Era come un mantra per noi Pellegrini, qualcosa che ci dicevamo dopo aver deciso di farci fuori a vicenda.

«È proprio questo il mio problema: risolveremmo la situazione per quanto? Trent'anni? Sessanta? Però poi moriremo e torneremo tutti insieme. Non voglio vivere così, Alice, con tutta questa violenza, questa… cattiveria che mi segue sempre. E per quale motivo? È come una giostra: qualunque cosa facciamo, torniamo sempre allo stesso punto, nella stessa posizione.»

Tom alzò le spalle. «È così che funziona.»

«Allora cambierò il modo in cui funziona» dissi.

11

Due mesi dopo mi incontrai con Walter al nostro solito pub. Aveva un bicchiere vuoto sul tavolo e una seconda pinta già a metà. Aveva la cravatta allentata, i capelli spettinati e non l'avevo mai visto tanto in disordine. Presi una pinta per me e andai a sedermi con lui. Aveva chiesto di vedermi ma non mi aveva offerto da bere. Non era un buon segno.

«Ehi, amico» gli dissi. «Chi è morto?»

Mi guardò male. «È vero?»

«Dipende dalla domanda» risposi. «A cosa ti riferisci?»

«Ho sentito dire che il Mercante sta cercando il *Postremus Osculum.*»

«Il che cosa?»

«La lancia di cui volevi sapere tutto.» Walter sospirò. «Sono stato un buon amico per te, Cat. Non merito qualcosa di più delle tue bugie?»

Il problema non era ciò che meritava, ma cosa potesse favorire oppure ostacolare i miei piani. Dovevo decidere in fretta. Decisi che Walter era un uomo intelligente. Non volevo averlo come nemico, se potevo evitarlo. «Sì, è vero» confessai. «Gli ho chiesto io di trovarla.»

«La sta cercando qui, in Germania e in Italia: tutti i luoghi in cui il Bacio è comparso in qualche leggenda, o nella storia ufficiale. Grant ha fatto bene i compiti.»

«È bravo in quello che fa.»

Walter si accigliò. Stava per dire qualcosa, poi cambiò idea. «E se ti chiedessi di lasciar perdere?» disse, sottovoce.

«Risponderei che non sapevo fossi amico di Nigel.»

«Non è per questo! Pensavo che fossi più intelligente di così, Cat.»

«Questa me la devi spiegare» dissi, irrigidendomi.

Walter fece una pausa, prima di rispondere: «Il Bacio cambierebbe le regole per tutti. Siamo una comunità: abbiamo già delle regole e delle usanze, e l'unica cosa a tenerci uniti è l'idea di essere, di fatto, immortali. Alcuni di noi possono essere ricchi in questa vita, ma probabilmente saranno poveri nella prossima. Il potere, il benessere materiale, la fortuna: la ruota gira, tutto viene, va e poi ritorna. Alla lunga siamo tutti uguali, tocca a tutti fare un turno in cima e un turno in fondo alla scala». Fece un'altra pausa, guardando in fondo al bicchiere. «Col Bacio, però, cambia tutto. Smettiamo di essere tutti uguali. Ottenuto il vantaggio del Bacio in una vita, ottieni la possibilità di eliminare i tuoi nemici: se un Pellegrino ti crea problemi, per lui la ruota smette di girare.»

«Esattamente» dissi.

«Pensa alle conseguenze! Pensa fino a che punto potrebbero spingersi altri Pellegrini con un vinculum d'odio per ottenere il Bacio. Che succederà, dopo che avrai ucciso Nigel? Come cambierà tutta la nostra comunità? Sei pronta, in buona fede, ad aprire questo vaso di Pandora?»

Aspettai un attimo, poi risposi: «Sono curiosa. Tendo ad aprire le cose, per vedere come funzionano».

Walter fece una smorfia. «Stai alzando la posta in gioco per tutti noi, non solo per te e per il Ladro. Non hai il diritto di farlo.»

Tom mi aveva già fatto quella lezione: uccidere Nigel con il

Bacio della Buonanotte, aveva detto, era esattamente come uccidere gli Una Tantum: qualcosa che una volta fatto non si poteva disfare. Sì, lo sapevo. Era esattamente quello, il punto.

«Non sarebbe la prima volta nella storia che compare il Bacio» dissi. «E nessuna delle altre volte ha cambiato il mondo o chissà cosa, è sparito di nuovo e basta.»

«E questo non ti fa gelare il sangue?» ribatté Walter. «Ti aspetteresti che un'arma così potente resti in giro, una volta arrivata sulla piazza. Certi Pellegrini farebbero letteralmente qualsiasi cosa per averla. Eppure nessuno sa descriverlo. No, non posso credere neanche per un attimo che il Bacio sia scomparso da solo: qualcuno ha avuto dei buoni motivi per toglierlo di mezzo. Ma chi? È questa la domanda che dovresti farti.» Finì la sua birra in un solo lungo sorso. «E poi: come funziona il Bacio? Tutte le leggende concordano sul fatto che al primo colpo *saprai* che l'anima del tuo nemico sta morendo. Anche se non lo uccidi subito, *la percezione della sua anima trafitta riempirà il tuo spirito di rabbia e gioia*. Cosa significa? Come può un'arma fisica trafiggere un'anima?»

«Lo scoprirò,» dissi «e te lo racconterò.»

«Danneggerai la nostra comunità come nessuno ha mai fatto prima.»

«Okay» azzardai. «Allora diciamo che dopo aver usato il Bacio, te lo darò. Sarai libero di farlo sparire, se è quello che vuoi.»

«Certo, perché Grant ti permetterà di farlo, vero?»

«Lascia che mi occupi io di Grant.»

Gli occhi di Walter tradivano la lotta che stava avvenendo dentro di lui. Tolse gli occhiali, li pulì e li rimise. «Immagino che non ti abbia detto di noi due.»

In quel momento capii. «Voi condividete un vinculum» dissi a bassa voce.

Walter annuì.

«E non è d'amore» aggiunsi.

«No, decisamente no.»

Adesso la cautela di Walter aveva più senso; non aveva paura delle vaghe conseguenze storiche delle mie azioni. Aveva paura per sé. «Non permetterò che Grant ti faccia del male.»

Walter sbuffò. «Ti ho detto che i miei archivi sono andati distrutti.»

«Due volte, hai detto.»

«Spero che tu capisca che battuta d'arresto è stata per l'intera comunità, soprattutto la prima volta: contenevano oggetti risalenti a *millenni* fa. Lasciti che potevano contenere indizi sulle nostre origini, o sul nostro obiettivo finale.»

«Se ne esiste uno.»

«Tutto, in natura, tende verso qualcosa. Quegli archivi erano inestimabili, Cat, ma sembra che il tuo amico Mercante un valore, un *prezzo* glielo abbia dato, dopo averli depredati. Quell'uomo è disposto a mettere a repentaglio la nostra storia per i soldi: ti immagini cosa potrebbe fare, se mettesse le mani sul Bacio della Buonanotte? Perché io, sinceramente, non ci riesco.»

«Mi dispiace per i tuoi archivi. Davvero, Walter. Ma è un motivo in più per andare avanti: ho detto a Grant tutto ciò che so del Bacio, tutto ciò che anche *tu* sai. Se facessi un passo indietro, continuerebbe a cercarlo da solo.»

Vidi la disperazione nei suoi occhi. «Cazzo, lo so» disse, a voce bassa. «Ma se lo uccidiamo, se ne dimenticherà. Grant muore, tu smetti di cercare il Bacio e il destino continua a fare il suo corso, come sempre.»

«Fanculo il destino.»

Walter scosse la testa. «Non puoi mandare affanculo il destino, Cat.»

Non puoi fare questo, non puoi fare quello. Sono le parole da dire se vuoi farmi arrabbiare.

«Guardami, Walter» dissi, seria. «Guardami. Io sono il Mago: sono una leggenda immortale. Ho ispirato più ballate, storie e filastrocche di chiunque altro nella storia. C'è *una carta dei Tarocchi* che porta il mio nome. Sono sulla Terra da quando esiste l'umanità, ho imbrogliato, ingannato e superato in astuzia le menti più acute che siano mai nate, ho ammassato e sperperato intere fortune *per divertimento*. Io faccio quello che voglio, quando voglio. Posso far ballare il destino come un orso ammaestrato, se mi gira così. Quindi, sì: fanculo il destino. Ne ho avuto abbastanza.»

Walter trasalì.

«Non aver paura» dissi, con un sorriso. «Noi siamo amici. Non hai motivo di preoccuparti, finché andiamo avanti così.»

12

Un pomeriggio, sul tardi, Grant bussò alla porta del Rifugio. «Ci sono stati alcuni sviluppi» disse.

«Stupiscimi» risposi.

«È una di quelle volte in cui le parole non bastano.»

Io e Sky eravamo con Jasmine: Tom e Alice si erano concessi una serata tutta per loro. «Adesso?» domandai.

«Prima è, meglio è. Sarebbe fantastico se potesse venire anche Sky.»

Per fortuna Ronald non si era ancora concesso la sua dose quotidiana di erba, e dunque poté restare con Jasmine. Io misi dei jeans robusti e una vecchia giacca di pelle, e presi il coltello. Dopo la chiacchierata con Walter, mi fidavo un po' meno di Grant.

«Dove andiamo?» gli domandai.

«Hampstead Heath.»

Grant aveva già chiamato un taxi. Gli affari dovevano andargli bene: ogni giorno sembrava più elegante, e aveva smesso di prendere i mezzi pubblici. Meno di un quarto d'ora dopo eravamo a Hampstead Heath. Non era molto distante dal Rifugio, ma era tutto un altro mondo, popolato da gente così ricca che il denaro perdeva importanza. Quel posto, coi laghetti dove si poteva fare il bagno, i boschi e prati che parevano infiniti, per me era una fonte inesauribile di fascino, e lo è ancora, anche adesso, in questo momento. È uno dei luoghi che ai miei occhi riassume tutta la stranezza di Londra, questa città, questo organismo che per secoli non ha mai smesso di crescere, e non solo in mattoni e cemento, ma anche in alberi, fiori e cespugli. Ed è tutto collegato: ogni parte della città contribuisce a far vivere tutte le altre, obbedendo alle regole di un'eleganza nascosta che quelli come me possono solo intravedere. Invidio la chiarezza con cui l'Artefice ha potuto vederla nel corso dei secoli.

Era una calda sera d'estate. Grant pagò la corsa ed entrammo nel parco in silenzio, addentrandoci tra gli alberi, con la luna piena che gettava su di loro e su di noi una luce d'argento. Sentivo delle voci in lontananza, e l'inconfondibile odore di un falò. «Stiamo andando all'accampamento?» domandò Sky.

«Esattamente» arrivò la risposta di Grant. «Il mio contatto ci sta aspettando.»

«Pellegrino?»

«Non credo. Non ha idea di cosa sia un Pellegrino, e oserei dire che sarebbe meglio non dirglielo.»

A Hampstead Heath, incastrato tra le proprietà più lussuose di Londra, c'era un vero e proprio campo nomadi dove zingari, vagabondi New Age e hippy locali avevano portato le roulotte. Era un terreno privato, che sarebbe costato l'ira di Dio, ma al proprietario piacevano quegli squinternati e allora la polizia li lasciava in pace. Sì, se vi è venuto il dubbio, il campo c'è ancora; ma ci arriveremo.

C'erano una ventina di roulotte. Alcune persone erano sedute intorno a un falò ai margini dell'accampamento, a suonare la chitarra e arrostire salsicce. Quando entrammo nel cerchio di luce del falò, tutti gli sguardi si posarono su di noi. «Ehi, Sky!» esclamò un ragazzo magrolino e con gli occhi spalancati, mettendo in quelle due parole tutta la sua ammirazione per la mia amica.

«Ehi, tu» rispose lei, e gli sorrise.

«Catherine» mi salutò una ragazza con un cenno del capo.

Ricambiai il saluto. Sky era una vera celebrità, e anche io, ma solo perché ero sua amica. Ogni hippy, ogni New Ager, ogni vagabondo mistico e qualunque altra anima persa passasse per Londra prima o poi passava dal Rifugio, o comunque si vantava di averlo fatto. All'inizio credevo che Sky non si rendesse nemmeno conto del potere che aveva in quell'ambiente, ma col tempo capii che non le importava.

«Non sapevo che foste amici» disse il ragazzo magrolino a Grant.

Grant cinse me con un braccio e Sky con l'altro. «Siamo *ottimi* amici» disse, con un gran sorriso. «Ma ora abbiamo da fare. Non scappare però, ci becchiamo più tardi.»

Andammo a bussare a una delle roulotte, all'estremità più lontana dal falò. «Avanti» disse una voce.

L'interno era talmente pieno di fumo che sembrava d'essere in una fumeria d'oppio. Mi vennero le lacrime agli occhi e per un attimo il giovane occupante della roulotte sembrò una fata che usciva dalle nebbie di Avalon. Poco più che ventenne, indossava una camicia thailandese, occhiali verdi rotondi e una fascia per capelli, anche se non erano poi così lunghi. Si sforzava troppo; doveva essere un novellino, o un semplice aspirante hippy.

«Wyn» si presentò, porgendo la mano a me e a Sky.

«Sta per Wynford» specificò Grant. Un nome dell'alta borghesia, per un rampollo dell'alta borghesia, e Grant voleva che lo sapessimo. Diede una pacca sulla spalla a Wynford. «È lui il nostro uomo.»

Wynford annuì con l'aria infelice. Si muoveva a scatti e teneva sempre gli occhi bassi, tranne quando li alzava bruscamente come per sfidarti. Odorava di paranoia. Aveva l'aria di qualcuno che se l'era passata male, o forse aveva preso le droghe sbagliate. «Sai cosa stiamo cercando?» domandai.

Offrì a me e a Sky delle sigarette arrotolate a mano, che rifiutammo. Ne accese una per sé e una per Grant e rispose: «Il Bacio della Buonanotte».

«Vale a dire...?» domandai per metterlo alla prova.

«Una lancia antica. La punta risale almeno all'epoca romana, forse ancora prima, mentre l'asta fu ricostruita nel Medioevo. Contenta?»

«Non so se basta.»

Wynford si rivolse a Grant. «Ha visto la foto?»

«Non ancora.» Grant tirò fuori di tasca un ritaglio di giornale, lo aprì e me lo diede. Era la foto di una lancia, poggiata su un tavolo spoglio; un'immagine che somigliava moltissimo al disegno che Walter mi aveva mostrato in uno dei suoi libri. Sotto c'era un numero di telefono. «Ho trovato questo annuncio in un numero ciclostilato di *Earth Mysteries*» spiegò Grant. «E ho chiamato il numero: era quello della fanzine. Mi hanno spiegato che a inserire l'annuncio era stata una persona molto riservata e tutte le risposte e i contatti dovevano passare attraverso di loro. Ci sono voluti un bel po' di tempo e parecchia fatica, ma alla fine sono riuscito a convincere Wynford che non l'avrei accoltellato appena lo vedevo, così ci siamo incontrati.»

«Hai messo un *annuncio*?» Sky chiese a Wynford.

Stava aprendo una credenza. Spostò pentole e barattoli e recuperò la foto originale per mostrarcela. «Sapevo che certe persone, persone ricche, cercavano il Bacio, ma non sapevo come rintracciarle.»

«Quindi hai pensato di far venire loro da te» dissi, non senza una punta di ammirazione. «Un'idea intelligente.»

«Grazie cara.»

«Dunque ce l'hai tu il Bacio?»

«No, ma so dov'è e come prenderlo.»

«Prenderlo» disse Sky. «Cioè?»

«Rubarlo.»

«Non potremmo provare a negoziare con il proprietario, prima?»

Wynford ridacchiò. «Perché vuoi il Bacio?»

«Potrei rispondere,» dissi con franchezza «ma mentirei.»

«Dimmi solo questo: si tratta di qualche stronzata religiosa?»

«No.»

Wynford indicò la foto con la sigaretta. «Perché per *loro* è così. Le persone che possiedono quest'affare sono una setta, e intendo una setta *vera*. Per loro il Bacio è sacro: parlano di una profezia, o un'altra stronzata del genere.»

«Quale profezia?» domandò Sky.

«Te ne parlano il giorno del tuo venticinquesimo compleanno. "Un quarto di secolo di saggezza," dicono "per ascoltare un segreto sublime." Non ci sono ancora arrivato.»

«Facevi parte di questa setta?»

«È una cosa di famiglia, che risale a parecchie generazioni fa.» Wyn diede un tiro alla sigaretta. «Loro e queste tradizioni di merda.»

Avevo già visto una scena come quella. Un ragazzo ricco scappa dalla casa di sua madre. Il ragazzo ricco scopre di non potersi permettere tutti i giocattoli che prima gli piacevano tanto; il ragazzo ricco decide di rubare da casa della mamma. Basta solo aggiungere un culto al mix, e anche quella non era una novità, non a Londra negli anni Sessanta.

«E quale sarebbe questa tradizione?» domandò Sky. «Voglio dire, in che cosa credono?»

«Scusami, Sky,» dissi «ma ne parliamo magari più tardi. Quello che voglio sapere adesso è: il Bacio, è ben protetto?»

«Sta in un posto che sembra Fort Knox. Ma conosco gli uomini della sicurezza. Senza di me non avete alcuna possibilità. E sarà comunque pericoloso: questa è gente seria, ben addestrata. Non esiteranno a sparare. Per loro il Bacio è più importante di ogni altra cosa. Della loro vita. Dei loro figli.»

Mi venne la pelle d'oca. Non avevo mai capito come qualcuno, certe volte addirittura qualcuno *intelligente*, potesse lasciarsi abbindolare a quel modo dai ciarlatani che si autoproclamavano guru, mahatma o chissà che altro.

«E dopo che l'avremo rubato,» continuò Wyn «dovremo lasciare la città. Documenti falsi eccetera. Questi qui sono disposti a morire, e a uccidere, per riavere la loro reliquia. Non si fermeranno mai. Mai e poi mai.»

«Sei sicuro di quello che dici?»

Wyn scosse la testa. «Sono pronti a radere al suolo Londra, se serve.»

«Credono nella reincarnazione?» domandò Sky. Era fatta così: più interessata alle idee teologiche di una setta che a come ottenere l'arma più potente sulla Terra.

«Come?! No, per niente» disse Wyn. «Perché me lo chiedi?»

Sky alzò le spalle.

Le restavano meno di due giorni di vita.

13

«Che ne pensi?» domandò Grant, mentre uscivamo dal parco.

«Gli credo.»

«Anch'io. Ha fretta, e possiamo spuntare un buon accordo. Ha corso un rischio enorme pubblicando l'annuncio: si è rintanato qui a Hampstead e ha queste paranoie su tutto e su tutti, ma se la setta è così potente come dice, è solo questione di tempo prima che lo trovino.»

«Quanto vuole?»

«Era partito da un milione e mezzo. Ci siamo accordati su cinquecentomila sterline.»

«E tu avresti tutti quei soldi?» domandò Sky.

«Ho interessato alcuni… Investitori.» Fece una pausa. «E il nostro accordo, Cat?»

Il nostro accordo non poteva essere più semplice: Grant mi aiutava a trovare il Bacio, io gli dovevo un favore. Un favore bello grosso. «Non cambia niente» mi affrettai a rispondere.

Grant rise. «Quello che intendo dire è che io ho i soldi, le informazioni e le persone per fare il lavoro, ma non credo che il nostro piccolo Wynford dicesse cazzate: quella setta potrebbe rivelarsi un osso duro. Mi piacerebbe avere il Mago dalla mia parte. Quindi, aiutami a rubare il Bacio e siamo pari così. Prima potrai usarlo, poi diventerà mio come avevamo detto.»

Accettai con un brusco cenno del capo. «Un'ultima cosa.»

«Non ti fermi mai» scherzò Grant.

«Non userai il Bacio su Walter.»

Si fermò di colpo. «Sai del nostro vinculum.»

«Sì.»

«Ahimè, l'Archivista è il mio *unico* vinculum: se muore lui, muoio anch'io. Posso odiare quel piccolo stronzo fino alla morte, ma non alla mia. Non ho intenzione di suicidarmi. No, Cat, il tuo amico è al sicuro.» Sorrise. «E non temere che ti venda a Nigel. Neanche lui ha istinti suicidi.»

14

Il ritaglio restò a me. A Grant non serviva e io lo piegai e me lo misi in tasca, distrattamente. Lo stavo guardando mentre telefonavo a Walter.

Glielo dovevo. La promessa del Mercante era perfettamente sensata, ma chi si fida di una promessa sensata? Io no di certo. Io mi fido solo di tre persone al mondo, oltre a me: il Gigante Gentile, la Tempesta, l'Artefice. E su me stesso mi ero già sbagliato più volte di quanto fossi pronto ad ammettere.

Io e Walter non ci parlavamo dall'ultima volta al pub. «Siamo sempre più vicini al Bacio» gli dissi al telefono.

«C'è qualcosa che posso fare per farti cambiare idea?»

«È troppo tardi, Walt. Ti prometto che sarai al sicuro, ma...»

«... ma lo sarò ancora di più se lascio Londra» disse, con amarezza.

«Solo finché non capisco bene come vanno le cose.»

«Non è per *me* che ho paura, Cat!»

«Sì, ma non si sa mai.»

Sospirò e riattaccò senza aggiungere altro. Fino a quel momento, Walter non era mai stato meno che disponibile con me.

Sperai che raccontargli del Bacio non fosse stato un errore.

15

Il giorno dopo, le guardie bussarono alla porta.

Il giorno dopo, Sky e Alice morirono.

16

E poi ci ritrovammo nell'aranciera, io e Tom. «Lo prenderò,» dissi «dovessi radere al suolo questa città del cazzo.»

Tom non avrebbe più suonato la chitarra. Aveva perso tre dita della mano destra, che adesso era bendata. Anche la parte destra del volto era bendata, e sapevo che dietro la garza c'erano delle ferite orribili che non sarebbero mai guarite del tutto. Non era al Rifugio quando si era scatenato l'inferno, ma tre poliziotti lo avevano intercettato per strada, armati e pronti. Alla fine ne era uscito, ma non illeso.

Jasmine non aveva un graffio.

«Farai solo del male ad altre persone» disse Tom.

«Ottimo.»

Tom mi posò una mano sulla spalla. «Non è per niente ottimo, Cat. Noi siamo migliori di lui.»

Volevo bene a Tom, ma stavolta non gli avrei permesso di fermarmi. «Dopo quello che ha fatto...»

«... *dobbiamo* essere migliori di lui.»

«Perché difendi quel bastardo?»

Tom sospirò, poi disse: «Ricordi quelle storie secondo cui avresti distrutto Londra, in una vita passata?».

«Non siamo sicuri che siano vere.»

«Io so che sono vere.»

Era tardi, in un pomeriggio di fine estate, e io e Tom eravamo in un'aranciera che aveva visto giorni migliori, nella luce rosa del sole al tramonto. In quell'aranciera parlavamo per l'ultima volta; in quell'aranciera Tom, uno dei miei migliori amici, uno dei miei amanti, mi avrebbe ucciso.

Tutto qui.

17

Nella stanza segreta che aveva scoperto Summer, quella stanza di tesori, aprii un sacchetto trasparente che una volta aveva contenuto dell'erba, raccolsi dal fondo un po' di polvere, e forse riuscii ancora a sentire l'odore della marijuana, o magari era solo suggestione. Misi la maglietta fortunata che avevo quando avevo incastrato il Ladro e l'avevo fatto picchiare a sangue da Jim, lo spacciatore. Fissai il ritaglio che Grant mi aveva mostrato a Hampstead e che non aveva mai ripreso, lo stesso ritaglio che stavo guardando quando telefonai a Walter. L'Archivista ci aveva venduti, alla fine; la paura era stata più forte dell'amicizia. Tutto bene; i tradimenti sono cose che succedono.

Io, però, non li prendo bene.

Fu una sensazione strana, ripercorrere tanti episodi della mia ultima vita. I ricordi arrivarono a cascata: tornai a ogni momento, e a cosa avevo pensato in ogni momento. Ricordai i volti dei miei genitori, e provai di nuovo, crudo come allora, il dolore per la loro scomparsa. Erano morti a causa della mia guerra contro il Ladro, e mi sentii in colpa per quello. Ricordai anche, però, cosa significava essere amati sinceramente dai tuoi genitori, e questo mi fece odiare il Ladro mille volte di più. Ricordai quanto credessi nei sogni della Tempesta, i sogni di un mondo migliore. Ricordai come l'amore scorresse libero nel Rifugio, e quanto fosse bello.

Guardai gli altri. I loro volti erano cambiati. Nell'arco di dieci minuti avevamo accumulato l'esperienza di una vita; le anime antiche dei miei amici si stavano risvegliando dietro ai loro occhi. Li guardavo ed era come essere seduto sulla spiaggia a guardare il mare: ne vedi solo una piccolissima parte, eppure è sufficiente a farti capire quanto sia immenso, come abbracci l'intero pianeta. In quella stanza guardavamo una parte estremamente piccola delle nostre anime, eppure bastava a darci un'idea di quanto fossero immense, e come abbracciassero, forse, l'intero percorso dell'umanità.

«Ho creato io questa stanza» disse Bruce.

18

A quel punto andavamo avanti per pura forza di volontà: *sfiniti* non cominciava nemmeno a descriverci. Perfino Summer sembrava avere bisogno di riposare; non che mostrasse in alcun modo la stanchezza di noi comuni mortali, ma il suo sorriso non era più così rapido a incresparle le labbra. Eravamo eccitati, però, e intenzionati a non andare a dormire finché non avessimo fatto il punto della situazione.

Tornammo di sopra e ci versammo dei bicchierini del liquore scadente che al Rifugio passava per whisky, poi sedemmo davanti alla brace del camino. Il freddo non ci dava fastidio. I nostri cervelli mortali stavano ancora elaborando tutte le informazioni di cui si erano rimpinzati e non c'era rimasta energia per molto altro, nemmeno per accorgerci della temperatura.

«Dopo quello che successe a voi ragazze,» disse Bruce «io e Ronald restammo da soli con Jasmine.»

«A dire il vero a me eri successo *tu*» dissi, senza rancore.

Bruce sembrava sconfitto. «Capisci perché ho dovuto ucciderti?»

«Per Jasmine» risposi con un cenno del capo. «La ricerca del Bacio avrebbe attirato su di noi l'attenzione di quella... *setta*. Un rischio in più per lei. Tra la setta e la mia guerra contro il Ladro sarebbe stata lei la prossima vittima.»

Bruce sospirò. «Incontrai Sky nella Rêverie, la notte dopo la sua morte: parlammo di te.»

«Me lo ricordo» disse Summer. «Sapevo che Catherine non avrebbe voluto sentire ragioni.»

«Quindi decideste insieme di... estirpare il problema alla radice» dissi.

Summer sorrise appena. «Spero che tu capisca.»

«Era la cosa giusta: stavo per mettere a repentaglio la vita di una bambina per una faida. Questo, per me, è comportarsi da stronzi.» C'era ancora qualcosa che non volevano dirmi; Bruce, almeno, si stava trattenendo. Sapevamo entrambi che Jasmine non era l'unico motivo per cui mi aveva ucciso. Se fossi sopravvissuto avrei potuto fare persino peggio che causare la morte di sua figlia.

«Era tutto perduto» continuò Bruce. «Tutto. Dovetti... *seppellirti* in giardino, Martin. Riesci a immaginare quanto sia stato orribile? Non potevo smettere di pensare alle piccole cose che ci dicevamo, a quello che facevamo. A quanto mi eri piaciuta la prima volta che ti avevo visto, a come eravamo finiti a letto insieme in meno di due ore, ricordi?» Bruce cominciò a singhiozzare. Era una cosa strana, dolorosa, vedere quel gigante con le spalle curve, il corpo scosso dalle lacrime. «Volevo trovare Nigel e togliergli la vita a mani nude. E poi uccidermi, unirmi a voi nella Rêverie e aspettare il prossimo giro.»

«Ma dovevi pensare a Jasmine» disse Lily.

«Jasmine, sì.» Bruce si asciugò gli occhi con le dita di entrambe le mani. «Per lei feci la cosa che meno desideravo al mondo: chiesi pietà a Nigel.»

«La peggiore idea di sempre» dissi.

«Ah, cosa non si fa per amore.» Bruce fece una pausa. «Ma non sono stato completamente stupido. Raccolsi nella stanza segreta tutto ciò che pensavo potesse diventare un Lascito. Un regalo per noi nel futuro, se le cose fossero andate male.»

«E poi andasti a trovare Nigel.»

«A casa sua, a Notting Hill. Ci mancava solo che mi mettessi in ginocchio, ma lo pregai sul serio. Gli dissi: "È finita. Ti prego, fratello, è finita: Catherine è morta, questo round è tuo. Lasciaci vivere."» Bruce fece una pausa. «Nigel tirò fuori il coltello e mi tagliò la gola. Mi colse alla sprovvista, quel bastardo. Fu una morte lenta. "Ora sì che è finita" ricordo che disse, e furono le ultime parole che sentii in quella vita.»

«Il Ladro ha un talento per il melodramma» commentò Summer.

Sbuffai. «E per comportarsi di merda.»

«Come darti torto» disse Lily.

«Il coltello con cui mi hai ucciso, però,» dissi a Bruce «quello non era nella stanza.»

«Speravo non fosse tra le prime cose che avrei ricordato» disse. Chinò la testa. «E invece è stata la prima.»

Capivo fin troppo bene la sua frustrazione. «I piani non funzionano mai come immagini» cercai di consolarlo. «Ma è possibile che il tuo ci abbia appena salvato la vita. Il Mercante sapeva del Bacio della Buonanotte. Se è ancora vivo e riusciamo a rintracciarlo...»

«Facile come bere un bicchier d'acqua» disse Lily.

Annuii. «Summer, sappiamo se l'accampamento di Hampstead c'è ancora?»

«C'è. Io non ci sono mai andata, ma alcuni miei amici sì.»

«Ottimo. Controlliamo anche là: possiamo riprendere la pista da dove l'avevamo lasciata.»

«Aubrey la segue da quando sei nato» sottolineò Bruce.

«Sì» dissi. «Ma io vado più veloce di lui.»

19

Il giorno dopo ci dividemmo. Summer andò a Hampstead, mentre Bruce e Lily controllavano le rispettive famiglie. Lily usò i suoi risparmi per pagare a sua madre e suo padre una vacanza a sorpresa in Thailandia, mentre Bruce, che era quasi al verde, cercò di convincere i suoi genitori a pagarsi una vacanza da soli. Le lezioni del nostro passato ci avevano insegnato che nessuno era al sicuro, quando il Ladro scendeva sul sentiero di guerra. Noi non potevamo essere da meno; nessuno doveva sentirsi al sicuro da noi.

Scesi dall'autobus alla stazione di London Bridge. Una fitta di dolore mi percorse tutto il corpo: Aubrey mi aveva lasciato coperto di lividi e l'effetto calmante del tè di Summer stava svanendo. Era l'ultima volta che prendeva uno di noi alla sprovvista, l'ultima volta che gli avrei permesso di avere potere su di me. Non appena avessi avuto il Bacio tra le mani, lo avrei usato. Rifiutavo di accettare che la nostra faida sarebbe continuata per sempre, infinita, inutile. Rifiutavo di accettare di non poter vincere.

Rintracciare Grant Fletcher, il Mercante, era stato davvero facile come aveva promesso Lily, e fissare un appuntamento con lui aveva richiesto in tutto quindici minuti. Era diventato troppo importante perché io potessi mettermi direttamente in contatto con lui, o il suo assistente personale, o l'assistente personale del suo assistente personale, ma chiunque lavorasse nella sua azienda era stato addestrato a rispondere immediatamente e senza fare domande a chi si fosse presentato come il Mago.

Alzai la testa verso l'edificio che incombeva su di me: dalla strada al cielo, scompariva lentamente in mezzo alle nuvole, e la sua cima era completamente nascosta, come l'occhio di un dio della città. Sì, il mio vecchio amico si era fatto strada nel mondo: da un negozietto di dischi a Glasgow fino a quel miracolo di vetro e acciaio che spuntava sopra il Tamigi. Era bellissimo. Pericoloso, anche; come una bottiglia di vetro che un ubriaco ha appena frantumato sul bancone per usarla contro di te in uno scontro all'ultimo sangue.

Entrai nello Shard.

20

Passai da un ingresso privato. Coi miei jeans sbiaditi, una comune maglietta nera e la giacca militare, e coi segni delle botte sul viso, non sembravo il genere di persona che di solito ha accesso a un ingresso privato. O forse sembravo un figlio scapestrato, così ricco e viziato che poteva permettersi di fregarsene.

Il portiere era troppo ben addestrato per fare commenti sul mio aspetto. Controllò che avessi davvero un appuntamento col signor Grant Fletcher, amministratore delegato della Fletcher Associates, e mi indicò l'ascensore dove un addetto molto servizievole premette i pulsanti al posto mio, perché non dovessi sforzare le mie dita delicate. L'ascensore sfrecciò sopra Londra, sopra alle nuvole, verso le stelle, nello spazio rarefatto in cui abitano gli dèi.

Ero colpito. C'era da immaginarsi che essendo nato nella famiglia in cui ero nato fossi abituato al lusso. E lo ero, in un certo senso, e sicuramente più di molti altri. Ma non avevo mai avuto un ruolo nell'impero di mio padre, neanche come tirocinante. Avevo visto la sua casa, la mia scuola e poco altro. Non mi ero mai fermato a pensare che ci fossero persone (Aubrey tra quelle) che possedevano un pezzo di cielo sopra Londra. Persone che potevano guardarci letteralmente dall'alto in basso; tirare fuori i gioielli di famiglia, se gliene veniva voglia, e pisciare sulle nostre teste senza che noi potessimo farci niente. Nessuno li avrebbe nemmeno *visti*. Non ero sicuro se dovessi sentirmi in soggezione per l'ingegno di chi aveva pensato di costruire quella torre, oppure odiarne la mostruosità.

Grant mi aspettava nell'atrio del suo piano privato. Era strano vedere i segni che più di quarant'anni gli avevano lasciato sul volto. Era invecchiato bene: magro e con la schiena dritta, la testa ancora rasata. Lo scintillio luminoso dei suoi occhi era, se possibile, ancora più forte. Era invecchiato, però. Il suo costume da hippy aveva lasciato spazio a un abito di sartoria, così perfetto che avrebbe potuto esserci nato dentro.

«Martin» disse, con un mezzo sorriso.

«Ehi, fratello» risposi, con una punta di ironia nella voce. «Ti sei venduto al sistema, vedo.»

«Ho venduto molte cose,» disse Grant, ridendo «ma non me stesso.»

21

L'ufficio di Grant era una specie di cattedrale di legno scuro e libri allineati con ordine sugli scaffali. Incorniciata dalla parete di vetro alle spalle della scrivania, Londra non sembrava più reale del plastico di zio Ronald.

Grant chiuse la porta e subito mi abbracciò. «Catherine!» disse. «Dio, ti riconoscerei ovunque.»

«Dunque non ho bisogno di convincerti che sono io?»

Mi lasciò andare e mi prese per una spalla, con un caldo sorriso. «Nigel… Aubrey, come si fa chiamare adesso, era sicuro che fossi tu dal giorno della tua nascita. E anche Walter. Nessuno saprebbe imitare quel tuo sorriso.»

«Adorabile» dissi.

«Insopportabile,» mi corresse Grant «ma in modo simpatico.» Si accigliò. «Quei lividi, la tua mano. È stato Aubrey?»

«Sì. Ieri ho tentato di ucciderlo.»

Grant scosse la testa. «No, no, non sei ancora pronta per uno scontro frontale. Mentre lui ha passato gli ultimi diciotto anni a prepararsi.»

«Ha trovato molti Lasciti, vero?»

«Un bel po', sì» confermò Grant. Sfiorò un pulsante e nella parete si aprì una porticina di mogano, mostrando un bar privato. «Che cosa bevi?»

«Solo una Coca. Per caso qualcuno glielo hai venduto tu?»

«Direi un settantacinque per cento circa» rispose Grant, senza perdere un colpo.

Lanciai un'occhiata alla porta, riflettendo sulle possibilità che avevo di uscire da lì se l'incontro non fosse andato come speravo. Erano piuttosto scarse. «Molto gentile da parte tua.»

«Sono affari, Martin – posso chiamarti Martin?»

«Il punto non è come mi chiami,» dissi «ma quanto ho voglia di rispondere.»

Grant ridacchiò e mi offrì un bicchiere di Coca-Cola, con ghiaccio e una fetta di limone. «Quando nascesti, Aubrey andò *fuori di testa*. Non ho mai visto un Pellegrino così ossessionato dai Lasciti, a parte l'Archivista. E il sottoscritto,» aggiunse «anche se io ho delle motivazioni diverse.»

Volevo mantenere quella conversazione sul binario giusto, cioè su Aubrey. Dissi: «I soldi per lui non sono mai stati un problema, e credo che questo abbia significato un diluvio di Lasciti».

«Se ti fa sentire meglio, glieli ho fatti pagare un occhio della testa.»

«Ti sei mai chiesto perché non mi abbia ucciso da bambino?»

«Non avevo bisogno di chiedermelo» disse Grant, lanciando cubetti di ghiaccio in un whisky torbato. «La prima cosa di cui Aubrey mi ha chiesto, prima ancora di iniziare coi Lasciti, è stato il Bacio.»

«Come faceva a sapere della sua esistenza?»

«Gliel'ha detto Walter.»

«Eppure non gli hai dato il Bacio. Altrimenti non sarei qui.»

Grant sorseggiò il suo whisky, assorto nei suoi pensieri. Non ci eravamo seduti: io e il Mercante abbiamo un'energia nervosa che ci fa sentire più a nostro agio se rimaniamo in piedi e ci muoviamo. «Dovrei essere arrabbiato con te» disse dopo un po', in tono amichevole.

«Perché ho vuotato il sacco con Walter?»

Annuì.

«Ammetto che non è stato il mio momento migliore, ma siamo stati io e i miei amici a pagare.»

«Ci ho messo uno sproposito per convincere Aubrey che non avevo il Bacio.»

Sembrava assolutamente sincero, ma avevo imparato a mie spese a non sottovalutare un Pellegrino con la sua esperienza. «Quindi nel 1969 l'accordo andò a monte?»

«Dopo che la polizia fece irruzione nel Rifugio, il nostro amico Wynford era terrorizzato. Diceva che se non riuscivo a proteggere i miei soci in affari, come avrei fatto a proteggere *lui*? Per giorni cercai di convincerlo che quanto era successo al Rifugio era stata colpa tua, e solo tua.»

«Poi?»

«Poi Wyn scomparve.» Grant schioccò le dita. «Abracadabra! Un giorno era lì, il giorno dopo non c'era più. La sua roulotte era immacolata, senza più traccia né di lui né delle sue cose. Un… trucco degno di un mago. Scusa lo squallido gioco di parole.»

«Era scappato.»

Grant alzò un dito e lo spostò a destra e sinistra per fare segno di no. «Lo avevano portato via. Quando dico che la roulotte era *immacolata*, voglio dire proprio questo: non c'era rimasta nemmeno un'impronta digitale – e non lo dico tanto per dire: ho controllato bene. Perché Wyn avrebbe dovuto cancellare le proprie impronte?»

«Be', un po' paranoico lo era.»

«Ma era uno sfaticato: avrebbe lasciato un libro, un calzino, il dentifricio. Non c'era niente, Martin. Quel posto era più pulito di un cottage nel Surrey.»

«Tu pensi che sia stata la setta.»

Grant annuì. «La setta è la peggior sconfitta della mia vita. Di *questa* vita. Non ho mai trovato il più piccolo indizio su chi siano o cosa facciano. Ho conosciuto agenti dei servizi segreti che erano meno riservati.»

«Sul fatto che esistesse abbiamo solo la parola di un ragazzo, e non proprio brillante.»

«E tu cosa pensi, d'istinto?»

Esitai, poi dissi: «La setta esiste».

«Lo credo anch'io. I membri devono averlo trovato. Gli hippy dell'accampamento videro qualcuno avvicinarsi alla roulotte di Wyn, la notte in cui scomparve: un uomo alto, con una giacca di pelle, che nessuno aveva mai visto prima.» Grant fece una pausa. «E che non videro più.»

Bevvi un sorso di Coca, riflettendo. «Hai raccontato questa storia ad Aubrey?»

«Sono stato tentato di farlo.» Agitò il bicchiere. «Aubrey avrebbe pagato bene qualsiasi tipo di informazione. Ma no, decisi di no. Qualunque Pellegrino avrebbe pagato molto di più per il Bacio, una volta che l'avessi trovato.»

«Immagino che lo stesso valga per me: qualsiasi informazione avessi, non vorresti condividerla.»

«Questa tua nuova.... saggezza è un vero punto di svolta.» Grant si appoggiò alla finestra con una spalla, sorseggiando whisky e guardando Londra, così piccola e lontana. «Condividerò con te ciò che ho scoperto» disse, dopo una pausa. «Entro limiti ragionevoli.»

«E dopo vorrai, cosa? Sposarmi?»

«Se solo io fossi più giovane!» scherzò. «No, Martin, dal punto di vista degli affari, trattare con te è la scelta più sensata. Tu sei l'unico vinculum di Aubrey, la sola cosa che lo rende immortale. Se tu muori, muore anche lui. E lui è disposto a rinunciare alla sua immortalità per toglierti la tua. Negli anni Sessanta era troppo furbo per fare una cosa del genere, ora non gli importa.»

«Lo so.»

«E quanto è stupido, questo? Non prenderò le parti di un idiota con tendenze suicide, nemmeno se l'idiota con tendenze suicide è pieno di soldi.» Grant spostò lo sguardo da Londra a me. «Fammi essere chiaro, *fratello*: in questo momento non puoi competere con Aubrey. Non fisicamente, non intellettualmente, non a livello di potere e contatti. Non sto scommettendo su ciò che sei, ma su ciò che potrai diventare se riuscissi a sopravvivere. Investo sui giovani, per così dire, e i loro progetti per il futuro.»

Notai il sottinteso delle sue ultime parole. Il Mercante è una di quelle persone che fingono di parlare chiaro ma in realtà usano le parole per tessere una ragnatela dove attirarti e intrappolarti, per poi mangiarti quando gli viene fame.

«Quali progetti?» domandai.

«Hai qualcosa in serbo, Martin, qualcosa – non ne dubito – di grosso, di appariscente e privo di qualunque ritegno.»

«Mi dispiace deluderti, ma non è così.»

«Non lo sai nemmeno tu: hai messo in moto ogni cosa secoli fa.» Grant fece una pausa e mi guardò bene. Il silenzio stava per diventare imbarazzante quando disse: «Hai già incontrato Walter in questa vita».

«Sì» confessai. Negarlo sarebbe stato sciocco; ero sicuro che il Mercante tenesse d'occhio l'Archivista e viceversa.

«E sono sicuro che si è lamentato della distruzione dei suoi preziosi archivi; non fa nient'altro, con tutti quelli che incontra. Povero diavolo.» Grant finse di asciugarsi col dito una lacrima inesistente. «Mai sentito parlare di Sir Gavin Paixdecouer?»

Alzai le spalle.

Grant spiegò: «È l'uomo che distrusse gli archivi nel XVII secolo».

«Una tua precedente incarnazione, allora.»

«No,» disse Grant «una delle tue. Studiare il passato è parte integrante del mio lavoro, come sono sicuro che saprai. Ho indagato su questo episodio, in lungo e in largo, e sono certo che Sir Paixdecouer fosse il Mago. Hai distrutto *tu* gli archivi nel Seicento. E poi l'hai fatto di nuovo nell'Ottocento, in quella che, a giudicare dalle voci, dev'essere stata una delle tue incarnazioni più vivaci.»

Il mio primo pensiero fu che Grant stesse mentendo. E tuttavia, distruggere una preziosa biblioteca, per due volte, per motivi misteriosi? Sì, era nel mio carattere. «Non ho problemi con l'Archivista. Perché avrei dovuto attaccarlo?»

«Infatti» disse Grant. «Perché avresti dovuto? Cosa c'era, in quegli Archivi, che avevi tanto bisogno di nascondere?»

Non risposi. Una successione di possibili scenari mi scorreva rapidamente nella testa. «Ma a te, cosa interessa?»

«Quando qualcuno fa la storia, qualcun altro ci guadagna.»

«Sei molto diretto.»

«Non voglio offendere la tua intelligenza con una bugia.»

«Walter lo sa?»

«Non saprei. Può aver fatto le mie stesse ricerche, seguendo le mie stesse piste, oppure era così contento di credere che fossi stato io a distruggere il suo tesoro da non vedere nemmeno gli indizi che puntavano in una direzione diversa.»

«Potresti sbagliarti. Oppure potresti star offendendo la mia intelligenza con delle bugie.»

«Decidi tu.»

Sospirai. «Non conta, se vince Aubrey.»

«Ah,» disse Grant, illuminandosi in volto «ma qui arriva il colpo di scena: in una vita passata hai già trovato il Bacio.»

Spalancai gli occhi.

«Non ho prove *concrete*,» spiegò Grant «ma una serie di ottimi indizi. Ascolta: sono entrato in possesso del diario di un certo Juan Montero, un Pellegrino spagnolo del Settecento, che sapeva di essere un Pellegrino e conosceva alcune delle nostre tradizioni, anche se non aveva mai sentito parlare di te. A un certo punto Juan scrive che, dopo che il figlio era partito per la guerra contro la Gran Bretagna, lasciandolo solo e angosciato, si era imbattuto nella Rêverie, dove aveva avuto *la terribile visione* di una delle sue morti. In quella vita passata lui e il suo migliore amico erano nati nel paese del loro nemico – cioè erano inglesi – e lui era una donna e il suo amico era ancora un uomo, ed erano sposati. Un giorno un demone dai capelli bianchi era entrato nella loro casa e li aveva torturati con una lancia su cui erano scolpiti i *simboli di una magia pagana*. Poi quel demone li aveva strangolati. Nella sua visione Juan pensava al demonio come al *Mago*, per via di quei simboli, secondo lui. Nella sua visione Juan era consapevole di chi fosse il Mago e ne aveva paura.»

Una lancia. La tortura. Ovviamente.

All'improvviso tutti i pezzi combaciarono. Avevo conosciuto l'incarnazione più recente di Juan Montero o del suo amico. *Lizanne*. Lei mi aveva detto che avevo torturato, senza alcuna ragione apparente, lei e suo marito con una lancia – il Bacio. C'erano solo due modi in cui Lizanne avrebbe potuto ricordare quell'episodio. Uno, aveva trovato il ricordo nella Rêverie.

Due, aveva trovato un Lascito. E, sicuro come l'oro, dopo essere stata torturata col Bacio, il Bacio stesso sarebbe diventato un Lascito, per lei.

«Vedo che ti ho colpito» commentò Grant, con un mezzo sorriso.

22

«Quindi secondo te Lizanne aveva il Bacio?» domandò Lily.

Eravamo tutti in cucina, compreso zio Ronald. Ci aveva preparato qualcosa, una pasta all'arrabbiata che, secondo lui, era così piccante che ci saremmo scordati di qualunque preoccupazione. Avevamo, in effetti, il palato in fiamme. L'unica che sembrava immune al peperoncino era Lily.

Scossi la testa. «No, sarebbe già nelle mani di Aubrey. Ma *a un certo punto* ce l'ha avuto. Il Bacio è stato il Lascito che le ha fatto ricordare cosa...» feci una pausa «... cosa le avevo fatto.» Non potevo accettare il fatto di aver *torturato* due persone. Di essere capace di tanto.

«Oppure l'ha scoperto nella Rêverie» disse Summer.

«In tal caso non so più a che santo votarmi. Aubrey vince e noi siamo nella merda. Tanto vale scommettere sul Lascito.»

La storia che mi aveva raccontato Grant e quella che Summer aveva raccolto all'accampamento di Hampstead erano state confermate. C'erano dei vecchi hippy che nel 1969 abitavano già lì: quelli con abbastanza neuroni rimasti ricordavano bene la scomparsa di Wyn e le indagini di Grant. Le avevano parlato anche di un uomo che era andato a ficcare il naso più di recente: Aubrey. Era un idiota con tendenze suicide, ma un idiota tenace.

«Esaminerò il disco fisso di Lizanne ancora più a fondo»

disse Lily. «Controllerò anche la sua presenza sul web, la posta elettronica, tutto.» Lily guardò Bruce. «Mi serve il tuo aiuto.»

«Il mio aiuto?» domandò, perplesso.

«Sei tu l'economista.»

«E allora?»

«Non capisco dove vuoi arrivare» confessai.

«E questo mi rende felice» disse Lily, dandomi un leggero pugno sulla spalla. «La prima regola, quando si cercano dei dati… be', forse la seconda o la terza… ma è comunque una regola importante: *segui i soldi*. Guarda dove vanno i soldi e da dove vengono. Il denaro lascia tracce, e le tracce formano schemi, e gli schemi ti portano a quello che cerchi.»

«Credi che Lizanne abbia venduto il Bacio?» domandò Summer.

Lily si alzò. «Credo che io e Bruce adesso dovremmo controllare il disco fisso: non c'è più tempo. Aubrey ha parlato con Lizanne prima di ucciderla, quel tipo di conversazione in cui uno dei due è legato a una sedia.»

«Pessime notizie» dissi. Ci ero arrivato soltanto in quel momento. «Se Lizanne aveva avuto il Bacio, Aubrey dev'essere ancora più avanti di quanto pensassimo.»

Lily annuì. «Se Lizanne aveva il Bacio, è probabile che Aubrey sappia dov'è.»

23

E poi arrivò la parte che odio di più, l'attesa. È inevitabile: non puoi essere ovunque allo stesso tempo e alcune cose è meglio lasciarle nelle mani dei tuoi amici. Mentre i tuoi amici hanno le mani occupate, però, non ti rimane altro che aspettare, e io ad aspettare faccio schifo. Lily disse a me e a Summer di andare a letto: non c'era motivo perché restassimo svegli tutta la notte. Non saremmo mai riusciti a dormire, però. «Resto io con voi, ragazzi» disse Ronald. «Non voglio perdermi il divertimento.»

Così, mentre Lily e Bruce si chiudevano in camera di Lily, Summer, Ronald e io preparammo una canna, i popcorn e ci sedemmo davanti alla tv, pronti a fare il tifo per il Dottore nel suo ennesimo scontro con i Dalek. *Doctor Who* mi aveva davvero aiutato a sopravvivere ad Aubrey: quando la realtà era buia, potevo scappare su una cabina blu con cui esplorarne altre.

Finita la canna, zio Ronald si addormentò sulla poltrona russando piano: sembrava un bambino, innocente, indifeso. Summer gli mise addosso una vecchia coperta di lana.

«Quando russa, fa lo stesso rumore del TARDIS» commentò Summer, infilandosi in bocca una manciata di popcorn.

Le feci un leggero sorriso, nonostante i pensieri che mi scorrevano nella testa. «Perché Aubrey mi odia così tanto? Cosa gli ho fatto, perché sia pronto a *uccidersi* pur di uccidere anche me?»

«Dici sul serio?» domandò Summer.

La guardai con aria interrogativa.

Summer mi passò la ciotola dei popcorn. «Guarda che cos'hai.»

«Devo ammettere che questi popcorn sono buonissimi.»

«Ci sono così tante cose nella tua vita! Hai *noi*. I tuoi piani. Ti fai di continuo nuovi amici e ti prendi cura di loro.»

«Quando non li faccio ammazzare.»

«È vero, può succedere» disse Summer, e sorrise. «Ti vengono sempre in mente nuove idee, nuovi progetti, e fai sembrare tutto così facile, così… naturale.»

«Mi impegno molto in quello che faccio, sì. E commetto spesso degli errori.»

«Ma continui, vai avanti, malgrado gli errori. Quelli come Aubrey? Quelli non hanno idea di come funzioni. Non sanno *costruire* nulla. Amicizie, idee, progetti. Vedono ciò che gli altri hanno costruito e non è che dicono *bene, sono contento per loro*, no. Vogliono rubare quello che vedono e se non ci riescono devono distruggerlo.» Summer tacque. «Ho pietà di lui» concluse. Pronunciate da un'altra persona quelle parole sarebbero suonate supponenti. Non da Summer.

«Non è giusto» dissi. «Sei troppo figa per essere anche così saggia.»

«Sono figa, questo sì» disse, e sorrise. «È fuori discussione.»

«Posso farti una domanda personale?»

«Certo che puoi.»

«Quanto ricordi delle tue vite precedenti?»

«Un po'.»

«C'è qualcosa che dovrei sapere?»

Summer alzò le spalle.

«Che tipo di persona ero?» insistetti. «Ho torturato, ho combattuto, ho distrutto il serbatoio di conoscenze della nostra comunità... che altro? Come puoi volermi bene?»

Summer mi guardò negli occhi. «Eri lo stesso di ora, Martin, soltanto più giovane. Le persone non cambiano mai davvero: diventano sempre di più se stesse.»

Non risposi. Nel silenzio della notte, sentii Bruce e Lily che si avvicinavano. Entrarono nella stanza col passo di chi porta grandi notizie. Non buone, solo grandi.

Si guardarono a vicenda. «Abbiamo trovato il Bacio» disse Bruce.

24

Lily aveva ragione: nel mondo in cui viviamo, bisogna seguire l'odore dei soldi. «Il marito di Lizanne tre anni fa aveva aperto una gastronomia» spiegò Bruce. «Lizanne lo aiutava a tenere la contabilità. Gli affari andavano molto bene. *Troppo* bene: erano i guadagni del negozio che pagavano il mutuo per la loro bella casa a Finchley. L'avevano comprata due anni fa. Questo mi ha insospettito.»

«Perché?» domandai.

Tre paia di occhi si fissarono su di me.

«Dimentico sempre che vieni da una famiglia ricca» disse Bruce, divertito. «Una gastronomia indipendente che va bene a Londra, oggi? Cominciando a guadagnare in un anno? Non può succedere.»

«Il mio allievo migliore, signore e signori» disse Lily.

Bruce fece un finto inchino e disse: «I libri contabili del negozio erano criptati, ma Lily è riuscita ad accedervi. Erano truccati; piuttosto bene, ma c'erano degli errori: le spese non giustificavano i guadagni. Per fare soldi, devi spendere altri soldi e la gastronomia non spendeva abbastanza per quello che guadagnava. Capite dove voglio arrivare?».

Io no, e nemmeno Summer, che semmai sembrava annoiata da tutto quel parlare di contabilità.

«Lizanne e suo marito usavano la gastronomia per *riciclare denaro*» disse Bruce. «Parliamo di somme relativamente esigue, che con un po' di fortuna non avrebbero attirato l'attenzione. Ma adesso viene il meglio: tutti i pagamenti più strani provenivano da un'unica fonte. Compensi per il catering di feste ed eventi, e per il ristorante del... museo Horniman.»

«Covo e dimora del professor Walter Burchfield» dissi.

Lily aggiunse: «Sappiamo che a un certo punto il Bacio è finito in mano a Lizanne. Non abbiamo ancora capito come, ma per adesso non importa. Lei lo vendette a Walter per una cifra simbolica, per non attirare troppa attenzione, e poi trovò una maniera intelligente per farsi pagare il resto della cifra senza problemi. O questo, o i frequentatori del museo consumano quantità sovrumane di uova sode».

Quando Lily smise di parlare, fu come se un mp3 si fosse arrestato di colpo: sul Rifugio era sceso quel silenzio sbalordito che c'è solo in piena notte e sull'orlo di un cambiamento. Questa nuova atmosfera svegliò zio Ronald, che sbadigliò e allungò le braccia. «Dov'è il Dottore?» domandò, sconnesso come al solito. «E il Verme della memoria?»

«Dovremmo telefonare a Walter» disse Lily.

25

Lily aveva trovato il suo numero di rete fissa. Lo digitò sul cellulare e mise il vivavoce. Il telefono era sul tavolo della cucina, e noi gli stavamo tutti intorno, neanche fossimo a un falò.

«Pronto» rispose una voce assonnata.

«Professore, sono Martin» dissi.

«E il resto della banda» aggiunse Lily. «Ci scusi per l'ora.»

Walter sbadigliò. «A cosa devo il piacere?»

«Speravo in un bacio della buonanotte» dissi.

Dopo qualche istante di silenzio Walter chiese, con distacco: «Stai parlando del *Postremus Osculum*?».

«L'ha comprato da una poliziotta, una Pellegrina che si chiamava Lizanne, la stessa poliziotta la cui famiglia mio padre ha massacrato. Anche Aubrey sa che ha quella dannata lancia, professore. Verrà a prenderla.»

L'Archivista attese qualche istante. «L'ha già fatto» disse. «Gliel'ho data ieri sera.»

Un mal di testa fulminante mi perforò il cervello come un cacciavite. Chiusi gli occhi e strinsi il bordo del tavolo con una mano. Adesso sapevo come ci si sentiva a ricevere la diagnosi di una malattia terminale. «Mi dica che non l'ha fatto.»

«Abbiamo cenato insieme» disse Walter, e io sentii lo scherno nella sua voce. «È stato un bel momento, se posso dirlo: la conversazione di tuo padre è deliziosa.»

«Fantastico. Voi due andate d'amore e d'accordo, e lei lo sta aiutando a commettere un omicidio.»

«Siamo chiari, Martin: nessuno di voi due si sarebbe fermato finché non avesse trovato il Bacio. Aubrey si è comportato da persona civile, sapeva che il Bacio era entrato in mio possesso, e si è fatto avanti. Mi ha chiesto di valutare la possibilità di prestarglielo, giusto per il tempo necessario a usarlo. Non ha cercato di sottrarlo ai miei archivi con la forza o l'astuzia: ha *chiesto*. E tu, Martin? Tu cosa avresti fatto?»

Non c'era niente che potessi rispondere; la verità era che gliel'avrei portato via, e lo sapevamo tutti.

«Un tempo eravamo amici» dissi.

«Amici?» rispose, piccato. «Quando eri Cat, vuoi dire? Quando ti sei alleato col mio mortale nemico e hai progettato di mettergli in mano l'unica arma che può ucciderci davvero? Amici, Mago? E quando hai distrutto il mio lavoro di molte vite, e per due volte?» Nella sua voce adesso c'era una punta di rabbia. Sapeva degli archivi. Merda.

«Lily» disse Walter, prima che potessi pensare a una risposta. «Artefice. Sei ancora lì?»

Lily disse: «Eccomi».

«Non fraintendermi, ti prego: non ho agito per dispetto. Ero pronto a dare al Mago un'altra possibilità, ad aspettare e vedere se il tempo lo avesse reso più saggio. Ma il Mago è anche peggio del solito, a questo giro. È stato il suo stupido tentativo di uccidere Aubrey a convincermi che non era cambiato. Lily, tu ancora non sai cosa ha fatto il tuo amico in altre epoche: ci sono cose che non hai *mai* saputo. Non posso permettere che la storia si ripeta.» Aspettò qualche istante e poi aggiunse: «Aubrey mi ha promesso che userà il Bacio solo su Martin. Lasciali fare: non correre rischi inutili. Potrei insegnarti tante cose, e tu a me».

Lily fissava il telefono, incredula. «Ci stai provando con me?»

«Non è così semplice.»

«Ti insegnerò come andare a farti fottere, se vuoi, Walter.»

«Molto bene» disse l'Archivista, con freddezza. «Questa telefonata si conclude qui, allora.»

«Solo un'ultima cosa, professor Burchfield» disse Summer.

«Chi parla?»

«Summer Griffin. La Tempesta.»

Walter non rispose.

«Lei sa perché ho questo Nome dell'Anima» disse.

Non era una domanda, ma Walter era troppo spocchioso per non rispondere. «Certo che lo so.»

«Mi fa piacere» disse lei, con la sua voce calma e leggera. «Sarà più facile capirsi. Voglio che lei sappia questo, voglio che ne sia ben consapevole: quello che ha fatto è imperdonabile. Se uno qualsiasi dei miei amici soffrirà a causa delle sue azioni, lei, professore, soffrirà tre volte tanto. Farò di tutto per trovarla, professor Burchfield, non solo in questa vita, ma in tutte le vite future in cui avrò memoria di lei, e io e lei saremo sulla Terra insieme. La inseguirò per secoli, per millenni: ovunque andrà, glielo prometto, la Tempesta la seguirà. Io non credo nella violenza. Non ho *bisogno* della violenza. Ma credo nella giustizia, professore, e le assicuro che passerà l'eternità a guardarsi le spalle temendo di vedermi. E prima o poi mi vedrà, a ogni giro di giostra da qui a sempre, mentre porto un *oceano* di giustizia nella sua vita.» Summer non aveva mai alzato la voce, e quella calma era terrificante. Quella ragazza flessuosa dai capelli rossi si chiamava Tempesta per un motivo, e nessuno che l'avesse sentita parlare a quel modo avrebbe osato negarlo.

«Cerchiamo di essere chiari su un pun...» azzardò Walter.

«Arrivederla» disse Summer, e chiuse la chiamata.

Zio Ronald scoppiò a ridere. Fu così inaspettato che per un momento pensai che fosse definitivamente impazzito. «Così si parla al Potere, tesoro» disse, tra le risate. «Oh mio Dio, proprio così, sì.»

Lily ridacchiò, poi iniziò a ridere anche lei, e infine Bruce. Summer alzò le mani al cielo e chinò il capo, come un atleta acclamato dal pubblico. Quella risata contagiò anche me. Per un attimo dimenticai che ero un morto che cammina, dimenticai che mio padre vinceva sempre, contro di me, dimenticai tutto e risi con i miei amici.

Fu una cosa bella, e mi fece capire che ne avevo avuto abbastanza. Volevo porre fine a quella storia: comunque fosse andata, non avremmo avuto un lieto fine. Mi alzai e andai al cassetto dove tenevamo le posate. L'aprii e scelsi il coltello più affilato che avevamo. Lo tenni stretto nella mano sinistra: la destra mi faceva troppo male.

I miei amici smisero di ridere. Lily si alzò di scatto. «Martin...»

Uscii fuori.

26

Uscii dal Rifugio, nella strada deserta. Era troppo tardi per i nottambuli e troppo presto per i pendolari. Guardai a destra e a sinistra e la vidi subito: una Ford Focus nera piuttosto anonima che avevo già notato un paio di volte. Mi avviai nella sua direzione. Il motore della Ford si accese.

«Non pensateci nemmeno!» gridai, portandomi il coltello alla gola. «Non fatelo.» Lily, Bruce e Summer correvano dietro di me. Col coltello fermo contro la gola mi avvicinai all'auto, che non si mosse. Le istruzioni di mio padre ai suoi lacchè dovevano essere molto chiare: per il momento io ero, insieme al Bacio, ciò che di più prezioso avesse al mondo, e non doveva succedermi niente.

Nell'auto c'erano due tipi, due nuovi angeli custodi, che mi ignorarono volutamente. Bussai al finestrino del conducente e lui lo abbassò.

Gli dissi: «Telefona ad Aubrey. Una videochiamata».

«Mi scusi, signore,» rispose con educazione «ma credo che ci sia un errore.»

«Fai come dice» gli ordinò una voce. Bruce era arrivato alle mie spalle, e la sua ombra copriva l'intera auto.

«Non sono sicuro di aver capito» insistette l'uomo.

Bruce incrociò le braccia, lentamente. «Fai come dice.»

«Signore!»

Bruce sciolse le braccia; l'autista tirò subito fuori il telefono.

«Videochiamata» gli ricordai.

L'autista aveva Aubrey in chiamata rapida. Gli feci cenno di passarmi il telefono e lui obbedì subito.

Un attimo dopo comparve sullo schermo il volto di Aubrey.

«Papà» dissi.

Non sembrava sorpreso. «Ho appena parlato con Walter.»

«Ottimo. Quindi possiamo saltare i convenevoli.»

«Non vedo perché devi usare il telefono del mio dipendente.»

«Non risponderesti a una mia chiamata, non adesso che hai tutto ciò di cui hai bisogno.»

«Probabilmente no» riconobbe, con un sorrisetto. Era di ottimo umore, il bastardo.

«Credi di tenermi per le palle, ma ti sbagli.» Spostai il telefono verso l'alto e lontano dal mio viso, per mostrare alla telecamera la testa e il collo. Con l'altra mano avvicinai il coltello alla gola. «Non ho più niente da perdere.»

«Martin...»

«Aubrey» lo interruppi. «Sono le 4.35 del mattino. Tu verrai qui, al Rifugio, a mezzogiorno, da solo. E porterai il Bacio. Se non ti vedo per quell'ora, mi uccido. Se ti vedo arrivare con una task force, mi uccido. Io e te, papà, solo io e te.»

«Stai bluffando.»

«Guardami e dimmi se sto bluffando.»

Aubrey mi fissò intensamente attraverso lo schermo. Poi scosse la testa. «Hai tanta fretta di morire?»

«Almeno posso scegliere il momento» dissi.

27

«Ma sei matto?» gridò Lily. Stava aprendo e chiudendo le mani, nervosamente, giusto per fare qualcosa di diverso dal prendermi a pugni.

«Mi è sembrato sensato» risposi.

«Fare il macho a quel modo ti è sembrato *sensato*?»

«Aubrey ha l'arma, ha le capacità, ha le risorse. C'era solo una cosa che potevo togliergli.»

«Il tempo» disse Bruce.

«Il tempo» confermai. «Se lo costringiamo ad agire in fretta, gli facciamo perdere almeno un po' del suo vantaggio.»

«Oppure potresti semplicemente comprare un biglietto per l'Australia.»

«Dove Aubrey mi troverebbe nel giro di tre giorni.» Presi fiato. «Guardate, ragazzi, questa cosa mi piace ancora meno che a voi, ma non possiamo cambiare la realtà. Tanto vale affrontarla il prima possibile.»

«Sono d'accordo» disse zio Ronald. Stava leccando la cartina di un'altra canna. «Lascia che quel figlio di puttana venga.»

«Questa volta mi troverà pronta» disse Summer.

Lily domandò: «Pronta con cosa?».

«Tutti gli spiriti di questa casa serbano rancore al Ladro.»

«Gli...» Lily tacque, e chiuse gli occhi. «Con tutto il rispetto, Summer, stiamo affidando la nostra vita eterna agli *spiriti*?»

«A chi altri?» rispose Summer, serissima.

«Voi non affiderete la vostra vita a niente» dissi. «Quando Aubrey verrà, sarò da solo.»

«Come no» disse Bruce.

Lily scosse la testa. «Te l'avevamo detto che saremmo arrivati fino in fondo insieme.»

«Non puoi affrontare Aubrey da solo» disse Summer. «Questo è certo.»

Dissi: «Ragazzi, per favore…».

«Oh, stai zitto!» sbottò Lily. «Sai che non andremo da nessuna parte. Hai già pensato a qualcuno dei tuoi bei piani, o sprecheremo altro tempo a parlare dei grandi amici che siamo?»

Accidenti, quanto l'amavo. «Facciamo un passo indietro» dissi. «Ultimamente siamo stati così assorbiti dal mondo dei Pellegrini che abbiamo perso il contatto con la realtà. Dal punto di vista di un Pellegrino, quello che accadrà è una resa dei conti tra due leggende viventi che battibeccano da millenni. Ma nel mondo reale, cosa sarebbe Aubrey?»

Bruce alzò le sopracciglia. «Un pazzo con una lancia.»

«Esattamente, e non combatti fino alla morte con un pazzo. Non fai chissà quali discorsi prima di trafiggergli il cuore. *Lo prendi e lo metti in prigione, cazzo*. L'ultima cosa che Aubrey si aspetta è che *io* vada alla polizia, e questa sarà esattamente la mia prossima mossa.»

«Il Ladro negli anni Sessanta controllava i poliziotti, e li controllerà anche adesso» disse Bruce.

«Non tutte le guardie sono corrotte» risposi. Mi rivolsi a Lily. «Spero che tuo fratello Sam non sia fuori servizio.»

28

«Ti ho mentito» dissi a Sam. «E anche a Lily» aggiunsi, con voce sommessa.

Lily gli aveva chiesto di venire subito al Rifugio, ma siccome Londra era Londra, ci aveva messo un'ora e mezza per arrivare. Non era rimasto favorevolmente colpito dalla nostra casa: immagino che la vedesse come un potenziale focolaio di comportamenti antisociali (e non poteva non notare l'odore agrodolce di marijuana dopo che zio Ronald si era fatto altre due canne). Era rimasto favorevolmente colpito da Summer, però. Aveva balbettato un «ciao» quando l'aveva vista e poi aveva balbettato un «se è già pronto» quando lei gli aveva offerto del tè. Era un professionista, tuttavia; nel momento in cui cominciai a parlare ebbi tutta la sua attenzione.

«Il mio nome completo è Martin Walker» spiegai. «Sono il figlio di Aubrey Walker.» Feci una pausa per dare a Sam il tempo di metabolizzarlo.

«Continua» disse. Non aveva un tono freddo, ma neanche pareva curioso o stupito: era davvero in gamba.

«Mio padre vuole uccidermi» dissi, e mi fermai ancora una volta.

Sam si limitò a fissarmi, intensamente.

«Credo che sia malato. Che io ricordi è sempre stato male, ma con l'età è andato peggiorando. Picchiava me e mia madre, quando ero piccolo: non è mai finito sui giornali, ma fu il vero motivo del divorzio. Mia madre mi portò in Italia per tenermi lontano da Aubrey. Quando è morta, sono dovuto tornare. È stato brutto, ma potevo sopportarlo. Ora… ora è andato troppo oltre.»

Summer portò a Sam una tazza di tè. «Grazie» disse, con tono più sicuro. Mi fece cenno di continuare.

«Ho scoperto che c'era qualcosa di losco nel passato di mio padre, e quando sono scappato di casa sono stato così stupido da mettermi a indagare. Aubrey non si chiama così: ha cambiato identità nei primi anni Settanta. Prima si chiamava Nigel Swan. Suo padre era nella polizia: il comandante Swan.»

«Ho sentito parlare di lui» disse Sam.

«In che termini?»

«Niente di buono» riconobbe, dopo una breve pausa.

«Nigel e suo padre organizzarono e poi insabbiarono quello che fu, a tutti gli effetti, un *massacro* degli hippy che abitavano proprio in questa casa nel 1969. Probabilmente Nigel era già fuori di testa, suo padre non so. Quando sono venuto da te, non era per l'università.»

«Stavi cercando delle prove» disse Sam.

«Ma non ero sicuro di potermi fidare di te, o di chiunque altro. Ciò che ho scoperto è che non ero il solo a voler mettere insieme i pezzi del passato di mio padre. Anche qualcuno della polizia lo stava facendo. Lizanne Riches.»

«*Quella* Lizanne Riches?»

Annuii. «Aveva portato a casa le prove raccolte negli anni Sessanta, con discrezione, perché non poteva sapere chi fosse sul libro paga di Aubrey e chi no. Aubrey ha scoperto quello che stava facendo e ha ucciso lei e la sua famiglia.»

«E ancora una volta è riuscito a insabbiare tutto?»

Feci cenno di sì.
Sam bevve un sorso di tè. «Questa è un'accusa pesante.»
«Ero presente quando Aubrey l'ha uccisa» dissi. «E sono pronto a testimoniare sotto giuramento. Non mi ha ucciso solo perché è troppo pazzo per farlo.»
«Vale a dire?»
Sospirai. «Non mi crederai. Io stesso non lo farei.»
«Non posso dirti cosa ne penso, se non parli.»
Finsi di essere combattuto, poi dissi: «È questo il punto. Mio padre è convinto che io e lui siamo *immortali*. Crede che continuiamo a reincarnarci insieme e a combattere l'uno contro l'altro, e che se mi uccidesse *semplicemente*, tornerei. Ha bisogno di un'arma speciale, una lancia, per uccidermi per sempre, e adesso mi ha detto di aver trovato quella lancia».
Sam si schiarì la gola. «Questo è… ancora più incredibile.»
Alzai la mano fasciata. «Questo me lo ha fatto lui. Anche i lividi: appena ieri mi ha messo in un angolo, insieme a due teppisti, e mi ha picchiato.»
«È tutto vero, Sam» intervenne Lily. «Il signor Walker ha promesso che sarebbe tornato oggi a mezzogiorno per uccidere Martin in questa casa. L'ho sentito con le mie orecchie.»
Feci cenno di sì. «Aubrey ha detto di avere questa lancia magica e che sarebbe venuto a uccidermi oggi a mezzogiorno. Ci ho messo un po' a decidere cosa fare, ma eccomi qui.»
«È tutto vero» insistette Lily.
«Finora ero troppo spaventato per coinvolgere la polizia» dissi, a voce più bassa. «Chiaramente molti dei vostri sono sul suo libro paga. Scusami, Sam, è così. Ma so che verrà, e se vado a nascondermi da qualche parte, mi troverà. Lily garantisce per te, quindi ho pensato che fosse ora di chiedere aiuto.»
Sam poggiò la tazza sul tavolo e, con calma, si massaggiò le

tempie. Mi rendevo conto che era un sacco di roba (e di stronzate, soprattutto) da digerire. «E garantisci anche per lui?» domandò a Lily.

«Al centouno per cento.»

«Dobbiamo scambiare due parole in privato, sorella.»

29

Quando Lily e Sam uscirono dalla stanza, Summer disse: «Vado a prepararmi».

«Come?»

«Devo spiegare la situazione agli spiriti.»

Bruce domandò: «Non vuoi aspettare e vedere se Sam ci sta?».

Lei stava già uscendo. «Ci sta» disse.

Zio Ronald era tornato a seppellirsi nel seminterrato, così Bruce e io restammo da soli. «Cosa ne pensi?» gli domandai.

«Spiriti, fate, accetterei qualunque aiuto in questo momento. Se Babbo Natale scendesse dal camino e ci offrisse una mano, gli offrirei un coltello e gli direi di portare anche Rudolph.»

Lily e Sam parlarono per dieci minuti, che passarono con tutto il ritmo di dieci anni. Poi sentimmo Sam che lasciava il Rifugio e Lily che tornava in cucina.

«L'ha bevuta» disse, rattristata.

«Bene» disse Bruce. Sbadigliò e si alzò. «Dovrai darmi i dettagli più tardi. Adesso muoio se non chiudo un po' gli occhi.» Il bravo ragazzo di sempre: aveva capito che io Lily avevamo bisogno di tempo per parlare.

«Mi dispiace» le dissi, appena fummo da soli. «Mi dispiace che tu abbia dovuto mentire di nuovo a tuo fratello, e mi dispiace di essere un bugiardo così bravo.»

«Sei fatto così» disse. «E ti amo per quello che sei.»

«Vorrei essere una persona migliore.»

«Non lo vorremmo tutti?»

Mi fece cenno di alzarmi. Lo feci e la seguii nel soggiorno, verso il falò che avevamo tenuto acceso. Se c'era un momento giusto per abbondare coi ciocchi, era senz'altro quello. Lily si raggomitolò sul divano e io mi sedetti accanto a lei. «Qual è il piano, con Sam?» domandai.

«Prenderà un giorno libero. Ha promesso che non coinvolgerà nessun altro e si occuperà di tutte le scartoffie appena eseguito l'arresto.»

«Sono ancora convinto che dovresti andartene. Sam è un poliziotto addestrato e io non ho scelta. Ma tu?»

Lily mi poggiò la testa in grembo. «Sono un tipo tosto, così, in generale.»

Nessuno ha mai saputo farmi sorridere come l'Artefice. «Ti amo» dissi, di getto. «Cazzo, quanto ti amo.»

Si voltò per guardarmi negli occhi. «Ti amo anch'io» rispose, semplicemente.

«Non permetterò che Aubrey mi uccida, oggi: non vedo l'ora di ricordare tutte le vite che abbiamo passato insieme, tutte le stupidaggini che abbiamo fatto, e non vedo l'ora che arrivino le prossime vite. Non vedo l'ora di incontrarti di nuovo per la prima volta e innamorarmi di nuovo di te. Siamo noi la favola, Lily, quella che tutti dicono non esistere davvero. Se ci liberiamo di Aubrey, saremo noi il *per sempre felici e contenti.*»

Mi baciò sulle labbra. Continuando a baciarmi, si tirò su. Smise di baciarmi e raddrizzò la schiena, come un gatto in un pomeriggio di sole. Prese la maglietta per l'orlo e se la tolse. Non portava il reggiseno: i capezzoli luccicavano sui suoi seni perfetti, ed era talmente bella che mi mancava l'aria. Accostai le labbra al suo seno, ma lei mi spinse via con una piccola risata.

«Ti prometto questo» disse. «Se sopravviviamo, vengo a vivere qui. Voglio una promessa da te, però: per festeggiare scoperemo per tre giorni. Senza interruzione.»

«Non sono sicuro. Sono un uomo pieno di impegni. Cose da fare, persone da vedere.»

Alzò un sopracciglio. «Puoi invitarle tutte a unirsi a noi» disse, prima di chinarsi verso di me e baciarmi di nuovo. Poi mi aiutò a togliere la maglietta e i jeans, e finalmente mi concesse di baciarla e facemmo l'amore come se fosse la prima volta, o l'ultima. Fu meraviglioso; un ricordo che porterò con me per sempre.

30

Dopo, io e Lily ci spostammo nella mia camera. Lei si addormentò quasi subito, io non riuscii a prendere sonno.

La lasciai a letto per sgattaiolare di nuovo in soggiorno, dove mi sedetti davanti al fuoco che si stava spegnendo. Lo attizzai e lo nutrii con un grosso ceppo. Avevo pensato di telefonare a Grant per chiedere il suo aiuto: sarebbe stato splendido se mi avesse prestato qualche Lascito, nel caso in cui io e Aubrey fossimo passati allo scontro fisico. Ma non mi fidavo abbastanza di lui. Il mio piano faceva affidamento sul fatto che solo una manciata di persone fidate ne fossero a conoscenza. Grant non poteva essere la mia polizza assicurativa; me ne serviva un'altra.

Scesi nel seminterrato, dove Ronald era impegnato con il suo plastico. Restai un attimo sulla soglia a guardarlo lavorare. Gli mancava così *poco*. Come faceva ad andare avanti, sapendo che il suo tempo era limitato, che il suo orologio non aveva mai smesso di ticchettare dal momento stesso in cui era nato, e che un giorno si sarebbe fermato? Sapevo bene che la mia morte era una possibilità concreta, che quelle potevano benissimo essere le mie ultime ore. Ma per gli Una Tantum la vita intera era così: ogni minuto poteva essere l'ultimo, in assoluto. Avevo dimenticato come ci si sentiva. Come facevano ad andare avanti?

«Andrà tutto bene» disse zio Ronald, gli occhi ancora fissi sul suo progetto.

«Tu credi?»
«No, ma è bello sognare.»
Ridacchiai, e Ronald sembrò contento.
«Devo farti una domanda» gli dissi.

31

E il tempo continuava a passare.

Alle dieci ero di nuovo sul divano, a scrivere un ultimo messaggio sul forum dei Pellegrini.

È quasi finita lo intitolai. *Sarete contenti di sapere che io e il Ladro abbiamo trovato un accordo* scrissi. *Di qui a poche ore la nostra lotta cesserà, per questa volta o per sempre. Non voglio scendere nei dettagli, ma fidatevi se vi dico che non avete nulla da temere. Londra è al sicuro, almeno da noi. Godetevi la vita, voi che potete.*

«Il tuo ultimo saluto?» domandò Bruce. Era entrato nella stanza portando con sé due tazze fumanti.

«Il mio *arrivederci a presto*» risposi. «Quello è tè?»

«Caffè» disse, porgendomi una tazza. «Sei mezzo italiano, pensavo che lo avresti apprezzato: puro, amaro, nero.»

«In Italia si beve solo l'espresso» scherzai. «E questo è caffè solubile! Gli italiani hanno dichiarato guerra per molto meno.»

«È il pensiero che conta» disse Bruce, accomodandosi sulla poltrona. «Quando dovrebbe tornare Sam?»

«Tra venti minuti, se è in orario.»

«Lo sarà.»

Sorseggiai il caffè. Non era così male, ma non potevo ammetterlo per una questione di orgoglio nazionale.

«Tutto a posto?» domandai.

«Perché me lo chiedi?» disse Bruce, sospettoso. «Hai sempre qualcosa in mente quando fai certe domande.»

Soffiai sulla tazza. «Non mi hai mai detto cosa ho fatto.»

«Quando?»

«Nell'aranciera, prima che mi uccidessi, dicesti che le storie in cui *distruggevo* Londra erano vere. Quali storie?»

«Ne parliamo dopo.»

«Dopo potrei essere morto.»

«Tu prova a non morire.»

«Ho bisogno di saperlo, Bruce.»

Lui rifletté, scuro in volto. Poi disse: «Settembre 1666. Il Grande Incendio di Londra. Sai di cosa sto parlando?».

«Certo che lo so. In tre giorni l'intera città andò distrutta. Non si...» e tacqui. «Oh, Dio» bisbigliai.

Bruce mi fissò. «Sei stato tu, Martin. Tu hai dato fuoco a Londra. Certo, sei stato attento: hai fatto in modo che morissero meno persone possibili. Ma hai distrutto la città.» Fece una pausa. «Non chiedermi perché, non lo so. Negli anni Sessanta sono morto prima di scoprirlo.»

«Tu eri lì? Nel 1666?»

Bruce scosse la testa. «Penso che fossi già morto, quando hai dato fuoco a Londra. Sono venuto a saperlo in una vita successiva. L'eco delle tue imprese è... forte nella Rêverie, e ne ho avuto un assaggio.»

Non sapevo quante persone fossero morte nell'incendio: presi un appunto mentale di guardare su Google dopo aver finito con Aubrey. Era il momento di assumermi le mie responsabilità. Sospirai. «Ecco perché Aubrey vi ha lasciato vivere» dissi.

«Dimmi.»

«Perché mi rallentate.»

«Ah, grazie.»

«Sai cosa intendo, Bruce. Tu sei la mia... bussola morale. Aubrey ti ha chiamato "grillo saggio".»

«La gentilezza ce l'avete nel sangue, vedo.»

«Non è una brutta cosa. Mi tenete sotto controllo, e tu ancora di più della Tempesta e dell'Artefice. Se non siete con me, perdo la testa. Divento mille volte più imprevedibile, più pericoloso. E più stronzo.» Chinai la testa. «Questo è il mio problema: mi innamoro delle mie idee e non tengo conto delle loro conseguenze. Voi mi aiutate a ricordarmene. Mi *piace* ciò che sono quando sono con voi: mi piace l'uomo che potrei diventare, con il vostro aiuto.»

Bruce sollevò la tazza. «Grazie. Bel discorso.»

«Quale discorso?» disse Lily. Stava entrando nella stanza con Summer.

Bruce disse: «Martin mi ha appena confessato che è un cocco di mamma e ha tanta paura del suo papà! Ha pure versato qualche lacrima».

Lily tirò fuori la lingua e mi fece una smorfia. «Cocco di mamma.»

«Cosa hanno detto gli spiriti?» chiesi a Summer.

«Che sei un cocco di mamma» rispose.

Avevo gli amici migliori del mondo.

32

Sam tornò con una pistola. Quando Lily gli aveva chiesto di portarla, lui aveva obiettato dicendo che sarebbe stata una rogna giustificare una pistola in tribunale, e non ne aveva bisogno per arrestare un uomo d'affari sulla settantina. Lily non aveva voluto sentire ragioni: non lo avrebbe fatto entrare se veniva disarmato. Avevo suggerito che Rufus, il cane di Lily, poteva unirsi alla banda, ma Lily aveva detto che al massimo Rufus avrebbe leccato a morte Aubrey. Sembrava il mastino dei Baskerville, ma era più simile a Snoopy.

Prima di tutto, Sam mi attaccò un piccolo registratore digitale sul petto. Il piano era che avrei attirato Aubrey in soggiorno, avrei lasciato che si sfogasse e registrato la prova della sua follia mentre Sam restava nascosto in cucina. Quando avessimo registrato abbastanza, Sam sarebbe uscito per arrestare Aubrey. Semplice. Contavo sul fatto che Aubrey preferisse finire in prigione invece di morire, perché sapeva che il Bacio sarebbe finito tra le prove, ed era sicuro che avrebbe trovato il modo di arrivarci. Anche io e Grant avremmo fatto lo stesso però, e una volta che Aubrey fosse stato messo fuori gioco, mi sarei fidato di più del Mercante. Per lo meno stavo guadagnando un altro po' di tempo.

Mi nascosi in bagno, dove sollevai il nastro adesivo con cui Sam aveva fissato il registratore. Misi una fiala, presa tra i resti del vecchio laboratorio di zio Ronald, accanto al registratore, e riattaccai il nastro.

Nel soggiorno Lily era appollaiata su uno sgabello e stava installando con un trapano una piccola telecamera senza fili all'incrocio tra il muro e il tetto. «Avremo bisogno di tutte le munizioni disponibili contro gli avvocati di Aubrey» spiegò. Installò un altro paio di telecamere, una appena sopra la porta d'ingresso e un'altra in cucina. Io, Sam e Bruce l'aiutammo, mentre Summer e zio Ronald, alla finestra, tenevano d'occhio l'esterno.

«Una Porsche ha appena imboccato la nostra strada» disse Summer.

Lily guardò l'orologio. «È in anticipo di dieci minuti. Che testa di cazzo.»

Chiusi gli occhi e presi fiato. Le tazze erano pronte, in fila sulla cassetta. La pallina era nascosta sotto una di loro, e il pubblico si stava radunando, signore e signori, per l'ultimo gioco onesto in città.

«Non importa» dissi. «Siamo pronti.»

33

Aubrey bussò.

34

Con calma, Summer si avvicinò alla porta. Bruce le andò dietro, poi Lily e zio Ronald, e infine io, con un coltello da cucina nella sinistra. Sam aveva dato per scontato che gli altri sarebbero rimasti nascosti in cucina con lui, ma non aveva avuto il tempo di lamentarsi.

«Pronto?» domandò Summer, con la mano sulla maniglia.

Zio Ronald rispose: «Dal 1969, tesoro».

Summer aprì la porta.

«Buongiorno» disse Aubrey.

Indossava un completo nero su misura, camicia bianca e un lungo cappotto anch'esso nero. Sembrava pronto per un pranzo di lavoro, fatta eccezione per la lancia che teneva in mano. Perfino a Londra, e perfino a Camden, i passanti dovevano aver notato quell'uomo elegante che scendeva da una Porsche con una *lancia* in mano. Aubrey sembrava non farci caso.

«Signor Walker» disse Summer, con freddezza.

«Sono contento che abbiate riunito tutta la banda.»

Lily aveva ragione sugli avvocati di Aubrey: dovevamo badare a come parlavamo. «Per favore, papà» dissi, con voce tremante. «Non devi comportarti così.»

Guardò me, poi Summer. «Mi fate entrare o devo scavare una galleria per infilarmi in questo porcile?»

«Certo.» Summer si fece da parte. «Entri pure» disse.

Aubrey varcò la soglia, sprezzante, e i miei amici si aprirono come il Mar Rosso davanti a Mosè per lasciarlo passare.

«Sei più brutto di quanto ricordassi» disse zio Ronald ad Aubrey.

Aubrey lo ignorò, come ignorò tutti gli altri, tenendo gli occhi e la mente fissi su di me. Portai il coltello alla gola. «Fermati.»

Obbedì. «Devi ammettere che c'è dell'ironia» disse, con un gran sorriso. «Sei così debole e privo di risorse che l'unico modo che hai per minacciarmi è minacciare te stesso. Non sei diverso da qualunque altro patetico figlio adolescente, davvero.»

Mi feci venire le lacrime agli occhi. Recitare: una delle poche cose che so fare. «Non potresti semplicemente... smetterla? Per la mamma, se non altro?»

«Oh, poveri noi.» Aubrey scosse le spalle, soffocando una risata. «Non hai nemmeno cominciato a capire chi siamo, io e te, e l'*immensità* della nostra storia.»

«Qualunque problema possiamo avere avuto, non ne siamo *schiavi*. Possiamo parlarne, risolvere tutto.»

«Oppure posso uccidere te e i tuoi amici» disse Aubrey, alzando il Bacio. «Tagliati la gola se vuoi. Il Bacio farà in tempo a ucciderti per primo.»

Lasciai andare il coltello. «Ti prego...» singhiozzai.

La porta della cucina si spalancò all'improvviso. «Okay, lascia andare la lancia e mostrami le mani» disse Sam. Entrò puntando la pistola contro Aubrey.

Aubrey fece correre lo sguardo da me a lui, e poi di nuovo a me. «Hai svelato l'esistenza della *comunità*?» disse, incredulo. «Ti rendi conto di quanti nemici ti sei fatto in un colpo solo?»

«Mani in alto!» ripeté Sam, muovendo leggermente la pistola. «Non lo ripeterò.»

Vidi Aubrey passare in rassegna le proprie opzioni: non ne

aveva molte. Lasciò andare il Bacio e alzò le mani. «Avrà molte cose da spiegare ai miei avvocati, agente.»

Sam non rispose; non era come nei film, dove guardie e ladri si scambiano battute di spirito. Il poliziotto qui mantenne la calma, e senza aprire bocca tirò fuori le manette, dirigendosi lentamente verso Aubrey. «Metta le mani unite dietro la schiena» disse. «Adesso.»

«Stai attento, fratellone» disse Lily.

Aubrey abbassò le mani dietro la schiena, facendo come aveva detto Sam. Sam ripose la pistola nel fodero per ammanettarlo. Stava andando tutto troppo bene.

«Sam!» dissi. «Non sottovalutare...»

Ma lo *aveva* sottovalutato: credeva che Aubrey fosse un uomo anziano e niente di più. Distinsi i movimenti di Aubrey con chiarezza, ma solo perché lo avevo visto muoversi innumerevoli volte in passato, e magari la mia mente non ricordava, ma la mia anima sì.

Mentre Sam gli metteva le manette ai polsi, Aubrey sciolse le mani. Con una afferrò il polso di Sam, che reagì subito per liberare il braccio. Era un professionista addestrato, ma anche un uomo molto giovane, con un'anima molto giovane, e non aveva alcuna possibilità contro il Ladro. Aubrey si girò su se stesso, infilando un braccio sotto l'ascella di Sam e portando una mano all'altezza del suo viso. Premette due dita contro gli occhi di Sam e spinse. Sam urlò; il peso della propria testa gli fece perdere l'equilibrio.

Abbastanza da permettere ad Aubrey di arrivare alla pistola ed estrarla dal fodero.

«No!» gridò Lily.

Aubrey disse: «Oh, sì» mentre puntava la pistola contro la testa di Sam e premeva il grilletto.

35

L'esplosione fu assordante. Frammenti di ossa e schizzi di sangue piovvero su Aubrey come coriandoli, mentre il corpo di Sam cadeva a terra senza vita. Quando si afflosciò sul pavimento Lily era già in lacrime. «Sam» disse. «Fratellone!» Fece per gettarsi sul suo corpo, ma Aubrey le puntò la pistola contro.

«Non ti muovere, cagna» le disse. Distese le labbra in un sorriso, e non per melodramma: si stava divertendo davvero. «L'ultima volta avevo un certo interesse nella tua sopravvivenza. Non più.»

Io riuscivo a malapena a tenermi in piedi, Bruce era pallido come un morto, Ronald si era portato una mano alla bocca e aveva spalancato gli occhi. Solo Summer aveva mantenuto la calma, imperturbabile. Disse solo: «Tu sei ancora convinto di essere innamorato di lei».

«Summer, Sky, o comunque ti chiami a questo giro, è ora che impari a farti gli affari tuoi.»

«Ci hai creduto per secoli» disse Summer, avvicinandosi a lui. «Da prima degli anni Sessanta. Sei convinto di essere innamorato dell'Artefice e pensi che sia per colpa del Mago che l'Artefice non ti corrisponde.»

Aubrey spostò la pistola su di lei. «Fai un altro passo e sparo.»

Summer alzò le spalle. «Fai pure.» Continuò a camminare. «Tu non capisci, Ladro, e non hai mai capito, cosa sia l'amore.

L'amore è condivisione: per amare qualcun altro bisogna essere disposti a *dare*, e tu, tu sai solo prendere. Finché non imparerai questa lezione, resterai quello che sei: una persona da poco, incatenata da sola a una giostra che non smetterà mai di girare.»

«Vai all'inferno» disse Aubrey.

Premette il grilletto.

E il Rifugio *tremò*.

Fu come ritrovarsi su una barchetta nel pieno di uno tsunami. Il Rifugio si scosse, tremò, andò su e giù, e a destra e sinistra. Non conoscevo ancora la Tempesta; non conoscevo la profondità del suo legame col Rifugio e con quella che lei chiamava *anima mundi*, l'anima del mondo. Doveva ancora venire il momento in cui avrei scoperto tutto delle nostre identità vittoriane.

Mi spaventò quasi quanto spaventò mio padre.

Aubrey perse l'equilibrio e cadde a terra, e il proiettile andò a conficcarsi nel muro. Summer continuò a camminare col passo sicuro di un vecchio lupo di mare mentre il Rifugio seguitava a ondeggiare. La realtà stessa era diventata instabile.

«Gli spiriti di questo posto non sono contenti di te, Aubrey» gli disse. «Non lo è la Dea.» Fece una pausa. «E neanche io.»

Un terremoto di magnitudo nove poteva pure fare inciampare Aubrey, ma non fermarlo. Da terra, afferrò il Bacio con una mano e puntò di nuovo la pistola contro Summer.

A oggi non sono sicuro di cosa successe dopo; non sono sicuro di aver visto davvero gli spiriti o di averli solo immaginati. Non sono sicuro di aver visto una ragazza americana, un'aspirante poeta abbastanza sfortunata da essere al Rifugio quando le guardie fecero irruzione, togliere con un calcio la pistola di mano ad Aubrey. Non sono sicuro di aver visto Lizanne strappargli il Bacio dall'altra mano. Non sono sicuro di aver visto suo marito, quel povero Pellegrino di cui non ricordavo nemmeno il nome, assestargli un pugno in pieno viso, mentre un altro hippy che era stato con noi nel '69 gli inchiodava le gambe a terra. Non sono sicuro di aver visto niente di tutto questo, ma di sicuro qualcosa costrinse Aubrey a far cadere la pistola e la lancia, e qualcos'altro gli fece sanguinare le labbra.

Aubrey lanciò un ululato. Prese a pugni l'aria, o forse lo spirito della poetessa hippy, e infilò la mano sotto la giacca. Tirò fuori una lama sottile e lucente; un coltello da lancio. Lo puntò contro Summer, e altri spiriti, o qualunque cosa fossero, si radunarono per proteggerla: la Tempesta, la loro amica, la loro sacerdotessa.

All'ultimo istante Aubrey cambiò bersaglio e lanciò il coltello. Seguii il volo della lama con un senso di terrore.

«Eh?» disse zio Ronald.

Cadde in ginocchio, con una lama piantata nel petto e il sangue che colava.

36

La casa aveva smesso di tremare.

Appoggiandosi al Bacio, il Ladro si alzò in piedi.

Il volto di Summer era esangue, ma era ancora calma. «Verrà il nostro momento» disse, mentre si voltava verso zio Ronald.

«Dopo di oggi, non avrò più paura di nulla» disse Aubrey.

La sua tattica era brillante: non aveva ucciso zio Ronald, lo aveva solo ferito. Summer avrebbe avuto bisogno di tutte le sue forze per tenerlo in vita, e non gliene sarebbero rimaste per Aubrey.

Dunque restavamo io, Bruce e Lily.

Bruce mi guardò. «Che ne dici?»

Scrollai le spalle. «*Vamos.*»

Come un solo uomo ci lanciammo di corsa verso Aubrey. Avevo notato, e so che l'aveva notato anche Bruce, che Lily aveva ripreso il controllo. Fingeva di essere ancora sotto shock, ma è impossibile mettere in difficoltà a lungo l'Artefice. Stava puntando alla pistola di suo fratello, ma aveva bisogno di qualche secondo per arrivarci. Non potevo battere Aubrey da solo, né poteva farlo Bruce; insieme, tuttavia, potevamo guadagnare un po' di tempo per Lily. Avevamo combattuto fianco a fianco tante volte, in tante guerre e scontri leggendari che, quando era il momento, ci comprendevamo senza bisogno di parlare. Giovani e inesperti com'eravamo, potevamo comunque farci un paio di round con il Ladro. Un grappolo di amici è la cosa più pericolosa dell'Universo. Credo perfino più pericolosa di me.

Bruce cercò di assestare un pugno, pesante come un martello, al mento di Aubrey. Aubrey lo schivò facilmente, ma quella mossa lo mandò incontro alla mia lama, e provai la sensazione gratificante dell'acciaio che squarciava la guancia del mio dannato padre, facendogli uscire il sangue. Bruce gli diede un pugno a un rene. Con la coda dell'occhio vidi Lily prendere la pistola e pensai che avremmo potuto vincere.

Aubrey mi diede una gomitata al petto, forte, e io caddi all'indietro, lasciando cadere il coltello. Con un calcio, lo lanciò lontano da me. Con lo stesso movimento, e la sua solita esasperante grazia, fece girare il Bacio in una mano, afferrò l'asta con l'altra e, usando entrambe le mani, colpì Bruce sulla testa con il legno. Sentii uno schiocco e Bruce cadde a terra, esanime.

Lily aveva preso la pistola. «Ehi, stronzo» disse, puntandola contro Aubrey.

Lui ebbe appena il tempo di alzare la testa, prima che lei sparasse.

37

Lily mancò il bersaglio. È difficile sparare, se non sai cosa stai facendo. Le pistole sono armi molto instabili: lasciate a se stesse, manderanno il proiettile ovunque tranne che sul bersaglio. Lily non colpì Aubrey e Aubrey non perse tempo. Ruotò ancora una volta il Bacio, appoggiandone la punta sulla gola di Bruce.

«Non so se è morto» gridò. «Che dici, corriamo il rischio?»

Lily tremava di rabbia. «Cazzo» disse, e lasciò andare la pistola.

Aubrey sollevò il Bacio, mirando a lei. «Non volevo ucciderti.»

«Guardami, papà» dissi. «Guardami.»

Col braccio ancora alzato, Aubrey mi lanciò un'occhiata.

Avevo aperto la camicia, mostrandogli la fiala che avevo fissato sul petto. «Ricordi le sostanze chimiche che esplosero negli anni Sessanta?» dissi, accostando un pugno alla fiala. «Ronald ricordava ancora la ricetta di alcuni preparati. Se rompo questa, possiamo dire tutti *ciao* al mondo.»

Aubrey si bloccò. «Morirebbe anche Ronald.»

Guardai Bruce, svenuto sul pavimento. Guardai Summer, che si stava occupando della ferita di zio Ronald, con le braccia coperte di sangue. Guardai il cadavere di Sam. Guardai Lily. «Resta qui.» Le strizzai l'occhio. «Fidati di me.»

Poi guardai Aubrey. «Vieni a prendermi, papà.»

Gli voltai le spalle e scappai.

38

Corsi con tutto me stesso. Corsi su per la vecchia scalinata del Rifugio, corsi lungo i corridoi vuoti, corsi nell'ala dalle pareti annerite, dove un tempo era stato il laboratorio di Ronald, dove era morto il sogno degli anni Sessanta. Corsi e ricordai tutti i momenti che avevo passato tra quelle mura. Corsi e ricordai tutto l'amore che avevo avuto, più di quanto chiunque potesse sognare, più di quello a cui avessi mai avuto diritto. Era stato un viaggio portentoso.

Mio padre mi corse dietro.

In un altro posto, in un'altra casa, un padre inseguiva suo figlio, e i due ridevano e fingevano di essere Scooby-Doo e un falso mostro. In un altro mondo mia madre non era mai morta e non mi aveva mai lasciato nelle grinfie di quel mostro in carne e ossa. In un altro mondo nessun vinculum aveva mai legato me e il Ladro. In questo mondo, però, in questa casa, quel vinculum stava per essere spezzato dalla mia morte.

Entrai in una delle stanze carbonizzate e là mi fermai, a riprendere fiato. Sentii Aubrey che mi raggiungeva. «Figliolo» disse, sulla soglia. Entrò nella stanza, con il Bacio alzato. «Posso?»

«Ma certo» dissi, accostando ancora una volta il pugno alla fiala. «Abbiamo aspettato tanto.»

Il suo sguardo si posò sulla fiala. Agitò il Bacio. «Sono più veloce di te.»

«Che ne dici,» gli rifeci il verso «corriamo il rischio?» Con tutta la cautela di cui ero capace, stavo togliendo il nastro che fissava la fiala. La presi in una mano e la tenni tra me e Aubrey. «Sai cosa stavo pensando?» domandai.

«Cosa?» Aubrey stava solo aspettando il momento giusto per scagliare il Bacio.

«Io sono il Mago» dissi camminando, così da trasformarmi in un bersaglio mobile. «È un bel nome: ho una borsa piena di trucchi, sono capace di stupire sempre. A chi non piacerebbe? Ma tu? Tu sei *Il Ladro*. Tu non sei nient'altro che quello che vuole rubare al Mago. Senza di te, io sono ancora me stesso, coi miei amici, i miei trucchi, la mia testa. Tu, però, non sei niente senza di me. Il tuo stesso Nome dell'Anima è definito da me. Pensaci, Aubrey. Sei niente, sei un'ombra – la mia.»

«Martin...»

Lanciai la fiala.

Lanciai la fiala e mi gettai di lato, perché sapevo che Aubrey mi avrebbe scagliato contro il Bacio. Che è proprio quello che fece. Con una specie di muggito tirò indietro il braccio e poi lo spinse avanti, in preda al panico, e il Bacio lasciò la sua mano e volò verso il punto in cui mi trovavo fino a un momento prima, mentre la fiala si schiantava ai piedi di Aubrey.

Fu divertente. Credetemi, fu proprio divertente vedere Aubrey che stringeva i denti, chiudeva gli occhi e si rannicchiava, pronto a esplodere in una palla di fuoco.

Cosa che ovviamente non successe. La fiala andò a schiantarsi sul pavimento e schizzò il suo contenuto sulle scarpe lucide di Aubrey.

Afferrai il Bacio. «È *acqua di rubinetto*, idiota» dissi, alzandomi. «Zio Ronald non ricorda niente.»

Aubrey rinunciò a ogni pretesa di civiltà. Fu come vedere un lupo mannaro liberarsi della sua forma umana. Urlò di nuovo, come una bestia, come il mostro che era, e partì alla carica con migliaia di anni d'odio condensati nei tre passi che dovette fare per raggiungermi.

Non sarei sopravvissuto a uno scontro diretto. Avevo il Bacio, ma nessun addestramento; Aubrey era ancora al di fuori della mia portata. Il trucco dell'acqua di rubinetto non era mai stato pensato per farmi vincere la guerra. Doveva solo attirare Aubrey lontano dai miei amici per dare loro il tempo di fuggire. Io stavo per morire; loro sarebbero sopravvissuti. Questa sarebbe stata la mia vittoria.

Affondai la lancia grosso modo in direzione di Aubrey, ignorando il dolore alla mano destra, contando sulla fortuna. Lui fece un passo indietro e afferrò l'asta con entrambe le mani. Tanto per dire la fortuna. Aubrey tirò, aggiungendo la sua forza alla mia, e io caddi a terra, mollando la presa.

Assestandomi un calcio alle costole, Aubrey mi costrinse a voltarmi. Come se fossi un trofeo e stesse posando per una fotografia, mi premette un piede sullo stomaco. Sollevò la lancia. «Così cade il Mago» disse.

E affondò il Bacio della Buonanotte nelle mie viscere.

Mentre venivo attraversato dal dolore più forte della mia vita e mi rendevo conto che stavo per essere consegnato al vuoto eterno, sperimentando un livello di paura che non avrei mai creduto possibile, pensai *Deve aver provato la scena allo specchio. Frase e tutto. Ha vinto, ma è comunque un coglione.*

Poi non pensai più niente.

E poi ricordai.

E scoppiai a ridere.

39

No, aspettate: sto ridendo adesso, mentre ripenso a quel momento. Avreste dovuto vedere la faccia di Aubrey! Avevo rovinato il suo melodramma, la scena madre su cui si masturbava da chissà quanti anni. «Così cade il Mago!» Patetico.

«Che succede?» ruggì Aubrey.

Sputai un po' di sangue, *un bel po'* di sangue, e anche quello fu esilarante. Cercai di parlare, ma una nuova risata mi interruppe.

Aubrey estrasse il Bacio, e il dolore mi esplose in corpo. La furia che mio padre aveva in volto mi faceva ridere ancora di più. «Provi...» dissi. Dovetti interrompermi per soffocare una nuova risata. «Provi qualcosa? Com'era... ah, sì: *la mia anima ferita riempie il tuo spirito di rabbia e gioia*?»

Aubrey strinse la presa sul Bacio. In altre circostanze avrebbe fatto tenerezza: era un bambino che aveva appena scoperto che il suo orsacchiotto di peluche non può proteggerlo dalla cosa che striscia sotto il suo letto e io, io, ero la cosa che strisciava sotto il suo letto.

«Non provi niente, vero?» dissi. Se non mi fossi inventato qualcosa molto presto, sarei morto, ed era un peccato, sicuramente, ma ne valeva la pena, ne valeva la pena e di più. Il ricordo di quel momento non manca mai di farmi sorridere. «Non hai provato niente perché *il Bacio è una bufala.*»

Lui rimase immobile un momento.

«Come fai a sapere che questo non è il vero Bacio?» disse, brandendo quel giocattolo, come se brandirlo servisse a qualcosa.

«Non c'è un vero Bacio, imbecille» gli risi in faccia. «L'ho inventato io. Un'arma che uccide le anime? Ma certo, Aubrey, come no.» Risi, sputai sangue e risi di nuovo. «Il Bacio è un Lascito: uno dei *miei*.»

«Stai bluffando.»

«Guardami e dimmi se è così.»

Aubrey vacillò.

Mi era rimasto pochissimo tempo. Sarebbe stata una splendida soluzione per fermarsi ai box ma non volevo andarmene subito, non dopo quello che avevo appena ricordato. Per sopravvivere dovevo lavorarmi bene il mio pubblico. «Lasciami morire,» dissi «e in tre o quattro secoli il mio piano scatta e tu te ne vai a fare in culo. Davvero, però.»

Aubrey esitò soltanto un momento. «Ti distruggerò: questo te lo giuro.» Poi prese il telefono e chiamò un'ambulanza.

«Sarà sempre così tra noi, Aubrey» furono le mie ultime parole, prima di crollare. «Io vinco, tu perdi.»

PELLEGRINO

Ero in collera con l'amico
Diedi voce alla mia collera, svanì.
Ero in collera con il nemico
Lo tacqui, e lei crebbe.

L'annaffiai di paure,
Notte e giorno di lacrime;
L'illuminai di sorrisi,
Di dolci lusinghe e moine.

Crebbe giorno e notte
Fino a dare una mela lustra.
Il mio nemico la rimirò
Sapendo bene che era mia.

Lui si infilò nel mio giardino
Sotto il velo della notte.
E all'alba, felice, ora vedo
Il mio nemico sotto l'albero steso.

William Blake

1

Dovetti subire un intervento chirurgico importante, che mi lasciò una cicatrice a cui sono molto affezionato. Il Bacio aveva sfiorato un paio di organi vitali, ma non aveva fatto danni permanenti. «Sei giovane» disse il dottore. «Guarirai.» Dopo l'intervento e una trasfusione di sangue (ne avevo perso abbastanza da riempire la vasca da bagno di una vampira), mi serviva solo un periodo di riposo.

Rimasi fuori combattimento per tre giorni interi. Quando cominciai a riprendere conoscenza, pensai che forse era il caso di aprire gli occhi, e quando l'avessi fatto mi aspettavo di vedere Lily, Summer e Bruce.

Invece ero da solo in un letto d'ospedale.

La macchina a cui ero collegato emise un forte segnale acustico, che fece accorrere un'infermiera. Provai un senso di scissione, come se due porzioni diverse della mia vita si fossero sovrapposte: la riconobbi subito come l'infermiera che si era presa cura di Ronald quando era stato picchiato negli anni Sessanta, quella che ci aveva tenuto da parte la sua erba per non farla trovare alla polizia. Ero più giovane dell'ultima volta che ci eravamo visti, e avevo cambiato sesso. Non mi riconobbe; come avrebbe potuto?

«Sei sveglio» disse.

2

Mi accusano di essere avventato. Uno studioso Pellegrino una volta sostenne che ero io la ragione per cui la parola «avventato» era entrata nel vocabolario inglese, e per corroborare la sua posizione si smarrì in un labirinto etimologico che potrebbe perfino avere un senso. Sono il primo ad ammettere che i miei piani il più delle volte sono ad alto rischio, e che non sempre tengo pienamente conto delle conseguenze. Detto questo, niente avrebbe potuto prepararmi allo scandalo intorno ad Aubrey Walker.

Venti minuti dopo essermi svegliato, quando il medico decise che ero pronto per essere interrogato, entrarono due poliziotti. Volevano parlarmi immediatamente, prima che avessi il tempo di pensare con lucidità o, peggio ancora, di parlare coi miei amici o i giornalisti.

Al Rifugio i paramedici avevano trovato l'Inferno in terra: un poliziotto a cui era stata fatta saltare la testa, un vecchio hippy con un coltello nel petto, un ragazzo svenuto e un altro con un buco nelle budella. Oh, a proposito, la chiamata era arrivata dal cellulare di Aubrey Walker, il miliardario, nonché padre del ragazzo sbudellato.

Aubrey mi aveva sottratto il registratore prima di fuggire, un gesto inutile che la diceva lunga sulla sua disperazione. Non aveva avuto il tempo di prendere le telecamere, anche se le aveva notate. C'erano testimoni e prove in abbondanza che era lui il responsabile di tutto.

Se era stato l'Inferno per i paramedici, fu un Paradiso per i giornalisti. Se ne parlò ovunque, testate, blog, social, macchinette del caffè. Erano bastati tre giorni per trasformare Aubrey l'Assassino in una creatura mitica, destinato a passare alla storia come il Jack lo Squartatore del XXI secolo: tra cinquant'anni, il London Dungeon gli avrebbe dedicato uno spazio tutto suo. La cosa migliore era che era ancora in libertà. Si temeva (o si sperava) che facesse qualche altra follia.

La polizia voleva sentire il mio punto di vista. Non riesco a dar loro torto.

La storia che raccontai era simile a quella che avevo raccontato a Sam: mio padre era sempre stato un uomo violento e di recente era impazzito. Negli anni Sessanta aveva un cognome diverso, e insieme a suo padre, un comandante di polizia, aveva orchestrato un massacro di hippy. Allora, e anche oggi, era stato aiutato da una caterva di poliziotti corrotti – e su questo, i tabloid andarono a nozze. Lasciai fuori Lizanne e tutta la parte che riguardava i Pellegrini (non c'era motivo di farsi dei nemici all'interno della comunità). Tacqui pure sul fatto che Summer aveva provocato un terremoto ed evocato spiriti, e nemmeno i poliziotti ne fecero parola, anche se non potevano non averlo visto nei filmati delle telecamere. Da quanto mi dissero, restava solo da capire perché Aubrey avesse chiamato l'ambulanza invece di finire il lavoro. Per quello, non potevo aiutarli. Non si possono fare ipotesi sulle motivazioni di un uomo la cui idea di divertimento è conficcare una lancia nel ventre di suo figlio.

Mi credettero. Ma certo che mi credettero: non avevo bisogno di parlare con Lily, Bruce e Summer per sapere che le nostre versioni corrispondevano. Un grappolo non è formidabile solo sul campo di battaglia.

Le guardie mi trattarono bene, ma tutte quelle domande mi lasciarono comunque sfinito. Quando se ne furono andati, l'infermiera tornò. «Hai bisogno di qualcosa?» chiese, comprensiva come la ricordavo.

«Un telefono» risposi.

3

I giornalisti erano accampati fuori dall'ospedale (alcuni di loro letteralmente accampati, come una versione distorta del movimento Occupy). Per entrare, Summer dovette rifiutare tre interviste e cinque bustarelle, e quando un giornalista del *Sun* le urlò che era abbastanza figa da meritare pagina tre, lei rispose «Anche tu».

«Avvoltoi» dissi.

«Bisogna ammettere che è una storia emozionante.»

«Cosa hanno scritto sul tuo terremoto?»

«Non c'è stato alcun terremoto.»

«Ma...»

Summer mi sfiorò il braccio. «È successo, ma non *qui*, sul piano fisico. Nelle riprese della telecamera si vede solo Aubrey che inciampa.»

«Mi sembrava una cosa abbastanza fisica.»

«Certo» disse Summer, come se fosse ovvio. «Ma tu eri lì.»

Sospirai. Prima o poi l'avrei capita, Summer (o almeno così mi dicevo). «Dove sono gli altri?» domandai.

«Zio Ronald è a casa; lo hanno ricucito, e per ora sta bene. Lily era... impegnata». Tacque, poi continuò: «Bruce è ricoverato qui».

4

Appoggiandomi a Summer, mi trascinai a vedere Bruce.

Era in coma. Sepolto sotto le coperte, riempiva il letto in lunghezza e larghezza. Il volto era immobile, e non dava alcun segno di vita. Avrebbe potuto trattarsi di una statua di cera. «Il dottore dice che è una commozione cerebrale» disse Summer. «Non ha mai ripreso conoscenza dopo che Aubrey lo ha colpito.»

Fui costretto a deglutire per non piangere. «Mi dispiace così tanto» dissi.

«Sto cercando di salvare la sua anima.»

Dopo quello che aveva fatto al Rifugio, Summer poteva dire ciò che voleva e io le avrei creduto, sempre.

«Però?»

«Non è facile. Non come con zio Ronald negli anni Sessanta. Immagino sia perché Bruce è un Pellegrino. La sua anima è più antica e più... strana.» Fece una pausa. «E la Rêverie è in subbuglio. Non so cosa significhi, ma non l'ho mai vista così.»

«Pensi di potercela fare?»

«Sì, penso di sì.» Si sporse per baciare Bruce sulla fronte. Mi offrì di nuovo la sua spalla. «Ti va di raccontarmi cosa è successo?» domandò. «L'ultima cosa che ricordo è che tu e Aubrey stavate combattendo. Poi ricordo lui che correva per le scale e usciva dal Rifugio, e la sirena dell'ambulanza. Che cosa hai fatto?»

«Non molto» risposi. «Non in questa vita, almeno.»

5

Il medico mi permise di prendere un tè, ma senza latte. Mi sedetti sul letto con la schiena contro il muro, e Summer sedette accanto a me, a gambe incrociate. Sorseggiando il mio tè senza latte (e dunque a malapena bevibile), le raccontai tutta la storia, ed ebbi la rara soddisfazione di vedere la Tempesta stupita.

«Dunque il Bacio l'hai inventato tu» disse.

«Nei minimi dettagli. Quel nome così drammatico, la ridicola idea che potesse uccidere un'anima, le "prove" dei Pellegrini che erano stati uccisi col Bacio. Inventai tutto nel XVII secolo, poi distrussi gli archivi. Dovevo farlo: se i nostri appassionati di storia avessero scoperto che prima di quella data non c'era traccia del Bacio della Buonanotte, avrebbero iniziato a chiedersi perché.»

«Ma li hai distrutti anche una seconda volta; perché?»

«La mia ipotesi è che qualcuno avesse scoperto la verità.»

«Ma perché era così importante raccontare tante balle su un Lascito?»

«Non mi sono spiegato: non ho inventato solo la storia. Ho anche *fabbricato il Lascito*. L'ho fatto apposta. Ho preso una lancia qualsiasi, ci ho intagliato sopra dei simboli a caso dall'aspetto magico e poi...» chinai il capo, improvvisamente avvilito «... l'ho usata per qualcosa che sapevo non avrei dimenticato.»

«Hai torturato Lizanne e il suo compagno.»

Annuii. «Poi mi sono ferito con la lancia. Così, in futuro,

comunque fosse andata, la lancia avrebbe funzionato come Lascito. E ho inventato quella stupida regola per cui dovevi "sentire" l'anima ferita del tuo nemico. Un sistema di sicurezza: se avessero usato il Bacio contro di me, il mio nemico non avrebbe sentito nulla, e dunque per me sarebbe stato più facile convincerlo a lasciarmi andare. Ho ucciso Lizanne e il suo compagno a mani nude perché in quel modo non sarebbero rimaste prove che il Bacio era fasullo.» Feci una pausa. «Comincio a capire perché tutti hanno tanta paura del Mago.»

Summer rifletté sulle mie parole. «È... francamente disgustoso, ma intelligente» disse. «Qual è il punto, però? Hai torturato, ucciso e distrutto gli archivi solo per creare una leggenda?»

«Ero sicuro che nelle nostre future incarnazioni io o il Ladro avremmo cercato di trovare il Bacio: era una tentazione troppo grande per persone come noi. *Io* l'ho resa una tentazione. Il Bacio era un *meccanismo di trasmissione*, Summer: una delle mie incarnazioni passate lo avrebbe usato per inviarmi un messaggio che io avrei ricevuto, qualunque cosa fosse successo. Il gioco era truccato: Aubrey non avrebbe *mai* potuto vincere.»

«E il messaggio è...?»

Bevvi un sorso di tè. «Un indirizzo» dissi. «Mentre torturavo Lizanne pensavo intensamente al *luogo* in cui mi trovavo. Sarà la prima cosa che controlleremo quando sarò fuori di qui. Ho fatto delle cose imperdonabili e mi rifiuto di credere di averle fatte senza una buona ragione.»

«In ogni caso,» disse Summer «non posso venire con te. Mi dispiace, Martin, ma non ho tempo. Bruce ha bisogno di me. Se rimane troppo a lungo in questo stato dubito di riuscire a riportarlo indietro.»

«Ovviamente. Chiederò a Lily.»

Summer esitò. «Dovresti chiamarla» disse.

6

«Martin» disse Lily, all'altro capo della linea, senza nessun calore.

«Grazie per essere venuta a trovarmi» scherzai.

«Mio fratello è morto, scusami tanto se ho avuto altro per la testa.»

Mi irrigidii. Sam. L'Una Tantum cui mio padre aveva fatto saltare la testa. L'Una Tantum che si era trovato lì per colpa mia.

«Non potevamo saperlo» dissi.

«C'è sempre una scusa, Martin, sempre una ragione, e sempre un altro colpevole che non sei tu. Eppure è intorno a *te* che la gente continua a morire.»

«Sam stava facendo il suo lavoro.»

All'altro capo della linea ci fu silenzio. «Ma ti senti?»

«Non essere ipocrita, Lily! Eri d'accordo anche tu a coinvolgerlo.»

«Lo so!» rispose, e non avevo mai sentito un tale disprezzo nella sua voce. «Ero affascinata da te, Martin. Credevo che cagassi oro e pisciassi diamanti.»

Ero senza parole. «Io…»

«Non credo che tu sia una cattiva persona» disse. «Di sicuro però non te ne importa un cazzo degli altri. Preferisco starti lontano.»

«Stai dicendo che non mi ami?»

«Sto dicendo che è finita.»

«Ma condividiamo un vinculum!» dissi, alzando la voce. «Siamo fatti per stare insieme! È il nostro destino.»

«Fanculo il destino» disse Lily, e riattaccò.

7

La mia, dopotutto, non era stata una gran vittoria. Lily non voleva più avere a che fare con me, Bruce era in coma, e Summer era impegnata a riportarlo indietro. Mio padre non mi aveva ucciso, ma mi aveva separato dai miei amici. Grazie a lui ero rimasto solo, ancora una volta.

Una sera, subito dopo essere stato dimesso dall'ospedale, andai a controllare quell'indirizzo. Una parte di me non avrebbe voluto farlo, non avrebbe voluto portare a termine un piano che non riuscivo a capire. E poi a che era servito quel piano? Nel Seicento *avevo bruciato Londra*! Ero responsabile almeno quanto Aubrey, se non di più, della mia solitudine, e qualunque cosa avessi trovato a quell'indirizzo, non sarebbe valsa il dolore che avevo causato, e quello che avevo provato.

Ma voi avreste lasciato perdere? Siate onesti.

Feci una lunga deviazione per seminare i giornalisti che mi seguivano: potevo solo pregare che a Londra accadesse presto qualcos'altro che facesse passare di moda la mia storia. Arrivai in una casa a Mayfair, ben tenuta e con un bel giardino davanti che si preparava a fiorire all'arrivo della primavera. Era una casa vittoriana, costruita sicuramente dopo il Seicento. Al suo posto, però, una volta c'era la casa di Lizanne, ne ero certo. I ricordi che i Lasciti tramandano non hanno niente di vago o ambiguo.

Suonai il campanello.

Venne ad aprire un uomo di mezza età, con occhiali piccoli e un maglione di cachemire. Guardò me, e i miei capelli.

«È lei» sussurrò. Fu scosso da un lieve tremito. «La prego, la prego, entri.»

Non c'era da stupirsi che mi avesse riconosciuto, vista la mia recente fama. Lo seguii all'interno. La casa era spaziosa, ricca: quadri di cattivo gusto al posto di stampe di cattivo gusto, tavoli che non erano Ikea, librerie di legno massiccio. L'uomo mi condusse a un divano in pelle in soggiorno. «Se vuole scusarmi» disse, prima di scappare via.

Tornò poco dopo con una donna della sua età, di una buona testa più alta di lui, e due bambini, un maschio e una femmina, in pigiama. I bambini stavano timidamente in un angolo, e mi guardavano come fossi un animale esotico. La donna si avvicinò e mi chiese: «Come ha trovato questo indirizzo?».

«È una lunga storia» dissi.

«La prego, signore: come ha trovato questo indirizzo?»

«Se le dicessi che me ne sono ricordato quando mi hanno ferito con una lancia, significherebbe qualcosa per lei?»

«È lui!» disse l'uomo.

«Un momento, Carl» disse la donna. Poi, a me: «Cosa ha visto quando ha toccato la lancia?».

«È una cosa un po' privata.»

La donna annuì. Allungò la mano dietro la schiena e tirò fuori una pistola. Me la puntò contro. «Mi dispiace molto doverlo fare» disse con voce ferma. «Ma ripeto: cosa ha visto quando ha toccato la lancia?»

Pistole. Ancora pistole. Cominciavo a odiarle. La donna la impugnava con mano ferma: sapeva come usarla.

Okay pensai *proviamo con la verità*. Era abbastanza spaventosa di per sé. «Forse i bambini non dovrebbero ascoltare.»

«I bambini ascolteranno» rispose la donna.

Scrollai le spalle. «In questa casa ho torturato due persone, prima di ucciderle.» Feci una pausa. «Se fossi in lei, rimetterei a posto la pistola» aggiunsi, nel tono più arrogante che riuscissi ad avere.

La donna obbedì. Mi guardò come nessuno mi aveva mai guardato; i suoi occhi erano colmi di pura adorazione. «Maestro!» disse. «Mi perdoni, ma dovevo essere sicura. Il nostro lavoro è finito, Maestro: abbiamo affidato al mondo il Bacio della Buonanotte come ci avevi ordinato di fare.»

«Al mondo?»

«L'abbiamo dato a una donna di nome Lizanne Riches: le sue stelle erano giuste, Maestro, come avevi profetizzato.»

L'uomo aggiunse, col tono ispirato di un maniaco religioso: «E il bacio ci ha donato il tuo ritorno, come avevi promesso».

«Tu, incarnato, come avevi promesso.» La donna cadde in ginocchio, guardandomi piena di adorazione. «Il nostro lavoro è finito, Maestro. È giunto il momento.»

Anche l'uomo si inginocchiò. «Il Dio incarnato è tornato sulla Terra.»

I bambini si inginocchiarono, prima il maschio, poi la femmina. «Il Dio incarnato è tornato sulla Terra» ripeterono entrambi, con le loro vocine.

«Ragazzi...» azzardai, ma non mi stavano ascoltando.

In ginocchio, in quella bella casa di Mayfair, l'intera famiglia si inchinò davanti a me, posando mani e fronte sul pavimento. «Il Dio incarnato è tornato sulla Terra» intonarono all'unisono.

«Il Dio incarnato è tornato sulla Terra.»

Adesso sono seduto qui, in cima allo Shard, a guardare Londra che brucia. La città è caduta: c'è guerra in strada, la fine si avvicina.

Ed è così che è iniziata.

Ringraziamenti

Ed eccoci di nuovo qui, a fare un ultimo giro di brindisi prima di spegnere la luce e andare a casa. Di solito la lista di persone che mi aiutano lungo il cammino di un libro è lunga, ma scrivere questa storia è stato un lavoro più solitario del solito. A volte l'arte imita la vita, e a volte la vita crea contrasto con l'arte: trovo poetico che per scrivere un libro che celebra amicizia e comunità abbia avuto bisogno di ritrarmi un po'. Ci sono però tre persone che erano lì, e cui vorrei levare un bicchiere prima di andare.

A cominciare da Piers Blofeld. Piers, fai onore al lavoro d'agente: mi hai aiutato a ripulire questa storia fino a farla brillare, e ci hai creduto con una tenacia di quelle che spezzano catene. Un brindisi a tutte le storie a venire.

E proseguiamo con Chiara Codecà, editor. Chiara, una mattina a Londra abbiamo chiacchierato di libri e Young Adult mentre prendevamo cornetto e cappuccino, e ora, anni dopo, ecco il risultato di quella chiacchierata. Grazie per il lavoro fatto su questo libro, per l'attenzione editoriale, la sensibilità culturale, e, più di tutto, l'amicizia. Un brindisi a tutte le avventure a venire.

Anche Paola Filotico era presente quella mattina, com'è sempre presente, in un modo o nell'altro, nei momenti importanti della mia vita. Paola, sei stata tu a suggerire questo progetto, tu a ricordarmelo, tu a sopportarmi mentre prendeva forma. I momenti della mia vita li rendi importanti tu, e ho già due posti prenotati per i prossimi giri di giostra. Un brindisi a tutte le vite a venire.

INDICE

FSC
www.fsc.org
MISTO
Carta da fonti gestite in maniera responsabile
FSC® C115118

Stampato presso
Elcograf S.p.A., Stabilimento di Cles